新潮文庫

蟻地獄

板倉俊之著

新潮社版

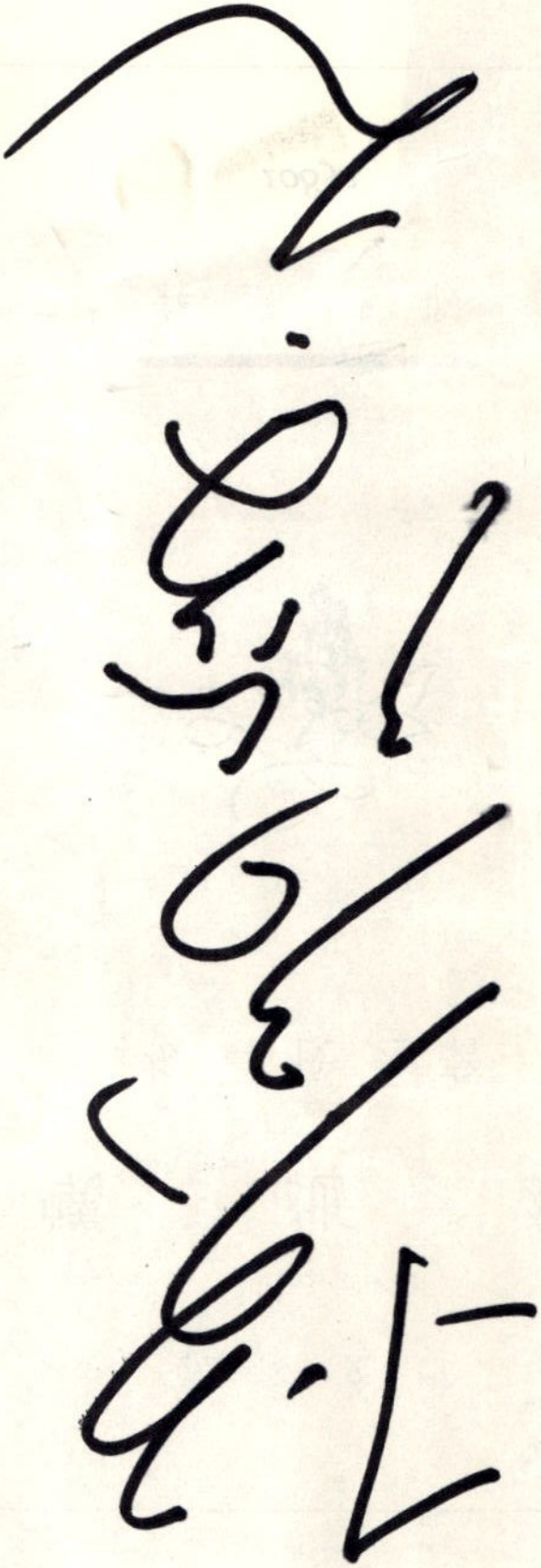

蟻地獄

まだ寝ている両親と兄を起こしてしまわないよう足音を殺しながら、二村孝次郎《にむらこうじろう》は階段を駆け上がる。ほんとうなら、いつものように両手両足で踏み板を蹴《け》って上りたいところなのだが、いまそれはできない。苺《いちご》ジャムの瓶を持っているからだ。といっても、その中に入っているのはジャムではなく、五匹の蟻《あり》だ。

蟻は、近くの公園で捕まえてきた。朝の七時だというのに外はすでに蒸し暑く、孝次郎のTシャツには汗が滲《にじ》んでいた。だがその暑さも、鬱陶《うっとう》しいとは思わなかった。夏休みがまだ半分以上残っていることへの、そして自分がいまからおこなうことへの高揚感がそうさせた。

半びらきになっている自室のドアを、肘《ひじ》で押し開けた。そのまま一直線に勉強机に駆け寄り、椅子《いす》を引いて腰かけた。目の前には虫籠《むしかご》がある。ただし、黄緑色をした蓋《ふた》は取り外してあるので、いまはただのプラスチックケースだ。その中には灰色の砂が、半分くらいの高さまで詰まっている。表面はほぼ平らだが、真ん中には五百円玉ほどの大きさをした、すり鉢状の穴がある。

——蟻地獄。

それは、アリジゴクの巣だ。

初めて蟻地獄を見つけたのは、通学路の途中にある古い民家でだった。軒下に数個点在する奇妙な穴を発見し、孝次郎はそこに住む老夫婦に、これは何なのか、と訊《たず》ねた。すると彼らは、「それはアリジゴクの巣だよ」と教えてくれた。そして、それがどういう生き物なのかも。孝次郎は、すぐさま家から虫籠とスコップを持ってきて、巣の一つを地面から注意深く抉《えぐ》り取った。それを虫籠に流し込み、周りの砂を足してやった。そのときは本体の姿は認められなかったのだが、翌朝見てみると、見事な巣が形成されていたのだった。

孝次郎は息を整えもせず、瓶の蓋を開けて逆さまにすると、その底をぽんぽんと叩《たた》いた。五匹の蟻がつぎつぎに、プラスチックケースの中に落ちていく。着地した蟻たちは、忙《せわ》しなく砂の地面を歩き回る。ほどなくして、そのうちの一匹が、蟻地獄に足を踏み入れた。

孝次郎は思わず身を乗り出す。ケースの中の世界を残し、背景が薄れて消えていく。

外で狂ったように喚《わめ》き散らしている蟬《せみ》の声も、急速に遠のいていった。

蟻は咄嗟《とっさ》に危険を察知して、一気に脚の回転速度を上げる。何かに憑《つ》かれたように上を目指す。が、進まない。脚はその場で、虚《むな》しく空転するばかりだ。足搔《あが》けば足搔くほど、砂は巣の中心に向かって流れていく。いくら脱出を夢見たところで、死のルームランナーが停止することはない。

と突然、巣の中心が爆発した。正確には、爆発したように砂が噴射されたのだ。上からも砂を流され、またその直撃を受け、蟻は徐々に中心部へと吸い寄せられていく。そして爆発は容赦なく、執拗《しつよう》に繰り返される。やがて蟻は、巣のほぼ中心に至った。

その瞬間、突如地中から、一対の牙《きば》が姿を現した。ノコギリクワガタのそれによく似ていて、それらと同様、角《つの》ではなく大顎《あご》らしい。いずれにしても、えらく凶悪な印象を受けざるをえない。

「うお、かっこいい」

孝次郎は椅子の上で膝《ひざ》立ちになった。

日いっぱいひらかれた牙が、瞬時に閉じられた。その狭間《はざま》には、黒い楕円《だえん》形をした蟻の腹部がある。

蟻はそれでも、「生」への執着心を捨てない。六本の脚と二本の触角を振り回して、

「死」に抗《あらが》いつづける。すでに腹部はがっちりと掴《つか》まれ、さらにそこには、無数の穴が開いているというのに。――だが、運命は変えられない。蟻はそのまま、地中へと引きずり込まれた。

沈黙が降りた。ほかの四匹は、仲間の一大事などどこ吹く風といった様子で、ケースの中を歩き回っている。

と、巣でまたもや爆発が起こった。しかし、今回飛び散ったのは砂だけではなかった。その中には、干からびた黒い粒が紛れていたのだ。それは、アリジゴクにとって用済みになった、先ほどの蟻なのだった。地面に叩きつけられても、その体勢は少しも変わらず、すでに硬直していた。瑞々《みずみず》しく膨らんでいた腹部は、空気を抜かれたビーチボールのようにぺしゃんこだった。まるで、生命そのものを吸い取られたみたいだ――孝次郎の目にはそう映った。

同様にして、三匹の蟻がミイラと化した。最後の一匹がなかなか巣に入っていかなかったので、孝次郎はそれをつまみ上げて、巣の至近距離に放った。期待どおり、すぐにその蟻は死の穴に落ちた。必死に足掻きながら、砂の爆撃を受け、徐々に中心部へと引き寄せられていく――ほかの蟻と何ら変わらない運びだ。ところが――。

五度目の爆発が起きたとき、その蟻は砂といっしょになって宙を舞い、そしてあろうことか、天敵の領域《テリトリー》外に着地したのだった。

敵の攻撃に乗じて、彼は見事に、地獄からの生還を果たしたのだ。

「こんな奇跡を起こす奴《やつ》もいるのか」

孝次郎は鼻息を荒げながら、奇跡の生還者を掌《てのひら》に載せた。それから彼をいったん瓶に入れて、外に逃がしてやった。

自由研究のテーマは、すでに決まっていた。それは孝次郎にとって、初めてやらされる宿題でないものだった。自分には無縁の場所と思っていた図書館に足しげく通い、夢中で図鑑を読み漁《あさ》る――そんな毎日を送っているうちに、あることが孝次郎をますます心酔させていった。それは、アリジゴクには天敵が存在しないという事実だった。しかしそのいっぽうで、アリジゴクの捕食は二、三ヶ月に一度でも問題ないと知って、なんか蟻にもアリジゴクにも悪いことをしちゃったな、と幼いながらに罪悪感をおぼえもしたのだった。

やがて、アリジゴクは成虫になった。名をウスバカゲロウというらしい。ヘアピンみたいに細い胴体から、透明な羽が生えている。そこにかつての凶悪な姿は見る影もなかった。ひょっとしたら、必要以上に餌《えさ》をやりすぎていたのが、羽化を早めた原因であったのかもしれない。だとしても、アリジゴクは一年から三年地中で暮らすのが通常だから、夏休み中にその瞬間に立ち会えたのが幸運であることは確かだった。

しかし、ベランダから頼りなく飛び去っていくウスバカゲロウを見送りながら、孝次郎はどこか釈然としなかった。

あれじゃ、すぐに食われちゃうだろうな。幼虫のときのほうが強かったじゃないか。

1 罠《トラップ》

「まずまずだな」

大型パチンコ店の自動ドアから外へ出ると、俺は歩きながら、あとにつづく大塚修《おおつかしゅう》平《へい》に声を投げた。

昼食をとりにいちどマクドナルドに行ったのを別にすれば、朝十時の開店から閉店時間のいままで、じつに十三時間店内にいたことになる。耳の中ではキーンという異音が鳴り、そのせいで渋谷の街の喧騒《けんそう》は、どこか現実味がない。

「昔ならもっと勝てたけどね」

背後から聞こえる修平の声も聞き取りづらい。のんびりとした彼独特のしゃべり方が余計にそう感じさせるのかもしれないが、まるで紙コップで両耳を塞《ふさ》がれているみたいだ。

「ほんとだよな。四年前なら倍以上だっただろうな。――まあ、ノルマは達成したたんだ。よしとしよう」

俺は、一日中リールストップボタンを押しまくったせいでほとんどの握力を失った右腕を、黒いジャケットの袖《そで》に通す。襟に付いたボアが首を撫《な》で、心地いい感触がした。

「そうだね」

返事のあとに、修平はごくりと何かを飲んだ。きっと余り玉で交換したヤクルトだろう。

「まったく、お前は甘いもんしか飲まないな。だから太るんだ。いいか？　世の中には、ヤクルトとコーラとホットレモン以外にも、飲み物は存在するんだ」とは口に出さなかった。言い飽きたからだ。

俺たちはそのまま、建物脇《わき》にある景品交換所に向かって歩いていく。夜の十一時を回っているとはいえ、渋谷にしては人通りが少ない。

修平が言うように、たしかに現在のパチスロは、決して割のいいギャンブルとはいえない。規制につぐ規制のおかげで、出玉が大幅に絞られているからだ。かといって、スロットで勝つことができないのかと言われればそうではない。スロット機には設定というものがあり、それは一から六までの六段階が存在する。一だと負けやすく、六に近いほど勝ちやすくなる仕組みだ。そしてその設定を決めているのは、その店の店長である場合がほとんどなのである。つまり、パチスロとは機械との勝負などではなく、店長との心理戦と言っても過言ではないのだ。

だから俺たちは、閉店間際《まぎわ》に優良店と呼ばれるパチンコ屋をはしごして、出ない台のデータを取り、その店の店長の癖を把握している。あとはイベントデーとうたわれる日、つまり確実に高設定台が入っている日に狙《ねら》った台に座り、ぶん回すだけだ。ただし、その台をほかの人間に取られてしまわないよう、早朝から並ぶ必要はあるのだが。――要は、安定して勝利を収めつづけるためには、地道な努力が不可欠ということだ。

交換所の前には行列ができていた。ぱっと見て、十人弱といったところか。サラリーマンやカップル、主婦らしき女――様々だ。しかし、景品の束を大事そうに握り締めていることだけは、共通している。

「けっこうかかりそうだね」

横に立つ修平が、たるんだ顎《あご》を突き出すようにして、前方を眺めながら言った。ニット帽から覗《のぞ》く福耳が、少し赤くなっている。それでも彼には上着は必要ないらしい。ぴちぴちのトレーナーさえ着ていれば、きっと充分なのだ。

「そうだな。――じゃ、頼むわ」

　俺は修平を残して列から抜けた。

「うん」

　いっさい不満を感じさせない修平の声を背中に受けながら、俺はセンター街を横切った。閉店してシャッターが下ろされた、携帯ショップか何かの前に腰を下ろす。コンクリートがあまりに冷たくてどきりとしたが、すぐに立つのも格好悪いので我慢した。

　あいつはいいよな、肉のジャケットがあるから――平然と列に並ぶ修平を眺めながら、俺は上着のポケットからマルボロを取り出した。そして余り玉で交換したライターで火をつけると、すぐさま両手をそれぞれのポケットに突っ込んだ。吐いた煙がもわもわと昇っていく。無意識にそれを、しばしば周囲の人間から「狡猾《こうかつ》そうだ」と指摘される眼で追った。煙は霧散しながら、華々しいネオンに赤紫色に焦《こ》がされた空に溶けていく。なかなか消えないな、と思ったら、途中からは自分の息だった。

　首元から氷を投げ込まれたような冷気を感じ、即座に顎でTシャツの首を塞いだ。

　思わず身震いしながら、ふたたび列に目をやる――修平の番まで、あと三人だ。

　と、薄いジャンパーを着た中年男が、何本目かのヤクルトをうまそうに飲んでいる修平を睨《にら》みつけながら通り過ぎていく。いかにも負けましたといわんばかりの顔つきだ。恨めしそうなその表情からは、逆恨みにも似たものすら感じられる。むろん彼がうらやんでいるのはヤクルトなどではなく、ポケットにも入りきらない景品の束だろう。男は八つ当たりするように大きく溜息《ためいき》をつくと、路地へと消えていく。

きっと淡い夢をいだいてふらっとパチンコ屋に入り、何の根拠もない席を選び、数十分後には負けこんできた腹いせに、台を殴りつけているようなカスだ。素っ裸で外を走り回っていれば捕まるのが当然なように、奴《やっ》らは負けるべくして負けているのだ

——俺は鼻を鳴らした。

するとその拍子に、くわえたままだったタバコが、買ったばかりのバスケットシューズの上に落ちた。俺は慌《あわ》てて右足を振る。吸殻は溝《どぶ》を塞ぐ格子《こうし》状の蓋《ふた》にあたって火花を飛ばし、暗闇《くらやみ》の中に消えていった。靴の爪先《つまさき》を親指で擦《こす》ると、幸い焦げ跡はついていなかった。

「おまたせ」

修平の声に顔を上げる。耳の機能はすっかり正常に戻っていた。

「いくらだった？」

「十六万三千円」

聞かなくても、コインの枚数で金額はわかっていた。それを承知の上で修平も答えている。これはあくまで、形式上のやりとりだ。

「よし、とりあえずメシだな」

俺は腰を上げる。十六万ちょっと稼いだからといって、今日の勤めを終えたわけではない。ここまではただの下準備であって、メインイベントはこのあとに待っているのだ。そしてそれが終われば、当分この街にも来ることはない。いや、来ることができないといったほうが正しいかもしれない。

そうだね、と修平は眠そうな眼で返事をした。といっても、彼が睡魔に襲われているわけではないことを、俺は知っている。修平は普段から、半分瞼《まぶた》が閉じたような眼をしているのだ。

俺たちは二十四時間営業のそば屋に向かうことにした。歩き出すと、修平が大欠伸《あくび》をした。……どうやらほんとうに眠かったようだ。

カウンターに並んで座り、俺は月見そばを、修平はちからうどんと親子丼《どん》を食べる。

修平とは、小学一年生のときに出会った。教室で初めて彼を見たとき、七福神の中の耳が大きい人みたいだ、と思ったのをよく憶《おぼ》えている。それから十九歳となったいままで、およそ十三年間の付き合いになる。俺が何かを提案すると、それ面白そうだね、と決まって修平は乗ってきた。掃除をさぼって虫捕りに行ったときも、自転車で魚釣りに行ったときも、気に入らない教師の車のタイヤを外しておいたときも、初めて風俗に行ったときも、たちの悪い先輩の溜まり場を襲撃したときも——必ずそうだった。そして、これからやろうとしていることもだ。

注文した品数とボリュームを比較すれば考えられないことなのだが、食べ終わるのは修平のほうが早かった。……いつものことだ。

「あー、さみぃ」

店を出るや、俺は肩をすくませた。いちど暖かい店に入ったせいで、寒さへの免疫《めんえき》力はリセットされてしまっていた。

「そんなに寒いんだったらさあ、孝次も帽子被《かぶ》ればいいのに」

修平は自分の頭を指さす。

「こういうニット帽を。あったかいよ」

俺の名は孝次郎だが、「郎」まで呼ばれることはまずない。

「帽子なんているか」

そんなことをしたら、頭を隠すことになる。髪をライトグレーにするのだってただじゃない。

「俺は身体《からだ》が寒くて震えたんだ。頭は寒くない。だいたい、上着も着てない奴がニット帽勧めるって、順序がおかしいだろ」

「身体は平気だけど、頭は寒いんだよ」

「逆だね、俺と。ちょうど逆だ」

少し経《た》ってから、二人して同時に笑った。

歩行者用の青信号が点滅する中、横断歩道を渡った。ドン・キホーテのスピーカーが、軽快なテーマソングを鼓膜にねじ込んでくる。横で修平が、まんまとそれを口ずさんでいた。

路地に入り、道玄坂のほうへ向かって歩いていく。蛭《ひる》のようにガッツのある客引きを、金がないんでとあしらいながら。もちろん、金ならある。が、キャバクラだかガールズバーだかに使うような金は、一円たりとも持ち合わせていない。いま自分たちが持っているのは、このあとに控えている大勝負のための金だ。

風俗店に取り囲まれたコンビニに入った。そこで栄養ドリンクを四本買って、店の外で二本ずつ飲んだ。早朝から起きているとはいえ、この頭と身体には、まだまだ働いてもらわなくてはならない。

飲み終えた修平の眼が、ぱっちりとひらかれる——などということはなかったが、きっと眠気は吹き飛んだことだろう。

人気《ひとけ》のない場所まで歩いてくると、修平が先ほどの戦利金を渡してきた。

「はい、これ」

「おう」

俺は緩く二つ折りにされたそれを受け取り、内ポケットから封筒を抜き出した。その中にはすでに、四十万円が入っている。今日みたいに二人で稼いだ金だ。

封筒の口をひらき、そこから十九枚の札を差し入れた。これで総額は五十六万三千円。同年代の若者にしてみれば充分に大金といえる額なのだろうが、俺たちにとってこれは、大魚を釣り上げるための餌《えさ》でしかない。

数時間後には、ちょっとした小金持ちだ——俺は唇の片方をねじ上げた。

ふたたび歩き出そうとしたとき、ズボンのポケットの中で携帯電話が振動した。俺は内ポケットに封筒を戻し、それを取り出す。ほどなくして震えはやんだ。どうやらメールを受信したようだ。

俺は携帯を二台所有している。一台は自分の名義で購入したものだが、もう一台は偽名で登録したプリペイド式のものだ。前者は黒、後者は白。いま俺がひらこうとしている携帯は、白い。

　俺は受信したてのメールに目を通した。

「予定どおりだ」

「よかった、いよいよだね」


　坂道の途中にある雑居ビルの前で立ち止まった。各階に看板が掲げられているが、どれも灯りはついていなかった。単に閉店時間を迎えたからなのか、潰《つぶ》れたからなのかはわからない。ひどく老朽化の進んだその建物には、上下に延びる階段がある。辺りはしんと静まり返っていた。修平のほかには、野良《のら》猫すらいない。俺は、上着のポケットに入っている二枚のカードを指で探る――♠《スペード》のA《エース》、J《ジャック》。大丈夫だ、ぬかりはない。

　俺は後ろを振り返って頷《うなず》いた。同じように、修平も返してきた。

　地下に延びる階段へ、足を踏み出す。真冬だというのに、そこの空気は大量の湿気を孕《はら》んでいた。天井の蛍光灯が、辛気くさい光を浮かべている。照らすことをなかば諦《あきら》めたみたいに。

　階段を下り切ると、鉄扉《てっぴ》に突きあたった。ピンクがかった灰色のペンキが錆《さ》びて、ところどころ剝《は》げている。ドアノブも指掛けも付いていない扉は異様だった。

俺はその脇にある、団地の呼び鈴みたいなボタンを押した。

「勝てるかなあ、俺、緊張してきたよ」

俺は芝居をはじめる。

「やばい、俺も。じゃあさ、ちょっとだけやったら帰ろうよ」

修平も合わせる。

「そうだな、そうしよう」

そんな調子でしゃべっていると、カシャンとロックが外れる音がして、扉がゆっくりと、向こう側にひらいた。といっても完全にはひらかれず、三分の一ぐらいのところで止まっている。

芝居をつづけながら、俺、修平の順で中に入った。室内は薄暗く、うっすらと洋楽が流れている。黒いベストに蝶《ちょう》ネクタイというういかにもボーイらしい出《い》で立《た》ちの男が、いらっしゃいませ、と感じのいい笑顔を向けながら、扉を閉めた。ボーイの背後にはモニターがあり、外の様子が白黒で映し出されている。やはり早めに芝居をはじめておいて正解だったようだ。

フロアを見渡す。三十畳ほどの室内には、カードゲームをするためのテーブルが六卓、不規則に置かれている。天井は低く、そこから吊《つ》られたライトが、各テーブルの真上から橙色《だいだいいろ》の光を投げている。その光の中にはタバコの煙が充満し、闇との境い目を明確にしていた。半月形をしたテーブルの真ん中にはディーラーが立っており、それを取り囲むように、客たちが半円を描いて座っている。ビリヤード台のようなフェルト生地が敷かれた卓上では、カードや現金が飛び交い、テーブルの縁《へり》には、ウイスキーグラスやタバコの箱が置かれている。

ボーイが、湯気をまとったおしぼりを差し出してきた。俺はそれを受け取ると、どうもと言って頭を下げた。修平は必要なかったらしく、断っていた。

二十代なかばとおぼしき女がディーラーを務める、〈ブラックジャック〉の卓に近づいた。現在、席は埋まっている。ディーラーが切っているカードの背に目をやった。自分のポケットに入っているカードと、寸分違《たが》わぬ柄だ。俺は修平に目顔で伝える――作戦は続行だ。

しばらく待っていると、一人の男が席を立った。小汚いキャップを被った中年男だ。彼は首をかしげながらグラスを手に取ると、〈バカラ〉のテーブルに移った。

彼こそ、先ほどのメールを送ってきた人物。名は杉田《すぎた》という。俺は杉田とパチンコ屋で知り合い、この店の存在を知った。

——兄ちゃん、いいこと教えてやるよ、この近くに、おいしい裏カジノがあるんだ。
まあ、やり方しだいだけどな——

その数日後、立ち食いそばを食わせながら、こんどは俺のほうから今回の儲《もう》け話を持ちかけた。するとギャンブル狂いで金のない杉田は、ピラニアさながらに食いついてきた。

——ぜひ一枚噛《か》ませてくれよ。全面的に協力するからさ——

新人の女ディーラーが今日出勤していることも、彼女が扱うカードの柄も、店の入り口にカメラが仕掛けられていることも、すべて杉田からの情報だ。要するに、彼は俺が雇った情報屋なのだ。

自ら下見に来なかったのは、一見《いちげん》のラッキーボーイがビギナーズラックで大勝ちをさらっていった、と見せかけるためだ。信じ難いことを信じさせるには、「信じ難いこと」の周りに、それなりの背景を描けばいい。

「やべえ、席空いたよ。どうしよう」

顔に「焦《あせ》り」を貼《は》りつけながら、俺は言った。

「でも、せっかく来たんだしさ」

顔に「困惑」を貼りつけながら、修平は言った。

「いや、でもさ」

「そんなに大きく張らなければ大丈夫だよ、きっと」

「無責任なこと言うなよ。やるのは俺なん——」

当てつけるような咳払《せきばら》いを聞いて、俺はテーブルに目を向けた。女ディーラーはカードを配れずにいる。待たされているほかの客は、早く決めろ、と鋭い視線をこちらに向けている。——これでいい。いま自分は、ろくにルールも知らないカモなのだから。あくまで、いまはだが。

「どうなさいますか?」

女ディーラーが微笑《ほほえ》みながら訊《き》いてきた。

「……じゃあ……やります」

俺はしぶしぶといった表情をつくって着席すると、「すいません」と誰に言うでもなく呟《つぶや》いた。

「がんばって」

後ろから、修平に肩をぽんと叩《たた》かれた。

「言われなくてもな」

プレーヤーは俺を含めて六人いる。右隣には高級そうなスーツを着た中年男性が、葉巻をくゆらせている。左には派手な女が座り、香水の匂《にお》いを撒《ま》き散らしながら、彼女の隣の禿《は》げ男とじゃれている。キャバクラ嬢と客、といったところだろう。おそらく、ついさっき嫌味な咳払いをかましてくれたのは、この禿げ男だ。さらに奥には、若いサラリーマンが二人いた。手前のほうが、黒縁眼鏡をかけている。どちらも敬語を使っていないから、きっと同僚なのだろう。

「上着をお預かりいたしましょうか?」

ボーイが横から顔を出した。「いや、大切な軍資金が入ってるんで」

俺は上着をひらいて、内ポケットから顔を覗かせている封筒を見せると、大事そうにそれを二度叩いてみせた。

「それに、ここちょっと寒いし」

事実だが、たとえどんなに暑かったとしても、上着を脱ぐわけにはいかない。

「わかりました。何かお飲み物をお持ちしましょうか?」

「じゃあ、ウーロン茶を」

「かしこまりました」

そう言い残して、ボーイは去っていった。

いまビールでも飲んだら、さぞうまいことだろう。が、冷静さ、集中力、動きの正確さを奪うアルコールなど、摂取するほど間抜けじゃない。

プレーヤーが、ベットを開始した。それぞれ自身の前に札《さつ》を置いている。金額はまちまちだ。俺はきょろきょろとその様子を見回すと、封筒から千円札を一枚取り出して、ほかのプレーヤーたちの仕草を真似《まね》ながら、目の前にそれを置いた。

ディーラーがカードを配りはじめる。黒髪を後ろで束ねた彼女は、美女とまでは言いがたいが、愛嬌《あいきょう》のある顔をしていた。少なくとも、カバのように大口を開けて笑っている隣のキャバクラ嬢とはレベルが違うことだけは確かだ。

カードが二枚配られた。ラスベガスやモンテカルロなどにあるカジノでは、フェイスアップといってカードは表にして配られるのが主流だが、この店ではフェイスダウン、つまりカードは伏せて配られる。それは、俺がこの店を選んだ理由の一つでもあった。

俺は二枚のカードを手に取ると、自分の鼻に触れるほどの距離でしげしげと眺める。むろん、これも芝居の一部である。一枚は◆《ダイヤ》のQ《クイーン》、そのカードに半分隠されているのは、♣《クラブ》の8だった。21に最も近い者を勝ちとする〈ブラックジャック〉において、俺のこの手はすでにまずまずの好カードといえる。ちなみに、絵札はすべて10とカウントされる。さらに付け加えると、Aは1としても、11としても使える。

親、つまりディーラーのフェイスカード——親に限って二枚目に配られたカードをオープンする決まりがあり、そのカードをフェイスカードという——は、♥《ハート》の5だった。もしも自分が親だったら、舌打ちをしたくなるようなカードだ。しかしもちろん彼女は、そんなことはしない。

右の葉巻男は、迷う素振りも見せず、「ステイ」と言った。カードの追加はしない、という意味だ。見た目どおりの低い声だった。

俺の番だ。〈ブラックジャック〉は21を超えた時点でバースト、つまりドボンとなる。そのためセオリーどおりにいくなら、ここはカードの追加を意味する「ヒット」はしない。というよりも、この状況でヒットなどをするのは、金を捨てたい人間か、馬鹿《ばか》だ。が——。

「ヒット」

俺は、手持ちのカードを見つめながら言った。

ディーラーが、握った山の一番上にあるカードを、表にしてよこしてきた。♥の9だった。これで、合計は27。バーストだ。

「うわー、ドボンだー」

俺は二枚のカードを、場に投げ放った。

「何やってんだよ！　ここはステイだろー。しょっぱなから負けじゃん」

修平が後ろから、怒りとも呆《あき》れともつかない口調で責め立てる。

「うるせえな、外野は黙っとけよ」

♥の9、♦のQ、♣の8。晒《さら》された三枚のカードを見て、ほかのプレーヤーたちが冷ややかな視線を俺に向ける。私はみなの気持ちを代弁しているのだ、とでも言いたげに、禿げ男が怒りの籠《こも》った溜息をついた。

「お待たせしました。ウーロン茶です」

「あ、どうも」

俺はボーイの声に体をよじると、うやうやしくそれを受け取った。

「ステイ」

キャバクラ嬢のしわがれた声が聞こえる。忙しそうに去っていくボーイを眺めながら、俺はウーロン茶を一口飲んで、残りを修平に渡した。

「ステイ」

禿げの気取った声を背中で聞いたところで、卓に向き直った。背後で、ごくごくごく、あー、と冷たいものを飲むときの手本のような音がする。修平の奴、よほど咽喉《のど》が渇いていたようだ。

けっきょく、若いサラリーマン二人もヒットせず、親の番となった。ディーラーは、♥の5の横で伏せられているカードを、しなやかな手つきでめくった。およそ新人とは思えない、澱《よど》みない動きだった。

♠の8。それを見て、あらら、と彼女は苦笑した。

これで、親の合計は13。次の一枚がローカードでも弱いし、9、10、絵札ならバースト。5、6、7、8のいずれかを引きたいところだが、確率的にその線は薄い。

「じゃあ、引きます」

ディーラーは山の一番上のカードを手前に滑らせると、それをふわりとめくる。

♦の7。合計20だ。

舌打ち、溜息、ぼやき。プレーヤーの落胆が、卓にこぼれ落ちる。

「すいません」

ディーラーは申し訳なさそうに言った。ところがその言葉とは裏腹に、彼女はじつに淡々と賭《か》け金を回収する。

「嘘《うそ》だろ？　親、強《つえ》え！」

俺は故意に大声を出した。

「あーあ。――まあでも、かえってよかったんじゃない？　負けが決まってたぶん、諦めもついて。そんなことより、気持ちを切り換えて、つぎは勝とうよ」

「そうだな。まだ一回負けただけなんだ」

言いながら、俺はマルボロを取り出し火をつけた。食後一本目とあって、べらぼうにうまい。

「そうだよ、これからだよ」

修平が肩を揉《も》んできた。

「悪いね」

タバコをくわえたまま、俺は振り返る。

「なんか、勝てそうな気がしてきたぞ」

それにしても、自分も修平もなかなかの名演技だ。いっそ二人で劇団にでも入ろうか――そんなことを思いながら、俺はテーブルのほうに首を戻す。すると、プレーヤーたちの怒りに満ちた視線が向けられていた。それは容赦なく、俺の顔面を串刺《くしざ》しにした。

彼らがそこまで怒気を露《あらわ》にする理由なら、よくわかっている。しかしそれは決して、俺たちがやかましいから、ではない。多少そう感じていたとしても、それは怒りの一割にも満たないだろう。彼らはいまのゲームで、俺が18からヒットしたことに腹を立ているのだ。そもそもヒットすべき手ではなかったことに加え、あのとき俺がヒットしなければ、親は俺の引いたカード、つまり♥の9を摑《つか》むことになり、彼女をバーストさせることができていたからだ。平たく言えば、俺のせいで負けたからだ。

「お兄さんのおかげで、助かっちゃいました」

ディーラーはカードを切りながら、俺に微笑みかける。

「まあ、あんなこともありますよ」と言いたいところだが、自分がいま演じている人物は、彼女の言葉の意味など理解できない。

「え？　なんで俺のおかげなんだろう」

俺はとぼけた。

次ゲームのベットが開始された。俺は賭け金千円をテーブルに置く。

「ディーラーがそんなこと言っちゃ駄目だろう」

出し抜けに、禿げが口をひらいた。

「はい、すみません」

かぼそい声で詫《わ》びながら、ディーラーは頭蓋骨《ずがいこつ》の奥まで笑みを封じ込めた。きちんとそうしてから、彼女はカードを配りはじめた。

俺を睨みつけていた者たちも、一人、また一人とその視線を引き剝がし、正面に首を戻していく。

順に駆け引きをし、親の手が決まり、そして決着がついた。今度は親の総取りではなく、葉巻男と奥の若いサラリーマンは勝利を収めた。しかし、親からすればそれでもプラスだった。俺、キャバ嬢、禿げ、サラリーマンの片割れ——この四人には勝ったからだ。

このゲームでも、俺は見事、煙たがられることに成功した。今度は19からヒットするという暴挙をやってのけたのだ。もちろんバーストした。そして、賭け金を没収され、大声で嘆く。それを修平が励ます。白い目で見られる——算段どおりだ。

「やめた、やめた」

嫌味ったらしくそう言って、禿げが席を立ったのは、あれから五ゲームほど消化したときのことだった。店の壁掛け時計の針は、午前一時二十分を指している。

「変なのが入ってきたから、すっかり流れが変わっちゃったよ」

横目でちらりと俺を見やって言うと、禿げはタバコやら財布やらを手に取った。

「そうね」

キャバ嬢は不満を洩《も》らすわけでもなく立ち上がり、同じく帰り支度をはじめた。慣れてきたはずの香水の匂いがふたたび襲いかかってきて、軽い頭痛がする。

それにしても、この禿げだけは筋金入りの厭《いや》な奴だな。もし自分が本当にギャンブルに不慣れなだけの純朴な少年だったら、きっといまのでえらく傷ついたはずだ――俺は、侮辱されているのは自分が演じている人物にすぎないことをわかっていながらも、眉根《まゆね》を寄せ、キャバ嬢越しに禿げを冷視していた。悪い癖だ。

と、視界の端に修平の顔が飛び込んできた。声は出さずに、口を動かしている。というか、顔全体が動いている。どうやら、「や、め、と、け、よ」と言っているらしい。

俺は表情を緩めて、卓に向き直った。間違いなく、修平が正しい。こんなことで騒ぎを起こして店からつまみ出されでもしたら目も当てられない。だが、博打《ばくち》うちがイライラを抱えたままでは勝負に響く。

「よかった。これでやっと、勝負に集中できるぜ。禿げの光で眼をやられて、どぎつい体臭を隠蔽《いんぺい》するためにぶちまけられた香水に、鼻をやられてたからな」

「何だと、このガキ」

明らかに言い慣れていない言葉を発し、禿げは俺ににじり寄る。

「いいから」

キャバ嬢は禿げの腕を両手で摑んだ。

「あんなのほっといて行こうよ」

彼女はそのまま、俺から禿げを遠ざける。

ふん、と鼻を鳴らして禿げが踵《きびす》を返すと、二人は出口へ向かって歩いていく。

「それより、明日もお店来てくれる？」

厚化粧の顔の全面積を、営業スマイルが占めた。

「ああ、もちろん行くよ」

それを見抜く感性すら持ち合わせていない禿げ男は、余裕ぶって答えてはいるが、まだ釈然としていないのが見え見えだった。

せいぜいそのケチなキャバ嬢に貢《みつ》ぐだけ貢いで、やらせてもらえる日を夢見ながら死にやがれ——俺は、向かい合う二つの横顔を眺めながら小さく嘲笑《ちょうしょう》すると、タバコをくわえた。じつにいいストレス解消だった。

二人はボーイから上着を受け取ってそれを着ると、店を出ていった。

修平は何事もなかったかのように、勝手にコーラを注文していた。サラリーマン二人は事の一部始終を見守っていたが、葉巻男は我関せずといった表情で、ブランデーを飲んでいた。ディーラーは、はじめてもいいのでしょうか？　それとも、もう少し待ったほうがいいのでしょうか？　といった顔つきで、プレーヤーたちの顔色を窺《うかが》っていた。

葉巻男が無言でベットする。それを皮切りに、ゲームは再開された。

このゲームから、俺は賭け金をこれまでの倍額に上げた。破滅に向かって一直線に進んでいく、典型的な駄目人間を演出するためだ。「絶対取り返してやる」と鼻息荒く、二枚の千円札をテーブルに叩きつけた。

とにかくこれで、席は二つ空いた。いい流れだ。あれをやるには、プレーヤーが減れば減るだけ成功率が上がる。ところが頬を緩めかけた矢先、

「あ、そこ空いてんじゃん」

「ほんとだ。つぎから入る？」

二人組の男の声が、後方から飛び込んできた。俺はすかさず、情報屋の杉田に目で合図を送る。しかし杉田は、すでに俺の真後ろまで来ていた。彼はそのまま、まだ香水の匂いが残る俺の左隣に腰を据えた。

「あ、取られちゃったよ」

「なんだ、この親爺《おやじ》」

などとこぼして、逡巡《しゅんじゅん》していた二人組は去っていった。

なかなか使えるじゃねえか――俺は杉田の横顔をちらりと見ながら、心中で褒めてやった。杉田の顔は浅黒く、乾燥してかさかさしている。ぎょろ目はキャップのせいで片方は影になり、口は半びらきだ。黄ばんだ歯は、生えているというよりも、かろうじてぶら下がっているといったほうが近い。

杉田にはすでに、十万円ほど摑ませた。作戦が成功すれば、儲けの三分の一を、さらに支払わされることになっている。

――そもそもあの店を教えたのは俺なんだ。三等分でも安いものだろう――

――ああ、わかってるよ――

だが、俺にそんな気はさらさらない。これっぽっちの働きで十万だって破格だ。杉田の強欲さ、ギャンブルでずれきった金銭感覚には反吐《へど》が出る。それに、この男にはリスクがない。考えたくもない話だが、万が一下手をうてば、ひどい目に遭うのは俺と修平なのだ。そうなれば杉田は、涼しい顔をして店を出ていくことだろう。

このゲームも、俺はもちろん敗北した。そして、賭け金をさらに上げた。

煙を吐き出しながら、壁掛け時計に目をやった。もう午前四時を回っている。タバコはひどい味がした。吸うたびに、咽喉に砂でも擦りつけられているようだ。

プレーヤーは一人減っていた。葉巻男だ。はじめから物静かだった彼は、最後までその印象を壊すことなく引き揚げていった。大勝ちとはいえないが、プラスはプラスだったようだ。

店全体としても客は徐々に減り、一時の賑《にぎ》わいは、気だるい空気に姿を変えていた。おかげで俺のテーブルの空席には、誰も座ることはなかった。

俺はいまに至るまで賭け金を上げつづけ、ときには一万円札をも投げ出した。その結果、五十六万円強あった封筒の中の金は、すでに二十五万円を割っていた。いまの自分は、誰の目から見ても、どつぼに嵌《は》まった哀れな落伍者《らくごしゃ》と映っているに違いない。――そしてパチスロで一時的に握力を失った右腕も、とっくに本調子に戻っている。

機は熟した。

「ちょっと、トイレに行くんで、いったん抜けます」

そう言って、若いサラリーマンが席を立ったのは、ゲームが終わってすぐのことだった。

これでプレーヤーは三人。俺、杉田、サラリーマンの片割れ。つまり部外者は、黒縁眼鏡のサラリーマンだけになったということだ。

どのみちそろそろだとは思っていたものの、これを逃がす手はない。俺は決意した。

このゲームで大魚を釣り上げることを。

「あー、もうダメだ！」

俺は頭を掻《か》き毟《むし》る。

「もういいや！　ぜんぶいっちゃおう」

抜刀するかのように、封筒からすべての札を抜き取った。

「おいおい、何言ってんだよ！」

修平が、俺の両肩を摑んできた。——馬鹿力め、少しは手加減しろよな。

「だってもう、取り返すにはこれしかねえだろ」

「だからって、負けたらどうすんだよ！」

「うるせえな」

俺は修平の手を振り払う。

「俺はもう三十万以上負けてんだ。取り返さなくちゃ、シャレになんねえんだよ！」

言い切ると同時に、札束をテーブルに叩きつけた。

「うわっ！　何やってんだよ！　——あーあ。もうどうなっても知らないからな」

「これは俺の金だ！　少し黙ってろ」

ディーラーは神妙な面持ちで、カードを配りはじめる。ついに自暴自棄に陥ってしまったのね、とでも思っているのだろう。だがカードを配った以上、この高額なベットを受諾したことになる。むろん、この程度の賭け金で拒否などされないことも調査済みではあるが。

杉田は、いちど俺を見て怪訝《けげん》そうな表情を浮かべると、また自身の手元に目を戻した。その演技はじつに自然だった。黒縁眼鏡のサラリーマンは、呆気《あっけ》に取られていた。

さて、このゲームが本当の勝負だ。俺は気を引き締める。

多くのカジノでの〈ブラックジャック〉では、Aと絵札の組み合わせは一律、二・五倍というのが相場である。しかしこの店では、♠のA、Jの組み合わせ、つまり「純正のブラックジャック」に限って、その倍率を二十倍に設定している。それはこの店の売りであるとともに、俺がこの裏カジノに狙いを定めた最大の理由でもあった。とはいえそんなものは、滅多やたらに出るものでもない。客に、「大儲け」や「大逆転」という幻想を抱かせるための、まやかしにすぎない。

だが、それはあくまで、まともにやったときの場合だ。

親がフェイスカードをめくる。

俺はその様子を、カードが焦げて煙が出るほど凝視する。ここで♠のA、もしくはJが出現してしまったら、すべておじゃんだ。『すり替え』が封じられる。が、その確率は極めて低い――。

俺は胸を撫《な》で下ろした。と同時に、ぴりぴりするこの緊張感を楽しんでもいた。まずは第一関門突破だ。この人の良さそうなディーラーには申し訳ないが、もはやこの勝負、半分取ったも同然。といっても、まさか負け分は彼女が自腹で払う、などという馬鹿げた規則はあるまい。

俺は、右手を上着のポケットに突っ込んだ。刹那《せつな》、♠のA、Jの二枚を袖《そで》の中に送り込む。素早く、正確に。そしてその直後、すぐさま抜いた右手の人差し指で、こめかみをぽりぽりと掻いてみせた。ディーラー側からは、下向きにいちど右腕を伸ばしたふうにしか見えなかったことだろう。

さらに背後から見破られないよう、修平がそのワイドボディーで、ボーイやほかの卓からの視線を遮っている。彼をプレーヤーにしなかったのはそのためだ。

俺は目の前にある二枚のカードを見つめ、生唾《なまつば》をごくりと飲み込んだ。大金を賭けた大勝負のプレッシャーに、いまにも押し潰されそうな少年を演出する。そして、「来い！」と言って、右の一枚だけを手に取った。

片方の眉が、ぴくりと動いた。ただし、これは演技ではなかった。めくったそのカードが、♠のAだったのだ。それは、いままさに俺がすり替えようとしているカードにほかならない。これでもう一枚のカードが♠のJなら、イカサマを使う必要はなくなる。だが、残念ながらそれを確かめることはできない。もう一枚のカードを見てしまえば、その時点で『すり替え』を使うタイミングがなくなってしまうからだ。いまさら好奇心に負けて、大金を溝《どぶ》に捨てるわけにはいかない。

しかし、どちらにしてもこれは、自分にとって幸運であることには変わりない。なぜなら、すり替えるカードのうちの一枚が手中にあれば、グルでないプレーヤー、つまり黒縁眼鏡の手の中に、♠のAが存在する可能性がゼロとなるからだ。

俺は♠のAをテーブルに伏せて、もう一枚のカードをその上にぴったりと重ねた。つづいてその二枚を両手で引き寄せ、目の前に持ってくる。本来、テーブルからカードを持ち上げるのは御法度《ごはっと》だが、ここに座ってから何度も繰り返してきた——そして素人《しろうと》のふりをしてきた甲斐《かい》あって、いまやそれを咎《とが》める者はいない。

瞼を、ぎゅっと閉じる。心から、一番の敵である焦りを排除し、一番の味方である平静で満たす。かっと目をひらいた。そしてじりじりと、♠のAを下にずらしていく。これは、もう一枚のカードが何であるかを、時間をかけて知りたいときにプレーヤーがとる行動だが、ゲームの進行を滞らせる行為であるため、マナー違反といえばそうなる。ところがディーラーも黒縁眼鏡も、俺が尋常でない額を賭けていることを知っているだけあって、早くしろよ、という顔はしなかった。

「頼む！」

大声で言いながら、俺は勢いよく両手を下げる。バレーボールをレシーブするときのように。両手はテーブルの下――ディーラーの死角に入る。下げきる寸前、右手の人差し指と中指で、二枚のカードを弾《はじ》く。それらは重力に逆らい、左の袖に吸い込まれる。両手が下がりきった。重力に従い、右の袖から二枚のカードが滑り出る。それを、先ほどと同じように摑む。つづいて両手を戻しながら、Aの後ろからJが顔を出すようにずらす。眼前で止める。

――電光石火。

我ながら、その言葉に相応《ふさわ》しい所業だった。時間にして、一秒とかかってはいない。何千回、何万回と反復してきたこの動作は、完璧《かんぺき》なまでに身体に染《し》みついていた。

「うわっ」

俺は目と口を大きくひらいた。つづいて目をしばたたかせ、口を金魚のようにぱくぱくさせる。

「マジかよ……」

修平の声音は愕然《がくぜん》としていた。振り返って見たわけではないが、彼が俺と同じ顔をつくっているのが手に取るようにわかった。

ディーラーと黒縁眼鏡は、「まさか」と顔だけで語りながら硬直している。杉田も調子を合わせていた。

決まった。

いかにディーラーが新人であっても、山のカードを片っ端からひっくり返して、♠のAとJを捜すなどという真似はできないはずだ。そんなことをすれば、プロとしていい恥さらしだし、何より店そのものの顔を潰すことになる。

したがって、イカサマが発覚する恐れがあるとすれば、それは黒縁眼鏡が♠のJを持っている以外にはない。だがそれはないようだ。彼はすでに、自分のカードに興味を失っているようだった。その存在自体をも忘れているみたいに。

俺は故意に、アルコール中毒者さながらに両手を震わせる。そして水面に葉を浮かべるようにゆっくりと、二枚のカードをテーブルに広げた。

――純正のブラックジャック。

この店では二十倍の役である。俺の賭け金から算出するに、その額は四百六十万円を越える。

ディーラーは目を丸くして驚愕すると、やがてその顔に落胆の色を浮かべた。だがそれはすぐに、祝福の笑顔に変わった。

「おめでとうございます」

黒縁眼鏡は、すごい瞬間に立ち会えたとばかりに、「おおー」と感嘆の声を洩らした。

「すげえな！　やったじゃん！」

興奮状態に入った修平は、俺の顔を覗《のぞ》き込んで褒め称《たた》えた。それはきっと半分は演技だが、残りの半分は『すり替え』が成功したことに対する、心からのものであったように思われた。

「少々お待ちください」

ディーラーは俺に向かって言うと、手を挙げてボーイを呼んだ。

杉田は手早く帰り支度をして、そそくさと店を出ていく。

俺は内心舌を打った。おそらく店の外で待っていて、俺たちが出てきたら、卑《いや》しい顔で分け前をせびるつもりなのだろう。だが情報とは別に、ここで奴《やつ》のアシストを受けたのも事実。それを考慮して、五万ばかりくれてやるか。それでも納得しないようなら、腹に一発くれてやればいい。

とにかく、長い一日が終わった。あとはさっさと金を受け取ってとんずらだ。それも、早ければ早いほうがいい。この卓で使った1セットのトランプを検分されれば、俺が不正を働いたことはバレてしまうのだから。裏カジノなど、バックにヤクザがついているのは明白だ。しばらく髪の色も変えたほうがいいかもしれない。しかしいまではそれも、贅沢《ぜいたく》な悩みといえる。

「お客様、申し訳ありません」

ディーラーから状況説明を受けたボーイは、テーブルを回り込み、俺の脇《わき》で腰を屈《かが》めてそう言った。

「額が額ですので、別室でお支払いしたいのですが、よろしいでしょうか？」

「はい、構いません」

俺は興奮覚めやらぬといった口調で答え、席を立つ。

「では、ご案内いたします」

ボーイは出入り口と対角線上にある、木製の扉に向かって歩いていく。俺は修平を従えて、颯爽《さっそう》と歩くボーイのあとにつづいた。

同じテーブルだった者だけでなく、店内にいるすべての人間が、俺に注目している。ここを出たら地元のファミレスにでも行って、祝杯を挙げるとするか。得意げな笑みが滲《にじ》み出してしまっていることを自覚しながら、俺は振り返った。修平もにやついていた。

2　転　落

ボーイがドアをひらいた。俺たちが部屋に入ると、彼は後ろ手でドアを閉めた。

そこは、店内に負けず劣らず薄暗かった。左手にある洋風の机の上に置かれたライトスタンドが、上品な光をその天板と床に落としている。正面には磨り硝子《すガラス》の窓があり、街灯の灯りをやわらかく招き入れていた。灯りといえるのは、その二つだけのようだ。俺は、地下なのに窓があることに疑問をいだいたが、その疑問はすぐに解消した。ビル自体が坂の途中に建っているため、ここは地下一階であり、地上一階でもあるのだろう。右手にはワインレッドの革が張られたソファーがどっしりと構え、洋風の机を見つめている。床はフローリングだった。

「おめでとうございます」

洋風の机とセットの椅子《いす》に寝転ぶように座っていた男は、背もたれから体重を引き取り、俺に顔を向けた。彼は白いスーツに身を包み、黒々とした髪をすべて後ろに撫《な》でつけていた。この暗がりの中でも、整髪料による光沢が眩《まぶ》しいほどだ。レンズの細い銀縁眼鏡の奥には、切れ長の眼が鋭く光っていた。気を遣って言うなら、善良な市民とは対極に位置する方々の風体。はっきり言ってしまえば、インテリヤクザだ。

「どうも」

俺は軽く頭を下げた。

「私はカシワギと申します」

とインテリヤクザは言った。たぶん「柏木」と書くのだろう。それ以外には思いつかない。

「ここの責任者のようなものです」

「はあ」

挨拶《あいさつ》なんぞはいいから、さっさと金をよこせ。

「お金はいま、早急にご用意しております。ですがその前に――」

柏木は立ち上がり、俺に歩み寄る。

「上着を調べさせてもらえますか？」

俺は戦慄《せんりつ》した。心臓が、爆発したのではないかと思うほど、大きく脈打った。波が引いていくように、血の気が失《う》せる。意識して呼吸しなければならないほど息苦しい。

しかし——なぜだ？　なぜバレた？　いや、落ち着け。まだそうと決まったわけじゃない。

「男に触られても嬉《うれ》しくないんで、できれば勘弁してもらいたいんですが」

時間稼ぎをしながら、俺は何とかボディーチェックから逃れる術《すべ》を探す。調べられたら一巻の終わりだ。左の袖《そで》には、♠のAともう一枚、本来自分が引いたはずのカードが入っている。しかもその二枚はいま、俺が左の手首を曲げることによって、かろうじて落下せずにいるという有様だ。

柏木は乾いた笑いを飛ばすと、俺の前で足を止めた。

「気分を害されるのも無理ありませんが、あくまで念のためです。ご理解ください」

「もし何もなかったら？　疑われた挙句に待たされたんじゃ、こっちは気分が悪い」

「その場合は、百万円を上乗せしてお支払いします」

柏木は、怯《ひる》む様子を微塵《みじん》も見せずに即答した。

「な……」

俺は言葉を失った。

横で、修平がごくりと唾《つば》を飲む音がした。

「こちらとしては百万などではなく、一千万でも一億でも構いませんが」

柏木はサディスティックに口元を歪《ゆが》める。

確実に裏が取れていなければ、こんなことは言えない。なぜだ？　なぜだ？　なぜだ？　なぜだ——。

いや、切り換えよう。その答えがわかったところで、この状況を打破することはできないのだから。俺は、疑問の究明と懐柔の線をきれいさっぱり断念し、ここから脱出する策を練ることに全神経を集中させる。

相手は柏木とボーイの二人。自分と修平が一人ずつのせれば、窓から逃げられるかもしれない。幸い、外側に柵《さく》はついていないようだ。しかし相手はヤクザだ。拳銃《けんじゅう》でも持っていたら命まで奪われかねない。しかも自分の腕力は並以下だ。やれるか？

いや、迷っている時間はない。

俺は修平に、目線で指示を出す。修平もその意図を汲《く》み取ったようだ。

もしもうまくいったら、今日失った金などまた二人でこつこつ稼げばいい。俺は腹をくくり、拳《こぶし》を握り締める。

「無言ということは、承諾していただけたと受け取ってよろしいですね？」

言うと柏木は、俺に背を向け、「おい」と部屋の奥に向かって声を投げた。

いまだ！　ボーイに言ったにしては方向が違うような気もするが、このチャンスを逃がす手はない。俺が柏木と揉《も》み合っているあいだに修平がボーイを仕留めてくれれば、そのあとは二対一。修平のパワーを持ってすれば、あんなボーイなど秒殺だってありえる。頼むぞ——。

俺は、柏木の無防備な後頭部に向かって右拳を振り抜く。同時に修平も、ボーイに向かって走り出す。

とそのとき、机の後ろから、大男が現れた。

俺は反射的に、ぴたりと動きを止めた。修平も同じだった。もしかしたらそれは、動物的な本能だったのかもしれない。

暗くて気づかなかったが、机の後ろにもドアがあったようだ。そこから出てきた巨漢は、一歩一歩ゆっくりと、俺に近づいてくる。彼が足を踏み出すごとに、床が軋《きし》む。巨漢は黒服を着て、坊主《ぼうず》に近い短髪だった。体に倣《なら》って顔も肉づきがいいが、眼は吊《つ》り上がっている。——力士くずれか。

大男は俺の前で歩を止めた。おかげでもう窓は見えない。彼によって、文字どおり脱出の道は塞《ふさ》がれた。

「調べろ」

いつのまにかソファーに腰を下ろしていた柏木が、低く短く言った。先ほどまでの彼とは、とても同一人物とは思えない口調だった。

「はい」

大男はくぐもった重低音で返事をすると、俺の上半身に大砲のような腕を伸ばす。

万事休す。将棋でいえば「詰み」だ。だが、素直に「参りました」と言う気はない。完敗した棋士にだって、将棋盤をひっくり返すことくらいならできる。

「触んじゃねえよ、でくの坊が！」

俺は大男の顔を見上げながら、野球のグローブを着けているかのような手を振り払った。

「いったいどうなってんだ、この店は。ああ？　勝ったらしっかり金取って、大負けこくと客に濡《ぬ》れ衣《ぎぬ》を着せるのか？　だったら、そっちがイカサマしてねえ証拠も見せてもらおうか！」

ありったけの声を掻《か》き集めて、叫び散らした。うまくすればこれにより、異変に気づいたほかの客がなだれ込んできて、その混乱に乗じて逃げ出すことができるかもしれない。

しかし、そんなことは起こらなかった。

「痛《いて》えな、このガキ」

大男は血走った両眼で俺を睨《にら》みつけると、背後の柏木を見やった。

「拒否したってことは、自白したも同然だ。好きにしろ。そいつはもう、客じゃない」

柏木は爪《つめ》に鑢《やすり》をかけながら、その視線を動かしもせずに言った。

俺は震え上がる。いまの自分の肝っ玉に比べたら、鶉《うずら》の卵ですら巨大といえるだろう。身体《からだ》が動かない。まるで、脳が指令を出すこと自体を忘れているみたいだ。

大男は俺の両肩を摑《つか》んだ。

ぐわっ、と思わず悲鳴が洩《も》れる。きっと肩を万力で搾《しぼ》られたら、こんな痛みをおぼえるに違いない。

バスケットシューズのソールが、床を離れた。

無駄と知りつつも、俺は宙で両脚をばたつかせる。

やがて大男の顔に、不敵な笑みが浮かんだ。

何をする気だ。何がくる――。

腹に激痛が走った。と同時に、身体が宙を舞った。横隔膜が跳ね上がり、月見そばやら胃液やらが逆流する。まもなく、背中に強烈な衝撃を感じた。肺を強打したようで息が吸えない。気づけば床に尻餅《しりもち》をつき、壁に寄りかかっていた。

どうやら俺は、膝蹴《ひざげ》りをくらって吹き飛び、後ろの壁に叩《たた》きつけられたようだ。しかし状況が呑《の》めたからといって、苦痛が終わるわけではない。涙と一緒に、眼球まで飛び出してしまいそうだ。吐物と一緒に、内臓まで飛び出してしまいそうだ。自動的に噴射された濁った液体が、床で飛び散った。依然、呼吸はできない。永遠につづくかのように思われるその苦痛を少しでも軽減するべく、俺は壁から背中を引き剝《は》がし、両手を腹にやり、そしてうずくまった。前髪と額が自分の吐物にまみれていたが、まったく気にならなかった。

「——大丈夫か？」

修平の声が聞こえる。背中をさすってくれているようだ。ところが俺は、頷《うなず》くことすらできない。

「てめえ！」

修平は叫びながら立ち上がると、大男に向かって走っていく。

俺は顔を上げ、「修平、よせ！」と叫んだ——というのは、頭の中だけの出来事だった。

修平は拳を振りかぶり、大男が射程距離に入った瞬間、勢いと体重を乗せた渾身《こんしん》の右を放った。その一撃は的確に、大男の鳩尾《みぞおち》に突き刺さった。

が、男は微動だにしなかった。——桁(けた)が違う。

　人男は、まだ腹に残っている修平の手首を摑むと、力任せに引いた。修平の体が吸い寄せられる。大男は向かってくる頭に、タイミングよく自分の頭を振り下ろす。ごん、と鈍い音を立てて、頭突きのカウンターが炸裂(さくれつ)した。修平はよろよろと二、三歩後退り(あとずさ)して、仰向(あおむ)けに倒れた。

　どうやらのびてしまったようだ。が、恥じることはない。頭に岩石が降ってくれば、誰だってああなってしまうだろうから。あいつがいまのニット帽に飽きたら、今度はヘルメットを勧めよう。ただし、生きてここを出られたらの話だが。

　俺の身体は、ようやく呼吸を再開した。咳(せき)ができることさえも、いまは幸せに思える。

「よし、いいだろう」

　柏木は大男の働きに対してか、あるいは自身の爪磨きに対してか、とにかくそう言った。

「クマザワ、退(さ)がっていいぞ」

「はい」

　返事をするや、大男は窓際(まどぎわ)まで後退し、後ろで手を組んだ。どう表記するのかは知らないが、「クマザワ」とは笑えるほどしっくりくる名だ。ボーイはいたって冷静だった。もしかしたら、こんなことは日常茶飯事なのかもしれない。

「手間かけさせんなよ、小僧」

柏木は腰を上げ、俺に近寄ってきた。そして、鼻で笑った。

「いつまで丸まってんだよ」

俺は芋虫のようにのそのそと体を動かして、ようやく片膝をついた。全身から酸素を要求された肺が、それに応《こた》えようと忙しく活動をはじめ、肩が激しく上下する。

「顔上げろよ」

てっきり髪の毛を摑み上げられるのかと思ったが、そんなことはされなかった。自分のげろも、ときには盾となるようだ。

「てめえ、やっぱりやってたんじゃねえかよ」

柏木は、床の一部分を顎《あご》で指した。

俺もそこに目を向ける。♠のAと、もう一枚は床に伏せられていてやはり何かはわからなかったが、確かに俺が抜いたカードだ。膝蹴りをくらって吹っ飛ばされたときに、袖から落ちたのだろう。

万策尽きた。物的証拠まで出てきてしまっては、もう為《な》す術はない。自分たちの命運は、この男の心境次第で決まる。それに従うしかない。おそらく、とんでもない目に遭わされることだろう。だがその前に、確かめておきたいことがある。俺は柏木を見上げた。

「どうして……わかったんですか?」

なんでそんなことをてめえに言ってやらなきゃならねえんだ? とでも怒鳴りつけられる覚悟だったが、彼はじつにあっさりと教えてくれた。

「ああ、お前らが店に来る前に、汚《きたね》え帽子被《かぶ》った中年がここに来てな、『デブを連れた銀髪が二十倍出したら、上着を調べたほうがいい』って、リークしてきたんだ。まあ、ただだってわけじゃなかったけどな。前にも、そいつの情報でサマ師(イカサマ師)を捕まえたことがあった。だから今回は先払いにしてやったよ」

俺は我が耳を疑った。思い当たる人物はただ一人——杉田。

俺は杉田を、砂粒ほども信用していなかった。だからわざわざプリペイドの携帯を買い、本名を名乗らなかったのだ。奴《やつ》はそれを感じ取って、あてにならない大金よりも目先の確実な小銭を取ったということか。いや、柏木はいま、「前にも」と言った。ということは、奴はこの計画に乗った時点で、正確に言えば、そもそもこの店の存在を聞かせてきた時点で、俺たちを売る気でいたのだ……。たしかにそれなら、イカサマの成否にかかわらず金を手にすることができる。では、なぜ奴は、店内で幾度となく援護してきたのだ。——いや、それも合点がいく。俺が気変わりして、『すり替え』を試みずに撤退するのを防ぐためだ。そうなってしまったら、隠しカードが表沙汰《おもてざた》にならない。奴は端《はな》から、分け前を頂戴《ちょうだい》することなど眼中になかったのだ。——嵌《は》められた。

自分が振った賽《さい》には、はじめから勝ちの目はなかったのだ。

「あの、くそ野郎が」

俺は眉根を寄せ、奥歯を嚙《か》み締めた。必ず見つけ出して、奴をきっちり型に嵌めてやる。

「おいおい」

柏木は呆《あき》れたように、鼻から息を洩らしながら言った。

「いっぱしに腹立ててる場合かよ。いまお前が考えなくちゃならないのは、この一件にどうやって落とし前をつけるかってことだろうが」

直面する危機に意識を引き戻され、全身が粟立《あわだ》った。

「き、聞いてください。俺たちは、その中年に唆《けしか》けられて——」

「知るか、クズが」

柏木の額に、一筋の血管が浮き上がる。

「駄目人間てのはどいつもこいつも同《おんな》じだ。自分が追い詰められると、すぐに他人《ひと》のせいにしやがる。まったく、虫唾《むしず》が走るぜ。それにだ。仮にそうだったとしても、許されるわけねえだろ。お前は自分の意思でサマやったんだ。それも、この俺の店でな。で、結果しくじったら、嵌められたんです、か？　ふざけんな。腹立てんのは勝手だが、それはお前とあの薄汚え中年の問題だ。俺にはまるで関係ねえ」

正論だ。返す言葉もない。

「――で、どうしてくれんだ？」

柏木はしゃがみこんで、俺の顔を見据えた。その眼差《まなざ》しは、冷酷そのものだった。

この手の人間の言う落とし前といえば、あれと相場が決まっている……。俺はおののきながら、自分の小指に目をやる。

「ひょっとして……」

柏木は声を上げて笑った。

「てめえの指なんかいるかよ。そんなもんもらったって、こっちには何の得もねえ」

鼻と口から、安堵《あんど》の溜息《ためいき》が洩れ出す。どうやら、これ以上の身体的苦痛はなさそうだ。

「いいか？　人様に迷惑をかけたとき、やらなきゃならないことってのは二つだ。一つは謝罪。もう一つは、金の支払いだ。それも、相手が納得する額のな。ただし、俺に限っては一つ目は不要だ。お前の詫《わ》びなんぞには糞《くそ》ほどの価値もねえからな。ということは、お前がするべきことは一つだ。とてもシンプルだろ」

「いったい、いくら払えば……」

俺は祈るような気持ちで訊《き》いた。

「そうだな……お前らは、この店に多大なる迷惑をかけた。詐欺《さぎ》、名誉毀損《めいよきそん》、暴行、おまけに床まで汚しやがった」

柏木は立ち上がり、ふたたびソファーに腰を下ろした。

「ざっと見積もって、三百万ってとこだな。どうだ、良心的だろ？」

三百万だと⁉　たしかにイカサマはした。大声で店に難癖をつけたのを名誉毀損とするのなら、百歩譲ってそれも認めよう。だが、あとの二つに関しては断じて解《げ》せない。柏木は、俺がクマザワの手を振り払ったことと、修平が彼を殴りつけたことを言っているのだろうが、明らかに暴行を受けたのはこっちだ。そしてその暴行によって、床がこうなったのではないか。人間不思議なもので、小指を失うよりはましだ、などという発想にはとてもならなかった。

「いや、いくらなんでも、そんな大金……」

「何か言ったか、小僧！」

柏木が怒声を放つ。それはまるで、野獣の咆哮《ほうこう》のようだった。

その圧倒的な迫力に気圧《けお》され、つづくべき言葉は腹の底まで撤退していった。

「こんだけ好き放題やっといて、払わねえだと？　てめえは山賊か。俺は三百と言った。それは覆《くつがえ》らない。どんなことがあってもだ。お前と無駄話をするほど、俺は暇じゃねえんだよ。いいか？　いまお前が俺と話すべきことは、金額じゃない。期限だろ」

「いつまでに……」

自分が愚かだった。ヤクザ相手に、値切れるわけがない。

我ながら、なんて情けない声だ。

「そうだなあ……」

柏木は首をぐるぐる回して、充分にそれを解《ほぐ》し終えると、懐《ふところ》から1セットのトランプを取り出した。そして、切りはじめた。

まさか、カードで決めるつもりなのか？　ということは最長で十三日、最悪の場合、一日——。これほどまでにAを疫病神《やくびょうがみ》扱いしたのは初めてだ。俺は瞬《まばた》きすることも忘れ、抜かれては載せられていくカードを見つめる。

柏木はいちど手を止めると、一番上のカードをめくった。その仕草に楽しんでいる様子はなく、じつに機械的だった。つづいて彼は、運命のカードを俺に見せもせずにこう言った。

「五日だ」

五日……。

「五日後の——」

柏木は、見るからに高価そうな腕時計を眺める。

「六時二十三分だ。それまでに金をつくってここに持って来い」

俺は、ゆっくりとうなだれた。それは、Aではなかったことに安堵したからではもちろんない。——絶望的だ。三百万という大金を、五日などで用意できるわけがない。そんな稼ぎがあったら、そもそもこんな場所に来てはいないのだ。しかし期限を引き延ばす交渉をしたところで、金額同様却下されるのが関の山だ。では、訊いておかなくてはならないことは、もはや一つしかない。

「もし……もしもの話ですが、間に合わなかったら、どうなりますか?」

柏木の顔色を窺《うかが》いながら訊《たず》ねた。

「こいつの――」

柏木は、仰向けになってのびている修平を顎でしゃくった。

「目玉と内臓を売って金にするかな、、、、、、、、」

まるで冷蔵庫の余り物で何か一品作るとでもいうような、軽快な口調だった。しかしそれが、脅しではない証明のようで余計に怖かった。

「そんな……」

「おい、その反応はおかしいだろ。お前は期限を破るつもりなのか？　それに、俺だってそんなことはしたくない。なぜだかわかるか？」

「……いえ」

そう答えながらも、俺は柏木の口から人間的な言葉が発せられるのを期待した。が、

「面倒だからだ」

と彼は言った。まるで興味もなさそうに。

「本来、角膜や内臓ってのは、海外に売り飛ばすほうがリスクが少ない。インドやらフィリピンやら、臓器売買が横行している国にな。だがあっちは物価が安いから、苦労のわりに金にならねえんだ。言い換えれば、いいシノギにはならない。『買う』に

ちょうど柏木が話し終えたとき、フロアにつづくドアがひらく音がした。俺は左に首を回す。入ってきたのは、女ディーラーだった。

「お疲れ様です」

彼女は誰にともなく頭を下げると、クマザワが出てきたドアへと向かう。その先は、休憩室か何かなのだろうか。

「おい」

柏木が声をかけると、女ディーラーはびくりとして歩を止めた。

「お前、まんまとすり替えられてんじゃねえよ」

「すみません」

殊勝な顔で詫びたあと、彼女はうつむいた。

「それ、戻しとけよ」

柏木は床に落ちている二枚のカードを顎で示した。

「はい、すいませんでした」

ディーラーはカードに近づいて腰を屈《かが》め、それらを丁重に拾い上げる。俺のせいでこんなとばっちりを受けたのだから、罵声の一つでも浴びせたいはずだ。ところが彼女はちらりと俺を見ただけで、表情を変えなかった。きっと柏木の前だから、そう努めているのだろう。

「失礼します」

ディーラーは二枚のカードとともに、机の奥の部屋に入っていった。

こんなに惨《みじ》めな思いをするのは、人生初だ。自分のげろまみれになって跪《ひざまず》き、怯《おび》えている。しかもそれを、女に見られた。こんなことならいっそのこと、強盗でもやって警察に突き出されたほうがましだった。

——ん？

単純なことを忘れていた。この国には、警察という組織があるではないか。それも、世界でもトップクラスに優秀だ、とテレビでやっていた。もしかしたら自分も何かの罪に問われるかもしれないが、この際そんなことはどうだっていい。ここを出たら、すぐに警察に助けを求めればいいのだ——助かるかもしれない。

「ああ、それから」

柏木は、俺の目論見《もくろみ》を察したかのようなタイミングで口をひらいた。

「サツに泣きつこうなんて考えないほうがいいぞ。そんなことをしても、連れを助けることはおろか、俺をパクることすらできやしない。なぜか？　喜んで俺の代わりにパクられる奴が腐るほどいるからだ。そしてそうなったら、俺はお前とこいつを殺さなくちゃならなくなる。それから、お前らの家族もな。てことはだ、俺はわざわざお前らとその家族の住所を調べ上げて、挙句、俺を慕ってる人間が何人か懲役をくう羽目になるってわけだ。簡単に言えば、お前は命を落として、俺は手間をくう。これじゃあどっちにも得がない。そうだろ？」

身体が、がたがたと震え出す。あらゆる感情を、大津波のごとく恐怖が飲み込んでいく。純度百パーセントの恐怖。心の中にはもう、それ以外のものは何もない。杉田への怒りさえもだ。

「わかったらさっさと消えろ。ただしその窓からな。フロアには、まだ客がいる」

俺はよろよろと立ち上がった。そして、窓に向かって歩いていく。足に力が入らない。まるで他人の足で歩いているみたいだ。ぼろ雑巾《ぞうきん》――いまの自分に、これ以上相応《ふさわ》しい言葉はないだろう。

クマザワが、無言で窓を開ける。外はまだ暗かった。俺はその前で立ち止まり、修平を振り返った。

すまない……。

窓から外に飛び降りた。普段ならどうということのない高さも、いまの俺には堪《こた》えた。膝が、サスペンションの役目を放棄していた。どうにか肘《ひじ》を突き出してアスファルトに顔面を打つことを免れたが、勢いは止まらない。そのまま数回転がり、やがてうつ伏せになったところで止まった。

そこは、小さなコインパーキングだった。時間が時間だけに、フルスモークのバンが一台、眠るように停まっているだけだった。

俺は、バラバラになってしまった身体を掻き集めるようにして立ち上がる。膝蹴りをくらった辺りが、きりきりと痛んだ。片手で腹を押さえながら、亡霊のように歩き出す。コインパーキングを出たところで、窓が閉められる音が聞こえた。

BEAMSの前にある公園に着いた。僅《わず》かだが、空は白みはじめていた。中には誰もいないが、公園の脇《わき》では、鴉《からす》が能天気な声で鳴きながら、ごみ袋の中身を散らかしている。

水道まで辿《たど》り着くと、蛇口を回した。錆《さ》びているのか、凍結しているのか、あるいは握力が著しく低下しているからか、とにかく固かった。少ししてから、申し訳なさそうに水が出てきた。触れただけで、心臓が殴りつけられたみたいな感覚に襲われた。顔を近づけて、自分の吐物が付着した額と前髪を洗い流す。気配を感じ、目だけをそちらに向けると、ビー玉を二つ嵌め込んだような眼で、鴉が俺を見ていた。

お前はいま、何をしているんだ？　なんで自分のげろなんか洗ってる？　本来なら、五百万近い金を手に笑っていたはずだろ？　なんだそうか、見下してた親爺《おやじ》に嵌められたのか。それも見事に。無様だな。じつに無様だ。そういや、修平はどうした？置いてきたのか？　親友を？　あんなイカれた奴らのところに？　仕方がなかった？ほんとうにそうか？　びびって逃げ出しただけだろ？　まったく、お前は救いようのない弱虫だな。悔しいか？　嘘《うそ》だろ。実際はほっとしてるんじゃないのか？　自分が人質にならなかったから。修平を見殺しにすれば、少なくともお前は死なずに済むもんな。違う？　だったら、金を用意するってことか？　どうやって？　悪知恵しか能のないお前に何ができる？　得意のすり替えで儲《もう》けられる店なんてほかにはないぞ。終わったな。いっそのこと、死んじまったほうが——。

「うるせえ！」

思わず叫んでいた。横にいた鴉が、弾《はじ》かれたように飛び立った。

鶴瀬《つるせ》駅のホームに降り立ち、階段を上る。渋谷から一時間近くかかったように思えないのは、早朝の下り線がほぼ貸切状態だったからだろう。

西口改札を出て、家路を辿る。弱い陽射《ひざ》しが、俺の背中を微《かす》かに温めた。サラリーマンやOLが、足早に駅へ向かって歩いていく。その流れに逆らっているのは、俺一人だけだった。以前なら彼らを見て、心中で毒づいていたところだ。毎日決まった時間に会社に行っては人にぺこぺこ頭を下げて、死ぬまでそれを繰り返す。そんな生き方をするのはまっぴらごめんだ――という具合に。ところがいまの俺には、心から彼らがうらやましく思えた。誰でもいいから代わってほしかった。

ロータリーに沿って進むと、交番がある。硝子戸には「パトロール中」と書かれた札が提げられていて、中に警官はいなかった。俺は無意識に立ち止まっていた。

懸賞金三百万円。その文字に、目を惹《ひ》かれたのだ。俺は、掲示板に貼《は》りつけられた指名手配犯と睨み合った。だがしばらくそうしていると、自嘲《じちょう》の笑みが鼻から洩れた。

また歩き出した。歩道には枯れ葉が積もっていた。そのかわりに、街路樹はほとんど丸裸で寒そうにしている。心ない木枯らしが、彼らの衣服を車道に放り出していた。

信号を左に折れて小路《こみち》に入ると、初めて蟻地獄《ありじごく》を見つけた民家に差しかかった。しょっちゅう通っている道で、普段そんなことはないのだが、ふといつかの夏休みの記憶が引き出され、似ているな、と思った。

いまの自分は、蟻地獄に嵌まったアリンコだ。何かの拍子に足を滑らせて、嵌まってしまったのだ。柏木というアリジゴクの巣に。

自宅に着いた。建て替えられ、リフォームされ、隣近所の家々はみな洒落《しゃれ》ている。

その中で一軒だけ、いまだ木造を貫き通しているのが、我が二村家である。気取っていえば頑固だが、実際はただ金がないだけだ。

ポケットから鍵《かぎ》を取り出し、ドアを開けた。最後にここを出たのが、遠い昔のことのように思える。よろめく身体を下駄《げた》箱に手をついて支えながら、三和土《たたき》にバスケットシューズを脱ぎ捨てた。家には誰もいないようだった。自動車整備工場に勤める父はすでに仕事に出かけ、母もコンビニのパートに出たのだろう。

両親の寝室を横目に、階段を上る。もしかしたら、手すりに頼ったのは初めてかもしれない。足を載せるごとに、踏み板が軋む。子供の頃は駆け上がってもそんなことはなかったのだが、原因は体重の増加か、家自体の老朽化か、どちらかはわからない。

上がってすぐにある部屋を通り過ぎ、短い廊下を進む。そこは兄が使っていた部屋だが、いまは誰もいない。一年前、彼は自立して出ていった。

突き当たりのドアを押し開けて、中に入った。相変わらずの散らかり様は、昨日のままだ。安堵からか、急激に脱力感が襲いかかってきた。安物のパイプベッドが、手招きしているように見える。誘われるがまま、俺はそこに倒れ込んだ。

まるで身体が液状になって、ベッドに滲《し》み込んでいくようだ。

寝てる場合じゃない。考えるんだ。これからどうするかを。頭を使うのは得意なはずだろ。将棋なんて負け知らずじゃないか。あれ？　頭のほうで、誰かが口笛を吹いている。いや、あれはベランダにつづく窓が、隙間《すきま》風で鳴っているんだ。ほらな、まだ働く。そうと決まったらさっさと起き上がって、修平を助ける策を練るとしよう。おかしいな、身体が動かない。まあいいや。このままだって、支障はないさ。まず効率よく……金を……つくる……に……は……。

渋谷のスクランブル交差点で、俺は信号待ちをしていた。分厚い雨雲が空を埋め尽くし、明け方みたいに暗い。いまにも雷が落ちてきそうなのに、雑踏は相変わらずだ。信号が青に変わったので、俺は歩き出した。――まったく、なんでこんなに混んだ？　近いうち、用もない奴が来るのは禁止にすればいいんだ。俺みたいに用事がある奴以外は。俺は今日……何しに来たんだっけ？

思い出そうとしながら進んでいると、突然空から黒い塊が降ってきて、俺の足下に落ちた。ぎょっとして歩を止める。よく見てみると、それは人間だった。その人間はうつ伏せになって倒れているが、若い男だということはわかった。落ちてきたとき蟻のように黒く見えていたのは、影になっていたからだろうか。驚いたことに、まだ生きているらしく、もぞもぞと動いている。

彼は呻《うめ》きながら手を伸ばし、俺の足首を摑んだ。振り払おうとするが、身体が動かない。声も出ない。

これが、金縛りってやつか。おい、誰か気づけよ――辺りに視線を投げる。が、交差点を行き交っていた人々は、忽然《こつぜん》と姿を消していた。

空から降ってきた人間は、硬直するこの身体を、ゆっくりと這《は》い上がってくる。俺は肩で息をしながら、ニット帽を被ったその頭頂部を見つめる。

頭が腹のところまできたとき、その人間の動きが止まった。

「なんで助けてくれなかったんだよ」

彼は修平の声でそう言うと、一気に顔を上げた。

――眼球がない。眼窩《がんか》が空洞になっている。

俺は腰を抜かして、尻餅をついた。そこでさらに気がついた。眼窩同様、身体も空洞になっていることに。その穴の中には、内臓らしきものはいっさい認められなかった。

思わず後退りする。四肢をばたつかせ、眼と内臓のない人間から必死で遠ざかる。しかし数歩もしないうちに、突然掌《てのひら》から伝わるアスファルトの感触が、砂に変わった。

はっとして身をよじる。とそこには、巨大な蟻地獄が口を開けていた。

落ちる——。

首を戻しながら立ち上がる。がその途中で、どん、と何かにぶち当たった。

「痛えな、このガキ」

頭上で野太い声がした。その方向を見上げる。そうして初めて、状況を呑み込むことができた。自分が逃走しようとした軌道上に、クマザワが立ちはだかっていたのだ。

彼は俺の両肩を摑んで、軽々と持ち上げた。俺は必死に両足を振り回すが、焼け石に水だった。

クマザワの肩越しに、杉田が卑《いや》しい顔で笑っているのが見える。

「ひひひ！　いい気味だ。大人を騙《だま》そうとするからさ」

その隣には女ディーラーが立っていたが、彼女は俺に一瞥《いちべつ》をくれると、去っていった。

「待ってくれ！」

叫んだ瞬間、腹に激痛が走り、身体が宙を舞った。クマザワに膝蹴りをぶち込まれたのだろう。そうなることは、なぜだか予測できていた。

背中を強打した。その拍子に息が詰まってしまったが、ようやく長い滞空時間が終わったようだ。しかしどういうわけか、景色が猛烈なスピードで、上から下へと流れていく。空——足——砂——空——足——砂——空——。どうやら俺の身体は、後ろ向きに転げ落ちているらしい。……そうか、ここは、砂の急斜面だ。

このままじゃ、食われる——俺はタイミングを見計らって四肢を突き出した。灰色の斜面に、四本の溝が刻まれていく。何とか転落を食い止めたときには、足首まで砂に埋まっていた。だがそれは、完全な停止ではなかった。砂は下に向かって流れていて、それに伴い、俺自身もずるずると滑り下りている……。

「！」

俺は上を目指して走り出した。腹の痛みと呼吸困難の苦しみを抱えながら。それでも、全速力で走る。走る。走る。しかし、足掻《あが》けど足掻けど進まない。むしろ後退しているようにも思える。

肺がパンクする。手足がもぎ取れる。もう、限界だ。このまま走りつづけても止まっても、いずれにしても死ぬ。どうにかしないと……そうだ、斜めに走ってみよう。それなら傾斜が緩くなるぶん、楽に上っていけるはずだ。

その名案を実践しはじめたとたん、視界が陰った。つづいて何かが覆《おお》い被さってきた。その衝撃は、大人に飛びつかれたみたいだった。俺は力尽きて、ふたたび転げ落ちていく。——砂だ。大量の砂をかけられたのだ。

全身が痛い。砂が入って、右眼が開かない。口の中がじゃりじゃりする。気づけば、中心部で仰向けになっていた。

地面が微かに揺れはじめた。それを背中で感じたつぎの瞬間、耳を塞ぎたくなるほどの地響きとともに、地中から巨大なアリジゴクが現れた。天に掲げられた一対の大顎から、幾筋かの砂が垂れ流れている。

「お前も、連れみたいにしてやるよ」

とアリジゴクは言った。声は柏木のものだった。

「面倒だけどな」

大顎が、目いっぱいひらかれた。

「やめろ、やめてくれ」

「何か言ったか、小僧!」

凶悪な刃《やいば》が、左右から同時に襲いかかってくる。俺にできるのは、瞼《まぶた》を固く閉じて、歯を食いしばることだけだった。

大顎は、無慈悲に閉じられた。

俺は絶叫した。その声とともに吐き出された血が、灰色の地面に赤い斑点《はんてん》模様を描いた。激痛。断末魔とは、まさにこれだ。傷口が焼けるように熱い。さらに圧倒的な力で、身体が地中へと引きずり込まれていく。殺される。いや、この苦痛がつづくらいなら、死んだほうがましか。腰が埋まる。胸が埋まる。首が埋まる。頭が――。眼前に広がるのは、漆黒の闇《やみ》――。もう、何も見えない。砂の中か。さあ、早く殺してくれ。

「――うじ」

誰だ。

「こうじ」

聞き覚えのある声だ。

「孝次、ご飯できたけど、まだ寝るの？」

なんだ、母さんか。腹は減ってるけど、いまそれどころじゃ……ん？

俺はかっと目を開けた。その視界に映ったのは、薄暗い自分の部屋だった。足下の方向から、やわらかな光が射している。その光の中には、母のものとおぼしき影が伸びていた。ドアがひらかれているようだ。

「どうするの？」

とくに苛立《いらだ》った様子もなく、彼女は訊ねた。

「ああ、すぐに下りるよ」

俺はもごもごと答えた。それは考えて出した結論というよりも、条件反射に近いものだった。

「そう」

影は去っていった。俺はそこで初めて、自分が悪夢から抜け出したのだと気がついた。額にはじっとりと汗をかいていた。

唸《うな》りながら身を起こす。ベッドから足を下ろすと、スウェットを踏みつけた感触がした。上着を脱いで横に置き、Tシャツの袖《そで》で額を拭《ぬぐ》う。

ベッドの目の前には、硝子《ガラス》製のローテーブルがある。その天板に置かれた目覚まし時計に目をやった。黄緑色に発光するデジタル数字は、六時十六分を告げている。午前か午後か、どちらの六時なのかがすぐには理解できなかったが、母さんの言葉から察するに、午後のであるはずだ。ずいぶんと寝入ってしまった。しかしそのわりには、倦怠感《けんたいかん》はまだ図々《ずうずう》しく身体に居座っている。

天板からタバコを取り、火をつけた。これ以上ない悪夢だった。夢だというのに、その中で味わった苦痛までもがああもリアルなものか。夢と現実の境い目など、紙一重なのだな。ひょっとしたら、裏カジノに入ったこと自体夢だったのではないだろうか。

　俺は苦笑した。あれは現実だ。そして渋谷のスクランブル交差点を舞台にした、B級SF映画が夢だ。ただし、その中で見た修平の姿、あれは現実に起こりうることだ。それを食い止めるためには、
　五日以内に三百万という大金をつくらなければならない。

　俺は缶の灰皿でタバコを揉《も》み消すと、ドアまで歩いていき、その脇にあるスイッチを押した。蛍光灯の眩《まぶ》しい光に目をしかめながら、ベッドの向かい側にある学習机の椅子《いす》に座る。それは小学生のときから使っているものだが、決して愛着があって捨てられないというわけではなく、単に買い換えるのが億劫《おっくう》なだけだった。

　俺はズボンのポケットから黒い携帯電話を取り出して、友人、知人、登録されているすべての人間に、片っ端からメールを送信した。もちろん、金が要る、という内容だ。

　それから意味もなくメモリーの「あ行」に戻ったとき、俺はあることに気づいた。自分はいま、当然のように修平を飛ばした。だが真っ先に連絡を取るべき人間は、修平なのではないか。人質になっているからといって、携帯を取り上げられているとは限らない。

ディスプレイに修平の番号を表示させて、通話ボタンを押した。受話口を耳にあてて、固唾《かたず》を呑む。呼び出し音が鳴りはじめ——。

『おう、孝次』

まるで緊張感のない声で修平が出たのは、まだワンコール目の途中だった。

「早《はえ》えな」

思わず口走っていた。

『暇だから、携帯いじってたんだ』

「そうか」

俺は拍子抜けしたが、すぐに事態の深刻さを思い出した。

「大丈夫か?」

『うん、いまのところは』

「そうか。どこにいるんだ?」

無意識に、早口になっていた。

『たぶん、カジノの近くのマンションだよ。気絶してたから、詳しくはわからないけど』

「牢屋《ろうや》みたいなところじゃないんだな」

『うん。狭いけど、なかなか快適だよ。シャワーだってある』

修平は、なぜか自慢げに言った。

「そりゃよかった」

幾ばくかの安堵が、胸に生じた。

「事情は聞いたか?」

『まあ、だいたいはね』

「悪かったな。俺が甘かったよ」

『いや、孝次は完璧《かんぺき》だった』

スナック菓子を咀嚼《そしゃく》する音がする。

『杉田が曲者《くせもの》だったなんて、シャーロック・ホームズだって見破れやしないよ』

「そう言ってもらえると、ちょっとばかり楽になるな」

『そんなことより、かなり厳しい条件だよね。できることがあれば言ってよ、って言いたいところだけど、こっちは知ってのとおりだし』

「まあ、どうにかするさ。お前にできるのは、食い過ぎに注意することぐらいだな」

『それは無理だね。食べ過ぎかどうかの基準は、胃袋が決めるんだ』

こうして話していると、自分達が窮地に立たされていることが嘘みたいに思えてくる。

視界の隅に母さんが入ってきた。が、電話中であることに気づいたらしく、彼女は無言で去っていった。

「そういや、携帯使えるんだな」

『うん。もし110番通報なんてしたら、お前もその家族も皆殺しにしなきゃならないから、どっちにも得がないだろってさ』

「……そうか。——でもそれにしたって、わざわざ携帯を持たせておく必要はないだろ」

『いや、なんかさ、心配した家族に捜索願いを出されたりすると、面倒なんだって』

「なるほどな」

脳裏に柏木の姿がよぎる。

「待てよ……」

いまの修平の発言からするに、柏木は携帯を自由に使わせてまで、捜索願いを出されることを嫌っている。しかし、仮に柏木がほんとうに修平をブローカーに売った場合、修平の捜索願いが出されるのは時間の問題だ。どうにも腑《ふ》に落ちない。

「ひょっとしたら」

思わず声のボリュームが上がる。

「角膜や内臓を売っ払《ぱら》うだなんだってのは、ハッタリなんじゃないのか？」

『それはないよ』

修平の声のトーンが下がった。

「なんでだよ」

彼はしばらく口籠《くちごも》ってから、大きく長く息を吐き、そしてまた数秒の沈黙をおき、
ようやく口をひらいた。

『遺書を書かされた』

……なんてことだ。希望の仮説は、粉々に砕け散った。

『ドスで脅されて……』

修平は申し訳なさそうに言った。まるで自分の非を責めるように。

『これで、いつでも売り飛ばせるってさ』

俺は奥歯を嚙《か》み締める。柏木の奴、まさにアリジゴク。もはや奴に、天敵はいない。

「いいか、修平。どんなことをしても、必ず助ける」

自分自身をも鼓舞するために、力強く繰り返す。

「必ずだ」

『うん。でも、あんまり無茶はしないように』

修平は、無理に笑っていた。

「ああ、じゃあな」

『うん、また』

電話を切った。そして、うなだれた。自分が修平を巻き込んだのだ。この蟻地獄に。俺の心は、修平に対する懺悔《ざんげ》の念でいっぱいになっていた。これは、あのときとよく似た感覚だ。自動的に、遠い日の記憶が再生される。

小学三年生のときのことだ。体調を崩した修平が、教室で嘔吐《おうと》した。クラスメイトが休み時間を返上して後始末をしている中、俺は目をそらして気づかないふりをした。自分は最低の人間だ、と生まれて初めて思った瞬間だった。次の日からも、いつもどおり二人で遊んだが、どこか居心地が悪かった。

そしてそれを、いまも謝れずにいる。

突然腹が鳴った。その音は低音からはじまり、段々と高くなっていった。英語で何かを問いかけるような、間の抜けた音だった。俺は苦笑しながら、携帯を机に置いた。階段を下りて、ダイニングに向かった。ドアを開けると、石油ストーブと煮物の匂《にお》いがした。部屋の大部分を占める炬燵《こたつ》に、母さんがぽつんと座っている。後ろ姿だけなら、三十代にも見える。彼女は天気予報を伝えるテレビ画面に見切りをつけて、振り返った。

「遅いから冷めちゃったじゃない」

そう言い残して、母さんは狭い台所へと入っていった。どうやらいちど料理を並べてくれていたようだ。

「ああ、わるい」

俺は炬燵に入って、グラスに満たされた麦茶を飲み干した。胃がずきずきと痛む。クマザワの顔が浮かび、自然と舌が鳴った。

ややあって、母さんが料理を運んできた。肉じゃがに、白飯と味噌汁《みそしる》といった献立だった。彼女は俺の向かい側――もといた場所に、その小柄な身体《からだ》を落ち着けた。そしてリモコンを手に取った。目当ての番組が見つからないらしく、目まぐるしくチャンネルを回している。

並みの家庭ならば「いつまでもふらふらしてないで、ちゃんと働きなさい」などと、小言を浴びせられるのだろうが、彼女はそんなことは言わない。というよりも、きっと言えないのだ。俺が月々七万円を家に納めているのが、その所以《ゆえん》だ。

かれこれ一年と五ヶ月つづけているそれは、俺なりの意地であり、プライドだった。

ちゃんと働いている同年代の連中に、同じことができるか。ましてや、目的もなく大学に通っているような脛《すね》かじりどもなど論外。これは、奴《やつ》らよりも自分が優れていることの証明なのだ——と俺は信じている。

空腹を訴えているくせに、飲み込むと痛がる。なんて身勝手な胃袋だ。俺は母さんに悟られないよう、顔を歪《ゆが》めてしまう瞬間、いてっ、の代わりに、あつっ、と言いながら食べていた。

頼りないエンジン音が、ゆっくりと近づいてきた。それは一度遠慮がちに唸ると、やがてアイドリング状態になって、すぐに消えた。オヤジが帰宅して、おんぼろの旧型ブルーバードをガレージに停めたようだ。ガレージといっても雨曝《あまざら》しで、地面は罅《ひび》だらけだが。

「ごちそうさま」

まだ満腹とはいえないが、痛みに嫌気が差していた。

「おかわりは？」

「ああ、いいや」

肉じゃがはベスト3に入るほどの好物だが、仕方がない。

「そう」

母さんは俺が使った食器を持って立ち上がった。

「ただいまー」

玄関から威勢のいい声がした。まもなくダイニングのドアがひらかれ、オヤジが入ってきた。彼の顔は日に焼けて浅黒く、俺のそれとは対照的だ。

「おかえり」

母さんはオヤジのほうに首を回して挨拶《あいさつ》を返すと、ふたたび台所に入っていった。

「お前でも、真っ当な時間に晩飯を食うことがあるんだな」

「山田自動車整備工場」の刺繍《ししゅう》が施されたジャンパーを脱ぎながら、オヤジはからかうように言った。

「まあね」

俺は立ち上がって、オヤジに近づいた。近距離だと若干見上げる格好になる。どうやらもう、俺が父親の身長を追い越すことはなさそうだ。

「悪いんだけどさ……」

「なんだよ」

俺はちらりと台所のほうを気にしてから、オヤジに目を戻した。

「今月分、待ってくんないかな」

　これが甘えられる限界のラインだ。この家に金などない。ローンだってたっぷりと残っている。とてもじゃないが、三百万ばかり貸してくれ、などとは言えない。

「珍しいな。いや、初めてじゃないか？　まあ、俺は構わないけどな。ただ、お前はそれでいいのか？　自分で言い出した決まりを破るのは、男としては褒められたもんじゃないぜ」

「わかってるよ。――ただ、そんなことを言ってられないときだってあるのさ」

　その場にプライドを半分置き去りにして、俺はダイニングをあとにした。

　風呂場《ふろば》に寄ってから、自室に戻った。両肩には赤い手形が、鳩尾《みぞおち》には紫色の痣《あざ》ができていた。おかげで、湯舟には浸《つ》かれなかった。

　床で裏返しになっていたスウェット上下に着替えて、机の上の携帯電話を手に取った。ベッドに腰かけて、タバコに火をつける。一口吸って、それを灰皿に預けた。

　タオルで髪を擦《こす》りながら、携帯のボタンを押して画面を発光させた。――メールを受信している。俺はタオルから手を離し、ふたたびタバコに手を伸ばす。そして煙を深く吸い込んで、大きく吐き出した。もしもこの中に、三百万を貸せるという人物がいたなら、一年で百万上乗せして返す。何なら半年でも構わない。だから、頼む――祈りにも似た心境で、一通一通に目を通す。

しかし、そんな人間はいなかった。そもそも返信されたのは、三件だけだった。「五万なら何とかできる」「二万ならいいよ」「こっちが貸してほしいぐらいだ」といった内容だった。

俺はゆっくりと仰向《あおむ》けになった。当然だ。そんなにうまい話などあるわけがない。いや、まだわからない。送信してから、たった一時間足らずじゃないか。その間に考えよう。同時進行で。さて、どうする？　俺は天井の一点を見つめた。

まず、修平の家にも期待はできない。それができれば、とっくにそうしているはずだ。修平自身が自由に携帯を使えるのだから。それから、まともな金融機関にすがりつくのも無駄だ。定職に就かない自分などには、一円たりとも貸してはくれないだろう。かといって闇金も駄目だ。彼らの金利は、十日《トイチ》で一割と相場が決まっている。となると、利息だけで最低月九十万。さすがに無理だ。しかもそれは、安くてだ。悪くすれば、トサン、トゴまでザラだと聞く。そしてもし支払いが滞れば、いまと同じような状況に追い込まれるのは目に見えている。これでは地獄から別の地獄へ引っ越すようなものだ。ならば、博打《ばくち》はどうか。それもやはり厳しい。自分のできるイカサマで一攫千金《いっかくせんきん》が狙《ねら》えるのは、柏木の店のほかにはない。だいいち元手がない。パチスロでちまちま稼いでいる時間もない。ではやはり、法を犯すしかないのだろうか。しかし、銀行などを襲うのも非現実的。入念な下調べ、綿密に練った計画、信頼のおける人員。最低限、これらは必要だ。なのにいまの自分ときたら、その条件を何一つ満たしていない。それに、仮にすべて揃《そろ》っていたとしても、銀行強盗における完全犯罪遂行など絵空事だ。そう簡単にうまくいったら、サラリーマンぐらい強盗を目にする世の中になっていることだろう。だったら――。俺は思考の車輪を回しつづけた。

気づけば朝日が射していた。けっきょく、魅力的な打開策との出会いは果たせなかった。携帯は、石のように無口だった。昨晩送信したメールがいままで返ってこないとなると、シカトされたと考えるのが妥当だ。もしかしたら、「金が要る」という言葉は、人間関係を狂わせる呪文《じゅもん》なのかもしれない。これから先、もしも距離を置きたい人間ができたら、金を貸してくれ、と言ってみることにしよう。

3　脱出法

修平が拘束されてから、二十四時間が経過してしまった。俺は依然、動けずにいた。何かしらの行動に打って出たいところだが、策がないのだからそうもいかない。苛立《いらだ》ちは募るばかりだ。

携帯の振動音が、静かな部屋に響いた。しかし枕元《まくらもと》にある黒い携帯は、相変わらず沈黙をつづけている。ということは――。

俺はマットレスに突き飛ばされたように身を起こした。振動音は、昨日履いていたズボンから聞こえる。そのポケットの中には、プリペイド式の白い携帯が入れっ放しになっているはずだ。そして、そこにかけてくる人間は一人しかいない。腹の奥底が、かっと熱くなるのがわかった。

よくもぬけぬけと……。

ベッドからズボンまで、飛び移るように移動した。床で丸まっていたズボンを摑《つか》み上げて、携帯をひったくるかのごとく抜き取ると、親指で貫く勢いで通話ボタンを押した。

「杉田、てめえ……」

杉田は、高く細い声で嘲笑《ちょうしょう》していた。

『そう熱くなるなよ。——調子はどうだ?』

「必ず捜し出して、ぶち殺してやる」

『それが不可能だってことは、よくわかってるだろう?』

神経を逆撫《さかな》でするような口調だ。

『それに、騙《だま》そうとしてたのはお互い様じゃないか』

「くっ……」

俺はゆっくりと息を吐き出し、燃え盛る怒りをなんとか抑え込む。

「何の用だ」

『そう焦《あせ》るなよ。——お前は、落とし穴を掘るだけ掘って、そのまま家に帰れるか?』

「てめえのくだらねえなぞなぞに付き合ってる暇はねえんだよ」

『まあ、聞け。なぜ落とし穴をつくるか。それは、落ちた人間の反応を見たいからだ。

最初は何が起こったのかわからず唖然《あぜん》として、やがて事態を飲み込み、悔しがる様をな。その悔しがった顔を見て初めて、優越感に浸ることができる。そして俺にとっては、いまがそれなのさ』

「だったら、直接見に来いや」

『そいつは遠慮しておこう。お前の相棒の身代わりとして、柏木に売り飛ばされては敵《かな》わないからな』

「……」

杉田の奴《やつ》、修平が監禁されていることまで把握している。俺たちの前に嵌《は》めた奴のときと、柏木の出した条件が類似しているのだろうか。

『まあ世の中には、自殺する奴もいるくらいだ。せいぜい汗をかいて、身代わりを探すがいい。これでお別れだ。お前の必死な顔を見られないのは残念だけどな』

下卑た笑い声を最後に、電話は切られた。

「くそがっ」

俺は着信履歴を表示させて、通話ボタンを押そうとした――が、思いとどまった。これ以上何を話すつもりだ。問い質《ただ》したところで、奴が素直に居場所を白状するわけがないではないか。無念だが、奴への復讐《ふくしゅう》は修平を救出したあとだ。

ベッドに腰かけて、白い携帯をテーブルに放り投げると、マルボロをくわえた。いまの会話で、何かが見えた。だが、まだはっきりと見えたわけではない。磨《す》り硝子《ガラス》越しに見ているような、何があるのかまではわからないが、何かがあることはわかる──そんな感覚だ。とにかく、三百万を用意するという発想に固執しすぎていたことだけは確かなようだ。

柏木は、三百万を用意できなければ修平を売り飛ばす、と言った。闇《やみ》で取り引きするとしても、修平の命には三百万以上の価値があるということになる。だが杉田が言ったように、必ずしも修平である必要はないはず。柏木からすれば、金が手に入ればそれでいいのだから。だからといって、身代わりを探そうにもそんな慈悲深い人間がいるわけがない。となると、拉致《らち》でもして柏木に差し出すか。馬鹿《ばか》な、それは人殺しだ。

──まあ世の中には、自殺する奴もいるくらいだ──

たしかにこの国の自殺者は、年間三万人を越えると聞く。ならば自殺志願者などそこら中にいるはずだ。だが彼らに頼んだところで、返答は「NO」に決まっている。知りもしない人間の命を救うことになど、興味はないだろう。死んでからならおとなしく言いなりになってくれるが、それでは無意味だ。臓器に価値がある以上、死体になってしまっては値はつかない。……やはり磨り硝子の向こうには、何もなかったのだろうか。

いや待て……。

——一個たったの四十万だとさ。魚や鳥のじゃなく、人間の目玉がだ——

俺は声を上げて笑った。

杉田の奴、いいヒントをくれたものだ。いや、ほとんど答えだった。

タバコを揉《も》み消しながら、目覚まし時計に目をやった。午前七時三分——柏木がまだ、カジノにいる時間だ。


二時間後、俺は渋谷のマクドナルドにいた。土曜の朝だからか、店内はがらんとしていた。隅の席にはホストが二人、向かい合わせに座っている。一人はテーブルに突っ伏して眠り、もう一人は死んだような眼で携帯のディスプレイを眺めている。この二階席には、俺と彼らしかいない。テーブルの上にはやわらかい陽が射《さ》しているが、外からはときおり荒々しい風音が聞こえた。

ソーセージエッグマフィンをかじる俺の足下には、クーラーボックスが置いてある。一見、何の変哲もないいわゆるクーラーボックスだが、バッテリーが搭載されていて、中の物を4℃に維持することができるらしい。そしてその中には、特殊な液体が詰められた瓶が入っている。俺がそんなものを持っているのは、人間の眼球を集め、柏木に差し出すためだ。

死と同時に機能を停止するほかの臓器とは違い、角膜なら死んでからでも値がつくのではないだろうか。だとすれば三百万を、現金や人間丸ごと一人ではなく、目玉で支払うことができるはずだ——杉田との会話を受けて、俺はそう踏んだ。これなら、人殺し染《じ》みたことをせずに済む。

あの日の柏木の口ぶりから、彼がブローカーと頻繁に臓器の闇取引をおこなっているのは火を見るより明らかだったが、その「下請け業者」になるには、専門的な知識と、それ以前に柏木の承諾が必要だった。それらを得るため、俺は先ほどカジノへ出向いたのだった。

俺の提案に柏木は「金が入ればそれでいい」と言って、このクーラーボックスをよこしてきた。むろんただではなく、レンタル料として五十万円が上乗せされた。かなりの痛手だが、柏木の承諾を得られたことのほうが大きいし、何よりほかに策がないいま、その条件を突っぱねている場合ではなかった。

さらに柏木は、この方法による修平解放までの手順について述べた。

死後六時間以内の死体を見つける。

角膜を傷つけないよう、眼球を抉《えぐ》り出す。

保存液に入れて、4℃を維持する。

それを三百五十万円分集めて、期限までにカジノに持参する。

とのことだった。それから、「ただし眼球は保存液に入れて4℃を維持しても、摘出してから二日程度しかもたない」と彼は補足した。

肝心な取引額は、眼球一個につき四十万円と設定された。ほかでもない柏木自身が、不満だと洩《も》らしていた額だ。予想していたことではあったが、丸呑《の》みにもできなかった。

仮に、自分の家族や恋人が視力を失い、いつ回ってくるかもわからないアイバンクの順番待ちをしていたとする。そんなとき、闇ルートでも角膜が手に入ることを知ったら、誰だって喜んで飛びつくはずだ。そのとき人は、いったいいくら払うだろう？　百万か、二百万か――いや、そんなものではない。そう考えると、あいだにブローカーと闇医者が入るとしても、一個四十万はあまりに安い。しかし言うまでもなく、そこにも交渉の余地などなかった。

「おい、そろそろ行くぞ」

隅のホストが、寝ていたホストを起こした。そして彼らは、トレーごとダストボックスに突っ込んで、階段を下りていった。

とにかく、自分が為《な》すべきことが明確になった。決して晴々とした気分とはいえないが、何もできずにいるよりはよほどましだ。自殺の名所として名高い場所に行けば、きっと死体などごろごろと転がっているに違いない。そいつらを金にする。罪の意識など感じる必要はない。自ら命を捨てた人間から目玉をくすねて、生きようとしている人間を助ける。おまけに、どこかの誰かがその眼に光を取り戻すのだ。何も悪くない。これはむしろ、善行といえる。

そんなことより早いところ九個集めて、この蟻地獄《ありじごく》から抜け出すのだ。いや、どうせ五体からほじくらなければならないのだから、十個差し出して釣りでももらうとしよう。

——最悪五つでいいぞ。お前と連れのデブにも、二つずつ目玉はあるんだ——

柏木の言葉を振り払おうと、俺はソーセージエッグマフィンにかじりつく。上下のマフィンに押し出され、歯形のついた卵がつるりとトレーに落ちた。

雑に抉り取られた眼球に見えた。

マクドナルドをあとにして、ドン・キホーテに向かった。店は目と鼻の先だが、それでも真冬のクーラーボックスは、道行く人々の注目を集めた。

そこでまず、目立ちたがり屋の箱がすっぽり入るバッグを見つけた。本来は撮影機材などを入れるためのものらしく、中に何も入っていなくても直方体の形を崩さない。しっかりとした太いストラップで肩から担《かつ》ぐこともできるし、持ち手も付いている。値札には「カメラバッグ」と記されていた。

さらにアルコール消毒液、使い捨てのビニール手袋を一箱、金属性のスプーンを二本買った。すべて目標達成のための品だ。

つづいて、道玄坂の護身用グッズ販売店を目指した。相変わらずクーラーボックスは重たいが、カメラバッグのおかげで持ち方のパターンが増えて、だいぶ楽になった。

店内に入ると、様々な護身用グッズが所狭しと並んでいた。しかし、すでに買うものは決まっている。スタンガンだ。腕力には自信はないが、素早さには長《た》けている。そんな自分にそぐわしい武器なのではないかと、前々から思っていた。気休めと言われれば否定はできないが、清めの塩なんかよりもよほど頼りになることは確かだ。

俺のほかに客はなく、店の者はカウンターの向こうで暇そうにしている中年だけだった。スタンガンの性能について訊《たず》ねると、口髭《くちひげ》を生やした彼は親切に教えてくれた。

説明を受けること二十分、俺は「ブラックコブラ・デルタ」というスタンガンに決めた。男心をくすぐるイカした名前だが、決してそれで選んだわけではない。安物のスタンガンの電圧が十二万から十三万ボルトなのに対して、このブラックコブラ・デルタは九十万ボルトのハイパワーを誇る。そして何よりの決め手は、超小型だということ。ちょうどタバコのボックスサイズだ。専用ホルスターもついているが、これならどのポケットにも楽々入る。大変心強い相棒ができたが、おかげで財布の中から福沢諭吉はいなくなってしまった。

店を出て、ハチ公口に向かった。街はすでに賑《にぎ》わっていた。

池袋までの切符を買って、改札に通す。

しかしその直前、俺は不意に立ち止まっていた。切符をポケットにしまうと、あとにつかえている人々を掻《か》き分けながら引き返し、バッグをコインロッカーに預けた。

そして、ふたたびスクランブル交差点を渡った。

パチンコ屋、立ち食いそば屋、ファストフード店――。杉田を目撃したことのあるすべての場所をしらみ潰《つぶ》しに回った。何かに突き動かされ、唯一《ゆいいつ》殺しても心が痛まない男を捜していたのだ。柏木に引き渡して、終わらせるために。もちろん、クーラーボックスのレンタル料は別に払わされるのだろうが、このときそんなことは頭から抜け落ちていた。

けっきょく、奴の姿はどこにもなかった。

雑踏の中、ガードレールに腰を下ろす。陽は暮れかけていた。激情にかられて、貴重な時間を浪費してしまった。これから犯罪に手を染めなくてはならない自分と、いまもどこかで卑《いや》しく笑っているであろう奴をくらべて、とても正気ではいられなくなっていた。だが決めたはずだ。修平を助け出すまでは、奴のことは忘れると。だから、もう行こう。脱出法は見つかったのだから。

ポケットの中でずっと握り締めていたブラックコブラ・デルタから手を放し、俺は帰路に就いた。

音を立てないようにそっと玄関のドアを開け、俺は忍び足で自室に上がった。両親はダイニングにいるようだった。カメラバッグを置いて、やはり静かに階段を下りると、玄関のドアを開けた。そして、勢いよく閉めた。

「あー、さみぃ」

俺は故意に声量を上げて言った。

バッグのことについて訊《き》かれても何なりと騙し遂《おお》せる自信はあったが、何かとんでもない厄災を持ち込んでしまったのではないだろうか、という後ろめたさがあった。

「明日、車貸してくれないかな」

ダイニングで夕食をとりながら、俺は、炬燵《こたつ》の向こう側で胡坐《あぐら》をかいているオヤジに交渉した。レンタカーを借りる金はあるが、その場合、高速料金が払えなくなってしまう。そんな財政なもので、やはり父親のブルーバードを借りるのがベストだった。

オヤジはクイズ番組を映すテレビを眺めつつ、発泡酒を呷《あお》っている。節約のためだろう、発泡酒が発売されてからというもの、彼の晩酌は専《もっぱ》らそれだ。

母さんはオヤジの横でただ黙然として、餃子《ぎょうざ》とライスに交互に箸《はし》を伸ばしていた。といっても別段怒っている様子はなく、どちらかというと、俺たちの会話に聞き耳を立てているようだった。

「おう、いいぞ」

オヤジはうっすら赤らんだ顔を横に向けたまま、理由も訊かずにあっさりとそう言った。

翌日は日曜であるためオヤジが車を使う可能性が低いことは計算済みではあったが、それを差し引いても、なんだかうまくいきすぎている。ただ酔っ払っているだけなのか、クイズの答えを真剣に予想しているからか。いやもしかしたら、これから自分がおこなうことへのやましさが、そう感じさせただけなのかもしれない。

「わるいね。助かるよ」

「おう、使え使え」

気《き》っ風《ぷ》のいいオヤジの言葉に感激し、俺は勢いでこんなことを言ってしまった。

「いつかまた金ができたら、上等な酒でも奢《おご》らせてもらうよ」

オヤジの目がこちらを向く。

「ああ。いまの言葉忘れんなよ」

冗談ぽく言うと、彼はまたテレビ画面に目を戻した。

「ああ。忘れないよ」

母さんは物言いたげに何度か顔を上げたが、けっきょくのところ、最後まで口を挟んではこなかった。

自室に戻った。俺は学習机の引き出しを開けて、ある物を捜しはじめた。高校二年の夏、修平たちと肝試しに行ったときに使ったはずなのだが……。

ほどなくして、俺は三つ目の引き出しの中に、それを見つけた。ライトである。しかし、いわゆる懐中電灯などではない。「シュアファイア」というブランドのそれは、各国の軍や警察でも採用されているほど、頑丈で高出力だ。シュアファイアとひと言でいっても様々なタイプのものがあるのだが、俺の所持しているのは銃器のレールに取り付けられるもので、非常に小型である。それでいて、ペンライトほど華奢《きやしや》ではない。肝試しのときは、「銃につけるやつなんだぜ」と自慢したものだ。

念のため新品の電池に交換してから、それをカメラバッグのサイドポケットに突っ込んだ。つづいて、昼間ドン・キホーテで買った品々を、同じくサイドポケットに移し替えた。

ほかに持っていくべき物はないだろうか——まるで遠足の前日だが、心境は真逆だ。

荷作りを終え、ベッドに横たわった。両親が寝つくまでそう時間はかからないはずだから、それまで少しでも体力を回復しておこうと思った。

俺はそうしたまま、修平にメールを送った。

《安心しろ。目処《めど》が立った》

返信を待つ。

瞼《まぶた》がひとりでに閉じられていく。まずい！　目を開ける。そういえば、昨日の夕方起きたきりだったな……。また閉じていく。駄目だ、起きなきゃ。身を起こそうとする。が、ベッドと身体《からだ》は磁石みたいに引き合っている。くそ、時間……が……もった……い……。

右手が振動して飛び起きた。ベッドと身体は、磁石みたいに弾《はじ》き合った。どうやら、携帯を持ったまま眠ってしまったようだ。

携帯のスクリーンに目をやると、メールを受信していることと、いまが午前四時五十三分であることがわかった。メールをひらいた。

《ごめん、寝てた。それはよかった！　頼むよ、メロス》

俺は静かに笑った。そして、立ち上がって伸びをする。頭の中はすっきりとしていて、倦怠感《けんたいかん》は身体から立ち退いていた。眠るつもりはなかったのだが、かえってよかったかもしれない。

一階に下りて顔を洗い、カメラバッグを担いで家を出た。外は凍えるような寒さだった。しかしそのお詫《わ》びに、空はいつもより多くの星座を見せてくれた。

その明かりを受けて、ブルーバードの横顔は黒光りしている。ロックを解除して、ドアを開けた。立ったままキーを回す。ずいぶん長いことセルだけが叫んでいたが、やがてふてくされたみたいにエンジンがかかった。後部座席にクーラーボックスの入ったバッグを載せ、両手で奥へと押しやる。つづいて、助手席を後ろにスライドさせて、それをしっかりと固定した。

逃げ込むように運転席に座り、ドアを閉めた。頼り甲斐《がい》のない旧式のカーナビを操作して、目的地を入力する。行き先は——「青木ケ原樹海」だ。

俺は大きく息を吐くと、シフトレバーを「D」に合わせた。

よし、行こう。俺は、目玉泥棒だ。

4　スタート

談合坂サービスエリアを過ぎた頃には、太陽が顔を出していた。それは、期限まで残り三日を切ったことを意味する。だが俺は焦《あせ》らない。なぜなら、今日で終わらせるつもりだからだ。

中央道はえらくすいていて、快適なスピードで走ることができた。これに好きな曲でもかかっていれば言うことはないが、生憎《あいにく》この車内には若者向けのＣＤはなかった。だから俺は仕方なく、適当に合わせたラジオを聴いている。教育問題についての堅苦しい番組だ。

手の届きそうな距離に見える富士山は、上から半分くらいまで白かった。富士急ハイランドは、まだ眠っていた。

カーナビの音声案内に従い、河口湖インターチェンジで降りた。国道１３９号線に入って、そのままブルーバードを本栖湖《もとすこ》方面に走らせる。しばらくすると左手にコンビニを見つけたので、俺は車を停め、そこに入った。

レジカウンターに載せたのは、カロリーメイトとペットボトルのミルクティーだけだ。これが今日一日分の食料だと思うと泣けてくるが、帰りの高速代を考えるとやむをえない。

車に戻るや、俺はレジ袋を助手席に放り投げた。

「あのクソオヤジめ！」

給油などせずに済んでいれば、もっと豪勢な食べ物が買えたというのに。

ブルーバードがガス欠寸前であったことを知ったのは、家を出てまもなくのことだった。そのせいで、ガソリンスタンドに立ち寄ることを余儀なくされたのだ。おそらく、いや間違いなく、オヤジが快く車を貸してきた理由はこれだ。

俺は、ふたたび沸き上がってきた苛立《いらだ》ちを溜息《ためいき》に込めて吐き出すと、さらに本栖湖方面に車を進めた。ほどなくして、大きな駐車場が視界の左側をかすめた。と同時に、眼前に延びる139号線は、惚《ほ》れ惚《ぼ》れするほどの直線に姿を変えた。その左右には、深い森が広がっている。――この辺りか。

俺はアクセルを緩め、カーナビの画面に目をやった。樹海は国道を隔てて、肺のように二つに分かれている。いや、元は一つだったのに、アスファルトで二つに切断されているといったほうが適切か。

もう少し行けば、また駐車場があるかもしれない。俺はフロントガラスに視線を戻す。と、

「目的地周辺です。運転お疲れ様でした。ここまでの所要時間は――」

入り口は自力で探せとばかりに、ひどくアバウトな場所で案内が打ち切られた。

「こんな国道のど真ん中でかよ」

苦笑しながら前方に目を配るが、目ぼしい駐車スペースは認められない。かといって、とんだ荒くれ者でもない限り、この片側一車線の道路に駐車することなどできはしない。

不本意だがそのまま進んで先の交差点まで行き、「もうちょっと早く言ってくれよ」とカーナビに悪態をつきながらUターンした。それからまた長槍《ながやり》のような直線を引き返し、先ほど見た駐車場まで戻った。

思ったとおり、そこは広かった。地面が芝生なら、サッカーだってできそうなほどだ。俺は入ってすぐの白線の中に、国道を背にする格好でブルーバードを停めた。

ミルクティーを一口すすり、マルボロに火をつける。正面には樹海へつづくとみられる入り口があり、その道を開けるように、白いステーションワゴンが停まっている。

といっても、もうそれが自走不能であることは明らかだった。ボディーは埃《ほこり》まみれで、少なくとも前輪二つは潰《つぶ》れていて、こちらを見つめるヘッドライトは片方割れている。きっと廃車手続きをするのが面倒になって、誰かが捨てていったのだろう。その一メートルほど上では、木々のあいだから防犯カメラが顔を覗《のぞ》かせて、樹海の入り口を睨《にら》みつけている。あとになって行方不明者を捜すためのものだろうか。作動しているのかどうかは定かではないが、いずれにせよ、この位置ならナンバーはおろか車自体写らないはずだ。視線を左に移す。ブルーバードと例のワゴンのほかに車はない。隅には周辺地図が掲示されていて、その手前には公衆便所があった。駐車場のすぐ外には売店があるが、むろんまだ閉まっている。売店の脇《わき》には『富岳風穴《ふがくふうけつ》』と書かれた看板が見える、観光名所のようだ。

とりあえず用を足そう——俺はタバコをくわえたまま、車外に出た。対角線上にある公衆便所まではかなりの距離だから、いっそ車ごと移動してしまおうかとも思ったが、ブルーバードがカメラに写るのはまずい気がした。

近づいていくうちに周辺地図が気になってしまい、俺は公衆便所を通り過ぎ、それを見てみることにした。139号線は横に走っていて、その上下はどちらも森だ。カーナビでは両方とも「青木ケ原樹海」と表示されていたが、一般的にそう呼ばれるのは、いまいる駐車場側の森らしい。

荒々しい排気音を響かせながら、背後をトラックが行き過ぎる。俺は尿意を思い出し、小走りでトイレに駆け込んだ。放尿後の震えは、普段の数倍激しかった。言うまでもなく寒さのせいだ。早いところ、仕事を済ませてしまおう。

肩をすくめながら、車に戻る。地図に従い、こちら側から入っていこう。至近距離でカメラに写るのは避けたいが、真下をくぐれば問題はなさそうだった。俺はドアロックを解除するため、ブルーバードのボンネットを回り込む。

とそのとき、国道を挟んだ向こう側——もう一つの森の入り口にある、茶色い看板が目に留まった。そちらへ数歩近づいて、目を凝らす。

『命は親から頂いた大切なもの。もう一度静かに両親や兄弟、子供のことを考えてみましょう。一人で悩まず、まず相談して下さい。連絡先〇〇〇—××—△△△』

自殺を思いとどまらせるためのものであることは自明だ。だが裏を返せば、ここで相当数の人間が死んでいる証拠でもある。

予定変更だ——俺は運転席のドアを開けると、助手席のシートを前に滑らせた。それからいちど外に出て、後部座席から仕事道具を引っぱり出した。開いている二つのドアを閉め、ロックをかける。

大型トラックが行き過ぎるのを待って、国道を渡った。そこには遊歩道の起点があり、139号線に寄り添うように延びていた。ひとまずそれを進む。と、一分もしないうちに、またもや茶色の看板が待っていた。

『借金の解決は必ず出来ます！　私達も助かりました。03—〇〇〇〇—××××に相談しましょう』

「相談なんて必要ないね。早くて楽な金のつくり方なら、もう知ってる」

俺は余裕たっぷりに言うと、辺りを見回す。

このまま遊歩道を進んでも、おそらくお宝にはありつけないだろう。ハイキングコースに死体があるとは思えない。では、早速入るとするか。むろん「お宝」とは、死後六時間以内の死体を指す。だが素人《しろうと》の自分に、その新古を見分けるのは難しい。よほど新しいか、腐敗でもしていれば話は別だが。となると、片っ端から抉《えぐ》り取って、一個でも多くの眼球を持ち帰るのが得策だ。足りないなんてことになれば、また採りに来なくてはならなくなる。

俺は国道に背を向け、深い森の中へと足を踏み出した。土の上には枯葉が積もっているが、岩や木の根は苔《こけ》によって緑色に塗り替えられているため、地面全体としては茶と緑、半々という印象を受ける。そもそも地中に下ろされるべき根が、当然のように地上にあることが異様だった。うねりながら地を這《は》うその姿は、さながら大蛇のようだ。木々は真冬だというのに青々としていて、幹にもやはり苔がしがみついていた。特に針葉樹は、夏と何も変わらないように見える。木々の枝葉をすり抜けた日光が、何本もの光の柱となって立っていた。ときおり吹く風に森は不気味にざわめいたが、狭い空に浮かぶ雲はじっとしていた。

「くそ、ブーツで来るべきだったな」

苔に覆《おお》われた倒木で足を滑らせ、危うく転倒するところだった。保存液の入った瓶が割れてしまったらシャレにならない。俺はカメラバッグを担《かつ》ぎ直して、また歩きはじめた。今度は足を取られぬよう、基本的に下を向いて歩き、たまに顔を上げて先を見る、という方法をとった。

それから何度目に顔を上げたときだろうか。俺は歩を止め、息を呑《の》んだ。幾筋かの光線が見えたのだ。白、青、赤、そして白。それらは屈折しながら、森の奥へと延びている。

——いや、光線などではない。あれは、ナイロンテープだ。屈折しているのは、ある程度の間隔で、樹木にくくりつけられているからだった。

なるほど、迷ってしまわぬよう、誰かが使ったものに違いない。国道を走るトラックの排気音は、まだ微《かす》かに聞こえる。あれを辿《たど》って行けば、遭難することはないだろう。

四つの線に従って進んでいく。ちょくちょく左右に首を回すが、目当ての物は見つからない。そのうちに、赤と白の一本がリタイアした。構わず、青と残りの白を頼りに進む。いつのまにか、地面の緑は茶色を圧倒していた。

重いバッグ、厳しい寒さ、起伏の激しい地形に、早くも息は上がり、指先は感覚を失い、太腿《ふともも》の筋肉は音《ね》を上げた。——誤算だった。これほどの重労働になろうとは。しかし休むのも癪《しゃく》なので、先を急ぐ。

しばらくすると、行く手の大地が途切れた。すぐ先は崖《がけ》になっているようだ。といってもこちら側から見る限り、高さは大人一人分といったところか。ナイロンテープはそれを避けるように二手に分かれ、左右のなだらかな斜面を回り込み、そしてまた眼下で合流していた。

青のテープを伝って下りていくと、この小さな崖を作り出しているのが、洞穴であることがわかった。俺はその正面に立ってみた。暗闇《くらやみ》が、大きく横に口を開けている。まるで笑っているみたいに。

自殺する場所など腐るほどある。というより、その気になればどこだってできる。にもかかわらず、わざわざ樹海などに足を運んで死ぬ人間は、おそらく死体を発見されたくないと考えているのだろう。仮に他殺だとしても、犯人が考えることは同じだ。だとすれば、こんなに適した場所はない——鼓動が速まる。

比較的平らな場所に、バッグをそっと置く。そうしたとたん、身体《からだ》は嘘《うそ》みたいに軽くなった。ゆっくりと穴に近づきながら、上着のポケットからシュアファイアを取り出した。

穴の前で腰を屈《かが》め、心の中で唱える。

一、二、三。

シュアファイアから放たれた光が、漆黒の闇を円錐《えんすい》形に切り取った。その歪《いびつ》な円錐の中には、目当ての品はない。岩と苔ばかりだ。奥行きはかなりのものとみられるが、照らし切れないわけではなかった。ライトを右に振る。正面と似たようなものだった。左に振る。キラリと何かが光った。再度正面を照らす。先ほどと変わらない。……

ん？　いま確かに、何かが反射した。

光を左に戻した。奥のほうで、やはり何かが反射している。何かが。

俺は無意識にライトを消し、視線を外していた。気づけば呼吸も荒くなっている。

――何を戸惑っているんだ。記念すべき初仕事じゃないか。

「そう、そのとおりだ」

意を決し、洞穴の中に足を踏み入れた。空気はじめじめしていて澱《よど》んでいる。足下は凸凹《でこぼこ》で歩きづらい。先刻、左隅でシュアファイアの光に応《こた》えた「何か」までは、おそらく十メートル弱だった。もう一度、その辺りを照らしてみる。角度が変わり、手前にある岩に隠れてしまったのか、今度は応答がない。ひとまず戻るか？　いや、もう少し進めば厭《いや》でも見えるはずだ。

じりじりと近づいていく。やがて天井が低くなってきたことに気づき、さらに腰を屈めた。「何か」を隠す岩の影は、奥へ長く伸びている。加速した心臓の鼓動が、うるさいほどによく聞こえた。

靴底を地面に擦《こす》りつけるように前進する。それにつれ、徐々に岩の影が削り取られ、削り取られていって――ついに、「何か」がふたたび光を返してきた。俺はぴたりと動きを止め、そして目を凝らした。あれは――。

破れたポテトチップスの袋だった。裏側の銀色が、反射していただけのことだったのだ。

俺は大きく息を吐く。安堵《あんど》と落胆の入り交じったような、複雑な溜息だった。

袋の脇には、泥まみれのトランプが散乱していた。潰れたペットボトルも転がっていた。

「こんなところでキャンプとは、いい趣味をした奴《やつ》らだ」

紛らわしいゴミくずに背を向け、俺は洞穴をあとにした。かなり奥まで入り込んだと思っていたのだが、外までは数歩だった。

カメラバッグの隣に腰を下ろし、穴のほうを眺める。あらためて見てみると、とても奇妙な光景だ。草木が生えているのは岩でできた偽物の地面の上で、その下には空洞が広がり、さらにその下に本物の地面があるのだ。この上を歩いているときには、真下に空洞があるなどとは思いも寄らなかった。てっきり大地を踏みしめて歩いているものと思い込んでいた。ところがそれは錯覚だった。実際は、いつのまにか空中を歩いていたのだ。

「人間の眼なんて当てにならないな。一番手前にあるものしか見えないんだから」

立ち上がって尻《しり》を払い、バッグを担いだ。ストラップが肩に食い込む感覚を思い出して嫌気が差したが、構わず俺は、ふたたび青と白のテープを頼りに歩き出した。

その後も、大小規模は違えど同じような洞穴はそこここに見られた。この樹海では、ごくありふれたものだったようだ。もちろん、穴を見つけるたびにその中を捜したが、期待の品はなかった。

あとで落ちていたパンフレットを見てみたところによると、この樹海一帯は、かつて富士山の噴火によっていちどマグマに呑み込まれ、それが固結してできた大地に、やがて生命が宿り、長い年月をかけて森を育《はぐく》んだ場所なのだという。だとすれば、地面の形状は溶岩の固まり方しだいなのだから、高低差が激しいのも、空洞が散在しているのも、至極当然のことだったのだ、とそのとき感心した。

長いあいだ導いてくれた青のテープが途切れた。あとを追うように、白も力尽きた。その先には遊歩道が見える。きっと、以前このテープの主だった者はそれを認め、興《きょう》醒《ざ》めして探検をやめたのだろう。

遊歩道に出た。そこにはベンチがあり、数字の書かれた看板が寄り添っていた。どうやら、オリエンテーリング用の物らしい。一瞬にして、緊張感が失われた。

足を休ませる意味で、このまま遊歩道を歩くことにした。もちろん、左右に目を配りながらだが。平らな道は、ずいぶん歩きやすく感じられた。分岐点には道しるべが立っていて、矢印と所要時間とともに、『風穴』や『コウモリ穴』などと記されていた。

しばらくすると、周辺マップを掲示する看板がぽつんと立っていた。それによると現在地は、もうすぐ入ってきたのと反対側の道路に出てしまうところだ。目的が縦断であったなら喜べるが、自然と溜息が洩《も》れた。これだけ歩き回って何の収穫もない。好転したことといえば、動きつづけたせいで寒さがやわらいだことくらいだ。

仕方なく、引き返すことにした。肩を落とし、来た道を歩きはじめる。と、右手の茂みの中に、奇怪な枝を生やす樹木が目に留まった。幹の低い位置から真横に伸びる枝が、何かをぶら提げているのだ。来たときは、マップに意識がいっていたせいで気づかなかったらしい。

俺はバッグを置き、その木に近づいていった。枝が持っていたのは、ヴィトンのハンドバッグだった。雨に打たれた跡が付いたそれは、長いひもで枝に摑《つか》まり、ゆらゆらと揺れている。

背筋に寒気が走った。恐る恐る、チャックを開け放してあるハンドバッグを覗き込む。中に入っているのは、薄汚れたコンパクトだけだ。

辺りに視線を投げる。――とくに異変はない。木の裏側にも回ってみるが、やはり死体はない。風が吹いた。木々がざわめく。枯葉が一枚降ってきて、足下に落ちた。

——上か。頭上でバッグと同じように首を吊《つ》っている女の姿が脳裏に浮かぶ。ところが、どうにも顔を上げることができない。

俺は自分に言い聞かせる。捨て去らなければならない。恐怖も、躊躇《ちゅうちょ》も。さもなければ、この稼業《かぎょう》はやっていけない。それはつまり、修平を見殺しにすることだ。

腹をくくり、一気に見上げた。

が、想像したようなものはなかった。俺は胸を撫《な》で下ろす。考えてみれば、ありえない話だ。死体がぶら下がっていれば、ハンドバッグよりも早く気づいたはずなのだから。

しかし、束《つか》の間《ま》感じていた安堵は、たちまち己への苛立ちとなった。いまの自分は大きく矛盾している。死体を捜しに来たというのに、それがなかったことに安堵しているのだ。こんなことでは話にならない。

いちど車に戻ることにした。早朝から何も与えられていない胃袋が、限界だと苦情を言ってきたのだ。その間抜けた音に返事をしたかのように、鳥がさえずった。

遊歩道でカメラバッグを拾い、とぼとぼと歩き出す。手の焼けるこのバッグの底に、オフロードタイヤを取り付けてやりたい気分だ。

途中、登山靴を履いた中年夫婦とすれ違った。意気揚々と歩く二人に、こんにちは、と声をかけられたので、無理くり笑って会釈《えしゃく》をしておいた。怪しまれては厄介だ。彼らは、俺とは正反対だった。ここへ来た目的も、荷物の重さも、歩き方も、きっと表情も。

ブルーバードの運転席で、俺はカロリーメイトをむさぼっている。口の中でミルクティーと混ぜると、なかなかの味だ。日光を蓄えていた車内は暖かく、エンジンをかけなくてもかじかんだ両手は回復していった。

駐車場には、別の車もちらほらと見られるようになっていた。『富岳風穴』とやらの見物客だろうか。とはいえ、どの車も売店近くに停まっているため、ブルーバードは依然として孤立している。一番近いのは、相変わらずこちらを見つめている廃車のステーションワゴンだ。それを勘定に入れないのであれば、廃車の並びに七、八台分離れて森側に頭を向けている黒いセダン——旧式のセドリック、でなければグロリアだ。スモークを貼《は》っていない窓の中には、二つの人影が確認できた。カップルだろうか。

（なんだ、駄目だったのかい？）

廃車のワゴンが訊《き》いてきた。

「ああ。――でも、まだまだこれからだよ」

と俺は答えた。深い孤独を味わっていると、人はおかしくなるのかもしれない。

カロリーメイトの箱を助手席に放り投げた。ほんとうはぜんぶ食べてしまいたかったのだが、一本だけとっておいた。

それから二本のタバコを灰にして、俺はふたたび森の中へ入っていった。疲労は蓄積する一方だが、地形に慣れてきてもいた。さらにマップも頭に入っているので、方向感覚が失われることもなく、ナイロンテープなどなくても探索することができた。

しかし、成果を上げることはできなかった。奥のほうで干からびた革靴の片一方を見つけたのだが、持ち主の骸《むくろ》はなかった。


運転席のドアを荒く閉めるや、俺は舌打ちをした。

「ダメだ、あっちの森は。スロットで言ったら、設定一のクソ台だ」

(熱くなってもいいことはないよ。それこそギャンブルといっしょでさ)

またもやワゴンが語りかけてきた。

「そうなんだけどさ……」

残り僅《わず》かとなったミルクティーで口を濡《ぬ》らし、マルボロをくわえた。駐車場の車は増えてはいないが、ほとんどが入れ替わっていた。ブルーバードと廃車のワゴンを除けば、元のままじっとしているのは、黒のセダンだけだった。中の人影もそのままだ。いっそ心中でもしていてくれたら文句なしのお宝なのだが、残念ながら人影は動いていた。

気づけば貧乏ゆすりをしていた。それは寒さからではなく、百パーセント焦燥からくるものだった。

死後六時間以内の死体どころか、死体自体がない。この調子では、今日中に集めるなどとうてい不可能だ。——ならば、期限ぎりぎりまで粘ってみるか。車の返却日を延長することなどあとで殴られれば済む話だし、空腹だって公衆便所の水道があるのだから耐え切れるだろう。いや、こんなことを考えている時間そのものが無駄だ。

タバコを吸い切って、車を降りた。まだバッグを担いでいないというのに、身体は重い。後部座席からバッグを引きずり出して、ドアロックをかけた。

廃車のほうへ向かって歩いていく。

「きっとこっちは設定六だ」

俺は自分を励ますためにそう言った。

防犯カメラに写らないよう、ワゴンの横すれすれを通る。

（つぎはうまくいくよ）

と彼は話しかけてきた。

「君もそう思うかい？」

森に入ると、しばらく遊歩道を進んだ。国道から排気音が聞こえなくなった辺りで立ち止まり、遊歩道から茂みの中へ垂直に入っていった。そして、方向感覚を失う限界まで進むと、また遊歩道に戻った。こちら側の詳細なマップは把握していないし、ナイロンテープも持っていない。遭難を防ぐには多少効率が悪くなるのはやむをえないと判断したのだった。

同じように反対側も調べて、また戻る。そしてある程度遊歩道を進み、その左右を探索する——そんなことを繰り返した。

気が遠くなるほど歩いた。

珍しい鳥や樹木は見られるが、肝心の死体がない。生きた人間には何度か「こんにちは」と声をかけられたが、それに応える余裕はなかった。

遊歩道の分かれ道に見つけたベンチは、ふかふかのベッドと同じくらい魅力的だった。俺は吸い寄せられるようにそこに近づいていき、まずカメラバッグを託すと、自らもその隣に崩れ落ちた。疲弊しきった身体は背もたれだけでは満足できないらしく、ずるずると滑り、やがてバッグに寄りかかった。地面の苔を照らす陽射《ひざ》しは、もうオレンジがかった色をしている。

瞼《まぶた》を下ろした。決して眠気を感じていたわけではないが、この見飽きた景色を眺めているよりはましだった。たとえそれが、何の面白みもないただの暗闇でも。

5 転倒

「こんにちは。お一人で来られたんですか？」

俺はいま、寝ている人間だ。実際には違うが、少なくとも傍から見ればそうだ。それを起こしてまで挨拶《あいさつ》がしたいのだとすれば、非常識極まりない奴《やつ》だ。そんな自己満足に付き合わされる筋合いはない。俺はやり過ごすことにした。

「おい、ちょっと君」

さっきのとは別の声だ。今度は肩を揺すられた。

「うるせえな」

肩に伸ばされた手を振り払いながら目を開けた。そこには二人の男が立っていた。一人は中年で、もう一人は三十代なかばといったところか。立っている位置からするに、肩を揺らしてきたのは若いほうだ。二人とも揃《そろ》いのウインドブレーカーを着ている。樹海の中を巡回している監視員だろうか。だとしたら——厄介だ。

「うるさいはないでしょう」

若い監視員が苦笑する。

「すいません。ちょっと、寝ぼけてて。――で、何ですか？」

「驚かせてしまったようで、すいませんでした」

中年監視員は、若いほうと入れ替わるように俺の前にやってくると、腰を屈《かが》めて目線を合わせた。

「ここで自殺する人が多くてね。我々の力で一つでも多くの命を救えるのならと、こうして一人でいる方に声をかけて回ってるんです」

「へえ、それはご苦労さまです」

「いやいや。――ところで、お一人で来られたんですか？」

中年監視員はにこやかに訊《たず》ねてきた。

自殺志願者だと思われたら長引きそうだ。それに、バッグの中身を調べられる危険性も出てくる。

「いえ、友人と来たんですが、はぐれてしまって」

「そうですか。――失礼ですが、その荷物は？」

中年監視員はいちどカメラバッグを見やると、すぐに俺の顔に目を戻した。若い監視員は、訝《いぶか》しげな眼で俺を見つめている。

——やっぱりそうきたか。……たしかこの先には、本栖湖があるはずだ。

「クーラーボックスです。魚を入れるための」

「釣りをしに来られたんですか」

「ええ。けど、全然駄目でした」

「それは残念でしたね。しかし釣りをしに来られた方がなぜ樹海に？」

確実に怪しまれている。まあ、当然か。

「一度も入ったことがなかったので、せっかくだから通ってみようということになったんです。だから車は、富岳……」

「風穴ですか？」

「そうです。その駐車場に停めました。そこから歩いて本栖湖に行って、釣りをしました。いまはその帰りです」

「それはそれは、ずいぶんな距離を。ではこれから、お連れさんを捜さねばなりませんね。もしよければ、我々も協力しましょう」

「いえ、大丈夫です。先に駐車場に向かってるはずですから。そこまでの道もわかりますし」

「でも、さっきは『はぐれた』と仰《おっしゃ》ってましたが」

ああ、言ったよ。しつこいな。

「恥ずかしい話なんですけど、じつは喧嘩《けんか》しちゃったんですよ。正直言って、僕釣りなんか興味ないんですけど、無理矢理連れてこられたんです。なのに一匹も釣れないんじゃ面白くありませんよね。そのことを責めたら口論になってしまって、友人は一人ですたすた歩いていっちゃったんです。まったく、ひどい話ですよ」

「それは災難でしたね」

「そういえば、釣竿《つりざお》はどうしたんですか？」

今度は若いほうが口を挟んできた。さも鋭いところを衝《つ》いたとばかりに、眉《まゆ》をきりりとさせて。

取り調べ気取りは結構だが、その程度でぼろを出す俺ではない。

「喧嘩になる前、じゃんけんをしたんです。釣竿とクーラーボックス、どっちを持つかを決めるために。勝敗は、見てのとおりです」

俺は自虐《じぎゃく》的に笑ってみせた。

「なるほど、それはついてなかったね」

二人とも表情を緩め、もう質問してこないところを見ると、どうやら疑いは晴れたようだ。

話しながら辻褄《つじつま》を合わせるのは得意だが、余計な脳味噌《のうみそ》を使わされたものだ。まあとにかく、あとは駄目押しに褒めてさえやれば、無駄な正義感といっしょに気分良く退散してくれることだろう。

「ところで、僕知りませんでしたよ。日々こんな広い森を歩き回って、一人ひとりに声をかけて、自殺を食い止めている人たちがいるなんてこと。心から尊敬します」

やや過剰だったかとも思ったが、二人は満更でもないといった表情だ。

「いやいや、誰かがやらないといけないことですから」

少し照れた様子で中年が言うと、間髪いれずに若いほうがつづいた。

「何せここで、年間九十近くもの遺体が発見されてますからね」

「へえ、そんなに」

俺は目を丸くしてみせる。

「でも、僕には理解できませんね。自殺なんて考えたこともありませんよ」

「みなさんがそうあってほしいものです」

中年は、自身のその言葉を嚙《か》み締めるようにしみじみと言った。

「じゃあ、我々は巡回を再開します」

大儀そうに若い監視員が切り出した。下手に褒め称《たた》えてしまったせいで、かえって長くなってしまうのではないかと心配したが、それは杞憂《きゆう》に終わったようだ。

「はい。僕も車に戻ります」

「お友達と、仲良くやってください」

言いながら、中年は折っていた腰を戻した。

「ありがとうございます」

俺は立ち上がる。

と、硬い物同士がぶつかった音が、派手に鳴った。監視員二人の視線が、ベンチに向く。どうやら俺の上着のポケットから、ベンチに何かが落ちたようだ。そこに目を向ける。カメラバッグの横に転がっているのは——スタンガンだった。

俺はすぐさまそれを拾い上げ、上着のポケットに突っ込んだ。

「いまのは、何ですか？」

中年が怪訝《けげん》そうな顔で訊《き》いてきた。その眼は右のポケットに釘付《くぎづ》けだ。

「ああ、これですか？」

俺は素直に右手をポケットから抜き、掌《てのひら》をひらいた。

「——なんだ、携帯電話でしたか」

中年は表情を緩めた。しかし若い監視員は、まだ警戒態勢を解いてはいないようだ。

「だったら、あんなに慌《あわ》てることはないでしょう」

「ええ、まあそうなんですけど、普段から友達に、いつまでそんな古いの使ってんだって馬鹿《ばか》にされてるんで、反射的に隠しちゃったんですよ」

中年は微笑《ほほえ》みながら頷《うなず》いているが、若いほうはしぶとくポケットを睨《にら》んでいる。ベンチに落ちたとき、ブラックコブラ・デルタのエンブレムは下を向いていた。ということは、電極を見られたか。

「念のためポケットの中を――」

「もういいじゃないか」

「ああ、いいですよ」

俺は右手で携帯を見せたまま、左手を右ポケットに入れて、裏地をつまみ出す。表地同様、黒い生地が現れて、やがて、角に溜《た》まっていたタバコの葉が舞い落ちた。

「……いや、あの、疑ってたわけじゃないんですよ。樹海には、ほんとうにいろんな人間が来るもので。自殺志願者だけじゃなく、快楽殺人者や、ネクロフィリアといって死体にしか興奮しないなんていう異常者までも――」

若い監視員は早口で、求めてもいない弁解をしている。死体から目玉をほじくり出しにやってきた、ぶっちぎりの異常者に対して。

「滅多なことを口にするもんじゃない」

中年監視員は彼を一喝すると、表情をほぐしてから、俺にその顔を向けた。

「すいませんでした」

「いえ、とんでもないです」

「では、もうぼちぼち陽が暮れますので、気をつけてお帰りください」

「はい、ありがとうございます」

二人の監視員は、そそくさと去っていった。

俺は長々と息を吐いた。これでようやく、維持したままだった体勢を変えることができる。裏地から離した左手で、右手の携帯電話を摑《つか》み取った。そして、右手をだらりと下げた。隠れていたブラックコブラ・デルタが、袖《そで》からするりと滑り出る。それを、タイミングよくキャッチした。

すでに携帯電話が入っているポケットにスタンガンを突っ込んで、そのままスタンガンだけを素早く袖に送り込み、ポケットに残った携帯を取り出す——咄嗟《とっさ》に思いついたことだったが、なかなかうまくいったものだ。

携帯とスタンガン、どちらもトランプと面積はほぼ同じだが、厚みが違うぶん少し勝手が違った。だが成功した。そもそもイカサマのために覚えた技だったのに、あながち無駄ではなかったわけだ。

ベンチに腰かけた。思わぬタイムロスだったが、どのみちこの身体《からだ》は休息を必要としていたのだから、まあよしとしよう。それに、やはりここで相当数の死体が発見されていることが確認できた。若い監視員は、年間で九十体近くも遺体が見つかる、と確かに言っていた。

年間で九十体だと？　俺ははっとした。追い払うことに気を取られ、流し気味に聞いていたせいか、いま初めて気がついた。年間九十体——その数が、あまりにも少ないということに。単純計算で、平均四日に一人程度。それを、最長三日で五体も発見しなければならず、しかもすべて死後六時間以内のものに限る。さらには最初に抜き取った眼球は二日で駄目になってしまう。この悪条件下で目標達成することができたら、それは奇跡だ。

甘かった。

この樹海で発見される死体の数など、家のパソコンで調べれば難なく得られたであろう情報だ。——何たる失態。俺は、ろくに下調べもせずにギャンブルで負けているカモどもを軽蔑《けいべつ》していた。しかしいまの自分が、まさにそれじゃないか。俺は握り締めた拳《こぶし》で、太腿《ふともも》を殴りつけた。本来の自分であれば、こんなミスは犯さない。いつのまにか欠落してしまっていたのだ。冷静さが。ひょっとしたら、解放されたかっただけなのかもしれない。何もできずにいるあのもどかしさから。

ベンチからバッグを引き取り、遊歩道を歩きはじめた。もう左右に目を向けることさえしなかった。ほどなくして、森はあっけなく闇《やみ》に包まれた。肩と視線とシュアファイアの光を落とし、靴底を引きずって歩いた。バッグの重さが、二倍にも三倍にも感じられた。

ようやく森を抜けると、尻《しり》を向けた廃車のワゴンが出迎えてくれた。その奥には街灯に照らされたブルーバードが、言いつけを守る犬のようにじっとこちらを見つめて待っていた。想像と違《たが》わぬ光景だ。

ところが、それに反することも起きていた。ブルーバードの横で、一人の男が身を屈《かが》め、運転席のドアと窓の隙間《すきま》にバールのような物を差し込み、がちゃがちゃと動かしているのだ。

「てめえ、何やってんだコラ！」

俺が怒号を飛ばすと、男は弾《はじ》かれたようにこちらに首を回した。

「くだらねえ真似《まね》してんじゃねえぞ、コソ泥が」

言いながら近づいていく。男は茶色の短髪で、上下だぼっとしたトレーナー姿だった。胸に犬だか狼《おおかみ》だかのどでかいプリントが施されていて、着ている本人よりも目立っている。ハイセンスすぎて、自分なら寝間着だとしても御免だ。

右に視線を飛ばす。視界の中には、あの黒いセダン以外の車はなかった。セダンの脇《わき》には、男と似たような格好をした肥満気味の女が立っている。見張りでもしていたつもりなら、とんだ役立たずだ。昼間、心中してくれるのではないかと期待した二人の正体は、どうやら車上荒らしだったようだ。とにかくこの状況なら、多少暴れても騒ぎになることはなさそうだ。すでに防犯カメラが捉《とら》えることのできるであろう範囲も越えている。

前方に目を戻す。唖然《あぜん》としていたはずの男は、俺が近づくにつれてその表情を崩し、終《しま》いにはほっとしたような顔をした。車のわりに、俺が若かったからだろうか。あるいは単に、身長差がそうさせたのかもしれない。

「なんだ、お前の車かよ」

男はブルーバードをバールで指しながら、舎弟にでも使うような口調で言った。バールは開錠用のものらしく、薄っぺらい。

「てめえごときに、お前呼ばわりされるいわれはねえな」

俺は地面にバッグを置くと、男に向き直った。近くで見ると、思っていたより老《ふ》けているようだった。三十手前か、そこらだろう。

「何だと？」

「そんなにカロリーメイトが食いたかったか？　コジキ野郎。なら素直にそう言えよ」

俺は鼻で笑った。

「やらねえけどな」

「なめた口利《き》いてんじゃねえぞ、クソガキ」

男はバールで殴る素振りを見せる。が、俺は動じない。すると男は舌打ちをして、空いているほうの手を差し出してきた。

「まあ、ちょうどいいや。財布出せ。それで勘弁してやるよ」

男の言い分に、俺は声を上げて笑った。

「勘弁してもらう立場なのはてめえだろうが。だいたい、カロリーメイトやらねえって言ってる奴が財布なんか出すわけねえだろ。ほんと、お前の脳味噌のサイズはＢＢ弾並みなんだろうな。――そういや何だ？　さっきの脅しは」

俺は先ほどの男の動きを、大袈裟《おおげさ》に真似てみせた。

「こんなんでビビると思ったか？　そもそも、てめえごときにビビる奴なんかいねえよ。あ、そんなこともないか。正直言って、最初に見たときはビビった。ただし、そのファッションセンスにな。――そうだ、そんなに金が欲しいんだったら、その世界一かっこいいトレーナーをヤフーオークションにでも出してみたらどうだ？　さぞいい値がつくぜ」

男の顔は、憤怒一色に塗り潰《つぶ》されていた。

「てめえ、殺すぞ」

「死ぬのはてめえだよ」

男は、俺の頭部目がけてバールを振り下ろす。俺はひらりと身をかわしてそれをよけると、バールを握る右腕を蹴《け》り上げた。ぼろぼろだったはずの身体は、アドレナリンのおかげで思いどおりに動いてくれた。

男は蹴られた腕をもう一方の手で押さえながら、俺を睨《ね》めつけた。その表情は屈辱にまみれ、特殊メイクでも施したかのように凹凸が激しくなっていた。しかし、ダメージはさほどないようだ。やはりブーツで来るべきだったか。

ガンガラガン、と俺の背後でバールが派手に踊っている。

「このガキ……」

男は体勢を立て直し、俺の顔面に向けて拳を放つ。まるで野球選手のピッチングフォームみたいに。

遅いな、こいつ。喧嘩慣れした奴なら、こんな隙だらけの殴り方などしない。これじゃあ、よけてくれと言っているようなも——。

ぐちゃり。

と口が鳴った。停車位置を示す白線が、歪《ゆが》んで見える。俺はよろけ、カメラバッグの上に片手をついた。口内に、みるみる鉄の味が広がっていく。

「お前、口ばっかじゃねえか」

男の顔は満足げだが、だからといって、まだ怒りの炎が鎮火されたわけでもなさそうだ。

「おら、死ねよ」

踵《かかと》を踏み潰したデッキシューズが、俺の腹に突き刺さる。う、と声を洩《も》らし、俺はバッグを庇《かば》うようにして、それに覆《おお》いかぶさった。

「弱《よえ》えな、お前」

男は嘲笑《ちょうしょう》しながら、なおも俺を蹴りつける。肩、首、背中、後頭部——。ランダムに降ってくる打撃の雨に、俺は耐えつづける。頭を蹴られるたび、バッグに包まれたクーラーボックスの蓋《ふた》に、顔面を打ちつけた。

掠《かす》れた女の声がする。きっと連れの女に違いない。この事態を諌《いさ》めるつもりはないらしく、彼女の声はじつに楽しげだ。男が状況を説明しているようだ。ご丁寧に足は止めずに。二人の爆笑が聞こえる。説明が終わったか。それにしても、癇《かん》に障《さわ》る笑い声だ。

「こいつ、泣いてんじゃねえの？」

男は楽しくて仕方がないといった声音でそう言った。が――。

俺は笑っていた。あののろいパンチなら、わざとくらってやったのだ。そしていまも、あえて苦痛を受けつづけている。なぜか？　それはな、
心を貴様に対する殺意で満たすためだ。

それができれば、柏木に差し出すことができる。生《い》け贄《にえ》にすることができる。

俺は一発もらうたびに心の中で唱えた。

殺す。殺す。殺す――。

「なんだ、こいつ」

そう言って男が怯《ひる》んだのは、俺が後頭部に放たれた蹴りを左腕でガードしたからだ。ミシ、と親指の付け根が軋《きし》んだ気がしたが、痛みは微塵《みじん》も感じなかった。

「チャージ完了だ」

俺はゆっくりと立ち上がる。しかし、足下は覚束《おぼつか》ない。よけなかったのが芝居でも、ダメージは本物だ。やはりバールだけは処理しておいて正解だった。あれで頭を割られでもしたら、致命傷を負っていたことだろう。

口角から流れ出た血が顎《あご》を伝い、アスファルトに垂れ落ちた。

「なんだよ、弱えくせにまだやんのか？　さっさと財布出せよ」

男の表情には、すっかり余裕が戻っていた。

そう、たしかに自分は強くない。かわすことができても、摑み合いになればたいていの者に負けるレベルだし、当てることが容易でも、そのパンチは軽い。だが……。

俺は右手を上着のポケットに突っ込んだ。

「全然殺せてねえじゃねえかよ、コジキ野郎」

薄ら笑いを浮かべながら、俺は吐き捨てた。どろついた血が邪魔をしてしゃべりづらい。

「じゃあ、いまからやってやるよ」

「いいからもう早く金取って帰ろうよ」

女は少し飽きているようだった。化粧はしていないらしく、女の顔には眉と呼べるものは見当たらない。

「まあ見とけよ」

得意げな顔を女から俺に向けると、男はまたも拳を振りかぶった。

「死ね！」

男の拳が、徐々に大きくなっていく。――油断しているとはいえ、この攻撃法になぜここまでの自信が持てるのだろうか。この闘いで身をもって知るといい。自分のパンチが、何の役にも立たないガラクタだということを。いや、知ったところで無意味だった。もうじき身体中を切り刻まれて息絶える人間に、その教訓を活《い》かす日は来ないのだから。

俺はがくんと身を沈める。頭上を大振りパンチが通り過ぎる。膝《ひざ》が笑い、大腿筋《だいたいきん》が痙攣《けいれん》を起こしたが、なんとか持ち堪《こた》えてくれた。右手を抜いた。親指でブラックコブラ・デルタの安全スイッチを弾き、バランスを崩している男の脇腹目がけて右手を突き出す。人差し指でトリガーボタンを押した。銀色の電極がバチバチと、凶暴な放電音を響かせる。そして――。

五十音には属さぬ音を短く洩らし、男は膝から崩れ落ちた。

「どうだ？　サンダーブローの味は」

嘲《あざけ》るように言いながら、俺は男を見下ろす。彼は地面に額をつけ、電撃を受けた脇腹を、両手で握り潰すように押さえている。説明書にあったとおり、いまみたいに一瞬触れただけで気絶することは滅多にないらしい。女は声を失っていた。

「聞いてんだよ、ボケ！」

俺は渾身《こんしん》の力で、男の後頭部に片足を落とす。アスファルトに叩《たた》きつけられた頭が、スーパーボールみたいにバウンドした。力んだせいで、上半身のあちこちが痛む。だがその痛みすらも、そっくりそのまま男への憎悪《ぞうお》と化す。

今度は両手で額を押さえ、男は弱々しく呻《うめ》いている。

「聞こえねえな」

俺は罵倒《ばとう》しながら、なおも男を蹴りつける。その無防備な後頭部を。何度も。何度も。執拗《しつよう》に。蹴るたびに、バスケットシューズのソールから、鈍い感触が伝わってくる。

やがて男の身体は諦《あきら》めたように脱力し、ぐったりとしはじめた。

が、俺は虐待をやめない。心の中にあるどす黒い何かが、みるみる膨れ上がっていくような感覚を愉《たの》しんでいた。

「もうやめてよ！」

叫びながら、女が蹴りの軌道上に割って入ってきた。俺は反射的に、いったん足を宙で止めた——のだが、

「てめえ、部外者面《づら》しててんじゃねえぞ、クソ女！」

構わず蹴りつけた。

いっ、と顔を歪め、女は茶髪を振り乱しながら反転すると、地面に両手をついた。女の肩口を蹴っ飛ばしただけのことなのに、その反動で俺の身体はよろめいた。限界だった。気づけば息が上がっている。そしてなんだか胸糞《むなくそ》の悪いこの気持ちは、生まれて初めて女に暴力を振るったことによるものか。

しかし何にせよ、ちょうどいい頃合いで邪魔が入ったといえなくもない。殺してしまえば、目玉にしか値はつかないのだから。

「いつまで丸まってんだよ」

どこかで聞いたような台詞《せりふ》を吐きながら、俺は男の髪を摑み上げた。ひたすら苦悶《くもん》のみを訴えるその顔は、ところどころ皮膚が裂け、血まみれだった。稲妻のように折れ曲がった鼻は、見事なまでに潰れている。

「たふけて…くらはい……」

糸を引いた唾液《だえき》が、男の口とアスファルトをつなぐ。

「汚《きたね》えな、てめえ！」

俺は、地面に叩きつけるようにして髪を放す。ごん、と男は勢いよく額を打ちつけた。その瞬間、女は顔を背け、固く目をつぶっていた。

「俺から金取って殺すんだろ？ そう言ってた奴が命乞《いのちご》いとはどういうことだ。脳味噌といっしょで、てめえにはプライドってもんもねえようだな。――まあいいや。いまからお前を売り飛ばす」

俺は背後のブルーバードを顎で示した。

「乗れや」

「すいま……へんれし……た。ゆるひて――」

「許すわけねえだろうが！」

俺はバスケットシューズのつま先を、男の腹に突き刺した。かは、と吐くと、男は激しく咳《せ》き込みはじめた。

「もう充分でしょ。やめてあげてよ」

挑むような眼、口調。女はまだなお強気だ。

「おいおい、さも自分は安全みたいな言い草だな」

俺は二人のあいだを抜け、カメラバッグの前にしゃがみ込んだ。つづいてサイドポケットのファスナーを滑らせると、そこからスプーンとアルコール消毒液を取り出した。

「——ていっても、お前のことは殺さねえでやるから安心しろよ」

言いながら、スプーンの両面に消毒液を吹きかける。

「まあ、条件付きだがな」

俺はゆっくりと女に近づいていき、スプーンを差し出した。

「こいつでてめえの目玉をくり抜け」

啞然としている女の手に、スプーンを握らせる。

「特別に、片眼で勘弁してやるよ。それだと十万ばかり足りないが、まあいいだろう。ただし、落とすんじゃねえぞ。もし落としたら——もう一個だ」

俺はふたたびバッグの元へ行き、コの字形にファスナーを走らせて、クーラーボックスの蓋を開けた。その中に横たわっていた瓶を起こす。それはビールの大瓶に似ているが、眼球を出し入れしやすくするためだろう、ビール瓶よりだいぶ口径が大きい。キャップはまだ開けなかった。

「そ、そんなこと、できるわけないじゃない！」

背後で女が叫ぶ。俺は、サイドポケットから抜き出したビニール手袋を装着しながら立ち上がる。

「ああ、そうかい」

うずくまっている男の脇に腰を下ろすと、俺はその腹から彼の右手を引き剝《は》がし、地面に広げた。そして、手首を足で踏みつけた。

「いまから十秒経《た》つごとに、こいつの指をへし折る。それが終わるのは、お前の眼がそのスプーンの上に載ったときだけだ。まあ、どのみちこいつは売り飛ばすんだけどな。指に値はつかねえから安心しろよ」

女はスプーンを持ったまま、がたがたと震えはじめた。

「おら、やれよ」

一度女を見やって言うと、俺は男の人差し指を握り込み、垂直に起こした。

「八、七、六――」

女は鼻の穴を広げ、身体全体で呼吸している。

「五、四――」

ようやく両手で握り締められたスプーンが、左眼にあてがわれた。が、相反《あいはん》して、瞼《まぶた》はきつく閉じられている。――ポーズだな。

「三、二、一」

「ちょっと、ま――」

「時間切れだ」

俺は男の人差し指を、一気に手の甲に押しつけた。フライドチキンをそうしたときの感触に、よく似ていた。

男の絶叫が、国道を行き過ぎる大型トラックの排気音を突き破る。それに張り合うように、負けじと女も悲鳴を上げた。

確かにいま、狂気が宿っている。

「どうせ盗みにしか使わねえんだ。こんな指、ないほうがいいだろ」

ついに女は泣き出した。

「泣いてる場合じゃねえぞ。カウントは止めてない。六、五――」

女は顔を伏せてただ泣くばかりで、行動を起こさない。

「お前なんかの涙には、何の価値もねえよ。――時間切れだ」

俺は冷笑しながら、男の中指をへし折った。男の絶叫に一本目のときほどの迫力はなく、女はびくりと肩をすくめたものの、悲鳴は押し殺していた。

「言っとくけどなあ、こいつの指がぜんぶ折れても目玉取れなかったら、お前にも死んでもらうことになる。こっちも、そこまで待ってられねえからな。いいか？　お前はいま、決めなくちゃならない。命か、片眼か、どっちを俺によこすかをな。そんなの考えるまでもねえだろ。それとも逃げてみるか？　必ず捕まえるけどな。その場合も、やはり死んでもらう。六からいくぞ。五――」

　女は激しく嗚咽《おえつ》を洩らしながらひれ伏し、俺を崇《あが》めるような格好で、両手でスプーンを握り締めている。

「――二、一」

　ふいに女が、むくりと起き上がった。かと思うと、大きく目を見ひらき、左眼にスプーンを押し当てた。今度は本気らしい。

「賢明な判断だな。その決断に免じて、カウントは止めてやるよ」

　俺は男の薬指から手を放し、立ち上がった。

　一人は倒れ、もう一人は跪《ひざまず》き、まるであの日の自分と修平のようだ。……すると俺は、柏木《悪魔》か。心の中で暴れ回っていた何かが、急速におとなしくなっていく。

「ほら、やれよ」

　女の前にしゃがみ込んだ。うー、うー、と唸《うな》りながら、女は両手に力を込める。

「やれよ」

スプーンの先端が、涙腺《るいせん》の辺りからめり込んでいく。

「やれって」

左の瞼が不自然にひらきはじめ、血走った眼球が体外へと追いやられる。

「さっさとやれよ」

女は大きく息を吸い込み、意を決したように奇声を発した。

つぎの瞬間――。

「やめろ！」

俺は手の甲で、女の両手を薙《な》ぎ払った。

「やめてくれ……」

遠くのほうで、物悲しげに金属音が鳴った。

女は茫然自失《ぼうぜんじしつ》といった様子で、宙に視線を漂わせている。

「失《う》せろ」

アスファルトに目を落とし、俺は静かに言った。それからしばらく、居心地の悪い沈黙がつづいた。

「聞こえねえのかよ。失せろって言ってんだよ！」

ようやく我に返ったのか、女はふたたび顔を強張《こわば》らせ、袖口で涙を拭《ぬぐ》った。それから思いついたように両手をポケットに突っ込むと、震える手で何かを差し出してきた。

それは、二つの財布だった。黒革の剝げた二つ折りのものと、赤いがま口——どちらも若者が使うようなものではない。おそらく、いや間違いなく、これらはこの車上荒らしどもの、今日の稼ぎだろう。

「これで……彼も……助けてください」

そう懇願する女の声は、両手と同じく震えている。

俺は財布をひったくるや、そのまま女の顔面に投げつけた。

「こんなもんいらねえよ、バカ野郎！」

二つの財布はそれぞれ、女の額と頰をひっぱたいてから地面に落ちた。

「このクソ野郎連れてとっとと失せろ！」

驚いて声を失ったか、女は大きく二度頷くと、這《は》って男のそばまで行き、何か声をかけながら男の腕を取った。男は呻きながら上体を起こし、女の肩に手を回す。折れた二本の指は盛大に腫《は》れ上がり、また紫色に変色していて、腐ったバナナみたいだった。

そして二人は、地面に這いつくばりながらセダンへと戻っていった。男は後部座席に入れられ、当然だが運転席には女が乗った。セダンはエンジンがかかると同時にバックすると、刑事ドラマさながらにタイヤを軋ませ去っていった。

　俺はその場に、仰向《あおむ》けになった。考えてというわけではなく、自然とそうなった。空には無数の星たちが瞬《またた》いていた。

　絶好の獲物を逃がしてしまった。それも自分の意思で。あのまま押し切っていれば、今日中にも修平を救い出せたかもしれないというのに。やはり、即席の殺意では無理があったのだろうか？　いや、あの殺意は本物だった。男を痛めつけているとき、えも言われぬ快楽に浸ってさえいたはずだ。ではなぜ逃がした？　同情でもしたというのか？　あんなクズどもに……。いやひょっとしたら俺は、残された女が警察に駆け込むのを危惧《きぐ》したのかもしれない。そうだ、だから二人とも逃がしたのだ。——何だその苦しい言い訳は。そんな心配をするぐらいなら、有無を言わせず女もトランクにぶち込んでやれば、それで済んだ話ではないか。

　興奮が醒《さ》めていくにつれ、全身に痛みが蘇《よみがえ》ってくる。俺はごろりと横向きになった。そっぽを向いた廃車のワゴンが目に入った。しかし、彼はもう何も言ってはくれなかった。

　強烈な突風が、俺の身体に厳寒を思い出させた。動こうとしない四肢に、痛みと引き換えに言うことを聞いてもらい、俺はなんとか起き上がった。飛んでいったスプーンとカメラバッグを回収して、ブルーバードに積んだ。バールと財布は放っておいた。

運転席のドアを開ける。幸いそこには目立つような傷はついていなかった。

ほっと息をつき、車に乗り込む。とそのとき、落ちている二つの財布が、またも目に留まった。ああは言ったものの、治療費とクリーニング代だと考えれば、頂戴《ちょうだい》しても罰は当たるまい。いや待てよ……。最もシンプルな方法を忘れていた。俺が強運の持ち主なら、これで終わりにできる可能性だってあるじゃないか――。

財布に駆け寄った。というのはイメージで、実際にはのろのろと歩いていくのが精一杯だった。まずはがま口をひらいた。その中には、現金数千円とスーパーのレシート、『交通安全』と記されたお守りが入っているだけだった。黒い二つ折りのほうを調べる。現金二万数千円、運転免許証、様々な人間の名刺――。こちらにも、クレジットカードやキャッシュカードの類《たぐい》は入っていなかった。現金が残っていることから、車上荒らしに抜き盗《と》られたわけでもなさそうだ。

「カードぐらい持っといてくれよ、大人なんだからさ」

俺は免許証の写真を見つめながら、溜息混じりに呟《つぶや》いた。そこには、人の良さそうな笑顔を浮かべた中年男性が写っていた。こうして見ると、どこかで見たような顔だ。ひょっとしたらこの二つの財布は、朝、森で挨拶《あいさつ》を交わした夫婦の物だろうか。そうかもしれないいし、まったくの別人の物かもしれない。考えてみたら、どうでもいいことだった。

俺は車に戻り、コンビニのレジ袋を拾い上げると、それにグローブボックスの中に入っていたマジックペンで「落し物」と書き殴った。その中に二つの財布を入れ、歩いて駐車場を横切り、売店のカウンターに載せた。これで持ち主の元に届けられる保証はないが、そこまでは自分の知るところではない。あらかじめ、それぞれの財布から千円ずつ抜いておいた。謝礼にしたら安いものだろう。

ついでに公衆便所に寄った。洗面台の前に立ち、蛇口をひねる。とそこで初めて、ビニール手袋を着けっ放しだったことに気づき、それを外した。右は問題なかったのだが、左の手袋をそれぞれの指ごと引き抜くようにして取ったとき、親指の付け根に鈍い痛みをおぼえた。男の蹴りを受けたときに痛めたのだろうか。構わず口を濯《ゆす》いだ。冷水が傷口に沁《し》みたが、歯は折れてはいないようだった。口元には、立派な青痣《あおあざ》ができていた。

ブルーバードの運転席に座り、キーを回す。ラジオが勝手にしゃべり出した。中年の男女が、「若者の闇」について語り合っていた。暖房が効きはじめるのはまだまだ先なくせに、エアコンの送風口は、ゴォーと大げさな音を立てている。こんなことなら、もっと早くエンジンをかけておけばよかった。俺はタバコをくわえ、背もたれをいっぱいまで倒した。

俺はこれから、どうすればいいんだろう？

ふりだしに戻ってしまった。貴重な時間と引き換えに得たものといえば、疲労と怪我《けが》とケチな金だけだ。このままここにいたところで、修平の処刑をただ指をくわえて待っているも同然。かといって、ほかに行き先もない。あと二日と半日しかないというのに、また何もできない。

タバコの火種が、煙を吸うたびに光量を増し、吐くと戻り、蛍みたいに明滅している。

俺は飛び起きた。

スピーカーから耳に入ってきた言葉に、そうさせられたのだ。いま確かに、どこかの教授だかが口にした。もう何日も、丸太だけを頼りに夜の海を彷徨《さまよ》っていたとする。そこに灯りが見えたとき、人はこんな感覚を味わうのではないだろうか。絶望の闇の中にいた俺に、希望の光をもたらしたその言葉とは——。

集団自殺。

その場に立ち会うことができれば、新鮮な眼球を大量に獲得できる。それに、自らの意思で死を選んだ人間に、同情などしないで済むはず。問題は、期限までに死の宴が催されるかどうかだ。

「じゃあ、またいつか」

廃車のワゴンにさよならを告げて、俺は駐車場をあとにした。

6　リスタート

長いドライブを終え、俺は浦和所沢バイパス沿いの吉野家に入った。家に帰ってもまだ夕飯を頼める時間ではあるのだが、このひどい有様を食事中ずっと母親に見せるのは気が引けた。だからといって、彼女が眠りに就くまで帰宅を遅らせられるほど時間に余裕はない。そこで、外食にしたのだった。

中国人らしき男性店員が並べていった、大盛り、卵、トン汁。俺はカウンターに顔を近づけ、用心深くトン汁をすすった。トン汁の姿を借りた幸せは、まず口の中に広がり、そして食道を通過し、やがて胃に染《し》み渡った。ほ、と息が自然と洩《も》れる。細胞の一つひとつが、狂喜乱舞しているようだ。そのうまさを前にすれば、口内の痛みなど取るに足らないものだった。つづいて箸《はし》を取り、卵を混ぜる。と、

「いって！」

激痛が走り、俺は思わず声を上げた。運転中、終始ずきずきと厭《いや》な痛みを訴えつづ

けていた左手の親指は、小皿を持ち上げることすらも断固として拒否した。

隣のタクシー運転手がびくりとして俺の顔を見たが、横目で見返すと、彼は即座に自分のどんぶりに目を戻した。

仕方なく片腕でメニューを平らげ、店を出た。


玄関のドアを開けると、俺は下駄《げた》箱の上にブルーバードのキーをそっと置いた。ダイニングからは、両親の笑い声とカレーの匂《にお》いが洩れていた。泥だらけの靴を脱ぎ、階段を上る。俺が帰宅したことは車庫入れの音で気づいているはずなのだが、テレビでよほど面白い番組でもやっているのか、二人とも声をかけてはこなかった。

自室に戻りドアを閉めるや、床にバッグを放した。そしてそれを、爪先《つまさき》で軽く蹴《け》っ飛ばした。ささやかな腹いせだ。

上着を脱ぎ捨て、学習机の椅子《いす》に座り、ノートパソコンをひらいた。それはパチスロの戦利品で所有権は修平にもあるのだが、いまはちょうど俺の家にある時期だった。起動させて、インターネットに接続した。思い返してみればこれまで、ほとんどアダルト動画目当てでしか使っていなかった。

俺は右手の人差し指だけでキーボードを操作する。二つか三つボタンを押すと、スクリーンを見て確認し、また手元に目を落とす。不慣れな作業は、ずいぶんと手間取るものだ。

まず、『集団自殺』と入力し、検索してみた。そこで得られた情報によると、二〇〇五年の集団自殺発生件数は三十四件だった。ここ数年のデータは記載されていなかったが、そこから急激に増えているわけでも、減っているわけでもないらしかった。ということは、やはり年間で三十四件前後。自分の足が届く範囲で、なおかつ向こう二日でおこなわれる確率を考えると、やはり厳しいようだ。俺は脱力し、気づけば尻《しり》が椅子からこぼれるほど浅く腰かけていた。

過去の実例の中には、快楽殺人者が自殺志願者を装《よそお》い、本当の自殺志願者を呼び出しては、リンチにかけて殺していたというケースもあったらしい。その記事を見つけたときには一瞬背筋が冷えたが、所詮《しょせん》は自分と無関係の恐怖。そんなものはすぐに脱力感に吸収された。

なかば投げやりな気持ちで、『集団自殺』のあとに『募集』と付け足して検索した。すると、画面の中に数々の自殺サイトが名乗りを上げた。そのうちの一つにアクセスし、掲示板にぼんやりと目を通す。

《誰か一緒に死んでくれませんか？》
《一人では死ねませんでした。自分は札幌です。お願いします》
《練炭、車持ってます》

予想に反して、自殺仲間の募集は頻繁におこなわれていた。損なわれかけていた意欲を持ち直し、俺は姿勢を正した。

ところが掲示板の中には、他人の自殺を必死で止めようとしている暇人も見かける。そんな偽善者どもには、無性に腹が立った。本人にとっては余計なお世話だし、俺にとっては営業妨害だ。死にたい奴《やつ》は死なせてやればいい。本人がそう決断したのだから。

さらに閲覧していると、その大多数が冷やかしであることがわかってきた。中には、相手が若い女とわかると自殺を止めるふりをして、ナンパ紛《まが》いのことをしている輩《やから》もいる。しかし、それすらもただの暇潰《つぶ》しなのかもしれないし、もっと言えば、若い女というのも嘘《うそ》でないとは言い切れない。なんだか混乱してきた。だが、とにかくいまは、このまま食い下がるしかない。

その後、様々な自殺サイトを渡り歩き、関東圏に限らずメールアドレスを公開しているものに関しては、それをメモした。といっても、すぐに削除されてしまうことも多いようで、メモの文字はなかなか増えてはいかなかった。

根気強く作業をつづけること二時間。なんとか七つのメールアドレスが集まった。

「こんなもんか」

俺は、背もたれに体重をかけて椅子をウイリーさせると、上体をよじってローテーブルに右手を伸ばし、白い携帯を手に取った。

「あぶね」

勢いよく椅子が戻って危うく机に激突しそうになったが、迫りくる机の引き出しを、空いている左手は使わずに、携帯を持った右腕だけで受け止めた。気を落ち着かせてから、メールを打つ。

《僕は川村と言います。十七歳です。僕も一人では死ぬ勇気がありません。でも、生きていても厭なことばかりなので、早く楽になりたいです。千葉県に住んでます。返事ください》

名前、年齢、住所は偽った。いっそのこと伏せてしまってもよかったのだが、少しでも具体的な情報を与えたほうが信憑性《しんぴょうせい》は増すはずだ。二つほど歳《とし》を下げたのは、学生と思わせておいたほうが相手の警戒心が弱まると判断したためだ。そして「二村」を「川村」としたのは、もし直接会うことに成功してそこで名前を呼ばれたとき、まったくの偽名だと反応が不自然になる恐れがあるからだった。

俺はこのメールを、七つのアドレスすべてに、上から順に送信した。が、そのうちの五つはもともと存在しないのか、もう使われていないのかは知らないが、受信してはもらえなかった。

残るは二つ。俺は祈るような気持ちで、白い携帯を見つめる。一分、二分、三分――。時間が経《た》つにつれ、心に不安が広がっていく。本物の自殺志願者に届いているだろうか？　このまま朝になってしまわないだろうか？　いや極端な話、永遠に返信がない可能性だって充分にある。やはりほかの方法を探すべきなのかもしれない。

すっかり弱気になり、俺は天井を仰いだ。とそのとき、振動音が鳴り響いた。すぐさま視線を下ろす。机の上を、白い携帯が振動に合わせて、滑るように移動している。

俺はそれを捕まえて、メールのマークがついたボタンを押した。もちろん送り主は杉田ではなく、登録されていない人物からだった。

《メールありがとうございます。同じ気持ちを持った仲間ができてうれしいです。川村君は、なぜ死にたいのですか？　宮内》

「来た！」

俺は思わず声を上げた。

「宮内」は、ミヤウチと読んで間違いないだろう。アドレスからすると、この宮内なる人物はパソコンからメールを送信してきたようだ。そして、「君」付けしているということは、十八歳以上だと思われる。いまのところ、それくらいしかわからない。宮内の性別さえも。二日以内に集団自殺をする予定はあるのか？　あるのなら、それに参加する人数は？　場所は？　訊《き》きたいことは山ほどあるが、矢継ぎ早に質問を浴びせるのは愚策と判断し、俺は宮内を完全に信用させるまで、焦《あせ》らず慎重にいくことにした。

《お返事ありがとうございます。僕は小学五年生のときに両親を亡《な》くし、親戚《しんせき》に引き取られました。しかし、そこで僕を待っていたのは優しさや労《いたわ》りなんかじゃなく、虐《ぎゃく》待《たい》でした。毎日毎日殴られ、ときにはタバコの火を押しつけられました。そしてそれは、身体《からだ》が大きくなったいまでもつづいています。もう苦しむために生きていたくありませんし、僕が死ぬことで親戚の奴らに後悔させてやりたいのです。ところで宮内さんは、どうして死にたいのですか？》

リアリティーを重視して、最後にまるで興味のない質問を打ち込んだ。動機に関しては、どこかで聞きかじったようなよくある話で、ひょっとしたら相手に不審がられる内容かもしれない。だが、いまの俺の身体は、この大ボラを信じ込ませるに最適な状態だ。口元と鳩尾《みぞおち》の痣《あざ》、肩や首の擦り傷——。俺は身体中の傷を撮影し、メールに添付した。

それから五分もしないうちに、返信が届いた。

《世の中、理不尽なことだらけですね。川村君の気持ち、よくわかります。私は会社の同僚に陥《おとしい》れられ、数ヶ月前に職を失いました。その後、懸命に再就職先を探していたのですが、ある日突然、妻に離婚届けを突きつけられました。経済力のないあなたといたのでは不幸になる——彼女の言い分はもっともだと思い、私は哀《かな》しみから目を背け、素直に従いました。それからしばらくして、以前勤めていた会社の人間にたまたま会う機会があり、そのとき私は、妻が離婚を申し立ててきた本当の理由を知ったのです。ずいぶん前から、妻には別の男がいたという事実を。そして信じ難いことに、その相手は私を陥れた同僚だったのです。つまり妻にとっては、円滑に離婚し、その男と一緒になるには、私から職を奪うのが一番だったというわけです。二人は共謀して私を罠《わな》にかけ、見事にそれを成し遂げた。まさに一石二鳥。まんまとやられました。だから私の死ぬ理由は、絶望と復讐《ふくしゅう》。川村君と同じです。一人では死ねないというところも。冷やかしじゃない人から——気が合いそうな人からメールがきてうれしいです。もし私でよかったら、いっしょに逝《い》きましょう》

ヘビーだ。

単純にそう思った。だが同情はしない。している場合ではないのだ。それに、ついさっき学んだばかりだ。修平を救出するにあたって、その感情が、いかに高く厚い障壁となるかを。

とにかくこれで、信用が得られたことは確かだ。やはり本物の怪我《けが》の画像は効果覿《てき》面《めん》だったようだ。この感触なら、少し踏み込んでみてもいいかもしれない。

《ひどい話ですね。でも、わかり合える人と知り合えて、僕もうれしいです。ぜひお願いします。ところで、いつにしましょう？　僕は明日でも明後日《あさって》でも構いません》

というよりも、明日か明後日でないと困るのだ。それから、人数を増やしてもらうよう促さなければならない。場所も重要だ。荷物検査を強いられる飛行機には乗れないから、最低限、陸路で行ける範囲でなくてはならない。さらに欲を言えば、人目につかない場所がいい。それこそ樹海などが好ましいが。——まだまだ問題は山積みだ。

そんなことを考えていると、返事が届いた。

《じつを言うと、私は川村君のほかに三人の方々とやりとりしています。もちろん、似た境遇の人たちなので安心してください。すでに計画はあるのですが、具体的な日にちはまだ決めていません。しかし私を含め、みな早ければ早いほうがいいということなので、確認してみますね。でも、もし大人数が厭だったら遠慮なく言ってくださ い。それから、冷やかしメール防止のため、このアドレスはもう使いませんので、つぎからはこちらに送ってください》

最後に新しいアドレスが貼《は》りつけてあった。それはおそらく、仲間として認めた人間にしか教えないものなのだろう。
俺のほかに三人、ということは宮内を入れて四人。言い換えれば三百二十万。目標額まで三十万ばかり足りないが、そのくらいの額なら最悪闇金《やみきん》でも構わない。しかしなんと、労せずして人数の問題が解決した。ようやく追い風が吹いてきたようだ。あとは日時と場所だ。

《大人数が厭だなんてとんでもないです。仲間に入れてもらえるよう、みなさんによろしくお伝えください。それから、わがままついでにもう一つお願いがあります。天国に行くのを、明日にはできないでしょうか？　じつは明日、僕に暴行している叔父夫婦の結婚記念日なんです。明日なら、僕が自殺したショックが何倍にもなると思うんです。それに、毎年厭な気分にさせてやることができます。連絡待ってます》

次に白い携帯が震えたのは、このメールを送ってから三十分ほど経ったときだった。
《川村君が加わることに、みんな賛成してくれました。むしろ川村君のおかげで、実行することになりました。しかし申し訳ないのですが、明日というのはさすがに厳しいという結論に至りました。ほんとうにごめんなさい。そこで、もし川村君さえよければ、明後日にしようと思うのですがどうですか？》

歓喜、落胆、ふたたび歓喜。この文面を読んでいるときの俺の感情は、砂漠の気温を表す折れ線グラフのように激しく上下した。追い風は、まだやんではいないようだ。

あとは場所だけだが……。宮内の中では、俺の住所は千葉県ということになっている。それでも誘うのだから、そう遠いところで「実行」するつもりではないはずだ。

《ありがとうございます。一日ずれたとしても、きっと奴らは思い出すはずです。ぜひ参加させてください。明後日、何時にどこに行けばいいですか？　決まったら教えてください。あと失礼な話、僕は何も持っていません。すいません》

送信ボタンを押した。

もう一息。あともう一息で、ステージができあがる。俺は携帯をじっと見つめる。

と、すぐにそれは俺の手を震わせた。その振動音が自動的に鳴りやむ前に、メールを開封した。

《どこでこのアドレス知ったんですか？　最近、同じようなメールが知らない人からバンバンきて困ってます。もう送らないでください》

一瞬理解に苦しんだが、よく見たら宮内のアドレスではなかった。最初に二件送ったうちのもう一件のほうが、いま頃になって返信してきたようだ。文面からするに、嫌がらせで掲示板にアドレスを載せられた、そんなところだろう。だが、もうこいつに用はない。

この迷惑メールを受信してから二十分ほどして、ようやく宮内からの返信があった。

《途中報告です。日時は、二日後の午後七時。場所はまだ確定していませんが、八割方、栃木県にある廃病院になりそうです。千葉県に住む川村君には少し遠いかもしれませんが、みな関東在住だということ、なるべく邪魔の入らないところがいいとの意見が多かったこと、そして大きな車を持っている人がいなかったのが理由です。参加者のある方がいろいろと調べてくれていたみたいで、よさそうな場所がすぐに見つかって助かりました。ちなみに、道具はこちらで用意するのでお気遣いなく。では、詳しい住所と、何か変更などあったら、追って連絡します。それから、くれぐれもパソコンの履歴はすべて削除しておいてください。これでやっと、楽になれますね》

願ってもない条件だ。申し分ない。ほんとうなら、死体を放置しても足がつきづらい樹海がベストだと思っていたが、この際贅沢《ぜいたく》は言うまい。自然と両頬が持ち上がる。しかしいまにして思えば、千葉県というセレクトは迂闊《うかつ》だった。本州の隅っこに位置する県では、爪弾《つまはじ》きにされる公算が高くなる。無難にいくなら、住所はあと出しでもよかったのかもしれない。

だが乗り切った。糸のように細い綱の上を、渡り切ったのだ。

《そうですね。了解しました。何から何まですいません。明後日が待ち遠しいです。連絡待ってます》

というメールを送ったあと、俺は宮内の指示どおり、パソコンの履歴を削除する。が、やり方がよくわからないので、適当に操作してみることにした。

と、胸にちくりと棘《とげ》が刺さったような感覚をおぼえた。

——むしろ川村君のおかげで、実行することになりました——

俺が、彼らを殺すのだろうか？

いや違う。たしかに早急に死ぬよう煽動《せんどう》はしたが、俺が関わろうが関わるまいが、彼らはいずれ自殺するつもりだったのだ。気にすることはない。自分はその背中を、ちょんと押してやっただけだ。それに自分が手を下すのは、彼らが死んだあとなのだ。

どこも殺人なんかじゃない。

そんなことより、おそらくこれがラストチャンスとなるだろう。もうヘマはこけない。脳味噌《のうみそ》を稼動《かどう》させながら、俺は履歴の削除を、正確にはその方法探しを再開した。

誰かの家などで実行することになってしまっていたら難儀だった。すぐに死体が見つかってしまい、その目玉を抜かれた骸《むくろ》を見て、警察が黙っているはずがない。その点廃墟《はいきょ》なら、しばらくは人目につかないだろう。とはいっても、廃墟といえば昔自分たちが肝試しに行ったように、そういった輩に運悪く死体を発見される恐れがあるから、やはりそれらを隠しておく必要はありそうだ。だが二日後の夜となると、期限までそう時間はないから、目玉を集めたらすぐに柏木のカジノへ向かいたい。だとすると、あらかじめ廃墟、もしくはその近辺に一時的な隠し場所をつくっておいて、仕事を済ませしだいそこに隠し、そして修平を助け出したあとに、ゆっくりどこか安全な場所に隠し直すというのがいい線か。ただしそのときは、あいつにも手伝ってもらおう。いずれにせよ、現場の下見はしておきたいところだ。

残る問題は、不足分の三十万をどうするかだが、ほんとうに闇金に頭を下げに行くしかないのだろうか。……いや、それ以前に――。

栃木までの交通費はどうする？

間抜けではあるが、それは重要な問題だった。

いまの所持金ではレンタカー代はおろか、往復の電車賃すら足りないと思われる。そして明日からは平日だから、ブルーバードを借りるという手段も見込めない。やはりあのとき、財布ごとくすねてしまうべきだったか。いやそれよりも、車上荒らし二人からカツアゲしてやればよかったのだ。

しかしもう、後の祭りだ。ふたたび訪れた脱力感に従い、俺は頬杖《ほおづえ》をついた。と、そんな俺に活を入れるように、携帯が振動した。俺はびくりとして背を伸ばし、それを手に取った。

《宮内です。時間も場所も、変更はありません。現地の住所です。栃木県S郡N町

――。会えるのを楽しみにしています》

このメールを読み切るかどうかといったタイミングで、ドアが二度、遠慮がちにノックされた。俺は慌《あわ》てて携帯を閉じて、パソコンのスクリーンを伏せた。

「入るわよ」

「ああ」

パジャマ姿の母さんが入ってきた。といっても部屋の中には足を踏み入れず、ドア付近に立っている。彼女はいつもそうだ。

「ご飯いらないの？　カレーだけど」

「ああ、いいや」

青痣を見られないように、顔は向けずに答える。

「そう。カレーなのに」

「うん。せっかくだけど、明日にでもいただくよ」

「そう。――何か困ってるんじゃないの？」

唐突に浴びせられた鋭い質問に、肝を潰された。が、俺はポーカーフェイスを崩さない。自分がいま置かれている状況など、馬鹿《ばか》正直に言えるわけがない。

「いや、そんなことはないよ」

「あ、そう。ならいいんだけど。じゃあ、おやすみ」

ドアが閉められる。

金はどうする？　交通費程度なら友人に借りられなくもないが、余計な時間がかかることは確かだ。不足分の三十万を裏で借りるにしても然《しか》り。場所がはっきりしたことですぐにでも動き出したいいま、たとえ一秒でも無駄にしたくはない。

「あ、ちょっと待って」

母さんが手を止める。

「――何？」

「あのさ……」

言え。言うんだ。自分のプライドと引き換えに、修平の生存率を一パーセントでも上げることができるなら本望だろ。それにもうプライドなら、今月分が払えないとオヤジに言ったときに半分捨てたじゃないか。でも、言いたくない。この言葉を吐いてしまったら認めることになる。自分が同年代の連中と何も変わらないということを。まだまだ未熟だということを。

「金、貸してくれないかな」

大切に抱きかかえていたものを地面に落として割ってしまったような、しかしそのおかげで身が軽くなったような、複雑な気分だった。

「いいわよ」

母さんは近づいてきて、机の上にぽんと封筒を置いた。郵便局の名前が印刷された、分厚い封筒を。

「はい」

俺はそれを手に取り、一度も閉じた形跡のない口から中を覗《のぞ》く。百枚と思われる束、十枚と思われる束、そして束からあぶれた数枚。それが何の金であるか、俺にはすぐにわかった。高校三年の秋から先月までの一年五ヶ月、毎月七万円、自分がこの家に納めてきた金――周りの連中より、自分が優れていることを証明するための金だ。

「使ってなかったんだ、一円も」

横目で顔を窺《うかが》う。母さんは答えず、ただ微笑を浮かべただけだった。

一階に取りに行くわけでもなくすぐに差し出してきたということは、はじめからこれを渡しに来たのか。

「なんでわかったの？　俺が困ってること」

「失礼ね、これでも母親なのよ。いままで肉じゃがをおかわりしなかったことなんてなかったし、その日はズボンに吐いた跡があったし、お父さんに今月分待ってくれなんて言ってたし、――こんなバッグ見たことないし、ここ何日か修平君は来ないし、いまだって服は泥だらけだし、こっちに顔を向けないってことは、どうせ反対側に怪我でもしてるんでしょ」

驚きと恥ずかしさ。名探偵にトリックを暴《あば》かれた犯人は、きっとこんな気持ちなんだろうな、と思った。

「そんなに前から知ってたのか」

「わたしはすぐに返してあげようと思ったんだけど、お父さんに止められたの。『男のプライドを傷つけるのは殺すのと同じだ。だからあいつが頭を下げてくるまでは絶対に渡すな』って。なんだか、筋が通ってるんだか通ってないんだかよくわからないけどね」

それで痺《しび》れを切らせて、鎌《かま》をかけてきたというわけか。俺から泣きの言葉を引き出すために。そうとわかると、昨日の夕食での態度も納得できる。――しかし、たったいま彼女が口にした「プライド」とやらはもうズタズタだ。いや、そんなものは消えてなくなってしまったのかもしれない。むしろいまでは、清々《すがすが》しさすら感じている。

俺は、封筒を持った右手をすっと上げた。

「これ、ありがたく借りるわ。——絶対返すよ」

「そうね。それがいいかもね」

母さんは出入り口に向かって歩いていき、ドアノブに手をかけて振り向いた。

「男の子から冒険を奪う気はないけど、ほどほどにしなさいよ」

ドアが閉められた。そっとでもなく荒くもなく、いつもどおりに。

ずいぶん前から、自分は一人前なのだと思っていた。誰よりも早く、一人前になったのだと思っていた。ところがそれは、ただの勘違いだったのだ。思い上がりだったのだ。自分は、まだまだ子供だったのだ。

鼻から、長い息が洩れた。

さて——俺は百十九万円の入った封筒に視線を据える。

状況は一変した。この元手があれば、わざわざ栃木くんだりまで出向いて目玉をほじくり出す必要はない。

適当な裏カジノに入って、イカサマをすればいいのだ。

そこに〈ブラックジャック〉の卓さえあれば。AとJの組み合わせは、二・五倍が通例。ならば極端な話、全額賭《か》けて『すり替え』を成功させれば、二百九十七万円が手に入る。元金と合わせれば四百十六万。これなら、六十六万の釣りまでくる。いますぐやれ、と言われてもお手の物だが、今度こそ失敗は許されない。念のため、「調整」しておいたほうがいいだろう。

　俺は机の引き出しから1セットのトランプを取り出して天板に置くと、床から上着を拾い上げ、用心深く袖《そで》を通した。

　束の上からカードを二枚引き、右のポケットに入れる。そのまま二枚のカードを袖に送り込んだ。——やはり、勘は少しも鈍ってはいない。

　さらに束から二枚取り、両手で重ね合わせて眼前に持ってくる。なんだかしっくりこない気がするが、つづけることにした。

「よっ」

　勢いよく両手を下げる。バレーボールをレシーブするときのように。両手は机の下、仮想ディーラーの死角に入る。下げきる寸前、右手の人差し指と中指で、二枚のカードを弾く。それらは重力に逆らい、左の袖に吸い込まれ——。

　ずに、袖口に弾かれ、床に落ちた。

「……まあ、こんなこともある。弘法《こうぼう》にも何とやらだ」

　再度チャレンジする。も、結果は同じだった。もう一度やってみた。が、やはりカードは左の袖に弾かれた。

俺は拾い上げたカードを、机上に放った。そして、溜息《ためいき》をついた。

原因ならわかっていた。「調整」をはじめてから、いや、吉野家で小皿を持ってから、左手の親指を庇《かば》ってしまっているからだ。たしかに直接カードを弾くのは右手の二本の指だが、左手の親指は、その直前までカードの腹を押さえて支点をつくり、狙《ねら》いを定めるための重要な役割を担《にな》っている。これでは照準が安定しない。するわけがない。

ならば、痛みを取り込むまでだ。

二枚のカードを取り、目の前で摑《つか》んだ。今度は左手の親指を、しっかりと添えて。ずきん――案の定痛みに見舞われ、親指はすでにカードから離れようとしている。だが俺は、それを許さない。これしきの痛みなど、予想の範疇《はんちゅう》だ。顔を歪《ゆが》め、呼吸を荒げながらも耐える。そして、
勢いよく両手を下げる。親指を、普段通りに動かすよう意識しながら。

「いっ！」

親指に力を込めたとたん、その付け根に激痛が走る。右手の二本が弾くのを待たずして、二枚のカードは舞い落ちていった。――まだ、精神力が足りないみたいだ。

痛みだけでなく、腹の奥を握り潰されているような不快感も生じていた。だがつづ

ける。やがて鳥肌が全身を埋め尽くし、額から脂汗《あぶらあせ》が吹き出てきた。それでもつづける。ついには左腕全体がぶるぶると震えだし、制御不能となってしまった。

何十回と挑戦した。嬉《うれ》しいことに、その成功率はゼロパーセントだ。

俺は左手を見つめて呟《つぶや》いた。

「頼むよ……」


翌日、俺は朝一番で近くの病院に駆け込んだ。救急患者であることが認められ、待たされることなく診察室に通された。少し得した気分だった。革が破けてスポンジがはみ出した丸椅子に座り、「遅くとも夜までには治してもらわなくては困る」と告げると、お爺《じい》さんの医者は、「手の前に頭を診たほうがいいね」と言って、げらげらと笑っていた。

亀裂《きれつ》骨折。

左手の親指は、そう診断された。固定具をあてがわれ、その上から包帯でぐるぐる巻きにされた親指は、本当は弱いくせになんだか強そうだ。ついでに医者は、口元の傷にガーゼを貼ってくれた。

手術の必要がないことは幸いといえるのだろうが、ここまでの怪我などとは思ってもみなかった俺にとっては、やはり不幸でしかなかった。

帰り道、肩を落とし、俺は小学校のフェンス際《ぎわ》を歩く。校庭では体操服を着た小さな後輩たちが、元気よくサッカーをやっていた。タバコを吸おうとして、当たり前のことができなくなっていることに気づいた。この左手はいま、ライターの火をつけることさえできない。

こんなことなら、もう二、三本へし折ってやるべきだった——車上荒らしの顔を思い浮かべ、道端に唾《つば》を吐き捨てた。

——さて、どうする？

イカサマができなくなったとはいえ、百二十万近い元手があることには変わりない。簡単な話、競馬で三倍の馬を当てられれば、一発でクリアだ。だが、俺は知っている。追い詰められ、負けが許されない状況下で——現実をひっくり返すという幻想に取り憑《つ》かれた状態で打って出たギャンブルは、必ず負けることを。確率とは別次元の力で、敗北の穴に叩《たた》き落とされることを。ならば、

やはり行くしかないようだ。

見方を変えれば不足分の問題が解消されたわけだし、さらには一人までなら欠席しても目標額に届く。確かに、状況は好転しているのだ。

シュートが決まったようで、校庭から無邪気な歓声が上がった。

家に着いた。病院に出かけたとき、すでに両親の姿はなかったのだが、ガレージにはなぜかブルーバードが停まっていた。そしてそれは、いまもだった。

部屋に戻ると、俺はドラッグストアのロゴが入ったビニール袋を、カメラバッグのサイドポケットに突っ込んだ。袋の中に入っているのは、髪染めスプレーだ。当日、宮内に大嘘を見破られないよう、自分がでっち上げた架空の人物になりすます必要がある。ガーゼと包帯のおかげで説得力は格段に増したが、いまのこの髪の色は、それらもろとも吹き飛ばす破壊力を持っている。それにしても、こんなものを買ったのは高校受験の面接の前日以来だ。

欲を言えば、勝手に集まって勝手に死んでもらい、そのあと目玉をかっさらうのが理想的だが、「実行」のきっかけをつくった自分が来ないことで、中止や延期になるといった事態は避けなくてはならない。期限に間に合うようにするには、そして宮内やほかの連中を信用させるには仕方がなかったとはいえ、俺は重要人物になりすぎてしまった。

学習机の前に立って、そのままノートパソコンをひらいた。樹海では、情報不足という初歩的ミスでしくじった。今度はもう、その二の舞を踏むわけにはいかない。

ここ数年、練炭自殺が流行りだということは、昨夜自殺サイトを閲覧していた時点で、いや、日常生活の中で自然に入ってくる情報ですでに刷り込まれていたことだが、その先のことを調べておきたかった。練炭による集団自殺に立ち会い、生き残るにはどうしたらいいのかを。

予想以上に時間をくってしまったが、その疑問は解けた。一酸化炭素用の防毒マスクがあれば、どうやら可能みたいだ。濃度にもよるが——たとえば車の中などの極端に狭い場所だった場合、練炭に着火してから六十分前後で、人は意識を失うらしい。ならば、そうなるまで防毒マスクを着けて耐え凌《しの》ぎ、いちどその場を離れ、全員が絶命したのを見計らってから戻り、あとはゆっくり目玉を頂けばいいのだ。問題は、どうやって怪しまれずにマスクを装着するかだが、その程度のことなら、うつ伏せに倒れたふりをするなり、膝《ひざ》を抱えて座った状態で顔を伏せるなり、いくらでもやりようはある。幸い、マスクはお面のように顔全体を覆《おお》い隠すものもあるが、病院の吸入器みたいに鼻から顎《あご》の範囲だけに嵌《は》めるタイプのものでも事足りるようだから、なおのこと見破られなどしないだろう。もしも首吊《つ》りや飛び降りなど、思惑と違う方向に事が運びそうになったら、適当なことを吹いてうまく練炭自殺に誘導すればいい。おそらく練炭は宮内が持ってくると思われるが、念のため買っておいたほうがよさそうだ。となると、少なくとも防毒マスクと練炭は入手しなくてはならない。しかし意外なことに、どちらもホームセンターなどで売っているらしかった。

一階に下りて、台所に入った。カレーの鍋《なべ》を火にかけ、冷凍庫からラップに包まれたカチコチの米を取り出し、電子レンジに閉じ込める。

それから俺は、現状を報告するため、修平に電話をかけた。コール音に耳を澄ませる。一昨日の夜に期待させるようなメールを送って、樹海で目玉を集めるというその計画が失敗に終わった時点で、連絡をしづらくなっていた。いずれにせよ、電話をするのは金が工面できたあとにしたかったが、いままたなんとか見通しが立ったので、いい頃合いだと思った。

アナウンスに切り換わることなく、修平の携帯は、まだ鳴りつづけている。――長い。単に寝ているだけなのか、シャワーを浴びているのか、あるいは糞《くそ》でもしているのか。きっとそのうちのどれかだろう。そう決めつけながらも、なぜか胸がざわつきはじめる。と、コール音が途切れた。

『もしもし……こう……じか。もう、ダメだ……』

途切れ途切れの言葉。荒い息づかい。明らかに様子がおかしい。

「どうした⁉　何があった⁉」

『いてて……。ちょっと待った』

暴風のようなノイズが、鼓膜を乱暴に揺らす。いったい、何が起こっているんだ？

「おい、修平！　修平！」

何も聞こえない。電話を落としたのか、それとも何者かに取り上げられたのか。まさか、期限を無視して――。

「汚《きたね》えぞ！　かしわ――」

『ごめん、いま筋トレしてたんだ』

憤然とした俺の声を、平然とした修平の声が遮った。

「――え？」

『腹筋だよ、腹筋。いい機会だから、ダイエットでもしようと思ってさ。暇すぎてほかにやることもないし』

「なんだよ、人騒がせな」

どうやらいちど会話が途絶えたのは、ただ息を整えていただけのことだったようだ。

『この部屋に最初から置いてあったジャンプもエロ本も、もう読み飽きちゃったしさ』

「巻き込んだ俺が言うのも何だけど、お前ってすごい神経の持ち主だな」

『そうかな』

「そうだろ」

『まあいいや。――そんなことより、聞いてくれよ。ここ二日、一日一回投げ込まれる食料にも手をつけてないいんだ。すごいだろ？』

　修平にしては珍しく、自分の話を押しつけてくる。そういえば、ダイエット中の人間は褒められたくて仕方がないものなのだと、どこかで聞いたことがある。

「ああ、すごいな。俺ならとっくに挫《くじ》けてる」

『じつは俺も、何度も挫けそうになった。でもそんなときは、冷蔵庫に入ってたケチャップを舐《な》めるんだ。それだけで、かなり胃袋を騙《だま》せる。どんなに腹が減ってても、まさかケチャップをガブ飲みするのは無理だからちょうどいいんだ』

　お前ならやりかねないだろ。

「そうか。でも安心したよ。監禁生活はなかなか快適なようで」

『はじめはそう思ってたけど、慣れてくるとそうでもないんだ。ここにはベッドや布団《ふとん》がないからね。だから、薄っぺらいクッションだけで寝なきゃならない。まあそのおかげで、起きてる時間が長くなって、腹筋をする時間が増えるんだけどさ』

「そりゃ大変だな」

けっきょく何が言いたかったんだろう。彼の求めている言葉がわからず、俺は曖昧《あいまい》に返した。

「ところで――」

言いづらいが、そろそろ本題に入らないと。

「申し訳ないんだけど、どうもギリギリになりそうなんだ。じつは――」

俺はいまの状況と、そこに至る経緯を、かいつまんで説明した。

『――あと二百三十一万か』

「これからかかるだろう経費を考えると、二百四十万ってとこだな」

『そっか。――でも、集団自殺に紛れ込むって、かなり危ないんじゃない?』

「ああ。でも、うまくやるよ」

そう、やるしかないのだ。

『なんか悪いね。何も手伝えなくて』

「お前が謝ることないだろ」

ほんとうはわかっていた。いままでの苦労や、これから身を投じる危険な状況について話してしまえば、修平が謝ってくることは。そして、余計な心配をかけることも。

それでも、自分が必死に戦っていることを理解してもらいたかった。罪悪感から逃れるために。対等でいるために。

「そっちは何か変わったことはないか？」

俺は揶揄《やゆ》するように言う。

「ダイエット以外で」

無意識にはしゃいでいたのを冷静になってから指摘されたときみたいに、修平は照れ笑いした。

『少ししゃべりすぎたかな』

「冗談だよ。――で、変わったことは？」

『え？　ああ、うん……そうだね。ないよ』

「隠すならもっとうまく隠さないとな。――言えよ」

『たしかに、いまのはひどかったね』

修平はぎこちなく笑うと、話をつづける。

『一日目と二日目は、投げ込まれる袋の中には安いコンビニ弁当だけだったんだ。でも昨日は、弁当といっしょに写真が一枚入ってた』

「写真？　いったい何の」

『それがさ、内臓や目玉を抜き取られた、死体の写真だったんだ』

脅しではないということをあらためて伝えておくためか、あるいは単なる戯《ざ》れ事か。いずれにせよ、何て悪趣味な奴《やつ》らだ。

「……そうか」

もしかしたら、修平が筋トレなんかをはじめたのも、やけに饒舌《じょうぜつ》だったのも、膨れ上がっていく恐怖を紛らわすためだったのかもしれない。

「……」

口にすべき言葉が見つからない。きっと修平もそうなのだろう。二つの電話を、ただ沈黙だけがつなぐ。

と、電子レンジが喚《わめ》いた。まるで終了のホイッスルみたいに。

俺は長く息を吸い込み、短く吐き出した。

「じゃ、そろそろ切るわ。つぎに会うとき、お前の痩《や》せてる姿を見るのが楽しみだ」

『そうだね、きっとびっくりさせてみせるよ。——じゃあ、また』

「ああ」

電話を切った。

立ちのぼる湯気が視界に入り、はっとして鍋を覗く。表面のあちこちでぶくぶくと泡が立ち、そして弾けている。俺は慌てて携帯をポケットにしまい、火を止めた。搔《か》き回すことなど、すっかり失念していた。マグマみたいに煮え立ったカレーを、お玉で掬《すく》ってみる。が、時すでに遅く、底のほうが焦《こ》げついていた。

食器棚から皿を取り出し、それを鍋の近くに置き、電子レンジから白米をつまみ出し、ラップを剝《は》がし、皿に載せ、その上にカレーをかける——何てことのない作業のはずが、右手だけでとなると、ずいぶんと手こずった。

炬燵《こたつ》に皿を運ぶ。とその途中で、天板に置かれた一枚の紙が目に留まった。乱暴な字で、何か書いてある。とりあえず皿を置き、それを読む。

〔ひとの車あんなに汚しやがって、洗車ぐらいしてから返せ!　この恩知らずめ〕

どうやらオヤジは、大層ご立腹のようだ。たしかに、樹海を歩き回って泥塗《まみ》れになった靴で乗っていたのだから、フロアマットなどはひどい有様だったことだろう。だが、俺は給油をした。正確には、させられたのだ。それもなけなしの金で。三分の一は使ってしまったとはいえ、その功績を称《たた》えて、汚れなどチャラにしてくれてもいいようなものだ。昔はもっと器のでかい人間だったはずだが——。

いや、読めた。オヤジの真意が。「洗車してから返せ」ということは、「洗車するまで返さなくていい」とも取れる。ストレートに表現することを嫌って攻撃的な文面にしただけで、ほんとうは「事が済むまで貸してやる」と彼は言いたかったのではないだろうか。オヤジは見抜いていたのだ。息子がまだ、窮地から脱していないことを。俺は自分という人間を、人を欺《あざむ》く名人だと思っていた。いまだってそうだ。しかし世の中には、俺が騙し切れない人間も、少なくとも二人はいるみたいだ。

現地にはレンタカーで行くつもりでいたが、自家用車なら煩《わずら》わしい手続きもないし、何より、ほぼ片手で運転しつづけなくてはならないのだから、少しでもステアリングの感覚に慣れている車のほうが好ましい。ブルーバードのキー、ありがたく拝借させてもらおう。

俺は、紙の横に置いてあったマジックペンで、余白に返事を書き残した。

〔ごめん、ピカピカに洗車しておくよ〕

「もうこんな時間か」

カレーライスを食べ切った頃には、午後二時を過ぎていた。俺は、早々にカレー塗れになってしまったガーゼをゴミ箱に投げ入れ、皿を流しの桶《おけ》に突っ込むと、自室に戻り、急いで荷作りをはじめた。

最低限、陽が落ちるまでには下見を済ませておきたい。もうあとがないいま、頭の中に完璧《かんぺき》なシナリオを描いておく必要がある。

バッグを担《かつ》ぎ、部屋を出る。とそのとき、ドアの手前に置かれた姿見に映った自分の姿を見て、俺は愕然《がくぜん》とした。センスの欠片《かけら》もないバッグが、すっかり板についていたのだ。不本意だった。誰だって、こんなバッグが似合う男になどなりたくはない。

廊下を進み、階段を下りる。カジノに行ったときには平気だったのに、上着の内ポケットに大金が入っていると思うと、なんだかそわそわした。単に金額の差か、それとも金の持つ歴史が違うからか、はたまた修平の命の一部のような気がしたからか。少し考えて、きっとぜんぶだろうな、と思った。

下駄《げた》箱から靴を取り出し、三和土《たたき》に置いた。上がり框《かまち》に腰を下ろして、それを履く。今度はブーツにしてみた。

玄関を出て、鍵《かぎ》を締める。つぎにこのドアを開けるときには、おそらく決着がついている。

そのとき自分は、いったいどんな顔をしているだろうか？　笑っているか、泣いているか、それとも……。

7　スタンバイ

浦和インターチェンジから東北道に乗り上げ、車を北に走らせる。灰色に塗り潰《つぶ》された空は低く、厭《いや》な圧迫感があった。天候は急激に悪化してしまったようで、いまにも雪が降りそうだ。どちらかというと雪は好きなほうだが、今日と明日だけは勘弁してもらいたい。中止になどなってしまったら、もう打つ手がなくなってしまう。だが、これぱっかりは祈るしかない。雪など降らないことを。そしてもし降ってしまっても、予定どおり集まってくれることを。

佐野藤岡インターチェンジで高速を降りて、カーナビの言うとおりにハンドルを切る。はじめは片側二車線だった道路も、やがて一車線になり、ついにはセンターラインすらなくなった。こんな姿になっても、名のついた県道なのだから驚きだ。

宮内が知らせてくれた廃墟《はいきょ》「N病院」の所在地は子細なものだったが、案の定この古いカーナビは、おおよその位置しかわからないようだった。

左側にあることは確かなのだが……。目的地を通り過ぎて、またかなり先でUターンさせられるのは御免なので、俺は早めにブレーキペダルを踏み込み、ブルーバードを減速させた。そのまま徐行しながら、左側を注視する。道路にまで出てこようとする茂みを塞《せ》き止めながら、低い塀がつづいている。その前にぽつんと立っていた錆《さび》だらけの看板が、ゆっくりと視界を流れていった。そこには『N病院前』と書かれていた。バス停であることは間違いなさそうだが、こんなに細い道で対向車とどのようにしてすれ違っているのか、そもそも病院が廃墟と化したいまでも使われているのかははなはだ疑問だ。とそんなことよりも、目標物のN病院がもう間近である事実のほうが重要だ。

ほどなくして、つづいていた茂みと塀がまとめて途切れ、車が一台通れるか通れないかといった幅の狭い道が現れた。俺はいったん車を停めた。

サイドウインドウの向こう側に、森を背負うようにして佇《たたず》んでいる、白い建造物が小さく見える。——きっとあれだ。

「いつかは、俺が心から礼を言いたくなるような働きをしてくれよ」

カーナビの音声案内を、こんどはこちらから打ち切った。

俺は建物と狭い道を交互に見やり、最終的にその視線を狭い道で止めた。たぶん、これを進めば建物の真ん前まで行けるだろう。ぼうぼうに雑草が生えた悪路だが、かつて頻繁にタイヤに踏みつけられていたとみられる箇所はまだ土が剝《む》き出しになっており、茶色い二本の筋がレールのように延びている。

短く二度、長く一度クラクションが鳴った。知らぬまに後続車がつかえていたようだ。ルームミラーに目を転じると、一台の軽トラックが映っていた。

俺は左にハンドルを切り、ひとまず悪路に入った。とたん、気の短い運転手を乗せた軽トラックは、エンジンを唸《うな》らせ去っていった。苛《いら》つきはしたが、追い回して喧嘩《けんか》をふっかけない自分を客観視して、俺も成長したものだな、としみじみ思った。

あらためて悪路に向き合う。そして、「踏む」のではなく「触れる」イメージで、アクセルペダルに右足を置いた。あくまでもそれ以上の力は加えずに、ブルーバードをのろのろと前進させる。それでも車体は弾み、その拍子に前輪が思わぬ方向を向く。右側は田圃《たんぼ》だったであろう荒地なので、そちらに脱輪しようものなら大事《おおごと》だ。さらに、左側の茂みから突き出している木の枝が、フロントガラスを叩《たた》き、側面を引っ搔《か》く。

ふとオヤジの顔が頭をよぎる。……どうか傷がつきませんように。

しだいに廃病院の横顔は大きくなっていき、やがて正面が見えてきた。さらに進んでいくと、ここまで手引きしてくれたレールは前方で、役目を果たしたとばかりに草木に馴染《なじ》んで消えていた。その終点まで行ったところで、サイドブレーキを引いた。右に首を回すと、ちょうど廃墟の真正面だった。

俺はエンジンを切って車を降りた。相変わらず空は曇っているが、風が弱いのは助かる。といっても所詮《しょせん》はその程度のことで、寒いことには変わりない。俺は自然と、両手をそれぞれのポケットに差し入れていた。

建物は横長の三階建てで、屋上にはフェンスがついている。窓硝子《ガラス》は一つ残らず取り払われていて、外壁の薄汚れた白の中に、長方形の暗闇《くらやみ》が規則的に並んでいる。正面玄関の手前には短い階段があり、俺とそのあいだには、雑草が左右によけたように、土でできた通り道があった。

建物に近づき、短い階段を上る。玄関先には、無数に入った罅割《ひび》れから豪快に雑草を生やしながらも、まだコンクリートが残っていた。俺は左に足を向け、まずはこの廃墟の周りを一周してみることにした。

黄土色の地面の上を、外壁に沿って進む。その反対側には背の高い草むらが、ときおり微風に揺らされ、何かを囁《ささや》き合っているようにざわめいていた。

角を右に折れる。そのまま壁伝いに、枯れ葉の積もった地面を歩く。前方、そして左手には、建物と背くらべをしているみたいな高い木々が立ち並び、深い森を形成している。といっても、樹海と違ってそのほとんどは大半の葉を落としているため、さほど閉鎖的な印象は受けない。何度か、ブーツに踏みつけられた枯れ枝が、ぱき、と小気味のいい音を立てた。

　さらにもう一度角を右に折れて、建物裏手に出た。建物の陰になり日中でも陽が当たりにくいようで、さっきまでより地面の色が濃くなった。靴底から伝わってくる感触も柔らかく、若干、足が沈むような感覚がある。三分の一ほど進んだところの壁には、屋上まで延びる緑色の縦線が入っていた。絡《から》みついた蔦《つた》が、雨樋《あまどい》を覆《おお》い尽くしているのだ。ちょうどその辺りに太い枝が落ちていたので、俺は立ち止まり、それを拾い上げた。そして壁から少し離れて茂みに入り、枝をその場に突き刺してみた。思ったとおり、加えた力のわりに深くめり込んでいった。

——もしも穴を掘るのであれば、ここは、非常に適した地質といえるだろう。

茂みの中には起点の曖昧《あいまい》な林道があり、それは建物から遠ざかるように、どこまでもつづいていた。

　もう二度角を曲がり、正面玄関に戻ってきた。裏口らしきものは見当たらなかったから、まともな出入り口はここだけのようだ。

　とくに用心もせず、俺は廃墟に侵入した。まず視野を埋めたのは、広々としたスペースだった。このロビーは、待合室として使われていたのだろうか。左の壁際《かべぎわ》には階段があり、踊り場で折り返して二階へとつづいているようだ。左右には廊下が延びていて、首を回せば突き当たりまで目が届く。空気は埃《ほこり》っぽいが、瓦礫《がれき》が散乱しているわけでもなく、思っていたよりもずっと清潔だ。コンクリートの床の上には輪郭の不《ふ》明瞭《めいりょう》な薄い影が這《は》い、ブーツと向こう側の壁を頼りなく結んでいた。

その長い影を連れて、右の廊下へ向かう。深い静寂の中、足音がよく響く。部屋は廊下の両側にあり、互い違いに配置されているようだ。窓枠同様、ドアもすべて取り外されているらしく、右側に並ぶ部屋の出入り口からは弱々しい光が洩《も》れ出している。

一番手前の部屋の前で足を止め、中の様子を窺《うかが》う。ベッドや注射器といった医療に使うものはおろか、そこには何もなかった。広さからして、病室だったのではないだろうか。正面の壁には硝子のない窓が面積の半分を占め、そこからは外の草むらが見える。大人であれば出入りもできるだろう。壁にはところどころ殴りつけられたような穴が開いていて、その周りの壁紙がべろりと剝《は》がれている。また、室内のいたるところに塗装スプレーで描かれた落書きが見受けられた。

「SEX」、「〇〇はヤリマン」、女性器を模したお決まりのあのマーク——。なぜこんな真似《まね》をするのか、これをして何が満たされるというのか、まるで理解ができない。落書きは下品でなくてはならないという決まりでもあるのだろうか。

とにかく、こんなに風通しのいい場所で練炭自殺などできやしない。

俺は身体《からだ》の向きを変え、廊下を斜めに横切り、今度は左側の部屋を覗《のぞ》いた。病室よりやや広めの空間に、床に固定されたL字型のカウンターがある。ナースステーションだったのかもしれない。さらに廊下をジグザグに渡り歩くようにして、手前から順に調べていく。病室。薬品庫だったとみられる、いくつもの棚の跡がくっきりと床に残る部屋。病室。病院食を運搬するためであろう小型のエレベーターが口を開けたままの厨房《ちゅうぼう》。病室――。

突き当たりまで行き着いたが、密閉できるような部屋はなかった。何せどこにもドアと窓硝子がないのだ。俺は廊下を取って返し、ロビーを抜け、同じようにして反対側も調べた。

そちら側には、診察室だったとおぼしき部屋のほかに、トイレがあった。男子トイレには水色の、女子トイレにはピンク色のタイルが胸の位置まで貼《は》られていて、しぶとく残ったアンモニアの臭《にお》いが鼻を突いた。トイレは、病室や診察室にくらべて窓は小ぶりだが、やはり密閉できそうにはなかった。だいいち、こんな臭い場所に長時間いられたものではない。

ふたたびロビーへ戻り、階段に足をかけた。トイレの手前にあったエレベーターは電源が落ちて閉じたままだったし、ほかに階段はなかったから、現在院内を上下に行き来できるのは、これだけのようだ。

コツ、コツ、コツ――。一段上るたびに戛然《かつぜん》とした音が生まれ、そして沈黙の中に呑《の》まれていく。コツ、コツ、ココツ、ココツ――。歩きながら、俺は首をかしげた。どういうわけか、足音が二重に聞こえるのだ。

俺は、片足を一段上に置いたまま立ち止まった。耳を澄ます。……何も聞こえてこない。無音という音がうるさいほどだ。きっと、気のせいだったのだろう。あるいは自分の足音が、内壁に反響しただけのことだろう。また歩を進める。コツ、ココツ、ココツ、コツコツ、コツコツ――。

やはり、ずれている。

心霊現象――そんな馬鹿《ばか》げたことは存在しない。あるわけがない。そのことを自分自身に教えてやるため、俺は踊り場で、不意にすべての動きを止めてみた。すると――。

コツ――。

確かに鳴った。足音が一つ。上のほうで。しかし、自分はいま、止まっていた。

呼吸さえしていなかったのだ。なのに、なぜ……。

背筋を悪寒《おかん》が這い上がり、全身がざわついた。

どだい死者に対して効果があるとは思えないが、気づけば右手にブラックコブラ・デルタを握り締めていた。

俺はぶんぶんとかぶりを振る。いま聞こえたのは足音だ。だとしたら、それは幽霊などではなく、人間と考えるのが自然なのではないか。たとえば、この廃墟に住み着いているホームレスかもしれないし、一人で肝試しでもしている物好きかもしれない。

――一人で？　そんな人間がいるだろうか。そしてほんとうに、ホームレスがこんなところに住んだりするだろうか。自分を勇気づけるための仮説は、打ち立てられる前に倒れて壊れた。

だが俺はすぐに思い直す。どうあれ、確かめなくてはならない。もしもこの界隈《かいわい》を頻繁にうろついている人間がいるのであれば、明日の晩、その人物に通報される危険性がある。そう考えると、むしろ心霊の類《たぐい》であってくれたほうがありがたいのだ。

心に蔓延《まんえん》した恐怖を願望にすり替え、俺は階上を見上げた。一階同様、廊下は左右に走っている。右か、左か。自分のものでない足音は、どちら側で鳴ったのだろうか。──いや、同じことだ。もともとこの院内を、隈《くま》なく調べ上げるつもりでいたのだから。

だん、だん、だん──俺は階段を駆け上がり、残り数段といったところで、片足で跳んだ。そのまま空中で身体を左へ向け、着地した。着地の音は膝《ひざ》をうまく使ったのですぐに消えたが、階段を蹴《け》ったときの音はまだ残っている。

目の前には真《ま》っ直《す》ぐに廊下が延び、その両脇《わき》に、やはり互い違いに部屋が配置されていて、片側一列の出入り口から、ぼんやりとした光が洩れ出している。──何も異変はない。では、ただちに振り返り、反対側の廊下も見てみるべきだ──頭の中の俺はそう言っている。だが、長いこと踏みとどまっていた最後の足音が沈黙に溶けても、俺は身体を動かせずにいた。

背後に気配を感じるからだ。

何かが微《かす》かに動いているような、そしてそれが、息をひそめ、じっとこちらを見つめているような気配を。

しかしまさか、このままずっと立ち尽くしているわけにはいかない。見ないようにして、引き返すわけにはいかない。後ろにいるものが、幽霊であれ、人間であれ、自分の弱い心が生み出した何かであれ。明日、勝者となるためには。

腹をくくり、俺は一気に振り返った。そして――。

見てしまった。

右側の、手前から三つ目の部屋の中へ、黒くて長いものがたなびきながら、凄《すさ》まじい速度で吸い込まれていくのを。一瞬のことだったが、いまのは、女の髪の毛ではなかったか。

息が詰まり、鼓動が加速し、全身が感覚を失う。

前進しろ。あとを追え。いまの馬鹿げた映像の正体を確かめろ――俺は自分自身に指令を下す。ところが両足はぴくりとも動かない。まるで、靴底と床が接着剤で貼りつけられているみたいだ。

臆病風《おくびょうかぜ》に吹かれた自分を説得するのに、どれくらいの時間がかかっただろう。五秒か、十秒か、もしかしたら三十秒くらい経《た》ったのかもしれない。いずれにしても、俺は恐怖の呪縛《じゅばく》を振り払った――はずだ。

あれが入っていった三つ目の部屋へ、慎重に近づいていく。一つ目の部屋を通り過ぎ、スタンガンを握り直し、二つ目の部屋を通り過ぎる。いまの脈の速さを音楽用語で言うと、いったい何ビートになるのだろうか。きっととんでもない数字が当て嵌《は》まるに違いない。だが、足は止めない。歩調も緩めない。なぜなら、少しも怖がってないないからだ。そう、何も怖くない。

心を騙《だま》したまま、目的の部屋の前で身構えた。素早く視線をめぐらせる。

——誰もいない。何もない。あるのは、腰の引けた自分の影だけだ。建物の裏手に面した硝子のない窓の向こうで、枯れた枝葉が揺れている。

口の開いた風船から空気が抜けていくように、身体が脱力する。

もう認めるしかない。あれは、人外のものだったのだ。しかし、幽霊に通報はできない。邪魔立てはできない。これは喜ぶべきことなのだ。自分には霊感というやつがあった。ただそれだけのことだ。それにしても——何もこんな切羽詰まっているときに目醒《めざ》めなくてもいいだろうに……。

恐怖と安堵《あんど》と戸惑いが綯《な》い交《ま》ぜになったような感情を抱えたまま、俺はその場を離れた。そのときの自分の影ときたら、とても情けない姿をしていた。しかしそれが必ずしも、俺が臆病者だという証拠にはならない。影だって、ときには嘘《うそ》をつくのだろう。

屋上で吸うタバコはうまい。それは、校舎でも廃病院でも同じはずだ。ところが、いま吸っているマルボロは何の味もしない。恐怖の残りカスのせいだろうか。あのあと二階と三階を見回ったのだが、一階と同じく目ぼしい部屋は見つからなかった。

この廃墟内で練炭自殺をさせるのであれば、ドアと窓をどうにかしなければならない。たとえばビニールシートなどで簡易的に塞《ふさ》いでしまえば可能なのだろうか。そのあたりのことはいまいち判然としないが、そろそろ陽が暮れる。とりあえず、現段階で必要なものを買い揃《そろ》えておいたほうがよさそうだ。

俺は目の前のフェンスに背を向け、屋上中央にある出入り口へと向かう。とその途中で、反対側のフェンスの枠にロープがくくりつけてあることに気がついた。近づいてよく見てみると、向こう側へだらりと垂れたロープは建物の縁《へり》に載《つ》っていて、その先端が輪になっていることがわかった。きっとここで、何者かが首吊り自殺でも試みたのだろう。その光景はもちろん不気味ではあったが、幽霊への恐怖とはくらべものにはならず、幸か不幸か、飛び降りたほうが早そうだ——そんな感想を抱いただけで済んだ。

建物内部へ戻り、階段を下りる。何気なく手すりから顔を出して覗いてみると、下までつながった手すりの描く角ばった螺旋《らせん》の中心に、一階の床が見えた。——なんだか面白そうだ。

俺は吸いかけのタバコを右眼の前に持ってきて、左眼をつぶり、狙《ねら》いを定める。そして、親指と人差し指を同時に離した。タバコは揺れもせず、回転もせず、真っ直ぐに落ちていく。やがて、的である小さな長方形の中で、微かに火花が散った。

よし、と俺は得意げに頰を持ち上げたが、すぐに虚《むな》しくなってやめた。

階段を下りる。相変わらず足音がよく響く。それが鳴っているあいだ、俺は落ち着きなく、きょろきょろと首を回す。困ったことに、あれを見てからというもの、すっかりそんな癖がついてしまった。

「くそ、こんなことならバッシュで来るべきだった」

最後の踊り場を過ぎたところで、一筋の細い煙が視界に入った。さっきのタバコの火が消えていなかったようだ。この程度のことでまさか火事になるとは思えないが、いちおう消しておくか——俺は階段を下り切ると、手すりの終点を回り込むようにして、煙の元へ向かう。

とそのとき、たったいま下りてきた階段の側面に、アルミ製のドアがついていることに気がついた。こんなところに部屋はないだろうという先入観が邪魔をしていたからか、くすんだ銀色が壁の灰色に馴染《なじ》んでいるからか、いままで見落としていた。

期待に胸を躍らせながら、俺はドアノブを握り、ひねった。ノブは回った。そのままドアを押してみる。びくともしない。引いてみる。ひらいた。じつにあっさりと。

しかしこの薄弱な自然光だけでは中の様子は窺い切れない。俺は片足でドアを押さえながら、シュアファイアを取り出し、暗闇を照らした。

奥行きは二、三メートルといったところか。そのまま腰を折って頭を突き出し、右から左へと光の円を這わせる。黒ずんだ壁は滲《し》みだらけで、正面の右隅にはでかでかと相合傘が描かれている。傘のてっぺんには丸っこいハートマークが載っていて、柄の両脇には、ひろゆき、えりか、と記されている。くだらない落書きであることには変わりないが、ここで見たほかのものにくらべれば、まだましな部類だ。三メートルほどあった天井は、部屋の左端に近づくほど低くなり、最後には床に接触している。——直方体を斜めに切断したような空間だ。珍しいつくりだが、考えてみれば上が階段なのだから当然だった。おそらくここは、物置か何かだったのだろう。

俺はドアから足を放し、部屋に入った。ドアはゆっくりと、ひとりでに閉じた。その位置はというと、ロビーに面した壁の真ん中ではなく、天井が高いほうにだいぶ寄っている。

澱《よど》んだ空気の中、シュアファイアでドアノブを照らす。そこにはボタンがついていて、それを押すと鍵《かぎ》をかけることができた。もう一度押すと、ノブはふたたび回るようになった。外側にあったのは鍵穴だったから、鍵を持たない人間が施錠《せじょう》できるのは内側からだけのようだ。あらためて、ライトとともに室内を見回す。壁や斜めの天井には水分が垂れ流れたような模様があり、床には空き缶が一つ落ちているだけだ。明日、予定していた全員が参加したとして、自分を含めて五人。充分に入れる。それでいてほどよく狭いため、ここで練炭に火をつければ、一酸化炭素濃度はみるみる上がることだろう。時間短縮にも持ってこいだ。文句のつけどころがない。ここは、

完璧な密室だ。

部屋を出ると、タバコの火は自然に消えていた。

コンビニの駐車場に停めたブルーバードの車内で、俺はおでんを食べていた。いましがた、町内のホームセンターから、廃墟近くのこのコンビニまで戻ってきたところだ。空はもう真っ暗だが、星は見えない。まだ厚い雲が居座っているのだろう。

駐車場は、自分の住む埼玉でも考えられないほど広く、どこに停めればいいのか迷ったほどだ。けっきょく、レジに立っている店員と背中を向け合うようにして停めたのだった。ここなら店の中からは目につかない。といっても、この場所で何かやまし

いことをする気はないのだが。

——何に使うのでしょうか？——

レジカウンターに載せられた籠《かご》を見て、ホームセンターのエプロンを着けた中年の女性店員は、業務的に訊《き》いてきた。おそらくそう努めていたのだろうが、レンズの丸い銀縁眼鏡越しの両眼が、強く不審がっていることを示していた。

無理もない。籠の中には、直径、高さともに十五センチほどの、ずんぐりとした円柱形の練炭、それがすっぽりと収まる七輪、鼻から顎《あご》までを覆う防毒マスク、それに取り付ける一酸化炭素用の吸収缶が入っているのだから。

——やだなあ。釣った魚を焼くんですよ、その場で。ただここ数年、練炭で死ぬ人がいるってよくニュースでやってるから、ついでにマスクも買っておこうと思いまして——

俺はカメラバッグの蓋《ふた》をひらき、中のクーラーボックスを見せつけた。

——これ、さっき釣具屋で買ったんですけど、ここのほうが安いみたいですね。失敗したなあ——

こうして嘘の信憑性《しんぴょうせい》を高めるために、わざわざ用もないバッグを店内に持って行ったのだった。

――あら、そうですか。すみませんでした。いちおう、練炭をご購入されるお客様には、用途を伺うのが規則なので――

まんまと嘘を鵜呑《うの》みにした店員は、強張《こわば》っていた頰を緩め、穏和な口調で謝罪と釈明をした。そして会計が済むと、左手に包帯を巻いた俺を不憫《ふびん》に思ったのか、彼女は、その手では大変でしょうと言って、荷物を車まで運ぶのを手伝ってくれた。

並んで駐車場を歩いているとき、

――そういえば、ついさっきも一酸化炭素用の吸収缶を買っていった人がいたけど、ひょっとしたらその人も、釣りが趣味なのかもしれないわね――

店員がそんなことを口にしたのだが、もちろん俺は否定せず、うやむやに返事をしておいた。

――ああ、そうかもしれませんね――あ、この車です――

ただでさえ雑然としていたトランクにホームセンターの紙袋が加わったことで、工具箱やら洗車用具の入ったバケツやらが隅に追いやられた。カメラバッグは、すっかり定位置となった助手席側の後部座席に戻した。

――どうもありがとうございます。助かりました――

――暇だからいいのよ――

にこやかにそう言って、空になったカートを押しながら立ち去ろうとする店員を、

——あ、そうだ。家に頼まれてた物があったんだ。それも買わないと——

俺は暗に引き止めた。

ここで、死体の隠し場所をつくるための道具も入手しなくてはならない。すべての品を持ちきれないことを想定して、はじめから数回に分けて購入するつもりではいたのだが、何がどこに置いてあるのかを彼女に訊いてしまいたかった。ほんとうなら、自分という客がいたことをできるだけ印象づけたくはなかったが、まただだっ広《ぴろ》い店内を探し回るのはうんざりだった。それに、明日どんなことがあろうとも、足がつくようなヘマをするつもりはない。

店内の案内を快く引き受けてくれた店員のおかげで、効率良く買い物を済ませることができた。ふたたび駐車場を、ブルーバードに向かって歩く。俺が脚立《きゃたつ》を担《かつ》ぎ、残りの物を店員がカートで運んでくれた。

脚立は、物理的に横向きには入らないようだったので、俺は運転席側の後部座席の背もたれを前に倒した。そうすることで、トランクと車内空間をつなぐことができるのだ。スノーボードをしに行ったとき、板をこうして積んだのを憶《おぼ》えていた。

すでにトランクの中にあったものを左に寄せ、穴を通すようにして脚立を入れ込む

と、店員が残りの物を手渡してきた。俺は短く礼を言ってそれらを受け取り、まず店のシールが貼られた長物《ながもの》を、脚立の上にそっと重ねた。そして、細々《こまごま》とした物が入ったビニール袋を適当に放した。

トランクはぎゅうぎゅう詰めになってしまったが、これなら練炭や七輪が倒れて割れてしまう心配もないだろうから、もともと荷物が多かったのは好都合といえば好都合だった。

――これはもう入らなそうね――

最後の一つである、紫色の花を咲かせた小さな鉢を持ったまま、店員は困惑げに言った。

――いいんです。それはお礼ですから――

数百円の安物だった。こんなものでは、万が一自分の犯罪が露呈したときの口止め料にもなりはしないだろうが、なんとなくそうした。

え、と店員は驚いていたが、やがて照れたように微笑《ほほえ》んだ。

――かえってわるいわね――

そして彼女は俺の左手を一度見やり、運転気をつけるのよ、と息子か孫にでも言うような言葉を口にした。

俺は返事をしながらトランクを閉め、最後にあらためて礼を言い、運転席に乗り込んだ。

ゲップが出た。おでんの器には、まだちくわが残っているというのに。どうやら汁を飲みすぎてしまったようだ。

俺は車を降りて、コンビニの正面にあるゴミ箱へ向かう。自動ドアの前を、痩《や》せっぽちの野良《のら》猫が尻《しり》を向けて歩いていた。その後ろ姿をひと目見て、猫が雄だということが見て取れた。俺の気配を感じ取ったのだろう、猫は瞬時に振り返り、その身体を硬直させた。そしてそのまま猜疑心《さいぎしん》に満ちた眼で、俺の出方を窺っている。

俺は中のちくわを見せるようにして、その場におでんの器をそっと置いた。猫はまだ、俺の顔から視線を外さない。

少し離れてみた。すると猫は、警戒しながらもゆっくりと脚を進め、ちくわの匂《にお》いを嗅《か》ぎはじめた。

「昼間、幽霊を見たんだ。生まれて初めて。君は、見たことがあるかい？」

猫がふたたび俺を見る。

（そんなものはいない。人間は——生き物は、死んだらそれで終わりなんだ）

「そうなのか。でも、だとしたらあれは――」

（これ、ごちそうさま）

ちくわをくわえ、猫は猛スピードで走り去っていった。

視線を感じ、店内に目をやった。雑誌を両手でひらいている男が、不審者を見るような眼で俺を見ていた。そのまま眉根《まゆね》を寄せて睨《にら》みつけると、相手はさっと目をそらし、立ち読みを再開した。

この先どんなに孤独を感じても、もう人間以外と――つまりは自分自身と会話をするのはやめよう。こんな悪癖がついてしまっては困りものだ。

すでにコーヒー牛乳のパックがはみ出しているゴミ箱に器を無理矢理押し込んで、俺は車に戻った。

運転席に座ると、ふと可笑《おか》しさがこみ上げた。自分一人しか乗っていないのに、すべての席が埋まっていることに気づいたからだ。後部座席にはカメラバッグと脚立の上半分、助手席には、瓶ビール二本とマルボロ三箱と栄養ドリンクとホッカイロの入ったレジ袋がある。

それらの機嫌を損ねてしまわないよう、じわじわとアクセルペダルを踏んでいく。

「さて、ここからは肉体労働だ」

ブルーバードと入れ違いで、タイヤのごつごつした4WDの赤い車が、駐車場に入っていった。

翌早朝、俺は廃病院裏手の林の中で、立ち小便をしていた。いよいよ、期限まで二十四時間を切ってしまった。それでも、小便くらいはしたくなるものだ。ついさっき死体の隠し場所をつくり終えた俺の胸には、我ながらなかなかいい仕事をしたな、という自負があった。

大事な部分から放たれる黄色い水が、足下に開いた穴の中へと吸い込まれていく。穴の直径は俺の身長くらいで、深さはその倍ほどもある。

ここなら四体といわず、十体以上の死体が入るのではないだろうか。穴のすぐ脇には、焦《こ》げ茶色《ちゃいろ》の土がこんもりと山をつくり、その中腹には、あのホームセンターのシールが貼られた、一本のシャベルが突き立っている。

何気なく空を見上げる。昨日に引きつづきどんよりと曇ってはいるが、まだなんとか持ち堪《こた》えてくれているようだ。何気なく森の奥に目をやる。落ち葉の積もった林道が、果てしなくつづいている。何気なく外壁を眺める。雨樋にまとわりついている蔦が下のほうだけ剥がれ、そこからグレーのプラスチックが覗いている。

……確かに昨日はびっしりと蔓延《はびこ》っていた蔦が、なぜいまは——。

激しい身震いに見舞われ、俺は股間《こかん》に視線を転じた。残った滴《しずく》を切り、ファスナーを上げる。こんなことでさえも、左手の怪我《けが》のせいで手間取った。

二つの疑問符を抱えたまま、俺は建物を回り込み、ブルーバードの待つ正面玄関側へ向かった。


ゆうべ寄ったコンビニに入って、朝食を買った。ゆうべと同じ位置に停めた車に戻り、シートに座る。選んだものまでゆうべと同じだった。ただしそのときの教訓を活《い》かして、汁は少なめにしておいたが。駐車場には、トラックが何台か停まっていた。

器を膝に載せ、蓋を開ける。とたんに湯気が立ちのぼり、出汁《だし》の香りが広がる。やはり芯《しん》から冷え切った身体に対して、電子レンジで温めるだけの「弁当」は無力だ。

連続で食べてもおでんは文句なしでうまい。それなのに俺は、食事に集中することができなかった。先ほどからズボンのポケットの中で、黒いほうの携帯電話がひっきりなしに振動しつづけているからだ。いったんやんだと思っても、それはすぐにまた鳴りはじめる。電話をかけてきている相手はわかっていた。——オヤジだ。ところが訳あって、俺はそれを無視していた。

立ち小便をする前に、こんなメールが届いたのだった。

《さっさと戻って来い。仕事に間に合わねえじゃねえか》

そしておでんの会計中に、この電話攻めがはじまってしまったのだ。しかし、戻れないのがわかっていて、それを言えば怒鳴りつけられるのがわかっていて、誰が素直に通話ボタンを押せるというのか。

——ひとの車あんなに汚しやがって、洗車ぐらいしてから返せ！　この恩知らずめ——

いまにして思えば、オヤジは昨日、俺に車が必要だということを見抜いていたのでも何でもなく、ただ単に、心底腹を立てていただけのことだったのだ。つぎに顔を合わせたとき、おそらく殴られるだけでは済まないだろう。

だが、いまとなってはそれすらも——望むべき未来だ。

最後にとっておいたちくわを、よく味わってから飲み込んだ。それから箸《はし》と器をレジ袋に突っ込み、持ち手同士を結び、車を降りた。

「燃えるゴミ」と書かれたゴミ箱は、すでにいっぱいだった。というよりも、昨日自分が押し込んだ、おでんの器が飛び出したままだった。――さすがにもうこれ以上は入りきらないだろう。

俺は硝子の向こうに視線を飛ばし、店員がこちらを見ていないことを確認すると、「カン、ビン」と書かれたゴミ箱の蓋を取り外す。店員には申し訳ないが、こちらに捨てさせてもらおう。いや、申し訳ないなどと思う必要はない。こんな状態になるまで片づけないほうが悪いのだ。もしも自分がここで働いていたら、もっとこまめに――。

俺は息を呑み、蓋を持ったまま固まった。太腿《ふともも》に感じていた携帯の振動も、そこから聞こえていた音も、右手にあった蓋の重みも、視覚以外のあらゆる感覚がたちまち薄れていき、そして消えた。

ゴミ箱の中で、ひしめく缶や瓶の上で、血まみれの猫が横たわっていたのだ。

猫は、揃った前脚と不揃いの後ろ脚を、それぞれ投げ出すようにして倒れている。見えるだけでも胴体の五箇所に刃物で突き刺された跡があり、切り裂かれた腹からは、大量の血が流れている。その血は少し固まりかけていて、傷を負ってからある程度の時間が経過していることを物語っていた。

ひと目で判《わか》った。こいつは――昨日の猫だ。……しかしこれは、どう見ても自然死ではない。昨夜俺と会ったあと、運悪く、冷酷で残忍な凶行の毒牙《どくが》にかかってしまったのだろう。ただせめてもの救いは、壮絶な最期《さいご》だったにもかかわらず、両眼を閉じて安らかな死に顔をしていることだった。

ようやく身体から失われていた感覚が、徐々にだが戻ってきた。

彼をこのまま、放置するわけにはいかない。もしも別の誰かに発見されれば、事件に発展してしまうだろう。今晩のことを考えると、この辺りを警官にうろついてもらっては敵《かな》わない。いやそれ以前に、いくらなんでもこのままでは……あんまりだ。

俺は彼の亡骸《なきがら》を、レジ袋にそっと移した。

——人間は——生き物は、死んだらそれで終わりなんだ——

昨日猫が言った言葉。恐怖を払拭《ふっしょく》するために、自分自身が決めつけた世界の仕組み。だが、ほんとうにそうなのだろうか。こんなにもあっけなく、こんなにも理不尽な最期が、あっていいのだろうか。

俺は廃墟裏手の林へ戻り、買い直したちくわと一緒に、彼を埋めてやった。

パチンコ屋とは、じつにありがたいところだ。営業時間内であれば何時間車を停めようが無料《ただ》だし、店員に声などかけなくても自由にトイレを使うことができるのだから。たとえそれが、パチンコやスロットをこれっぽっちも打つ気のない人間だとしても。

おかげで、いまこうして気兼ねなく車内で身体を休めることができているし、トイレを拝借して髪を黒く染めることができた。当然廃墟にはいつづけたくなかったし、これがもしコンビニだったら、駐車場に長居しすぎても、トイレから出てくるなり髪の色が変わっていても、きっと怪しまれていたに違いない。そんなわけで、俺は午前十時になると同時に例のコンビニを離れ、この国道沿いのパチンコ屋に移ったのだった。

薄い雲の切れ間から、青空が垣間見《かいまみ》える。猫を弔《とむら》ってからまもなくして綿雪が降ってきたのだが、結果的には地面を濡《ぬ》らしただけで勘弁してくれた。いまでは日陰にすら残雪は見られない。

駐車場には、水滴をまとった車がまばらに停まっている。店の旗が等間隔に掲げられた歩道の向こうでは、様々な大きさのタイヤが、路面の泥水を跳ね上げながら行き交っている。俺はそんな風景を、サイドウインドウに映る半透明の自分越しに眺めていた。その自分に焦点が合う。――黒い髪をした自分。誠実そうな自分。髪染めスプレーを使い果たして、トイレの鏡を見たときにも感じたことだが、まるで別人のようだ。

「そうだ、いまのうちに」

ふと思い立ち、防毒マスクに吸収缶を取り付けて、装着してみた。サイドウインドウに映ったその顔は、なんだか口を誇張して描いた蛸《たこ》みたいだった。

背もたれを限界まで倒し、重い身体を預ける。用済みになった脚立は廃墟内に隠してあるので、後部座席は本来の姿に戻っている。脚立は、修平を奪回したあと死体をより発見されにくい場所に移す際に、まとめて回収するつもりだ。

クーラーボックス用のバッグが、視界の左側を圧迫している。といっても、いまそこに収まっているのはクーラーボックスではなく、練炭と七輪だ。自殺志願者になりすましている人間が、さすがに「釣り」だと嘯《うそぶ》くわけにはいかないし、どうせ現地で使うものだから、脚立と同じ場所に隠しておいた。

まだコンビニの駐車場にいたときに宮内と話したところによると、予定の変更も、欠席者もないとのことだった。雪が降ってしまったことに不安をおぼえ、こちらから電話をかけたのだった。さらに宮内は、N駅から廃墟まではバスかタクシーを使うことになると思うが、どちらにしても、『N病院前』というバス停で集合するのはどうかと提案してきた。県道沿いで見かけたあのバス停だ、とすぐにピンときたのだが、まだ使われていることには驚いた。ほかの三人は賛成しているらしかったし、断る理由もないので、俺は承諾した。

目を閉じる。すでに身体は眠っていた。腹がゆっくりと膨らんでは萎《しぼ》んでいるのがその証拠だ。ところが頭は冴《さ》え渡っていて、とても眠れそうにない。それもそのはずだ。あと数時間もすれば、自分が重大な犯罪者となるのがわかっているのだから。

廃墟《はいきょ》の前には夕陽が射《さ》していた。そこに停めたブルーバードに、俺は車体カバーをかける。綺麗《きれい》な銀色をしていた新品のカバーは土で汚し、さらに塗装スプレーで、廃墟内にあったような低俗な落書きを施した。

速やかに撤収作業を終えるためには車はなるべく近くに停めておきたいが、そのまま停めてしまったのでは、部外者がこの近辺を徘徊《はいかい》しているのではないかと警戒される恐れがある。そしてもしそうなってしまっても、十七歳の高校生を装《よそお》っている俺が、自分が運転して来たとは、まさか言えない。そこで、長いことここに停めてあった車というふうにカモフラージュすることにしたのだ。

こぼれ落ちそうになる涙を、素早く瞬《まばた》きして眼の中に押し戻しながら、俺は作業をつづける。先ほどから、欠伸《あくび》が止まらない。パチンコ屋の駐車場では、午後三時三十分にセットした携帯のアラームが鳴るまで、まどろむことすらできなかった。

そのあとホームセンターに寄った。カバーは昨日の時点で買ってあったので、そこへ足を運んだのは、ある実験をするためだった。昨夜親切にしてくれた女性店員の立つレジで、堂々と会計をしてみたのだ。無駄な出費とならないよう、スタンガンとライトに使う電池を買った。結果、左手を隠していたとはいえ、彼女は俺にまったく気づいていないようだった。おかげで染髪の効果が絶大だということがわかり、これからする演技に大きな自信を持つことができた。

カバーをかけ終えた。仕上げに、そのへんから毟《むし》り取った草を屋根やボンネットに撒《ま》いた。少し離れて眺める。しばらくそうしたあと、俺はカバーを外しにかかった。しかし、気に食わなかったのはカモフラージュの出来ではなく、停車位置だった。うまく偽装できてはいても、さすがにこの至近距離で見られると思うと、不安感を禁じえなかった。

けっきょく、轍《わだち》の終点を越えて二十メートルほど行ったところに、ほとんど草むらに突っ込むようにしてブルーバードを停め、そこでカバーをかけ直した。

再度、距離を取って眺める。もはや俺の眼から見ても、捨ててあるようにしか思えないというレベルだ。

特大の欠伸がおさまるのを待って、俺は県道へ引き返す。バッグの中身が変わったので、その重さは……似たようなものだった。

8　迷　走

すっかり馴染《なじ》みの場所となったコンビニで、俺は立ち読みをしているふりをしながら、店外に目を光らせる。廃墟《はいきょ》からここまでは車ならわけもない距離だが、徒歩だと案外骨だった。時刻は午後六時三十二分、集合時間まで三十分を切っている。すでに空は暗く、街灯の白い光が、片側一車線の県道を照らしている。N駅から例のバス停に行くにはこのコンビニの前を通るはずなので、バスまたは客を乗せたタクシーが行き過ぎるのを待っているところだ。

あの密室を偶然発見する際、不自然に思われる可能性を少しでも減らしておきたい——そう考えると、集合場所に一番乗りしてしまうのも、ましてやあのまま待ち受けるのもためらわれた。

俺がいまひらいているのは欠かさず購読している漫画の、今日発売されたらしい最新刊なのだが、まるで内容が頭に入ってこなかった。腹も減っているはずなのに食欲はなく、いつのまにか、欠伸《あくび》も止まっていた。

硝子《ガラス》に反射して、かったるそうに品出しをする男性店員と、部屋着のままやって来たカップルらしき男女が見える。店員は、昨夜と今朝買い物をしたときにはいなかった者らしく、知らない顔だった。カップルは互いに意見を交わしながら、楽しげに酒を選んでいる。ちなみに、硝子を隔てたすぐ向こうから俺を睨《にら》みつけている軽自動車は、彼らのものだ。

移動するライトが視界を走り、俺は県道にピントを合わせた。通り過ぎていったのは、ハッチにもごつごつしたタイヤをくっつけた、4WDの赤い車だった。——たしか昨日も見た気がするが、同一のものなのか、それともこの辺りで流行《はや》っているだけなのだろうか。と、そんな余計なことを考えてみても、緊張の糸はほぐれてはくれなかった。

会計を済ませたカップルが、自動ドアを出ていく。彼らと入れ違いで入ってきた冷風に、俺は身震いした。どうやら今夜も冷え込みそうだ。

カップルが乗り込んだ軽自動車は方向転換すると、左のウインカーを点滅させながら県道に滑り込み、廃墟の反対方向に走り去っていった。

およそ十分が経過した。乗用車やトラックならちらほらと見受けられるのだが、廃墟のほうへ向かうバスや実車中のタクシーは、まだ通っていない。すでに品出しを終えた店員はレジに引っ込んで、バイト仲間であろうもう一人の店員と談笑している。

右手から一台の車が駐車場に入ってきた。眩《まぶ》しいヘッドライトに目を潰《つぶ》され、俺は漫画本でその光を遮断する。頃合いをみて本を下げると、目の前には、フロントガラスの隅に『賃走』と表示されたタクシーが停まっていた。

後部座席のドアがひらき、そこから一人の男が降りた。男はタクシーを待たせたまま、自動ドアを入ってくる。タクシーに乗っていたとはいえ、彼がN駅から廃墟へ向かう者なら――今回の集団自殺に参加する一員なら、駐車場には左から入ってくるはずだから、おそらくは無関係の人間だろう。

男は黒いロングコートの裾《すそ》をひらひらさせながら俺の真後ろを通り、脇目《わきめ》も振らずに飲料コーナーへ向かう。そこで二リットルのペットボトルを引っ張り上げると、踵《きびす》を返してレジのほうへと歩いていき、硝子の反射で見える範囲からフレームアウトした。

県道を、二人乗りをしたスクーターが通り過ぎる。さらに数台の乗用車が行き交った。

いつのまにか、隣に人が立っていた。ロングコートの男だった。彼は足下にペットトボトルの入ったレジ袋を置くと、腰を伸ばす。袋にはペットボトルのラベルが透けていて、「天然水」という文字が見えた。つづいて男は、だらりと胸に垂れた黒いマフラーを背中へと払いのけ、ラックから週刊誌を手に取って広げた。彼は俺よりも五センチほど上背があり、俳優でもいけるのではないかと思うほど端整な顔立ちをしていた。年齢は、三十は過ぎていそうだ。

硝子の中で男と目が合ってしまい、俺は即座に漫画本に視線を移した。

それからまもなくして、県道のほうから光を感じ、俺は目を上げた。すると、左から右に向かって、くたびれたバスがのろのろと走っているところだった。

バスが過ぎ去ってから、俺は思わず目を見ひらいていたことを自覚して、瞼《まぶた》を普段の位置まで下ろした。乗車率は低かったが、タイミングからして参加者が一人は乗っているに違いない。ここからバス停までは歩いて十分ほど——ちょうどいい時間だ。

俺は漫画本をラックに戻し、足下に置いていたカメラバッグに手を伸ばす。隣の男は週刊誌を持ったまま、携帯電話をいじくっていた。

立ち上がろうとしたとき、ズボンのポケットの中で携帯が振動した。俺は小さく舌を打っていったんバッグを床に放し、震え終わった白い携帯を取り出した。

《宮内です。もう着きましたか?》

催促のメールがきたということは、全員が揃《そろ》ってしまったか。すいません、もうすぐ着きます——当たり障《さわ》りのない返答は、そんなところだろう。俺は最初の文字、「す」を入力した。

そのときだった。

「やっぱり」

隣の男がそう言った。俺はぎくりとして首を回す。男は、目尻《めじり》にしわを浮き立たせて微笑《ほほえ》んでいた。ということは、もしやこの男が——。

「はじめまして。宮内です」

悲鳴を上げたい気分だが、その衝動をぐっと堪《こら》える。かといって平然としているのもかえって現実味に欠けるので、多少の驚きは敢《あ》えて顔に出してみせた。

「あ、どうも。はじめまして。川村です」

自分がつくり上げた人物像を詳細にイメージし、暗い声で話すよう心掛ける。虚を衝《つ》かれ、危うくスイッチの入れ時を逸するところだった。

「急に話しかけてしまってごめんなさい。びっくりさせちゃったかな」

宮内は恐縮したように肩をすくめると、週刊誌をラックに挿し込んだ。

その眼には、これから死にゆく者とは思えない輝きがあった。いや、彼が死を渇望《かつぼう》しているのであれば、まもなくそれが叶《かな》うのだから当然なのかもしれない。

「いえ、とんでもありません」

訊《き》かれる前に言っておくか。

「少し早く着いてしまったので、ここで時間を潰していたんです」

これなら何も不思議ではないはず。

「ええ、そうでしょうね。私も同じようなものです。——そろそろ行きましょうか。外にタクシーを待たせてあります」

宮内は、駐車場のタクシーを親指で指し示した。

「はい。助かります」

これは本心だった。あのバス停まで徒歩で行くのにくらべると、疲れも冷えもないのだからありがたい。

俺はカメラバッグを、宮内はレジ袋を、それぞれ拾い上げる。ひと足早く立ち上がった宮内は、俺がバッグを担《かつ》ぐのを待っていた。片手しか使えない俺は携帯をしまってからでないと荷物は持てないのだから、その重さの違いを差し引いたとしても、もたつくのは当然だった。

「すいません、お待たせしました」

俺の謝罪に宮内は返事をせず、そのかわりに視線をよこしてきた。その視線は、左手の包帯、口元の痣《あざ》と移動し、そして最後には彼自身の足下に落ちた。

「酷《ひど》いことを……」

宮内は口の中で噛《か》み締めるように呟《つぶや》いた。滲《にじ》み出るその怒りの矛先は、俺を虐待《ぎゃくたい》しているることになっている架空の親戚《しんせき》たちだろう。彼は他人の悲境に、それもでっちあげの悲境に、どっぷりと感情移入してくれたらしい。

二人で店を出ると、こちらに頭を向けたままだったタクシーのドアが、勝手にひらいた。運転手が気を利《き》かせてくれたのか、あるいはせかしているのかはわからない。

宮内は開いているドアから車内を覗《のぞ》き込み、白髪頭の運転手にトランクを開けるよう丁寧な言葉遣いで指示する。ロックが外れると、彼は俺に歩み寄ってきた。

「貸して」

高級そうな革製の手袋をした右手が差し伸べられる。

「あ、いえ、大丈夫です。自分で——」

「いいから」

戸惑う俺からなかば強引にバッグを引き取ると、宮内はトランクに回り込む。俺は詫《わ》びを言ってあとにつづき、トランクに荷物を載せる彼の横顔に礼を言う。

容姿も優れていれば、他人《ひと》を思いやることもできる——傍から見れば誰もがうらやむようなこんな人間でも、実際は死にたがっているのだから世の中わからないものだ。

トランクが閉じられる——そう思ったとき、宮内は、斜めに持ち上がったトランクパネルに手をかけたまま、不意に動きを止めた。そして、ぽつりとこう言った。

「やっぱりこんな世界に、生きる価値なんてないんだ……」

生身の川村君と会い、その悲惨さを目《ま》の当たりにしたことで、彼の絶望が上塗りされたようだ。

「希望なんてないんだ」

投げやりな微笑を浮かべて繰り返すようにそう呟いたきり、宮内はトランクの一点をぼんやりと見つめている。ひどく哀《かな》しげな眼で。これから俺が抉《えぐ》り取る眼で。

——できるだろうか？　これから俺がすることは正しいのだろうか？　それを成し遂げたあと、俺はいままでどおりに生きていくことができるだろうか？

どん、と重たい音を立ててトランクが閉じられると、心に湧《わ》いた無意味で愚かな迷いは消し飛んだ。

非情に徹しきれなければ修平が死ぬ。選択肢はない。やるのだ。たとえそれが、「正しさ」とは真逆の「過《あやま》ち」だとしても。

宮内に促され、タクシーには俺が先に乗り込んだ。彼は乗り際《ぎわ》、「運転手に聞かれるとややこしいことになりそうだから、車内では世間話程度にしておこう」と小声で釘《くぎ》を刺してきた。それは自分から持ちかけたいくらいの提案だったので、もちろん俺は快諾した。

宮内が行き先を告げると、運転手は気持ちのいい返事をした。したものの、彼は車を県道に向けたところで、なにやらまごついている。

「右に出てください」

宮内が穏やかに声をかける。

「失礼しました」

誤魔化すように笑いながら、運転手はレバーを下げて右のウインカーを点滅させた。どうやらこの運転手は、あまりこのへんの地理に詳しくないらしい。最初に見たとき、この車がN駅と反対方向から駐車場に入ってきたのは、単に運転手が道を間違えたからだったのだろう。

タクシーが県道に出ると、宮内は携帯電話を操作しはじめた。ほかの参加者たちと連絡を取っているに違いない。そんな宮内の動作を左側に感じながら、俺は窓外を眺めていた。寂れた風景が、ゆっくりと流れていく。

このとき俺は、一つの致命的なミスを犯していることに気がついた。それは、宮内と合流する前に、タバコを一本吸っておかなかったことだ。

遠ざかっていくタクシーのテールランプは、暗闇《くらやみ》に浮かぶ赤い眼のようだった。

排気音が聞こえなくなると、宮内の顔がこちらを向いた。

「じゃあ、行こうか」

「はい」

宮内は歩き出し、俺はそのあとにつづく。

集合場所に乗りつけてしまうと、いったい何の集まりなのかと運転手が不審に思うかもしれないから、少し手前で降りよう——といった内容のメールを、宮内は車内で送ってきた。これまた願ってもない提案だったので、俺は了承の意を示す言葉を返信した。そんなわけで、俺たちはバス停から百メートルほど離れた民家の前で停車してもらい、さもそこの住人であるふうを装《よそお》ってタクシーを降りたのだった。

斜め前を行く宮内の隣には、彼に寄り添うようにキャリーケースが歩いている。そのキャリーケースは直立状態とはいえ彼の腰ほどの高さがあり、俺の持つカメラバッグなど軽く上回る大きさだ。その大きさから、彼がいかに死に対してはりきっているのかが窺《うかが》える。

傷《いた》んだアスファルトをごろごろと転がるキャスターの音が、辺りの静けさをいっそう際立たせた。

突風が横顔に吹きつけた。俺たちは揃って足を止め、顔を伏せる。そうして風をやり過ごし、ふたたび歩き出したときだった。ふと宮内は立ち止まり、俺を振り返った。

「交換しようか？」

彼はレジ袋を握った片手で、俺のバッグを示す。すぐにその意図はわかったのだが、俺は敢えて少々思案している様子を見せてから、「ああ」とバッグに目をやった。

「いえ、平気です」

「そっか」

にこりと俺に微笑みかけると、宮内は前に向き直った。どうやらこの男、よほど心根の優しい人間のようだ。

その後も宮内はたびたび振り返り、「大丈夫？」と労《いたわ》りの言葉をかけてくれた。

やがて街灯の頼りない光の中に、三つの人影が見えてきた。うち二つはバス停の脇に並んでしゃがみ込み、もう一つは少し離れたところに立っている。ありがたいことに、欠席者は出なかったようだ。

「よかった。みんな無事に着いたみたいだ」

「そうみたいですね」

近づくにつれ、しゃがんでいるのが少年と若い女、立っているのが——こう言っては何だが——不潔そうな長身の女だと目星がついた。

あと三十メートルといったところで、三つの顔が一斉にこちらを向いた。キャスターの音が耳に届いたのだろう。

「すいません、待たせてしまって」

宮内は早足になって彼らに近づいていく。俺は歩調を変えずにそのあとを追う。

やがて彼が立ち止まると、キャスターがぴたりと鳴りやんだ。

「どうも、宮内です」

言葉と視線をばら撒《ま》くように、宮内は三人にまとめて名を名乗った。

少年と不潔そうな女は宮内に目を向けたままその言葉を受け取っていたが、若い女はいつのまにか顔を背け、興味もなさそうに両手に白い息を吐きかけていた。ところで俺は宮内に追いつき、その背後から引きつづき様子を窺う。

しゃがんでいた少年が立ち上がる。リュックサックを背負い、白いダウンジャケットを着たその立ち姿は、えらく小柄だった。まだ中学生、下手したら小学生ではないだろうか。ふかふかの耳あては暖かそうだが、その効果が及ばない鼻は赤らんでいた。

「あ、はじめまして。あの、僕は……」

「ケイタ君だね」

少年の台詞《せりふ》を引き取るようにして、宮内は彼の名を口にした。ケイタの声は子供のようで、まだ変声期も迎えていないらしい。

「よろしく」

宮内が微笑んでいることは、声だけでわかった。

「はい、よろしくお願いします」

宮内の胸の辺りを見ながら言い終えると、ケイタはぎこちなく笑う。

いじめられっ子だろうな、と俺は直感した。人と目を合わせることができず、可笑《おか》しくも何ともないところでご機嫌取りのように笑う――典型的な症状だ。いじめられたことによってそうなったのか、もともとそうだったから標的となってしまうのかは知らないが、俺が見てきたいじめられっ子たちも、みなそうだった。

それにしても、じきに揃って御陀仏《おだぶつ》だというのに、「よろしく」とは奇妙な挨拶《あいさつ》だ。

「あなたは、マフユさんですね?」

言いながら、宮内はしゃがみ込んでいる若い女の顔を覗き込む。街灯に照らされ浮かび上がっている、新雪のように白い顔を。彼女の顔がひときわ白く見えるのは、艶《つや》やかな黒髪のあいだにあることも一つの要因なのかもしれない。

「そうですけど」

とマフユは無愛想に声だけを返すと、これ以上は話しかけるなといった雰囲気を醸《かも》し出す。そしてまた両手に息を吐きかけはじめた。

フードにファーの付いたコートの袖《そで》からは細い腕が覗いていて、そこには生々しいリストカットの痕跡《こんせき》が見られた。切り裂いてからそう月日が経《た》っていないのだろう、一筋の赤い線が手首を走っている。ひょっとしたらほかにも傷があるのかもしれないが、位置と光量の問題でよく見えない。二十歳そこそこと見受けられるが、彼女はなぜ死に急いでいるのだろうか。容姿だけで言えば、間違いなく恵まれていると思うが。

冷ややかなマフユの対応を受け、宮内は困惑げに乾いた笑いを飛ばす。これにはいささか憐《あわ》れを誘われ、俺はぽんぽんと叩《たた》いてやりたい気持ちで彼の背中に目を向けた。

すると、

「きもいんだけど」

マフユの声がした。冷たい響きながらも、その声からは怒りと嫌悪感《けんおかん》が滲み出ていた。宮内の笑いが止まる。

なんて女だ――。

俺はマフユに目を戻す。しかし彼女が見ているのは宮内ではなかった。その視線をたどっていくと、そこには不潔そうな女が立っていた。こうしてよく見ると、その女が男性であることがわかった。女と見紛《みまが》ってしまったのは、後ろで縛った伸ばし放題の髪がまず目に飛び込んできたからだろう。その頭の真ん中にはぱっくりと分け目がついていて、額にはバンダナが巻かれている。小ぶりのボストンバッグを肩に提げ、マウンテンパーカーに寸足らずのジーンズ、しかし革靴といった、でたらめな服装だった。二十代にも四十代にも見えるため、年齢は読めない。

彼はレンズの大きな眼鏡越しに、軽く握った自身の片手を興味深げに見つめながら、なにやら爪《つめ》をいじくっている。まるで何かを誤魔化すときのように。どうやらマフユは先ほどの言葉を、この男に対して放ったようだ。

「なにじろじろ見てんの？」

侮蔑《ぶべつ》の眼差《まなざ》しを男からそらすと、マフユは腹と両腿《もも》のあいだに挟んでいたハンドバッグを持って立ち上がり、短いスカートを直す。

なるほど、マフユはスカートの中を盗み見ていた男に腹を立てたというわけか。だが、その下にある細い脚は厚手のタイツに包まれている。それでも男は、見たいと思ったのだろうか。……まあ、わからなくもないか。

「いやべつに見てませんけど。言いがかりはやめてもらえませんかね――」

男はむきになって言い返す。だがむきになればなるほど、自らの非を認めることになるとまでは思い至らないようだ。

「――自意識過剰なんじゃないですかね」

「は？」

男が苦し紛れに言ったのは百も承知だろうが、そのひと言が癇《かん》に障ったのだろう、マフユは細い眉《まゆ》をひそめ、男を睨みつける。

そして短い沈黙のあと、彼女は汚い言葉で男を罵《のの》りはじめた。それを受けて余計に引っ込みがつかなくなってしまったのか、男はたじろぎながらも応戦する。

――まずい。このまま男とマフユの関係が悪化すれば、こんな奴《やつ》と一緒に死ぬのは御免だ、とどちらかが帰ってしまっても不思議はない。まだ百十五万円ほどの所持金があるため、脱落者は一名までなら許容範囲内だが、このまま事態がこじれて中止になどなってしまったらシャレにならない。

ケイタは、まるで自分が叱《しか》られているような面持ちで、二人を見つめている。宮内は溜息《ためいき》をつきながら、力なくこうべを垂れた。ここからではその表情を窺い知ることはできないが、きっと呆《あき》れてしまったのだろう。これではケイタにも宮内にも、仲裁に入ってもらうことは期待できそうにない。となると——。

自己紹介も済んでいないない自分がしゃしゃり出ていくのは少々リスキーだが、仕方ない。ひと芝居打つか。

言い争いのタイミングを見計らい、俺は口をひらいた。

ところが先に声を発したのは宮内だった。

「もういいじゃないですか、そういうの」

うんざりしたような口調で、彼は独り言のようにそう言った。

口論していた二人は同時に口を止め、宮内に目を向ける。

「——やめましょうよ、楽しくやりましょうよ。……最後ぐらい」

マフユと男、そしてケイタまでもがゆっくりとうつむき、それぞれ物思いに沈むような表情を浮かべた。まもなく人生の終幕を迎える者たちの心には、宮内の言葉はたいそう響いたようだ。

「あなたは、フジシロさんですね」

宮内は何事もなかったかのように、にこやかな声で男に話しかけた。

「ええ、まあそうですけど」

まだ興奮の余韻を残しながらも、フジシロは答えた。

そのままフジシロと初対面の挨拶を交わすと、宮内は、マフユにもあらためて先の短い「よろしく」を言った。しかし彼女はそれを黙殺し、ハンドバッグから小さな黒い箱を取り出すと、そこから抜き取ったタバコに火をつけた。あからさまに憮然《ぶぜん》としてはいるが、ともあれ帰るつもりはないようだ。見たところ、フジシロにもその兆《きざ》しはない。

——助かった。偶然とはいえ俺が演じようとしたことを代行してくれるとは、この宮内、なかなか使える男だ。

またも冷淡なマフユの対応を受けた宮内は、間を埋めるように無理矢理笑った。それから彼は、俺を振り返った。

「ごめんね、お待たせ。——みなさん、紹介します。こちらが、今日のきっかけをつくってくれた川村君です」

たしかにそうかもしれないが、なんだか人聞きの悪い言い方だ。

「どうも、はじめまして。川村です」

八つの眼が俺を見る。

宮内の穏やかな眼。

ケイタの陰鬱《いんうつ》な眼。

マフユの靄《もや》がかかったような眼。

フジシロの卑屈で濁った眼。

だがどんな眼であろうが、値段は変わらない。いま目の前にあるのは、紛れもなく三百二十万だ。

「じゃあ、そろそろ行きましょう。つぎのバスが来てしまう前に」

宮内が切り出すと、束になった視線が俺の顔から散った。

なんだこいつら、と俺は声にはせずに毒づいた。この中でまともなのは宮内くらいだ。ほかの奴らときたら、自己紹介をした人間に対して何の言葉も返さない。そんなことだから、人生がうまくいかないのだ。

「行こ、ケイタ君」

マフユは横目でケイタを見やって言うと、返事も待たずに歩き出す。

「あ、はい」

やや戸惑いながらも、ケイタはマフユについていく。

なぜだ――俺は内心首をひねった。廃墟《はいきょ》正面につづく小路《こみち》の入り口はすぐそこに見えてはいるが、ここからでは廃墟そのものにまで目は届かない。なのになぜ彼女は、廃墟の方向がわかったのだろうか。俺と宮内の到着前に探し当てたのか、あるいは当てずっぽうで歩きはじめただけなのか……いや、マフユにしても住所は知っていたのだろうから、それをもとにこのバス停との位置関係を地図で調べてきたのであれば、何も疑問に思うことではない。少し神経質になり過ぎていたようだ。

俺は洟《はな》をすすり、バッグを担ぎ直す。

そのときふと、二日前の深夜に宮内から送られてきたメールの一文が思い出された。

――参加者のある方がいろいろと調べてくれていたみたいで、よさそうな場所がすぐに見つかって助かりました――

あれは、マフユのことだったのかもしれない。

廃墟につづく小路を少し進んだところで、俺とフジシロは立ち止まっていた。たったいま、宮内が「先に行っててください」と言って引き返してしまったのだ。

そうは言われたもののほんとうに置いて行くわけにもいかず、俺たちは、県道の手前でキャリーケースの中をがさごそと探っている宮内の背中をただ見つめている。

そんな宮内を照らしている街灯の光はここには届かず、いま俺がいる位置にある光は、微《かす》かな月明かりだけだ。

やがて宮内は、キャリーケースから看板のようなものを取り出し、それを地面に突き立てた。

「これでよし」

そして彼はキャリーケースを閉じて立ち上がり、長々と前に垂れた黒いマフラーを背中へ払いのける。

俺は感心した。おそらくあの看板には、「私有地につき立ち入り禁止」とでも書いてあるのだろう。だとすると、たしかにあれひとつで邪魔が入る可能性は激減する。たいへん勉強になった。といっても次回はないが。

「待っててくれたんですね、すいません」

言いながら、宮内はこちらへ歩いてくる。この悪路ではキャスターがうまく転がらないらしく、両手でキャリーケースを引きずっている。コンビニで買っていたペットボトルはその中にしまったようだ。

俺はそんな彼の足下を、シュアファイアで照らしてやった。いま足を挫《くじ》いて怪我《けが》でもされたら、余計な時間をくってしまう。

「ありがとう、助かったよ。ライトなら持ってるんだけど、見てのとおりこんな状態なものでね」

「いえ、とんでもないです」

追いついた宮内を真ん中に迎え、俺たちは並んで歩きはじめた。

前方に広がる深い闇の中には、一つの灯りがゆっくりと移動している。先に行ってしまったマフユとケイタのどちらかが持つライトの光だ。

「フジシロさんは、駅からはどうやって来られたんですか？」

宮内が訊く。敬語をくずさないところを見ると、フジシロのほうが年上なのだろうか。あるいは宮内も彼の年齢を知らないのか。

「え、まあ、タクシーで来ましたけど」

フジシロは答えながら、ボストンバッグから懐中電灯を取り出した。

「そうですか。けっこう待たせちゃいましたかね」

「まあ、待ったといえば待ちましたけど」

「それはどうも、この寒い中すいませんでした」

「べつにいいんじゃないですかね。遅刻したわけじゃありませんし」

フジシロの語調には、ノイズのような、波長を乱されるような響きがあり、聞いているだけで自然と苛立《いらだ》ってくる。

そこはひとつ我慢しながら二人の会話に耳を傾けていると、俺と宮内が合流するまでのことがわかってきた。バス停に一番に到着したのはフジシロで、しばらく寒さに耐えて待っているとバスが停車し、そのバスからマフユとケイタが降りてきたらしい。

「――そのときなぜだかあの二人は」

前を行く二人の背に、フジシロは懐中電灯を向ける。

「初対面らしからぬ感じでしゃべってましたけど」

たしかに言われてみれば、俺から見てもそんな節があったような気がする。

「ああ、それはきっと――」

いくらも間をおかず、宮内は自身の見解を述べはじめた。彼の話によると、マフユとケイタは宮内と知り合う以前からやりとりをしていて、宮内はほとんどケイタを通してマフユと連絡を取っていたのだという。

それを知ると、俺と宮内が到着したときフジシロだけ少し離れていたのも、マフユとケイタが親しげなのも、マフユが宮内に対してそっけなかったのも、すべて肯《うなず》ける。

何気なく歩調を緩め、俺は二人の後ろについた。右前方にシュアファイアを向ける。闇にぽっかりと穴が開き、その中に廃病院が不気味に浮かび上がる。見慣れたはずの建物は、少し違ったふうに見えた。

いよいよだ。いよいよ自分は、大罪を犯す。刑法には詳しくないが、もし足がつけば、間違いなく実刑が下ることだろう。筋書きどおりにいくだろうか。何か落ち度はないだろうか。それ以前に、練炭自殺の巻き添えをくったりしないだろうか——。ふと心に生じた米粒ほどの不安は、足を一歩踏み出すごとに増幅し、たちまち巨大化していく。

俺は頭の中でいまいちど計画の流れを確認し、それから上着に手をあてて、その内側にガムテープで貼《は》りつけてある防毒マスクの感触を確かめた。

大丈夫だ。必ずうまくいく。

ほどなくして、俺たちはマフユとケイタに追いついた。正面玄関はすぐそこだというのに、二人は立ったまま、揃って廃墟とは別の方向を向いている。その様子を見て、俺はケイタを殴りつけてやりたくなった。彼の持つ馬鹿《ばか》でかい懐中電灯の光が、二十メートルほど先で草むらに頭を突っ込んでいるブルーバードを、ど真ん中に捉《とら》えていたからだ。

「車が停まってる」

誰に言うでもなく、マフユが呟いた。宮内とフジシロの目も、車体カバーを被《かぶ》ったブルーバードへ向く。

余計なこと言うんじゃねえよ、ボケが。

はらわたが煮えくり返る思いだったが、俺は「ほんとうだ」と洩《も》らしながら、みなに調子を合わせた。

宮内がブルーバードに近寄る。彼は「廃車」に手が届くほどの距離で立ち止まると、顎《あご》に手をやり、難しい顔でそれを観察しはじめた。

――もしカバーを引っぺがされたら、廃車でないことがバレる。

顔に表れる「焦《あせ》り」の上から「平静」の仮面を被り、俺は宮内の横顔に声を投げる。

「かなり前からありそうだから、平気じゃないですかね」

ううん、と咽喉《のど》を鳴らすだけで宮内は明確には答えなかったが、さらにじっくりと車を眺めたあと、「ああ、そうだね」と笑った。

突然、寒風が吹き荒れた。マフユとフジシロの長い髪が真横になびくほどの強風に、みな一斉に肩をすくめる。

「こりゃ駄目だ。とにかく中に入りましょう」

宮内の提言に応じ、一同はつぎつぎに正面玄関へ足を向ける。そんな中、マフユはもう照らされてもいないブルーバードに、最後まで視線を据えていた。

「まあいっか、ど□□□□□□し」

正面玄関に目を移しながら彼女は何か言ったが、その声はいっそう強さを増した風に掻《か》き消され、よく聞き取れなかった。

最後尾を歩きながら、俺はほっと息をついた。

一瞬ひやりとさせられたが、危機は去った。苦労してカモフラージュした甲斐《かい》があったというものだ。やはり自分の計略に粗《あら》はない。先ほど不安をおぼえたのは、怖気《おじけ》づいたわけでも、焼きが回ったわけでもない。俺は少し疲れている。ただそれだけのことだ。

9 快走

広いロビーの中を、四本の光線が飛び交っていた。俺、フジシロ、ケイタ、そしていましがた自前のライトを取り出した宮内のものだ。マフユは持参していないらしく、携帯電話のスクリーンを見せびらかすようにして周囲を照らしている。闇《やみ》は深いがこれだけの灯りがあると、人のシルエットくらいなら把握できる。

吹きさらしでないぶん寒さは多少やわらいだが、それでも身体《からだ》を震わせるには充分なものだった。本来の目的とは違う意味でも、さっさと練炭を焚《た》いてしまいたいところだ。

俺は何気なく、例の密室のドアを照らすのに自然な位置に移動する。まだ練炭自殺と決定したわけではないが、寒さ凌《しの》ぎにはちょうどいい場所だから、きっと賛同は得られることだろう。練炭自殺に持っていくのは、中に誘導してからでも問題ない。

ロビーのほぼ中央で足を止めた。いったんシュアファイアを奥の壁に向け、そこから階段のほうへと光を這《は》わせていく。このままドアに光が届いたら、何食わぬ顔で「あ、ドアがある」とでも洩《も》らせばいい。

光の円は身を寄せ合っているマフユとケイタを通過し、さらにドアへと迫っていく。そしてまもなく、物置部屋のドアが姿を現した。がそのとき――。

全員のライトが、一斉に俺に向けられた。

俺は反射的に腕をかざし、両眼を護《まも》る。だが別段動揺はしなかった。彼らに不穏な動きを察知されたわけではないことがわかっていたからだ。ではなぜ俺がこんな仕打ちを受けているのかというと、単に大音量でくしゃみをしてしまったからだった。

「大丈夫かい？」

少し離れたところから宮内の声がした。

「はい、すいません」

俺は鼻の下を左手の包帯で拭《ぬぐ》いながら答えた。照射攻めからはすでに解放されていたのだが、そのときの光に目を刺され、視界にはまだいくつかの丸い残像がとどまっている。

なんだよ人騒がせな、と翻訳できそうな溜息《ためいき》が、二つか三つ重なって聞こえた。

「とりあえず」

俺がふたたび「密室発見」を試みる前に、宮内が話しはじめてしまった。

「無関係の人間がいないかどうか、建物の中を見ておいたほうがよさそうですね」

面倒くさいな、と俺は思った。もともとそうするつもりでいたのか、表の車が気がかりなのかは知らないが、九分九厘《りん》そんな人間はいない。車の持ち主ならほかでもない俺なのだから。それに、もし万が一肝試しに来ている輩《やから》がいれば、現時点で話し声や物音がしていてもおかしくないし、それが届かない範囲——たとえばたまま三階や屋上にいる場合にしても、外から灯りを認めることができたはずだ。しかし、ここで強引に潰《つぶ》しにかかるのもリスクが高い。

「そうですね」

俺は宮内の意見に賛成した。焦《あせ》りは禁物だ。まだ時間に余裕はある。

「べつに構いませんけど」

フジシロがつづいた。

「二人はどうかな」

「え——あ、はい」

宮内の問いかけに、とまどいの窺《うかが》える声でケイタが答えた。途中間があいたのは、マフユの顔色でも窺っていたのだろう。

「じゃあ、手分けして調べてしまいましょう。外から見る限り三階建てだったから——私とフジシロさんで一階と二階半分を、ほかの三人で二階の残り半分と三階を、ということでどうでしょう」

マフユとフジシロを分けたのは宮内なりに気を遣ってのことで、担当するエリアについてはとくに深い意味はないのだろうが、一階を任されないとはついてない。だが下手に反論してしまうのも、やはり危険だ。

「わかりました」

俺が同意すると、フジシロが先ほどとまったく同じ台詞《せりふ》を返した。

「べつに構いませんけど」

つられたように、ケイタも か細い声で承諾する。マフユは相変わらず黙りこくって賛意を示さないものの、かといって不平を洩らすこともなかった。

「では、終わりしだいここで落ち合いましょう。それから、もしも誰かに出くわしてしまったら『みんなで肝試しに来た』ということにして、しばらく様子を見るということで——」

宮内がこのあとの流れを指示する中、俺は、ひくつきはじめた鼻をすかさずつまんで、くしゃみを封じ込めた。彼らを驚かせて、また眼をやられては敵《かな》わない。それにしても冷える。こんな寒さの中で夜を明かした、昨日の自分を褒めてやりたい気分だ。
いい加減、肩が抜けそうだ。

三階へとつづく階段の踊り場で立ち止まり、俺はカメラバッグのストラップを左肩に掛け直した。ほんとうはロビーに置いてきてしまいたかったのだが、説明に苦しむ物も多数入っているため、いちおう持って来た。

背後にはマフユとケイタがいる。何の相談もなく先頭を歩かされていることは少々不愉快だが、敢《あ》えて苦情は言わなかった。俺たちと同じく二階から巡回をはじめた宮内とフジシロは、ついさっき一階へと下りていった。

すいません、と背後に声を投げ、俺はふたたび歩き出す。

階段を、一段一段慎重に上っていく。といってもつまずいてしまわないようにそうするだけのことで、本気で何かを警戒する必要はなかった。ここに無関係の人間などいないのだから。もっとも、元人間なら話は別だが、いまの俺は幽霊に対する恐怖など少しも感じてはいなかった。もちろん、失敗の許されない大仕事がさし迫っているからだ。じっさい、さっき二階のあの部屋を調べたときにも見なかったし、見たとしてもさほど混乱することはなかったように思う。幽霊が怖い、などと思えるのは、きっと気持ちに余裕があるときだけなのだろう。こんな状況下で一つ学んだ。ある悩みを即刻解決するには、それ以上の悩みを持つことだ。

三階に到着した。そのまま廊下を左に折れて、手前の部屋から順にライトをあてていく。廊下同様、真っ暗闇の室内では、光に照らされた部分だけが真の姿を見せた。人工的な灯りなしで認識できるのは、窓の輪郭だけだった。壁に空いた長方形が、僅《わず》かに青みがかった星空を四角く切り取り、その中には木々のシルエットが影絵のように浮かんでいた。

二手に分かれれば早く済むものを、なぜだか二人はついてくる。もうじき死ぬ人間が怖《おそ》れをなして俺を先頭にしていることにはもはや何も言うまいが、こうも全員が口を閉ざしていると居心地が悪くて仕方がない。宮内とフジシロの話し声も消えたいま、この耳に聞こえるのは三人分の足音と衣擦《きぬず》れの音、それから洟《はな》をすする音くらいだ。

明日もこんなに寒いんですかね——沈黙に耐え切れなくなり、危うくそんな台詞が口をついて出かかった。だが俺は、すんでのところでそれを呑《の》み込んだ。そんなことに興味があるのは、今日生き残ることを前提としている人間だけだ。考えてみれば、彼らにとっては明日の天気予報でさえも、まったくもって無意味な情報なのだった。

最奥《さいおう》の部屋を見終わり、廊下を折り返した。引きつづき会話はなく、空気は重苦しい。ともあれ、十中八九徒労に終わるこの見回りも、残すところあと三分の一だ。

階段の前を通り過ぎ、そのまま廊下を数歩進んだ。とそこで、俺は不意に歩を止め、眉《まゆ》をひそめた。背後から二人の気配が消えていることに気づいたからだ。

ライトごと振り返ってみると、階段の前でマフユが両腕を抱え、がたがたと震えていた。その横で、ケイタは心配そうに彼女を見つめている。

目に障《さわ》ってしまわぬよう、シュアファイアを下方に傾けて、俺は二人に近づいていく。

「大丈夫ですか?」

震えの原因が寒さなら気にかけるまでもないが、もしも切迫した死への恐怖だとすれば、それを取り払ってやらなくてはならない。マフユが心変わりしてしまえば、ニコイチで行動しているケイタも、おそらく離脱することだろう。それでは目標額に届かない。

長い髪にほぼ隠れているマフユの顔を覗《のぞ》き込み、俺はもう一度声をかける。

「どうしました?」

「え、何が?」

そう訊《き》き返すマフユの身体は、もう震えてはいなかった。抱えた両腕に力を込めて、震えを押さえ込んでいるようにも見えるが。

「いや、いま震えて――」

「あたしたちは屋上を見てくるから、こっち側は調べといてくれない？」

俺の言葉に覆《おお》い被《かぶ》せるようにして、マフユはひょんなことを言い出した。その口調は、いたって落ち着いたものだった。

どういう風の吹き回しかは知らないが、このくそ寒い中、頼まれてもいない屋上まで見回るとは熱心なことだ。しかしとにかく、意志が揺らいだわけではないようだ。

そうとわかるとにわかに腹が立ってきて、気安くタメ口利《き》いてんじゃねえぞ、礼儀知らずが、と吐き捨ててやりたくなったが、残念ながら川村君は、そんなことを言える人間ではない。

「え？――ああ、はい、わかりました」

「じゃ、よろしくね」

そう言い残して、マフユは携帯のスクリーンで足下を照らしながら、階段を上っていく。ケイタは俺にぺこりと頭を下げると、早足で彼女のあとを追った。

なかば無理矢理に役目を押しつけられたのは気に入らないが、一人のほうが気楽だし、何よりこれは、タバコを吸うチャンスでもあった。

俺は踵《きびす》を返し、最も手前の部屋に入った。

「ああ、この部屋だったか」

殺風景であることはほかの部屋と変わらないが、その部屋にはある特徴があった。片隅に、薄汚れた毛布が転がっているのだ。下見のときにそれを見かけたのを憶《おぼ》えていた。

なんとなく、毛布の上に腰を下ろした。バッグの重さから解放されたのと同時に、どっと疲れが押し寄せてきて、倦怠感《けんたいかん》がたちまち身を包んだ。

マルボロに火をつけ、シュアファイアのスイッチを切った。毛布は尻《しり》の下で波打っていてなんだか気持ち悪いが、わざわざ伸ばしはしなかった。吐いた煙が、裏の林に面した窓に向かって流れていく。そこから見える三日月は、切った爪《つめ》みたいに細かった。

ブーツの底に火種を押しつけ、ひねり潰す。念願の喫煙ではあったが、屋上へ行った二人がいつ下りて来るかわからないので、三口程度でやめておいた。

と、携帯電話の振動音が、闇の中に響き渡った。これだけの静寂の中だと、とてもマナーモードとはいえない音量だ。

俺は慌《あわ》ててポケットに手を突っ込み、そのまま闇雲にボタンを押して、ひとまず携帯を黙らせた。ふう、と小さく息をついてから取り出して、ディスプレイを見てみると、通話状態になっていた。

いったい誰だ、こんなときに。

ところで、俺はようやく自分の持っているのが白いほうの携帯であることに気がついた。視界の悪さと、左手をやられてから習慣づいていた位置が変わってしまったことで、すぐに判別することができなかったのだ。

——なんだ、宮内か。下手に切ってしまっていたら、変に思われるところだった。受話口を耳にあてる。

もちろん、もしもし、と言うつもりでいたのだが、俺はそうするのをやめた。

『——しもーし。おーい。もしもーし』

相手の声が、明らかに宮内のものではなかったからだ。人を喰ったような、小馬鹿《こばか》にしたようなこの声は——。

「てめえのほうからかけてくるとはどういう了見だ、くそ野郎」

急速に怒りが込み上げ、殺意が沸き立つ。だが俺は懸命に声を抑えた。怒鳴り声などを聞かれてしまったら、すべてパアだ。

『おいおいなんだよ、二村君。ずっと聞いてたのか。そりゃ、ずいぶんと悪趣味じゃゃないか』

ひひひひひひひ——。

杉田得意の嘲笑《ちょうしょう》が、俺の理性を破壊していく。傷《いた》んだ木造の家屋を、クレーンにつないだ鉄球でそうするように。一発、二発——。

『ところでどうだ？　身代わりは見つかったか？』

「親切に答えてやる義理はねえな。これが済んだらゆっくり遊んでやるから待っとけや」

三発、四発——。

……崩壊は近い。

『なかなか楽しんでるようじゃないか。うらやましいねえ。よかったら、ぜひ「これ」とやらを教えてくれよ。もし教えてくれたら、お返しに俺の居場所をおし——』

耳障りな声は消えた。かろうじて耐え忍んでいた柱の一本が、俺に通話終了ボタンを押させた。そして俺は、そのままボタンを押しつづける。やがて、ディスプレイがブラックアウトした。

優先すべきは目の前の仕事。ここまできて、計画をふいにするわけにはいかない。

ふと気づけば、全身に力がみなぎっていた。復讐心《ふくしゅうしん》とは、一番の栄養剤なのかもしれない。

屋上へつづく階段の下で壁に寄りかかり、俺は片手でシュアファイアをもてあそんでいた。

このまま待っていようか、それとも先に下りてしまおうか。さっきの部屋にいて足音を聞き逃すことはないだろうから、二人はまだ屋上にいるはずだ。しかしあれほど見通しのいい場所を調べるのに、ここまで時間がかかるとは考えにくい。だとすると……。

まさか——

厭《いや》な想像が頭をよぎり、俺はぴたりと手を止めた。

まさか二人は、飛び降りてしまったのではないか。もしこの予感が的中しているのなら、目玉が無事である保証はない。

俺は床を蹴《け》って駆け出す。と——。

ちょうどそのとき、階上から足音が聞こえてきて、俺は自然と足を止めていた。そのまま耳を澄ます。——マフユのショートブーツ、ケイタのスニーカー。顔を上げると、二つの灯りが見えた。

……それもそうだ。もしほんとうに飛び降り自殺をするのであれば、こんなに回りくどい手段を取る必要がない。二人で近所のマンションにでも行って飛んでしまったほうが、手っ取り早いし確実に死ねる。

「こっちには誰もいませんでした」

俺はシュアファイアをくるくると回しながら、半分嘘《うそ》の報告をした。

ところがどちらからも返答はなく、二人は俺の目の前を通り過ぎ、手すりに沿って折り返すと、そのまま階段を下りていく。

返事くらいしたらどうだ、と胸中でぼやきながら、俺は彼らのあとにつづいた。

黙然と階段を下りる二人の後ろに、俺はひたすらついていく。二人とも、洟をすする間隔が極端に短くなっていた。案の定、よほど冷えたようだ。

最後の踊り場を過ぎ、ロビーへ向かって一段一段下りていく。――この下だ。この真下には、あの物置部屋がある。

「どうでした？」

足下のほうから、少し張ったような宮内の声がした。物音か、灯りか、とにかく俺たちの気配に感づいたのだろう。

「はい、誰もいませんでした」

俺はそう答えながら、ライトといっしょに視線をめぐらせるが、宮内の姿はまだ見えない。

「そっか、よかった」

と突然、ひ、とマフユが息を呑んだ。右側の廊下から戻ってきたのであろうフジシロが、階下を横切ったのだった。その姿はテレビゲームに出てくるゾンビみたいで、しかもそれを出会い頭に見たのだから、彼女が驚くのも無理はなかった。

「ああ、フジシロさん、そっちはどうでしたか?」

「べつに誰もいませんでしたけど。そもそもそう思ってましたし」

「なんだかすいません。——私のほうも大丈夫でした」

どうやら、宮内、フジシロペアは、効率よく手分けして巡回したらしい。そんな彼らのやりとりを聞きながら手すりを回り込むと、そこでようやく宮内の姿が確認できた。

「みなさんお疲れ様です。余計な提案をしてしまってすいませんでした」

やはり部外者などいなかった。あとは手筈《てはず》どおりに事を進めるだけだ。

「でもこれで、安心して逝《い》けますね」

宮内の口調に、にわかに悲哀の音色が宿った。しばし辛気臭い空気が流れるも、彼は自らその空気を打破するように、あ、それから、と快活な声で言った。

「見回りついでに、いい場所を見つけたんです」

そう話す宮内を見ていて、俺は危うく噴き出しそうになった。彼が指しているのが、ほかでもないあのドアだったからだ。

ひと手間くって、ひと手間省けたといったところか。


中央に置かれたろうそくを囲み、一同は思い思いの姿勢で腰を落ち着けていた。宮内が持参していたそのろうそくは太く立派なもので、鶏卵ほどの大きさもある炎が、本人の倍以上にもなったそれぞれの影を、内壁に投影している。

床は、スケートリンクみたいに冷たかった。俺は臀部《でんぶ》から体温を奪われてしまわぬよう、ブーツに包まれた右足を下敷きにし、左膝《ひざ》を立てて座っていた。そして何気なく、立てた膝の上に載せた左腕で口元を隠している。防毒マスクを着用する際、不審感をいだかせないようにするためには、いまのうちからこの体勢を定着させておく必要があった。

位置はドアを入って左奥、つまり天井が低くなっているところだ。天井は俺のすぐ後方で、床と接触している。見方しだいでは最も地位の高い人間が座る席といえなくもないが、背筋をぴんと伸ばせば頭がぶつかってしまうような窮屈な席に、上座《かみざ》も糞《くそ》もあったものではない。ほんとうなら、みなが気を失ってからいちど抜け出すときに備えてドア付近に陣取りたかったのだが、この物置部屋に入室する際、どうぞどうぞと宮内に促され、しぶしぶこの位置に腰を据えたのだった。

当の宮内はというと、俺から見て正面の壁――この部屋で唯一《ゆいいつ》長方形をした壁を背に胡坐《あぐら》をかいている。そこはドアを入ってすぐ右なので天井が高く、彼の頭上には常識的なスペースがある。しかしだからといって、必ずしもそこが優位とはいえない。宮内の背後の壁際《かべぎわ》には茶色い硝子《ガラス》の破片が散乱しているため、壁に身を寄せて背中をもたせかけようものなら、尻から血を流しかねないのだ。その点を加味して考えれば、彼が最後に入室したのは決して天井の低さを嫌ったわけではなく、きっと礼節をわきまえた社会人ならではの発想だったのだろう。

俺の右手――ドアのある壁際には、奥にケイタ、手前にマフユが座っている。ケイタは美しいまでの体育座りをして、ろうそくの炎をぼんやりと見つめている。俺と同じく寒さに弱いのであろうマフユは両足を下敷きにして座り、ハンドバッグに視線を落として、その中に片手を突っ込んでいる。ホッカイロでも入っているのだろうか。

彼らの向かい側――俺の左手の壁に寄りかかって座るフジシロは、マフユのいる方向から身体の向きをそらして、曇った眼鏡のレンズをハンカチで拭《ふ》いている。僕はスカートの中になんて興味ありません、というアピールにも見えるが、何にせよ、このままずっとそうしていてもらえるとありがたい。また愚にもつかない口論を聞くのはうんざりだし、そんなことで計画をぶち壊されたらたまったものではない。

「もしよかったら」

宮内が口を切った。

「みなさんが死を決意した理由を、詳しく教えてくれませんか？」

無意味だ、と一蹴《いっしゅう》してやりたいところだが、もちろんそんな酔狂な発言はできない。それに、一人で死ぬこともできない者たちが集っているのだから、こんなコーナーが設けられるのだろうと薄々思っていた。

「私もここにいる全員の理由を知っているわけじゃありませんし、みなさんもそのはずです。――どうでしょう？　すべてを打ち明けてすっきりするというのは。もう、最後の最後ですし」

誰もが宮内から顔を背けるが、反対することもない。むしろ俺にはその様が、素直に声に出して賛成するのが気恥ずかしいといったふうに見受けられた。

きっとここにいる者たちはみな、自分の下した決断を、「正しい」と言ってもらいたいのだろう。絶望を分かち合いたいのだろう。たとえ相手が、自分のことなどまるで理解していない、赤の他人だとしても。

宮内は全員の顔を見回して反対意見が飛んでこないことを確認すると、

「じゃあ……私から――」

切々と語りはじめた。ごくありふれた日常から、自殺を考えるまでに至った経緯を。ときには苦虫を嚙《か》み潰したような表情で、またときには涙を流しながら。

会社の金に手をつけたとして、突然首を切られたこと。身に覚えのないその罪を着せたのは、心を許していた当時の同僚であったこと。すぐに会社に訴えたが、まるで取り合ってはもらえなかったこと。その後懸命に仕事を探すもなかなか雇ってはもらえず、やがて妻に離婚を申し立てられたこと。彼女の将来を考え、泣く泣く同意したこと。そしてあろうことか、すべてはその同僚と妻がいっしょになるための、巧妙に仕組まれた罠《わな》であったこと――。

「――どうして俺がこんな目に……いったい、俺が何をしたって言うんだ！」

宮内は泣き叫ぶ。彼が自分のことを指す代名詞に「俺」を使ったのを、初めて耳にした。感情が丸裸になっている証拠だ。

「ふざけるな……ふざけるな！」

そして宮内はつづけざまに、思いの丈をぶちまける。自分を陥《おとしい》れ、妻を奪った元同僚と、その男と裏で共謀し、自分を切り捨てた元妻への恨みつらみ。そしてその地獄の中で味わった、自分自身の怒り、哀《かな》しみ——。

あらかたメールで知らされている内容なのにもかかわらず、生の声で聞くその悲劇は、痛切に胸に迫るものがあった。

その後宮内の語るところは、元妻との思い出話へと移っていった。同じ職場での出会い、緊張の初デート、互いのデスクに忍ばせる手紙のやりとり、交際を嗅《か》ぎつけた社員たちからのひやかし、ささいな喧嘩《けんか》、観覧車でのプロポーズ、近しい人々からの惜しみない祝福、思い描いていた以上に心はずんだ新婚生活——。

いつしか宮内の表情には、光が射《さ》していた。最後の輝かしい思い出は、結婚記念日を含む三日間で沖縄旅行に行ったことだという。そこで海水浴をして、釣りをして、花火をして——。

「心から笑いました。こんなことになるんだったら——」

宮内の夢見るような表情はにわかに陰り、それと入れ代わるように、投げやりな笑みが浮かぶ。

「あのときに死んでしまいたかった」

短い沈黙のあと、宮内はふたたび泣きじゃくった。声を押し殺そうともせず、羞恥《しゅうち》心《しん》など持たない子供のように。すべてを失った男の哀しくも迫力のあるその喚《わめ》き声は、狭い室内に盛大に反響し、この場にいる者の鼓膜と、それ以上に心を揺らしているようだった。

フジシロとケイタは嗚咽《おえつ》を洩らし、マフユまでもが目を閉じて眉根を寄せていた。もちろん、俺はすでに泣いている――ふりをしている。

と、軽快なメロディーが、大音量で流れ出した。

てんーごくじゃーなくてもー　らくーえんじゃーなくてもー　あなーたにー――

THE BOOMの「風になりたい」だった。

慟哭《どうこく》していた宮内は鳴りを潜め、ほかの者は、それぞれ我に返ったように身をほぐす。

宮内はぐずぐずになった洟をすすり、ごめんなさい、と不明瞭《ふめいりょう》な発音で言いながら、ロングコートのポケットから携帯電話を取り出した。

「なんだ、こんなときに」

ボタンを押して音楽を消すと、彼はそれをポケットに戻し、それから顔を上げ、照れたように笑う。

「どこまで話しましたっけ……あ、そうそう――」

誰かが助け舟を出す前に自力で思い出し、宮内は先ほどのつづきを話しはじめた。しかし彼はまもなくそれを中断し、そうだ、と手を打つと、しまったばかりの携帯電話を取り出した。

「――こんなものに邪魔されるなんて馬鹿馬鹿しい。よく考えてみたら、もう必要のない物なんだ」

まだ涙に濡《ぬ》れている眼を携帯から上げ、宮内は涙声のまま、こんな一案を投げかけた。

「よかったら、まとめて捨ててしまいませんか？」

青春ドラマの1シーンみたいでなんだか薄ら寒い気もするが、これは自分にとっても悪い話ではないかもしれない。これからもし彼らの携帯に知人から連絡が来れば、それによって死の決意が揺らいでしまう恐れがある。その可能性を消せるのだから、むしろ名案といえる。話の腰を折られることを懸念《けねん》する宮内とは、狙《ねら》いはまるで違うが。

「そうですね」

俺は白い携帯を取り出す。

「捨てちゃいましょう、こんなもの」

どこにどう捨てるつもりなのかは知らないが、あとで回収するまでだ。そしてこちらなら、仮に破損しようが紛失しようが大きな支障はない。あのくそ野郎のデータなら暗記している。

「大賛成です」

宮内の身の上話を聞いて感情が昂《たか》ぶっているのか、フジシロの鼻息は荒い。意外なことに、彼が持っていた携帯は、近頃テレビCMでよく目にする最新型のものだった。

ケイタはおどおどと様子を窺っていたが、やがて慌てたようにリュックサックを前に回すと、そこから鮮やかな水色をした携帯電話を抜き出した。それはいかにも子供用といった感じで、自分で選んだものというよりも、親に持たされているものであるように見受けられた。

マフユは相変わらずハンドバッグに片手を突っ込んだままではあるが、いつのまにかもういっぽうの手に、煌《きら》びやかに装飾された携帯を握っていた。かといって、フジシロのように宮内に感化されたわけではないらしく、その表情は、気が済むようにすればいいといったふうな、涼しげなものだった。とにかく、ライト代わりに使っていた彼女からしても、携帯電話などもはや無用の長物なのだ。

もう、生きてここから出ることはないのだから。

「じゃあ、これに入れちゃいましょう」

キャリーケースから取り出した紙袋を広げ、宮内は嬉々《きき》として各々《おのおの》の携帯を集めて回る。その様がかえって痛々しくて、とても見ていられなかった。

マフユは、素直に従う自分というものに抵抗があるのか、宮内の接近を拒むように、ケイタを介して渡していた。

集め終えると、宮内は紙袋の口をねじり、一つ息をついてから微笑《ほほえ》んだ。

「ちょっと捨ててきますね」

勢いよくドアを押し開け、彼は部屋を出ていく。

あとで拾いに行くことを考えて、俺は聴覚を研ぎ澄ます。

だん、と踏み込んだ音。「こんなもの！」という叫び声。残響。無音。硬い物が床に激突する、破壊的な音。そして紙袋が床を滑る摩擦音……は、聞こえない。

ということは、紙袋は正面玄関の辺りでバウンドして、表の草むらに入り込んでしまったと考えるのが妥当か。そのくらいで大破することはないだろうが、捜すのに苦労しそうだ。

自然にドアが閉まり切る前に、「あー、すっきりした」と呟《つぶや》きながら、手ぶらになった宮内が帰ってきた。長いマフラーを払いのけ、彼がもといた場所に腰を下ろすと、ドアが静かに閉まった。

「自分の携帯に水をさされてしまいましたが——要するに私の願いは二つです。生き甲斐《がい》を失ったこの人生を終わらせること。そして元妻とあの……あの男の幸せを壊してやることです。ここでみなさんといっしょに命……命を絶てば、きっといずれ紙面を飾り、ニュースで流れることでしょう。それを目にした彼らは、いっしょ……一生罪の意識に苛《さいな》まれるはずです。絶望から解放されて、復讐を果たしたい——それが、私がここにいる理由です」

ところどころ言葉を詰まらせ、そのたびに宮内は、込み上げる感情を懸命に抑え込むように、うつむいては肩を揺らしていた。

俺はこの間に、黒い携帯電話を手探りでサイレントモードに変更しておいた。もう一台携帯を持っていることが知れたら、大顰蹙《ひんしゅく》を買うのが目に見えていたからだ。

フジシロは眼鏡を上げて目尻を指で拭いながら、うんうんと終始頷《うなず》いていた。この男、案外情に脆《もろ》い一面があるのかもしれない。

多少の違和感はおぼえるものの、宮内の考えは、たしかに理に適《かな》ってはいる。しかし申し訳ないが、この事件が明るみに出ることはない。

沈黙が降りた。つぎは誰かと探り合うような空気が流れる。その雰囲気に動じていないのはマフユくらいだ。こんなときは決まって宮内が円滑に場を進めてくれるものだが、いまの彼にはそこまでの余裕はないらしく、彼は自身の革靴をただじっと見つめている。

「変な相合傘……」

出し抜けに、マフユがあらぬことを呟いた。その視線は宮内とフジシロのあいだ――フジシロが背にする壁の隅に据えられている。

見るとたしかに、下見のときに目にした相合傘が、半分消えていた。たしか「ひろゆき」と書かれていたほうが、そっくりなくなっているのだった。

マフユの視線を追い、宮内とフジシロが互いの顔を向け合うようにして身をよじる。

「つぎは、僕が話します」

言いながら、俺はいちど姿勢を正した。振り向きかけていた二人の顔が、くい、と俺に向いた。俺はそのまま、間髪いれずに口を動かす。

「僕は、虐待《ぎゃくたい》を受けてます。幼い頃に両親を亡《な》くし、それから親戚《しんせき》に引き取られたんですが――」

むろん話の中身は、宮内にメールで送った内容だ。ありがたいことにみな真剣な面持ちで、この百パーセント嘘っぱちの物語に聞き入ってくれている。

「――暴力はエスカレートするいっぽうで、ついこの前は」

俺はそれとなく左手を差し出す。

「親指を折られました。ほかにも……」

とここで、俺は声を震わせ、顔を歪《ゆが》ませる。そして、ここから先はつらくて言葉にできないといった具合に口をつぐんだ。四人の顔色を見て、もう充分だろうと判断したからだ。

するとみるに見かねてか、宮内がつづきを引き取ってくれた。

「タバコの火を押し付けられたりしたんだよね。それから――なんでも昨日は、その鬼畜夫婦の結婚記念日だったそうなんです――きっと、きっと後悔させてやろう。思い知らせてやろう」

その口調には、自身のときと同等、もしくはそれ以上に熱が込もっていた。

はい、お願いします、と顔に「苦悶《くもん》」を貼《は》りつけながら、俺は右手で左手をさすってみせた。これに対する四人の反応も上々だった。――ちょろいな。

まもなくして、「僕は」と蚊の鳴くような声で切り出したのはケイタだった。

俺はさりげなくもとの体勢に戻ると、彼の話に耳を傾ける。睨《にら》んだとおり、ケイタが苦にしているのは「いじめ」だった。

体育座りをしたまま、ぼんやりと自身のつま先を見つめながら、ケイタは語る。

彼に対するいじめがはじまったのは小学四年生のときで、それまでは友達も多く、ごく普通の学校生活を送っていたらしい。原因を紐解《ひもと》いていくと、その発端はいじめを受ける一年前、つまり小学三年生のときに、もともといじめを受けていた「シンジ」というクラスメイトと、あるカードゲームの話題で意気投合して――。

「二人で遊ぶようになったんです。お互いの家とか公園とかで。そのゲームはあんまり流行《はや》ってなくて、僕の周りでは誰もやってなかったから。『初めて友達ができた』ってシンジ君は嬉《うれ》しそうに言ってました。それでも僕は、自分までいじめられるのが怖くて、シンジ君を庇《かば》ってあげられませんでした。そして三学期の終わりに、シンジ君が引っ越しちゃったんです。そしたら急に、僕がシンジ君の代わりみたいになって――」

そして中学校に入ったいまでも、引きつづきいじめを受けているのだという。無視され、上履きを捨てられ、体操服を切り裂かれ、椅子《いす》に画鋲《がびょう》を置かれ、金を巻き上げられ――その手口を聞いてみれば、いじめるほうももっと工夫できないものか、とそんな感想をいだいてしまうほど、ありきたりでインパクトに欠けるものだった。退屈すぎて欠伸《あくび》が出そうだ。

「――一番つらかったのは、これです」

ぎこちない笑みを浮かべ、ケイタはダウンジャケットから左腕を抜くと、厚手のセーターの袖《そで》を捲《まく》った。

左腕全体が灰色に見える。広範囲にわたって痣《あざ》になっているのだろうか。しかし痣ごときを見せられたところで……いや、痣などではない――。

それに気づいた瞬間、俺は、彼の受けた仕打ちを生ぬるいなどと感じた自分を恥じずにはいられなかった。

ケイタの左腕の、その皮膚の内側には、、、、、、、、、、、、、、、、、、、、、無数のシャープペンシルの芯が埋め込まれているのだった。

縦、横、斜め――おびただしい数の芯《しん》が。一瞬大きな痣のように見えたのは、その数があまりにも膨大で、肌本来の色を判別させないほどにひしめいているためだったのだ。そして芯が侵入したとみられる箇所は赤紫色に変色していて、さらにところどころに小さなかさぶたが点在していた。

「『刺青《いれずみ》を入れてやる』って、みんなに押さえつけられて……」

俺はケイタの左腕から、思わず目を背けていた。その様相は凄惨《せいさん》を極め、五秒と直視できたものではなかった。

宮内とフジシロも俺と同じような感覚をおぼえたらしく、ともに顔をしかめ、床に視線を逃がしていた。マフユは過去に見たことがあるのか、あるいは見るに耐えない光景があると予測していたのか、端《はな》からそこに目を向けてはいないようだった。

「誰かに、相談はしたのかい？」

宮内は穏やかに訊く。様々な感情が渦巻く中、努めてそうしたように感じられた。

ケイタは傷跡を袖に納めながら、いいえ、と首を横に振る。

「そんなことしたら、もっと酷《ひど》いことをされるから」

そして彼はまた、ぎこちなく笑った。

つづけてケイタは、そもそも刺青を入れられたのは、息子の異変に気づいた母親が学校に抗議し、それが知れたことによるのだと説明した。

「だから……」

もはや肉親にさえ、助けを求めることはできなかったのだろう。

かといって、これほどの傷を隠し通せるはずはない。だとすると彼はずっと、自分でやったとでも言い張ってきたのだろうか。

「つらかったね。でも、その苦しみも――」

宮内はそう言いながらケイタに近づいていくと、その繊弱な肩にそっと手を置いた。

「今日でやっと終わるんだ」

はい、と返事をすると、ケイタは例のごとくぎこちなく笑う――と思いきや、彼は感情を露《あらわ》にして泣き崩れた。唸《うな》り声を上げ、ときにむせび、胎児のようにうずくまって。きっと、人からやさしい言葉をかけてもらうことに飢えていたのだろう。

「君をいじめていた奴《やつ》らはきっと、いや必ず、君以上に苦しむはずだ」

宮内は語気とともに、ケイタの背中にやった手にも力を込めた。

フジシロは天を仰ぐようにしてすすり泣き、マフユは静かに目を閉じていた。

毎日のように常軌を逸した暴行を受け、誰にも頼ることができない――たしかに、死を考えるに値する苦境ではある。

――しかしどうだろう。ケイタにしても宮内にしても、それから俺が演じる川村君にもいえることだが、復讐というものを少し穿《は》き違えているのではないか。「自分のせいで自殺した」と知れば、事実相手は苦しむことにはなるのだろう。その人物が、人並みの心というものを持ち合わせてさえいれば。ところが死んでしまった時点で、肝心のその反応を愉《たの》しむことは永遠にできなくなってしまう。はたしてこんなものを、復讐と呼べるのだろうか。もし俺が死にたくなるほど追い詰められ、そしてその原因をつくった人間がはっきりしているのであれば、死ぬ前に、たとえどんな卑劣な手を使ってでもその人間を嬲《なぶ》り殺しにするだろう。相手が目の前で跪《ひざまず》き、恐怖し、泣き叫び、謝罪し、懺悔《ざんげ》し、命乞《いのちご》いをする姿を拝んでこそ初めて、復讐を果たしたといえるのではないだろうか。そのあと清々した状態で死ぬほうが、よほど得というものだ。

と、いまさらここで、彼らの是非をはかっても仕方がない。考え方は人それぞれだ。いやむしろ感謝すべきなのだ。彼らが俺とは異なる考え方の持ち主であるおかげで、こうして眼球を持ち寄ってくれているのだから。

ようやく情緒が落ち着いてきたようで、ケイタはずるずると身を起こし、ずれてしまった耳あてを直す。宮内はそこまで見守ってから、背後に散在する硝子片を気にしつつ、もとの位置に戻った。

——あと二人か。まだかかりそうだな。

だがこの時間も、丸っきり無駄というわけではない。こうしているいまも、五つの肺と一つの炎が、限られた酸素を着実に食い荒らしているのだ。

「じゃあ、つぎは僕が……」

頃合いを見計らっていたわけではないのだろうが、フジシロがなかなかいいタイミングで口を切った。彼の口から出る「僕」は、アクセントの位置が「ボ」ではなく「ク」にある。

「はじめに言っておきますけど、僕の家系は代々医者なんです。そのため両親は、一人息子である僕を医者にするつもりで育てました。子供の将来を勝手に決めつけるなんて、こっちからしたらいい迷惑ですけど。おっと、思わぬ方向に話がそれてしまったので戻しますけど――ご存知のとおり、そう簡単に医者になれるわけじゃありません。言うまでもないですけど、医大に入るだけでも大変なことです」

悔しそうに話すぶん険《けん》はとれたが、聞く者を苛々《いらいら》させるには充分な言い回しだ。

「この僕が八浪しても受からないんですから」

ということは二十代なかばか。そうやって見ると老《ふ》けてるな。

「初めて受験に失敗したとき、両親は無情にも僕を責め立てました。そんなことをされたらプレッシャーになって、本来の実力を発揮できませんよね。当然つぎの年も落ちました。そして去年ついに、両親は言ってはいけないことを口にしたんです。それはつぎのようなものでした。『お前には失望した。フジシロ家の人間として恥ずかしい』。なんて心ない言葉でしょうか。もちろん僕も男ですから、そんなことを言われたら黙ってはいられません。その日から反撃を開始しました。自分の部屋に閉じ籠《こも》り、食事のとき以外は顔を合わせないようにしたんです。それでも両親が謝ってくることはありませんでした。僕が医大に入れないのは——こんなふうになったのは自分たちのせいだということに、両親は気づいていないんです。だからそれを気づかせて、悔いあらためさせてやるのです。一人っ子である僕が死んでフジシロ病院を継ぐ人間がいなくなれば、厭《いや》でも痛感するでしょうからね」

要は穀潰《ごくつぶ》しの甘ったれか。こんな話で同情を惹《ひ》こうとは噴飯ものだ。

宮内とケイタも俺と似たような感想のようで、二人とも当惑顔をしていた。

「もちろん僕の復讐はそれだけじゃありません」

フジシロはおもむろにボストンバッグを開けると、そこから一本のワインボトルを取り出した。

「これは、父がずっと大切に保管していた物なんですけど」

ラベルには横文字で、「ROMAN」と書かれている。角度の問題でそこまでしか読めていないのは承知だったが、頭の中で「浪漫」と翻訳してしまい、なんだか安物の焼酎《しょうちゅう》みたいに思えた。

「父は口癖のように、『これを死ぬ前に飲みたい』なんて言ってましたけど、そうはさせません。それから母へのもう一つの復讐としては——」

「どうでもいいんだけど」

露骨に不快感を押し出した声で、不毛な長話を断ち切ったのはマフユだ。

「な……」

フジシロは絶句する。不幸話として語っていた当人としては共感を得られないのも、ましてや途中で遮られたことも不思議でならないのだろう。

「まあ、まだきっとつづきが……」

宮内が戸惑いながらも取り成そうとする。

「べつに話す意味なんてないでしょ。もう全員終わってるんだから」

にべもなく、マフユは身も蓋《ふた》もないことを言った。核心を突いているとはいえ、思ったことをこうもはっきりと口に出す彼女の姿勢には、男らしさすら感じてしまう。

宮内は二の句が継げずにいる。

どうやらマフユのおかげで、彼女も含めて一挙に二人片づいたようだ。だがありがたく思うのは、フジシロとの口喧嘩が勃発《ぼっぱつ》しないことが確定してからだ。

フジシロは、庶民のお前にはわからないんだといった内容の悪態をついた。しかしマフユは取り合わない。フジシロもそれ以上何も言わなかった。

――よし。これでめでたく、何の生産性もない傷の舐《な》め合いタイムは終了だ。あとは自殺の手段という話題を放り込んで険悪になってしまった場の雰囲気を変えつつ、練炭で自殺するように仕向ければいい。――ゴールは近い。

早速、「ところで」と口に出そうとしたときだった。ケイタがリュックサックに片手を突っ込んで、なにやら探りはじめた。その動きは慎《つつ》ましく、決して目立つようなものではないが、俺はそれが終わるのを待つことにした。

出てきたのは細身の水筒だった。ケイタは蓋を回して取り外すと、コップに早変わりしたそれに中身を注ぐ。室内に、たちまちココアの匂《にお》いが立ち籠める。

自分で淹《い》れて来たのか、母親にでもつくってもらったのか――俺は不覚にも、今日彼が家を出るときのことを想像してしまっていた。外は寒いだろうと厚着をし、耳あてをつける姿。大好きなココアの入った水筒を、リュックサックにしまう姿。「行ってらっしゃい」と母親に送り出される姿――。

自分を囲む強固な防壁に、小さな穴が開いたような気がした。

ケイタは不意に、コップを握る手元から俺の顔に目を向けた。俺は思わず視線を外す。それより一瞬早く、ケイタもそうしていた。

ややあって、意外な台詞《せりふ》が聞こえてきた。

「飲みますか？」

声の主であるケイタへふたたび目を向けると、彼は俺の腹の辺りを見ていた。目を合わせるのが苦手なのは知っているが、その前に——。

なぜ俺なのだ。なぜケイタは俺に訊《き》いたのだ。彼に注目していたのは自分だけではなかったはずだ。その中でも俺の視線が、取り分け物欲しそうだったとでもいうのだろうか。それとも——まさかケイタは、「理不尽な暴行を受けてきた仲間」として、俺に親近感をいだいているのか。

「え、あ、いや」

曖昧《あいまい》な言葉を発しながらたじろいでいると、ケイタは床を二、三歩這《は》い進み、うんと手を伸ばして、まだ口もつけていないコップを差し出してきた。そしてぎこちない笑みを浮かべ、どうぞ、と言った。

やめてくれ。俺は、君の同志なんかじゃない。理解者なんかじゃないんだ——。防壁に開いた小さな穴から、浸水するように、何かが流れ込んでくる。——このままでは、いつか破られる。

「悪いけど」

俺は瞬時に穴を塞《ふさ》いだ。たとえ針で開けたような小さな穴でも、放っておけばそこから亀裂《きれつ》が入り、いずれ軍艦をも沈めてしまう。

「甘い物は、あんまり好きじゃないんだ」

「……そうですか」

いまケイタがどんな顔をしているのか、俺にはわからない。だがそれでいい。

憐《あわ》れみというくだらない感情に、毒されるわけにはいかない。

進むべき道を、見失うわけにはいかない。

10　流　砂

「さて、どうやって……」

――死にましょうか。その部分を、宮内は濁した。

当初は俺が、マフユとフジシロのつくった殺伐とした空気をどうにかしなければと思ったものだが、そのあとケイタの勧めるココアを俺が断ったことによって気まずい空気が生じてしまい、こんどは宮内がそれをどうにかするために、慌《あわ》ててこの話題を切り出したようだった。

室内に、ほかの者の出方を窺《うかが》うような視線が交錯する。がやはり、マフユだけは落ち着いたものだった。

とにかくここは、先手必勝だ。

「練炭なら、買って来たんですけど」

俺は脇《わき》に置いていたカメラバッグの蓋《ふた》をひらき、なんとか片手で七輪を持ち上げて、床に置いた。ほんとうはしんどかったのだが、手を借りてしまうとバッグの中を見られてしまう恐れがあったので、平然とやってのけた。ゴト、と音を立てた七輪の凹《へこ》みには、すでに蓮根《れんこん》みたいに穴の開いた黒い円柱が納まっている。

「すまないね、ずいぶん重かっただろうに」

宮内が俺を労《ねぎら》うと、フジシロが小ばかにしたような鼻息を飛ばす。

「そんな物を使わなくても、これを飲めば簡単に死ねますよ」

たったいま、どこかしらのタイミングで俺に一発殴られることが決定したフジシロは、ボストンバッグから大量の包装シートを摑《つか》み出した。各シートにはそれぞれ、ピンク色の錠剤が規則正しく並んでいる。

「これはベゲタミンAといって、ハルシオンやロヒプノールなんかとは一味違った睡眠薬です。そもそも向精神薬であるこの薬は、それらが効かない患者に処方されるものですからね」

一部の苦労は無駄にはなってしまうが、これなら飲んだふりをすればいいだけだから、練炭を使うよりもよほど手軽そうだ。

「よく手に入りましたね」

感服したとばかりに宮内が言うと、フジシロは得意げに青々とした顎《あご》を突き出す。

「うちは病院だと、ついさっき言ったばかりじゃないですか」

「そうでしたね、すいません。――しかし、私も自分なりにいろいろと調べてみたのですが、いくらベゲタミンAといえども、命を絶つには何十錠とかなりの量を服用しなければならず、我慢して大量に服用した場合でも、あまりの苦しさに途中で目が醒《さ》めてしまい、結果失敗して病院に搬送されるなんていうケースが後を絶たないと聞きます。ここだとまず発見などされないでしょうから、目的を果たすまでに、たいへん苦しむことが予想されます」

そうなのか。だとすると飲んだふりをするのは至難の業《わざ》だ。やはり練炭だな。

「もしもフジシロさんの方法を取るのであれば、最低限、吐き気止めとアルコールは必要になってくるんですが、お持ちでしょうか？」

自尊心が傷ついているであろうフジシロの心境を気遣ってか、宮内は申し訳なさそうに訊《き》く。

「そんな物はどこでだって売ってますから、わざわざ僕が持ってくる必要はないと思っていたんですけど」

フジシロはわかりやすく語気を強める。医者の息子としての面子《メンツ》が丸潰《つぶ》れになったのだからわからなくもないが、もう未来《さき》のない人間が、この期《ご》におよんで見栄《みえ》を張る意味があるのだろうか。

「すいません、気が利《き》かなくて」

自嘲《じちょう》するような笑いを浮かべながら頭を下げると、宮内はつづけた。

「でも、フジシロさんがその薬を持ってきてくれたのは、非常にありがたいことです。練炭でも頭痛や吐き気は起こるらしいですから、その薬を規定の用量飲んで、それから練炭を焚《た》けば、きっと眠るように……逝《い》けるはずです」

これならたぶん、彼らが意識を失うまでの時間、つまり俺の命を危険に晒《さら》す時間が短縮される。俺にとっても良案だ。もっとも宮内からしたら、フジシロがへそを曲げ切ってしまわないように折衷案を見出《みいだ》したまでのことなのかもしれないが。

「ええ、そうですね。ベゲタミンAの効力なら、苦しむことはまずないでしょうね」

はじめから自分もそう思っていたというように、フジシロは宮内の意見に乗った。

ここまでくだらない人間だと、なぜだか憎めなくなってくるから不思議だ。

「みなさんはどうでしょう？　あるいは、ほかに希望はありませんか？」

俺、マフユ、ケイタに順番に顔を向けながら、宮内は問いかける。

「僕は、いまの方法で……」

「睡眠薬を服用した上での練炭自殺」に、俺は一票を投じた。これで事実上三票――

決まりだな。

　おそらく出しそびれてしまったのだろう、ケイタはリュックサックから覗《のぞ》いた薄汚れたロープを、素早く中に戻した。しかし首吊《つ》りをするつもりだったとは、なかなかの根性だ。マフユは思ったとおり、他人事《ひとごと》のような顔でハンドバッグに片手を突っ込んでいる。

「じゃあ、さっき言った方法でいいですね？」

　宮内の最終確認に、口に出すか顎を引くだけかの違いはあったが、それぞれが賛意を示した。

　先ほどまでのしんみりとした空気は、一人だけ低次元な身の上話をし、間違った知識をひけらかしたフジシロに破壊されてしまったものの、かえって緊張感が失われたこんな雰囲気のほうが、余計なことを考えることもなく、土壇場《どたんば》になって逃げ出したくなる、などという心理が働きづらくていいかもしれない。

　とんとん拍子とはこのことだ。ほぼ労せずして理想のかたちとなった。それもこれも、正しい知識とバランスの良い感性を持った宮内のおかげだ。さらにこの件に限ったことではない。思い返せば彼の言動によって、俺はこれまで幾度となく助けられてきた。だから、せめて——。

俺は、キャリーケースの中を探っている宮内に目をやった。

目玉をもらう前に、この男には手を合わせて礼を言うとしよう。

「では、これをどうぞ」

フジシロは片手と両膝《ひざ》をついて、ベゲタなんたらの包装シートを一枚摑んだもう一方の手を、宮内のほうへと伸ばす。

宮内は、たったいまキャリーケースから取り出した、睡眠薬を飲むためのものであろう「Volvic」のラベルが貼《は》られた最小サイズのペットボトルをいちど床に置き、包装シートをうやうやしく受け取った。

「ありがとうございます」

「まあ、眠るだけなら二錠で充分だと思いますけど」

気取った口調で言いながら、フジシロは同じようにして、俺にシートを差し出してきた。

「あ、どうもすいません」

「できれば謝罪ではなく、感謝してほしいんですけど」

うるせえよ、馬鹿《ばか》。

つづいてフジシロは立ち上がり、マフユに足を向ける。ろうそくの向こうにいるマフユには、いままでの要領では届かないと判断したのだろう。といっても俺の前を横切るだけなので、三歩も進めば充分な距離だ。

「あたし、そんなの要《い》らないから」

え、と面食らって、フジシロは一歩出しただけの足を止めた。それからすぐに鼻の穴を膨らませると、マフユを睨《にら》みつける。

──またはじまったか。やれやれだな。

フジシロはそのまま罵声《ばせい》を放つ──かと思われたのだが、彼は目を閉じて、ごくりと唾《つば》を飲み込んだ。マフユに対して浴びせようとした言葉を、ぐっと呑《の》み下すように。

そして目を開けると、穏やかな口調でこう言った。

「……飲んでおいたほうが、きっと、楽だと思いますけど」

これには驚いた。もはや下心などを持っていても無意味なこの状況で、自分に対して敵意を向けつづけてきた女に下手《したて》に出るなどそうそうできるものではない。他人《ひと》の不幸話を聞いて涙を流していたことといい、このフジシロという男、根はいい奴《やつ》なのかもしれない。

宮内は感涙《かんるい》したのか、うつむいて、つまむように目頭を押さえていた。

沈黙をつづけるマフユに、フジシロはさらに一歩近づく。そのときちょうど彼の足が炎の光を遮る格好になり、俺の視界が陰った。

「だから要らないって……」

マフユは苦笑しながら、なおも強情を張る。フジシロがもう一歩進むと、視界の明るさが戻った。そしてフジシロは、包装シートを持った手を伸ばした。

その瞬間——。

「要らないって言ってるでしょ！」

ヒステリックに悲鳴のような声を上げながら、マフユは背後の壁に自身の背中を叩《たた》きつけるようにして、上体を引いた。

彼女以外の全員が、びくりと肩をすくめる。

鼓膜を切り裂くような絶叫だった。まだ当分のあいだ、残響が鳴りやむ気配はない。まるでマフユが、何度も何度も同じ言葉を同じ声量で、繰り返し発しているみたいだ。

それからしばらくして、ようやくこの部屋は静寂を取り戻した。

「——そこまで言うなら、べつにこっちは構いませんけど」

フジシロはそう言い捨てて、もとの場所に腰を下ろした。

俺の頭の中には、大きな「なぜ」が、どっしりと居座っていた。けれどもそれは、なぜマフユはあれほどまでの大声を上げたのか、ではなく、なぜあんな物がハンドバッグに入っているのか、というものだった。

先ほどマフユが勢いよく身を引いた拍子に、ちょうどこちらを向いたハンドバッグの口から、彼女がずっと握っていた物が一瞬その姿を現したのだ。角度の問題でほかの連中には見えなかったようだが、自分にははっきりと見えた。あれは、ホッカイロなどではなかった。あれは確かに、

、、、、、
剥き出しの包丁だった。

——あるいは、ほかに希望はありませんか？——

と宮内が問いかけたとき、マフユは何も言わなかった。だがいまの俺には、彼女があのとき「リストカット」という手段を提示するのが恥じらわれたために、それを言い出せなかったわけではないと断言できる。もしもあの包丁で手首を切るつもりで持って来たのなら、鞘《さや》などに納めているのが普通だし、何より、片時も放さず握りつづけている必要はないはずだ。自らを傷つけるためでもなく、ましてや料理をするためでもなく、マフユはいま、包丁を忍ばせている。なぜか。それは常識的に考えて——。

誰かを刺すためだ。

その結論に至ったとたん、背筋がすっと冷たくなった。と同時に、この町に来てから起こった数々の不可解な出来事が、頭の中で共鳴しながら引き寄せ合い、猛烈な速

度で組み上がっていき、やがて一つの疑念をかたちづくった。

マフユも、自殺ではない目的でここに来たのではないか。

まず下見のとき、俺は幽霊を見た。見たと思った。自分以外の足音を聞き、長い髪の毛のようなものが部屋に入っていくのを目にし、そしてその部屋を覗いたときには、それがすでに消えていたからだ。だがあのとき、マフユも建物内にいたのだとしたら……。

こう考えることができないだろうか。昨日の日中、マフユもこの廃墟《はいきょ》の下見をしていた。何らかの理由から、誰にも姿を見られてはならなかった。そこに車の、つまりブルーバードのエンジン音が聞こえ、このときおそらく二階の廊下にいた彼女は、ひとまず廃墟を離れることを考える。が、それはできなかった。建物の構造上、正面玄関から出るにしても、一階のいずれかの窓から出るにしても、いちどロビーに下りなくてはならないため、車に乗って来た人間、つまり俺と鉢合わせてしまう公算が高いからだ。そこでマフユは仕方なく、その場にとどまり様子を窺うことにした。その人間が、早く立ち去ってくれることを期待しながら。

車から降りた銀髪の男は、すぐには建物に入らず、その周りを歩きはじめた。一見、ロビーに下りるチャンスではあるが、それはまだまだギャンブルだった。大きな窓を持つ壁際《かべぎわ》を進む男が、折悪《おりあ》しくそこからこの見通しの良い建物の中を覗いてしまった場合、さらには窓から侵入してきてしまった場合、目撃される危険性があるからだ。

マフユはためらっていた。

そうしてぐずぐずしているうちに、男が建物に入ってきてしまった。それを男の足音によって知ったのだから、当然マフユはもう足音を立てるわけにはいかなくなる。ショートブーツを履いた足で、歩くことはできなくなる。その場でじっと息を殺し、やり過ごそうとした。男の足音が遠のき、消え去ってくれることを願いながら。

ところがしばらく経《た》ったとき、足音は遠のいて消え去るどころか、いままでで最も大きな音を立てた。その音量を、つぎの足音が上回り、その上回った音量を、さらにつぎの足音が上回る。階段を上ってきている、とマフユは気づく。コツ、コツ、コツ——。身を隠さなければならないが、足音を立てれば気づかれてしまう——どうすればいいのかと頭を働かせる。そしてマフユは、歩いても相手に気づかれないであろう方法を思いついた。それは、

足音を合わせることだった。

迫り来る足音に、マフユはタイミングを合わせて慎重に移動する。コツ、コツ、コツ、ココツ——。しかし、完璧《かんぺき》に合わせるのは難しく、微妙にずれてしまう。やむ

なくいったん動きを止める。男の足音も鳴りやんだ。気づかれたのか、ただ立ち止まっただけなのか、どちらなのかは定かでないが、後者であることを祈りつつ、マフユは相手がまた歩きはじめるのを待った。そしてそのとおりのことが起きたのと同時に、ふたたび耳を澄ませ、ある部屋へと近づいていく。コツ、ココツ、ココツ、コツコツ、コツコツ――。やはりずれてしまうが、おそらく踊り場の辺りまで来ている男に目撃されないためには、もう止まってはいられない。歩調の修正を図りながら、マフユは足を動かしつづける。もう一息、あと一息で、目的の部屋だ。がそのとき、不意に男が足を止めてしまい――。

コツ――。

足音が一つ、完全に浮き立ってしまった。静寂の中に、取り残されてしまった。

マフユの身体《からだ》は思考とともに麻痺《まひ》した。

やがて、だん、だん、だん、と階段を駆け上がってくる音が聞こえたかと思うと、ついに男が廊下に飛び出してきた。文字どおり飛んで出てきた男は、空中で身体の向きを変えつつ、廊下の真ん中――マフユから十メートルほど離れたところに着地した。なぜか男はマフユに背中を向けているため、幸いまだ見られてはいない。さらに幸いなことに、反対側の廊下を眺めている様子の男は、なかなか振り返らない。

マフユは再度知恵を絞り、さっきとは別の移動方法を思いつくと、それを実践しはじめた。男の後ろ姿を注視しながら、はやる気持ちを抑えながら、ゆっくりと、爆発物でも取り扱うようにゆっくりとショートブーツを脱ぎ、脱ぎ終えたブーツをそれぞれの手に持った。そしてようやく男が振り返りはじめた瞬間、目の前の部屋に飛び込んだのだ。

長い黒髪をたなびかせて。

素足になったことにより、膝さえうまく使えば着地の音を殺すのは問題なかった。見られたかどうかはきわどいところだが、どちらにしてもこのままではいずれ見つかってしまうだろう。男がこの部屋にやってくる前に、消えなくてはならない。だがマフユには、すでにその算段が立っていた。それは極めて不確実なものであり、相手が外にいる状況ではリスクが高いために、男が建物の周りをうろついているときには実行できなかった策なのだが、この部屋に限って、階段を使わずに脱出できる見込みがあるのだ。だからこそ、この部屋を目指したのだった。

歩行が許されるようになったマフユは、窓に近づいていき、そこからブーツを放り投げた。枯れ葉の積もった柔らかい地面に落ちたブーツは、たいした音は立てなかった。つづいて自らも窓に足をかけ、雨樋を伝って脱出したのだ。

男がその部屋に来る前に。

恥ずかしながら、あのとき俺は恐怖にかられ、自分を奮い立たせるのにかなりの時間を費やしてしまった。きっと、俺が見に行くずいぶん前から、あの部屋はもぬけの殻だったに違いない。

この推理が大方正しければ、幽霊の説明がつく。

並びに、今朝裏の林で立ち小便を終え、ブルーバードに向かう最中に抱えていた、二つの疑問のうちの一つが解消される。放尿しながらふと外壁を眺め、雨樋《あまどい》に目が留まったときに湧《わ》き上がった疑問——確かに昨日はびっしりと蔓延《はびこ》っていた蔦《つた》が、なぜいまは下のほうの一部分、剝《は》がれているのだろうか？　という疑問が。単純に、蔦が激しい摩擦に耐え切れなかったからだったのだ。

そしてもう一つの疑問も、やはりマフユに対する疑念の素《もと》となった、「不可解な出来事」が起きた直後に生じたものだ。それは、穴に向かって立ち小便をする前に浮かんだ疑問——。

いつ誰が何のために、こんな大規模な穴を掘ったのか？

下見で初めて裏手の林に入り、地面の柔らかさに気づいたときには俺も穴を掘ることを考えた。だがけっきょく、片腕ではとても無理だと断念したのだ。穴を掘るのも、そこまで死体を運ぶのも。

そこで俺は別の手段を考案し、昨夜ひと晩中、建物の中で死体の隠し場所をつくっていた。明け方その作業が完了し、俺は、やっと尿意から解放されると便所に向かったのだが、途中で悪臭がひどかったことを思い出し、裏の林に足を向けた。そして、あの穴を発見したのだ。

そのとき俺は、「この穴は昨日もあった。ただ自分が見落としていただけだ」と思った。正確には、自分にそう言い聞かせた。背水の陣であるこの計画に、不安要素などないと思い込むために。

だが、マフユが誰かを刺そうとしていることを知ってしまった以上、もう目を背けているわけにはいかない。いまの正直な気持ちで、当て嵌《は》めるしかない。

いつ――俺が下見を終えてから今朝発見するまでのあいだに。

誰が――マフユが。

何のために――死体を埋めるために。

つぎに起こった「不可解な出来事」といえば、コンビニのゴミ箱に猫の変死体が捨てられていたことだ。あの猫は、刃物で切り裂かれていたのだ。

頭の中では容易でも、実際に人を刺すなどそう簡単にできるものではない。それなりの経験、何より度胸が要る。もしかしたらあの猫は、マフユがすんなりと殺人を遂行するための、練習台になってしまったのではないか。

しかし、肝心の「目的」は何だ。マフユから見れば、ここにいるのは全員、死にに来た人間だ。「死にたい」と言っている人間を、わざわざ殺す理由は何だ。もしもこの中の誰かに恨みを持っていて、その人物が苦しむ様を見たいというのであれば、標的以外の人間、嚙《か》み砕いて言えば邪魔者が確実についてくるこんな状況をつくるとは思えない。となると金か。いや、まさか財布目当てでこんな大掛かりなことはするまい。万が一そうだとしても、殺す必要はまったくない。自分が生き残りさえすれば、金は入手できるのだから。では何だというのだ……。これは、かなりの難問だ。

しかしマフユの目的が何にせよ、ケイタもグルであるとみて間違いないだろう。積極的に荷担しているのか、脅されるなどして言いなりになっているのかは不明だが、二人の様子からして、そう捉《とら》えるのが自然だ。もしかしたらあの穴は、二人で協力して掘ったのかもしれない。

マフユには、自殺ではない別の目的があること。ケイタがグルであること。その二点を踏まえると、これまで実際に見聞きしてきた彼らの言動にも、妙に納得がいく。

――車が停まってる――

建物に入る前、ケイタの照らすブルーバードを見て、マフユはこう言っていた。いま思えば、ごく最近ここに来た人間でない限り、偽装したブルーバードを見て訝《いぶか》るはずがないのだ。

――まあいっか、ど□□□□□し――

あのとき、風に掻《か》き消されたマフユの言葉。彼女は風の中で、こう言ったのではないか。

――まあいっか、どうせ殺《や》るんだし――

そして見回りの途中、二人は屋上に出ていった。何か不測の事態でも発生し、そこで予定の変更を伝えていたのか、もしくは最終的な打ち合わせをしていたのか、きっとそんなところだろう。

マフユが自殺の動機を語らなかったのも、フジシロの勧めた睡眠薬を拒否したのも、至極当然のことだったのだ。何せ死ぬ気がないのだから。

その点、ケイタは自身の苦境を事細かに話していたし、彼の腕の傷は確かに本物だった。だがそのすべてが真実かどうかは怪しいものだ。別の原因で負った傷に合わせて内容をつくることなどいくらでもできるし、たとえあの内容に偽りがなかったとしても、死ぬ気もない人間が、それをあたかも死ぬ理由のように語れるのだから、とんだ食わせ者であることには変わりない。先ほどケイタが慌てて引っ込めたロープにしても、俺たちを拘束するための物とも考えられる。

そもそも、「生」を放棄した男どもなど、何をしでかすかわかったものではない。それこそスカートの中を盗み見られる程度のことで済めば御の字だ。そんな場所に、若い女がのこのことやって来ている時点で疑うべきだったのだ。遅くとも、バス停を離れる間際に宮内から受けたメールを思い出し、この場所を推薦したのがマフユなのではないかとよぎった時点で。

いや、後悔などに使っている時間はない。いま考えるべきことは、どう対処するかだ。しかしどうすればいい。このままでは目玉を得ることはおろか、悪くすれば殺される。かといって、マフユが包丁を所持していることを告発するわけにもいかない。そんなことをして彼女がもし諦《あきら》めてしまったら、気分を害したなどと嘯《うそぶ》いて、ケイタを連れて逃げ帰ってしまうに違いない。これだとマフユの陰謀を阻止することはできても、この集団自殺は間違いなくおひらきとなってしまうだろう。三人だけでも死にましょう、などという展開になるとは思えないし、仮にそうなったとしても、目玉の数が足りない。

ならばいっそのこと、奇襲攻撃を仕掛けて、マフユとケイタ、もしくはどちらかを拉致《らち》してしまおうか。この方法にシフトするのなら、マフユの撤退を危惧《きぐ》する必要はなくなる。……無理だ、とても成功するとは思えない。事情を知らない宮内とフジシロに、きっと止められる。特に宮内が黙っているはずがない。下手をすれば警察沙汰《ざた》になってしまうだろう。この強行策を成功させるためには、あらかじめマフユが危険人物であることを二人に理解させる必要がある。ところがいま俺が言えるのは、裸の包丁をずっと握っている、ということまでだから、それでは証拠として弱い。ずっと握っていたかどうかなど証明することはできないし、そうでなくても充分シラを切れる範囲だ。俺の持っている情報すべてを曝《さら》け出せば理解してもらえるかもしれないが、それは俺の正体を明かすことにもなる。そうなったら、理解させるどころか信用さえ得られない。俺だけここから追い出されてお終《しま》いだ。

となると、早急に証拠、もしくはマフユの自白が必要だが、まさか自白は望めない。宮内とフジシロの手前、力ずくで引き出すこともできない。歯がゆいが、現段階では、尻尾《しっぽ》を出すまで泳がせるしかなさそうだ。

そして重要になってくるのが、昨日の日中、二階で出くわし――。

「――らくん、川村君」

俺の偽名を呼ぶ宮内の声に、思考を断ち切られた。

動揺を悟られぬよう落ち着いた声音を意識しながら、はい、と俺は応じた。

「飲むかい？」

宮内はVolvicのペットボトルを、俺のほうへ差し出している。

「その薬を飲むときに必要だろうと思って」

「ああ、え、でも……」

「平気だよ、まだあるから」

宮内は空いているほうの手の親指で、蓋をこちらに向けたまま開けっ放しになっているキャリーケースを示した。

「あ、じゃあ」

俺たちはろうそくに向かって数歩這《は》い寄り、互いに手を伸ばし合ってペットボトルの受け渡しをする。

――来るか。ここまで無防備な体勢を取っている人間は、刺すには恰好《かっこう》の的であるはずだ。さあ、尻尾を出せ。

俺の焦点は前方のペットボトルに定まってはいるが、神経はマフユのいる右側に集中している。右足は、いつでも蹴《け》りを繰り出せるように準備していた。炎の熱を頬に受けながら、右手でペットボトルを掴んだ。視界の右隅にいる女は動かない。俺は後退《あとずさ》り、もとの位置に座った。宮内も無事に戻っていった。いつ動き出すのだ。誰を、あるいは誰から刺し殺すつもりなのだ。

「どうもありがとうございます」

礼を言う俺に微笑《ほほえ》みながら頷《うなず》いたあと、宮内はその笑みを残したまま、マフユとケイタに声をかける。

「もし薬を飲むためじゃなくても、必要なら言ってください」

まったく散々な日だ、宮内はそんなことを思っているに違いない。人生最後の日だというのに、彼は今日気を遣ってばかりだ。しかしほんとうに酷《ひど》い目に遭うのは、これからかもしれないが。

「あ、大丈夫です」

小さく頭を下げながら、ケイタは答えた。当然ながら、あのあとフジシロから睡眠薬を勧められることはなかったようだ。

マフユはうつむいた顔を上げもせず、ハンドバッグの中で包丁を握っている。

俺は、先ほど中断させられた思考を再開する。——昨日の日中、二階で出くわした男が俺だということに、マフユは気づいているのかどうか。近距離で見られたのは後ろ姿だけだから、俺の顔をはっきりと認識できはしなかっただろう。さらにあのときといまとでは、髪の色がすっかり変わっている。しかし、左手の包帯という目立つ特徴があることを加味すると……五分五分か。

ふとフジシロに目をやると、彼は露骨に不機嫌そうな表情で、自身の目の前に並んだ、包装シートと持参していたのであろう「い・ろ・は・す」に視線を落としていた。ならいいんだ、とケイタに声を返すと、宮内はキャリーケースの中を両手で探りはじめた。

「――これを敷いてもいいですか？」

宮内が取り出したのは、折り畳まれたビニールシートだった。

「あまり想像したくないことだとは思いますけど、我々が逝ったあと、この床は……いろいろな物で汚れてしまいます」

こんな状況でもまだなお気を遣い、「排泄物《はいせつぶつ》」という直接的な表現を避けるあたりが、彼の人柄を象徴している。

「片づける人のことを考えて、せめてこれくらいのことはしておいたほうがと思いまして。最初に言えばよかったんですけど、いきなりこんな話をするのもためらわれてしまって……」

宮内らしい律儀《りちぎ》な考えだ。そしてもしかしたらこれによって、マフユが何かしらのアクションを起こすかもしれない。

「そうしましょう」

俺は腰を上げる素振りを見せる。あとにつづく返事はないものの、ほかの三人の身体も動きはじめた。

自身の荷物を持ったフジシロとケイタが、それぞれ宮内からビニールシートの端っこを受け取り、二人でシーツのようにそれを敷く。その間に、宮内は皿ごとろうそくをどかし、俺は七輪とカメラバッグを隅に寄せた。

マフユは手伝うことはなく、気だるそうに壁に寄りかかり、ケイタが近づいたときだけ足をよけていた。俺は終始マフユの動向に目を光らせていたが、ハンドバッグからその右手が抜かれることはなかった。

ふたたび真ん中に置かれたろうそくの炎が、隣にある練炭内蔵の七輪の影を、ビニールシートの上に映していた。

宮内はコートのポケットから白い封筒を抜き出すと、自身の目の前にそっと置いた。

そこには達筆な文字で、「遺書」と書かれている。

「最後にこうして、痛みをわかり合えるみなさんと会えてよかったです。インターネットで私の呼びかけに応《こた》えてくれたこと、心から感謝しています――」

少し照れくさそうに、宮内は話す。さすがの宮内も横着したようで、彼のキャリーケースにはビニールシートが被《かぶ》さっている。

まだ、マフユが動く気配はない……。

当然じゃないか、と俺は思わず声を上げそうになった。いま睡眠薬を服用することになっているのは、俺、宮内、フジシロの三人。ならばマフユが動き出すのは、俺たちが眠りに落ちてからと考えるのが妥当だ。まずい――。

「もし生まれ変わりというものがあるのなら、つぎの人生は、きっと素晴らしいものになるといいですね」

宮内は包装シートからピンク色の睡眠薬を二錠、掌《てのひら》に押し出した。

宮内とフジシロが眠ってしまえば、マフユが殺人計画を企てていることを証明できなくなる。「たとえ死んだあとだとしても、糞尿《ふんにょう》を撒《ま》き散らすのは御免だ」とでも言って便所に誘うか。少しではあるが、それでひとまず時間は稼げる。

ピンク色をした二つの粒が、宮内の口の中に入っていった。

いや――。

ペットボトルが口に運ばれ、宮内の尖《とが》った咽喉仏《のどぼとけ》が、大きく一回上下した。

「きっとそうなると思いますけど。誰かさん以外は」

言い終える間際、フジシロはちらりとマフユを見た。つづけて彼は二錠の睡眠薬を口に含み、ごくりと水を飲み込んだ。

――同じことだ。宮内とフジシロにマフユの正体を知らしめるのも、二人が気を失うのも。俺が何をしようと咎《とが》める者がいなくなりさえすれば、それでいいのだから。

「今回苦しんだぶん、つぎは絶対……」

二人につづき、俺は睡眠薬を二錠飲んだ――ように見せかけた。こんなことは朝飯前だ。睡眠薬は口に入れる寸前、上着の袖《そで》に落とした。これは隙《すき》を見てポケットにでも移し替えればいい。

「じゃあ、持って来てくれた川村君」

言うと宮内は、いちど七輪を見て、その視線を俺に戻し、そして頷いた。

「あ、はい」

俺はカメラバッグのサイドポケットを自分のほうに向け、そこからチャッカマンを取り出した。すでに二錠の睡眠薬はサイドポケットの中だ。

立ち上がり、七輪に近寄る。視界にマフユを捕捉《ほそく》しながら。

目的が何であれ、思いどおりにはさせない。練炭に火がついてからは、防毒マスクを持っている俺にアドバンテージがある。もしマフユもそれを隠し持っているのだとしても、装着しようとした瞬間に電撃をくらわせてやるまでだ。証拠さえ挙がれば、宮内とフジシロの意識があっても問題はない。

七輪の前で足を止め、チャッカマンの先端を、練炭に触れるほどの距離まで近づけた。

宮内を見る。彼は俺に微笑みながら、もう一度ゆっくりと頷いた。安らかさの中に、哀《かな》しみの色を宿した眼だった。

引き金に、指をかける。

――急に話しかけてしまってごめんなさい。びっくりさせちゃったかな――

――交換しようか？――

――ありがとう、助かったよ。ライトなら持ってるんだけど、見てのとおりこんな状態なものでね――

――どうして俺がこんな目に……いったい、俺が何をしたっていうんだ！――

――タバコの火を押し付けられたりしたんだよね。それから――なんでも昨日は、その鬼畜夫婦の結婚記念日だったそうなんです――きっと、きっと後悔させてやろう。

思い知らせてやろう――

計画を変更したのなら、目玉を集める手段を捨てたのなら、宮内は救うことができるんじゃないか？　ついでにフジシロも……。

馬鹿な。何を血迷っているんだ。練炭を焚かなければ、また後手に回ってしまう。修平を助け出すことを勝利とするならば、そこまでの最短距離を走るべきだ。寄り道をして敗北の要因を増やすなど、愚の骨頂だ。それに、「救う」だと？　笑えるな。本人の望みを叶《かな》えてやるのだから、これ以上の救いはないじゃないか。

人差し指に力を込めた。

カチ――。

小さな火が、練炭の表面に塗られた着火剤に燃え移る。

勝つのは俺だ。

11 砂《すな》嵐《あらし》

すっかり短くなったろうそくが、まるで修平の寿命を告げているように思えた。あれから経過した時間は十五分か二十分、おそらくはそんなところだろう。

息苦しさ、頭痛、吐き気。現在俺の身体《からだ》は、様々な苦痛に襲われていた——ところだったかもしれない。もしも防毒マスクを着けていなければ。マスクのおかげで俺がいま吸っている空気は、まるで森林浴をしているかのように清《す》んでいる。

僅《わず》かにひらいた瞼《まぶた》の隙間《すきま》から、俺は室内の様子を見ていた。正面では宮内が、こちらに背を向けて横たわっている。呼吸に合わせてゆっくりと動く上半身が、まだ彼が生きていることを報《しら》せていた。

練炭に着火してからほどなくして、宮内は、こほ、こほ、と咳《せ》き込んだあと、口元から手を離しながらこう言っていた。

——失礼——

もしかしたら、そんなたわいもないひと言が、彼の人生最後の言葉となるのかもしれない。

左側にいるフジシロは、背後の壁に背中を預け、ときおりいびきのような音を立てている。

右側では、得意の体育座りをしたケイタが、揃《そろ》えた膝《ひざ》の上に額を載せている。その手前で似たような体勢を取っているマフユは、ケイタのほうに足を向けて、身体の側面を壁にもたせかけている。その右手は、まだハンドバッグから抜かれていない。マフユの横顔は丸見えで、顔を伏せているとはいえケイタの顔は少しこちらに傾いているため、二人がまだ防毒マスクを装着していないことは窺《うかが》い知れた。宮内が咳き込む前、彼らは小声で二言三言、短い言葉を交わしていた。別れの挨拶《あいさつ》のような言葉を。それは、二人にしかわからない暗号だったのかもしれない。

宮内の手が、もぞもぞと動き出す。その手は緩慢《かんまん》な動作で黒いマフラーを取り払うと、まただらりと脱力した。

室温は、著しく上昇していたのだった。

額に、汗が滲《にじ》んでいる感覚がある。じつはずいぶん前から発汗している自覚はあったのだが、俺はそれを拭《ぬぐ》うことができずにいた。締め紐《ひも》を使えば防毒マスクの着用が露見してしまう恐れがあるため、左腕は常にマスクを支えていなくてはならず、右手はいつでも攻撃できるよう、ポケットの中でブラックコブラ・デルタを握っていたかった──要するに、一瞬でもスタンガンを手放すことに抵抗があったからだ。

くくく、と不気味な笑い声が上がった。フジシロだった。

「──お父さん、いま頃驚いてるだろうなあ」

意識が夢うつつの境い目にあるようで、フジシロの語り口は覚束《おぼつか》ない。彼はファスナーのひらいたボストンバッグを眺めている。話の中身から察するに、その虚《うつ》ろな眼は先ほどのワインボトルを映しているのだろう。

むろん、彼の声に反応を示す者はいない。

フジシロはワインボトルから視線を外し、後ろで縛っていた長い髪をほどいた。そのほうが楽なのだろうか。ほどいた状態は初めて目にしたが、こうして見ると、マフユといい勝負をするほどの長さだ。思えばバス停で彼を最初に見たとき、その長い髪のせいで女と見紛《みまが》えてしまったものだ。もしかしたら人間は、相手の長い髪だけを見た場合、「女だ」と自動的に認識するようにできているのかもしれない。実際は男であっても。

くくく、とまたフジシロは笑う。

「お母さんは、もっと驚いてるはずだ」

彼は宙の一点をぼんやりと見つめている。まるで相手がそこにいるみたいに。

そういえば、彼の「母親に対するもう一つの復讐《ふくしゅう》」とやらを、まだ聞いていなかった。あのときマフユが遮ったままだ。

「ずっと可愛《かわい》がっていた猫が、リビングで死んでるんだから」

何だと⁉

俺はすんでのところで、その言葉を吞《の》み込んだ。腹いせに、飼い猫を殺したというのか。まず母親を恨むこと自体が逆恨みだが、それを差し引いたとしても、断じて飼い猫に罪はない。クズだな。こんな奴《やつ》を一瞬でも「いい奴だ」などと思った自分が恥ずかしい。

「――二人ともそれぞれショックを受けたあと、さらに息子が自殺したことを知るんだ。ざまあ見ろ」

不気味な笑い声を最後に、室内はふたたび静けさに包まれた。

どいつもこいつも狂ってる――俺はフジシロからマフユに視線を移す。どうやら髪の長い人間のあいだでは、猫を殺すのが流行《はや》っているらしい。……ん？

これは、単なる偶然なのか？

猫殺し、長い髪――この奇妙な符合に気づいた瞬間、自分が何か重要なことを見落としているような、とんでもない思い違いをしているような、そんな不安感が胸の中に広がっていった。しかしけっきょく、その正体を突き止めることはできなかった。

それから数分経《た》ったときだった。

マフユが、ついに動き出した。ところがそれは、俺が想像していたようなものではなかった。マフユの身体がずるずると壁を滑り、やがて仰向《あおむ》けになった。その際、彼女の右手はハンドバッグに包丁を残したまま、自身の腰と壁のあいだに入っていった。

マフユが、包丁を放したのだ。

……すべては、ただの邪推だったのだろうか。深読みしすぎただけだったのだろうか。あの包丁には、何の意味もなかったのだろうか。昨日見た長い髪は、マフユのものではなかったのだろうか。

だが、それならそれで構わない。計画を本来のかたちに戻すだけのことだ。もう少ししたらいちど部屋を出て、全員が息絶えるのを待つ。そして七輪を外に運び出し、室内に酸素スプレーを撒《ま》いてから、全員の目玉をほじくり出す。――予定どおりのことをすればいい。

マフユの薄い唇は半びらきになっていて、ケイタの口角からはよだれが垂れ流れている。宮内はぐったりと横たわり、フジシロは盛大にいびきをかいている。

いま目の前で、四人の人間の命が失われようとしている。

俺は、ポケットから右手を抜いて両膝を抱え、顔を伏せた。

ひょっとしたら、自分は期待していたのかもしれない。この中に殺人鬼が紛れていることを。そいつを柏木に引き渡せば、眼球を抉《えぐ》り取るなどという残虐《ざんぎゃく》なおこないをせずに済むから。それ以外の人間の死に、関わらずに済むから。

だがその選択肢が潰《つい》えた以上、無駄なことを考えるのはやめだ。全力で遂行しよう、残虐なおこないを。それに、こんな奴らがどうなろうと知るものか。死を望む者が、生を望む者の踏み台となる――人生に無条件降伏した負け犬どもには似合いの結末だ。

欠伸《あくび》もしていないのに、なぜだか涙が溢《あふ》れてきた。一酸化炭素は、目に沁《し》みるみたいだ。

あいうえお――おえういあ。かきくけこ――こけくきか。さしすせそ――そせすしさ。たちつてと――とてちつた。違う、とてつちた、だ。そういや、一周目もここで間違えたな。

顔を伏せたまま、目を閉じたまま、俺は意味のないことを考えていた。余計なことを考えてしまわないように。時間が早く過ぎてくれるように。

なにぬねの――のねぬにな。つぎは、えっと……「は」か。はひふへほ――ほへふひは。まみむめ――。

衣擦《きぬず》れの音がして、俺はくだらない一人遊びを中断した。動いているということは、まだ意識があるのかもしれない。もう少し待つか。

どこまでいったっけ。……あ、そうだ。まみむめも――もめむ――。

また衣擦れの音がする。今度はそれといっしょに、カサカサとビニールシートも音を立てた。寝返りでもうったのだろうか。

ずいぶん元気な奴がいるな。これはまだまだかかりそうだ。――もめむみま。やゆよ――よゆや。らりるれ――。

ぽき、と関節が鳴る音が聞こえた。

しばらくじっとしていたあと、立ち上がったときに膝が鳴ることがしばしばあるが……。まあ、それだけじゃないさ。そう思いながらも、気づけば俺は、身を硬くしていた。

静寂が訪れた。

やはり気に留めるほどのことではなかったのだ。緊張した身体が、ふっと弛緩《しかん》していく。

と――。

ざ、とビニールシートが鳴り、俺はふたたび身を強張《こわば》らせた。その音は間を空けて、もういちど鳴った。さらにもういちど。ざ、ざ――。

これは、足音だ。いま何者かが、部屋の中を歩いている。

悪寒《おかん》が全身を駆け巡り、胸の内部で機関銃が連射されているように、心臓が速く強く鼓動する。

マフユか。マフユなのか――。

たっぷりと間隔を空けた足音とともに、一つの気配が、ゆっくりと近づいてくる。

なぜだ！　どうして歩けるんだ！

咽喉《のど》元で暴れ回る叫び声を、俺は必死で体内に押しとどめる。たちまち頭の中を、混乱だけが埋め尽くした。

足音が止まった。俺のすぐ脇《わき》で。そして衣擦れの音。また関節の鳴る音。

確かにいま、真横にいる。

しゃがみ込んで、俺をじっと見つめている。

脇腹を、包丁で突き刺される映像が浮かんだ。一か八か、顔面に肘鉄《ひじてつ》をぶち込んでみるか。……駄目だ、運良く当たったとしても、その一撃で仕留められなかったら刺し殺される。だいいち恐怖に支配されたこの身体が、思いどおりに動いてくれる気がしない。ここはひとまず、やり過ごすしかないようだ。――くそ、スタンガンを放すんじゃなかった。

耳元で、呼吸音がしている。硬いものに口元を覆《おお》われているときのような、ちょうど防毒マスクを装着しているときのような呼吸音が。

全身が、いまにも震え出そうとしている。だが、動いてはならない。息を止めてはならない。俺は眠っている。俺は眠っているのだ。眠っている人間は、この程度の気配に反応したりはしない。呼吸を止めたりはしない。

とんとん、と肩を指先で叩《たた》かれた。

心臓が破裂した。いまの衝撃で破裂していなかったら奇跡だ。しかしどうやらその奇跡が起きたようだ。俺はまだ生きている。

さらに二度、同じところをつつかれた。間違いない。俺の意識があるかどうかを確認している。とにかく思いきり悲鳴を上げたい。いますぐにそうしないと、気が狂ってしまいそうだ。

呼吸音が、耳元から離れていく。

……狸《たぬき》寝入りは、見抜かれなかったようだ。ほっと息をつきたいのはやまやまだが、俺は意識して呼吸のリズムを保つ。

ざ、ざ、ざ――。足音が遠ざかっていく。

これから、何をする気なんだ。

ビニールが擦《こす》れる音。カリ、と小気味のいい音。つづいて、ジュウウウ、と火が消える音がした。

練炭の火を、消したのか。いったい、何のために？

いや、そんなことはどうでもいい。つぎに近づいてきたときが、おそらく刺されるときだ。それまでに恐怖の呪縛《じゅばく》を払いのけ、ブラックコブラ・デルタを握っておかなくてはならない。俺は右手を、音を立てないよう、相手の目に留まってしまわないよう、慎重に移動させる。焦《あせ》るな、落ち着け、落ち着け――。

ざ、ざ、ざ――足音が三つ。沈黙。ガチャ――ドアノブが回る音。室内の空気が動いた。ドアがひらかれたようだ。

俺はいったん手を止めた。

コッ、コッ、コッ――こんどはビニールシートの敷かれていない床を歩く足音。そして、ドアが自然に閉まる音。その音が鳴ると同時に、足音の音量が急激に下がった。

どうやら、出ていったようだ。

俺は即座に立ち上がり、ドアに向かって一目散に駆け出す。防毒マスクが落下したが、放っておいた。

ドアノブのボタンを押して、鍵《かぎ》をかけた。

つづけて勢いよく首を回し、あらためて室内の様子を眼に映す。すぐ近くで、ケイタが向こう側に顔を傾けて、体育座りをしている。その奥には、マフユがいた。仰向けに倒れたままの体勢で。

この部屋にいないのは——宮内だった。

フジシロは後頭部だけを壁にもたせかけ、ほぼ地べたに寝そべっていた。

どういうことだ。何が起こっているんだ。何も見えてこない。まるで、砂嵐の中にいるようだ。

ただ一つだけはっきりしているのは、計画は破綻《はたん》した、という事実だった。

放心状態から解放された俺は、まずマフユに近づき、彼女の腹に載っているハンドバッグから包丁を抜き出すと、それを自分のカメラバッグに投げ入れた。これでとりあえずの安全は確保されたはずだ。

依然脳内の大部分は混乱に占拠されているが、僅かに残された部分が稼動《かどう》しはじめていた。

宮内がずっと背中を向けていたのは、防毒マスクを着用するためだったのか。だが宮内は、睡眠薬を飲んでいた。錠剤が口に入っていくのを、確かにこの目で見た。にもかかわらず、どうして彼は眠らなかったのだ……。

そうか、簡単なことだ。あのとき睡眠薬は口内に残し、水だけを飲んだ。そうしておいて、

――失礼――

偽物《にせもの》の咳をした拍子に、掌《てのひら》に吐き出したのだ。

――ぬかった。

マフユに気を取られ過ぎて、宮内のことは完全にノーマークだった。

だからなんだ。己の愚鈍さを責めることなどいつでもできる。いますべきは、宮内が戻って来る前に、少しでも状況を把握しておくことだ。

俺は、部屋の中央付近に立ってみた。足下では七輪が水浸しになっていて、その傍らには、レジ袋に入ったままの、二リットルのペットボトルが置いてある。宮内と最初に会ったとき、彼がコンビニで買っていた品だ。何に使うのだろうと多少疑問に思

ってはいたが、まさか練炭の火を消すための物だったとは。だから睡眠薬を飲む際には、別のペットボトルを持ち出したというわけか。しかし、なぜ火を消す必要があったのだろうか。あのまま死なせてはならなかったのだろうか……後回しだ。時間が惜しい。

視線を移動させる。高さ十センチほどになってしまったろうそく。「遺書」と書かれた封筒。半分ビニールシートの被《かぶ》さったキャリーケース。そして、宮内が横たわっていた場所に落ちている物に目が留まった。なぜだか、そこから視線を外すことができない。そのままじっと見る。見る。見る。すると――。

脳裏に電流が走った。

その直後、俺はあることを確信した。やはり幽霊はいなかった。俺は昨日の日中、自分と同じく下見をしていた人間を見ただけだった。ただしそれはマフユではなく、宮内だったのだ。俺が見たあれは、女の髪の毛などではなかった。髪の毛ですらなかったのだ。俺が見た黒くて長いものは、いまビニールシートの上で丸まっている、宮内のマフラーだったのだ。

どうやら俺は、幽霊といえば髪の長い女だという先入観に、すっかり囚《とら》われてしまっていたようだ。下見をしていたのが宮内ならば、裏の林に穴を掘ったのも宮内に違いない。なぜ生かしたのかは知らないが、奴は最終的に、俺たちをあそこに埋めるつもりだ。

頭の中で絡《から》まってしまった糸はまだまだほどききれていないが、とにかく――。

ジョーカーは、宮内だったのだ。

俺はカメラバッグから三本の酸素スプレーを取り出し、それぞれキャップになっているマスクを噴出口にセットした。

そのうちの一本を手に取り、ばら撒くように噴射する。両手に一本ずつ持てないのがもどかしいが、これで室内の一酸化炭素濃度を下げることができるはずだ。

「おい、意識はあるか」

三人に声をかけるが、誰からも返事はない。

くそ、と悪態をつき、俺はマフユとケイタのいるほうへ戻った。

「おい、しっかりしろ！　目を開けろ！」

二人の肩を同時に揺らす。ときおり左手の親指がケイタの肩に触れてしまい、ずきずきと痛んだ。

先に反応を見せたのはケイタだった。彼は、ううん、と咽喉を鳴らすと、薄目を開けた。

「これを口にあてて吸うんだ」

ケイタの目の前でスプレー缶を見せつけるが、彼の瞼はゆっくりと閉じられてしまった。

仕方ない――俺は彼の頬を平手で打った。

いちど見ひらいた目をすぐにしかめると、ケイタは痛みを感じているとみられる部分を片手で押さえた。しかし彼が押さえたのは、頬ではなく頭だった。おそらく一酸化炭素多量吸引による頭痛だろう。

「その痛みを消したかったらこれを吸え。――自分で持てるか?」

まだ弱々しく呻《うめ》いているケイタに、なかば強引に酸素スプレーを摑《つか》ませて、彼の人差し指もろとも噴出ボタンを押す。押しながら、マスクを小さな口にあてがった。

そっと手を放してみる。シュー、という噴出音はやまなかった。

「そうだ。その指を放すんじゃないぞ」

言いながら後退《あとずさ》り、俺は未使用の酸素スプレーを手に取った。すぐにマフユのそばまで戻り、腰を屈《かが》める。

「起きろ!　目を開けろ!」

華奢《きゃしゃ》な両肩を揺さぶる。乱れ髪のかかったその顔は、ただ眠っているかのようだ。

ぴくりと眉《まゆ》が動いた。つづいて段々と眉間《みけん》にしわが寄っていき、やがて瞼が半分ひらかれた。

「早く、これを」

俺は片手で酸素スプレーを差し出す。

マフユは虚ろな眼で、まずスプレー缶を見て、つぎに俺の顔を見て、そして俺が触れている彼女自身の右肩を見た。

短い沈黙があった。

「放してよ！」

突然叫び声を上げながら、マフユは俺の左手を振り払った。

「なんだよ、元気そうだな」

驚かされたのが悔しくて、俺は皮肉を言った。

マフユは血相を変えて脇に落ちていたハンドバッグを手繰《たぐ》り寄せるや、その中を覗《のぞ》き込む。が、

「包丁なら没収したよ」

弾《はじ》かれたように顔を上げ、マフユは俺を睨《にら》みつける。だがそれも長くはつづかなかった。彼女は顔を歪《ゆが》め、額に手をあてた。

「それを吸っておけ。あとで訊《き》きたいことがある」

身体ごと振り返った。素早く移動しながら、最後の酸素スプレーを拾い上げる。そのままフジシロの脇までスライディングした。途中、ろうそくの炎がぐらりと揺れたが、幸い火は消えなかった。

「おい、起きろ!」

ずいぶん前からいびきは聞こえなくなっていたものの、フジシロの呼吸は安定している。

「起きろっつってんだろ!」

数発ひっぱたいてみるが、満足そうな表情に変化はない。睡眠薬を服用しているのだから、このくらいで目醒《めざ》めるほうが不自然か。

俺は床に落ちた防毒マスクを取ってきて、それをフジシロに装着させた。締め紐を使ってしっかりと。最初にひっぱたいたときから眼鏡がずれていたが、それは直さなかった。

なんとなくカメラバッグのそばに戻り、腰を下ろす。全身が、じっとりと汗をかいていた。胸が詰まるような息苦しさを感じるのは、せかせかと動いたせいか、一酸化炭素を吸い込み過ぎたせいか。

大事を取って、俺も酸素を補給しておくことにした。

ケイタは、おとなしくマスクの部分を口にあてて、噴出ボタンを押しつづけている。マフユはスプレー缶から手を放しているものの、先ほど俺が置いたときとはその位置が変わっていることから察するに、何度か使ったみたいだ。もうすでにどちらの表情からも、苦痛の色は薄らいでいる。吐き気を催してもいないようだ。思ったよりも一酸化炭素濃度が上がっていなかったのか、あるいは着火してからの経過時間が短かったのかもしれない。

フジシロの容態はよくわからないが、飼い猫を殺すようなクズに防毒マスクを着けてやっただけでも充分だ。この先どうなろうと知ったことじゃない。しかしよく考えてみれば、睡眠薬を飲んだのはそれを持参した当人である、このフジシロ一人だけだったのだから笑える。

俺は口元からスプレーを外す。

「邪魔して悪かったな」

ケイタは噴出ボタンからいちど指を放し、俺を見ないまま小さく首を横に振る。予想どおり、マフユには無視された。

「どうして包丁なんて隠し持ってたんだ？」

俺は空中に酸素を撒き散らしながらマフユに訊《たず》ねる。「逃げる」という選択肢はない。手ぶらでここを去るわけにはいかないのだ。もう戦うしかない。そのためには、まず確かめなくてはならなかった。彼女が完全な「白」なのかどうかを。敵は宮内一人だけなのかどうかを。

やはりマフユは口を割らない。

「答えてくれ、時間がないんだ」

そこが明確にならなければ、策を練りようがないのだ。

「……」

「早く答えてくれ」

宮内が戻って来る前に。ロビーから足音が聞こえる前に。

「……」

「さっさと答えろ！　なぜ包丁を持ってた！」

思わず大声を上げていた。これでは自分から宮内を呼び寄せているようなものだ。目を醒まさせるために出した、先ほどまでの大声はやむをえなかったとしても、いまのは余計だった。まだ冷静になれていない証拠だ。

俺は声を落として訊く。

「どうして言えない――」

「まずそっちが説明してよ」

マフユは鋭い視線をよこす。

「これどうなってるの？ なんであたしたちを起こしたの？ だいたい、あなたは何者なの？ さっきまでとしゃべり方が全然違うじゃない」

すべていだいて当然の疑問ばかりだが――。

「そんな質問に答えてる暇はない。訊いてるのは俺だ」

マフユの目つきに攻撃性が増した。かと思うと、彼女は溜息《ためいき》をつきながら目をそらした。

「馬鹿《ばか》みたい。今日は頭のおかしな人に邪魔されちゃったけど、また今度別の日に死ぬわ」

マフユはハンドバッグを持って立ち上がる。眩暈《めまい》がしたのか、彼女はよろめいて壁に手をついたが、数秒後には自分の足だけで立った。

「包丁が大好きみたいだから、あれはあなたにあげる。――ケイタ君、立てる？」

「――あ、はい」

戸惑いながらも、ケイタはリュックサックを引き寄せる。そしてばつの悪そうな表情を浮かべてこちらをちらりと気にしてから、スプレー缶をビニールシートに立て置いた。

ケイタが立ち上がる前に、マフユは俺に背を向けてドアノブに手を伸ばす。と、その手がノブに触れる寸前、彼女はびくりと肩をすくめ、いっさいの動きを止めた。

ケイタはぎゅっと目をつぶり、同じく身を硬くした。

俺がブラックコブラ・デルタの放電音を聞かせたからだった。聞き慣れていない者からすれば、これほど凶暴な音は珍しいはずだ。

俺はトリガーボタンから指を放す。

「ドアに触るんじゃねえ」

またでかい音を立てさせやがって。

マフユは恐る恐る振り返る。ケイタは恐る恐る目を開ける。

「こうなったら腕ずくでも吐かせてやる」

言いながら腰を上げ、俺はマフユに近づいていく。

「死のうと思ってる人間だって、痛みは平等に感じるはずだ。それが厭《いや》ならさっさと吐け」

「何なのよ」

怒りと恐怖が綯《な》い交《ま》ぜになったような表情で、マフユは俺を見る。

「あの包丁で、何をする気だったんだ」

「来ないでよ」

マフユは後退る。その表情から怒りが消え、恐怖だけが残された。

「吐いてくれれば行かねえよ」

ショートブーツのヒールが、チャリ、と奥の壁際《かべぎわ》に散乱している硝子《ガラス》片を鳴らした。

マフユは足を止める。

「お願い、来ないで……」

マフユの身体が震え出した。その身体はもう二、三歩で、射程距離に入ってしまう。

「おめえはそれしか言えねえのか。おら、吐けや」

もう一歩で――。

「わかったから！」

叫びながらマフユはその場に屈み込み、俺はぴたりと歩を止めた。

「話しますから……こっちに、来ないでください。乱暴……しないでください。お願い――」

両手で頭を抱えながら、マフユは魔除《まよ》けの呪文を唱えるように、ぶつぶつと呟《つぶや》いている。身の震えは、激しさを増していた。

ふと足下に目をやると、ケイタが泣きべそ寸前といった顔で、唇を嚙《か》み締めていた。

――やっぱりか。

マフユは膝に載せたハンドバッグを見つめながら、弱々しい声で話す。

「――刺し殺すつもりで持ってたわ」

「誰を？」

俺はカメラバッグに肘をかけながら、努めて穏やかに訊く。俺だけでなく、いまは二人も、それぞれ定位置に腰を落ち着けている。

「わからない」

「わからないって……」

思案げな表情を見せたあと、マフユは何かを決心したように、短く息を吐いた。

「はじめから話さないと、きっとわかってもらえないと思う」

伏せていた顔を不意に上げ、ケイタがマフユを見る。それに気づいたのだろう、マフユはケイタを見返した。そして哀《かな》しげな微笑を浮かべて頷《うなず》くと、彼女はまたハンドバッグに目を落とした。

「じゃあ、聞かせてもらおうか」

「……あたし、この近くのコンビニでバイトしてたの。ついこの前まで。けっきょく、半年もつづかなかったけど」

もしかしたら、あのコンビニだろうか。

「大学には行ってるんだけど、あたしサークルとか入ってないから、わりといろんな時間帯にシフト入れられてて――」

し、と俺は口の前に人差し指を立てる。マフユは俺を見て言葉を切った。

いま微《かす》かに、床に重たい物を置いたような音が聞こえた気がしたが……恐怖心が生み出した空耳か。

「あ、何でもない。つづけて」

ひそめていた眉を戻すと、マフユはふたたび話しはじめた。

「一ヶ月ぐらい前、あたしその日は遅番だったんだけど、いつもどおりにタイムカードを押して、店を出たの――」

そのあと彼女が語ったのは、こういった内容だった。マフユは店の外に停めていた自転車に跨《またが》り、二駅ほど離れた自宅に向かって、そのペダルを漕《こ》ぎ出した。闇《やみ》の中、人気《ひとけ》のない線路沿いを走っていると、背後から近づいてきた乗用車に行く手を遮られ、彼女は慌《あわ》てて自転車を停めた。すると後部座席から若い男が二人降りてきて、そのうちの一人に乗車するようナイフで脅された。そのときマフユは、助けを求めるどころか、声そのものが出なかったのだという。そして、訳もわからぬまま無理矢理後部座席に押し込められ、連れ去られてしまった。やがて彼女が車を降ろされたのは――。

「――この建物の前だった」

思わず眉間に力が入る。

「運転してた奴も降りてきて、そいつがこう言ったの。『なるべく上のほうが、落ち着いてできそうだな』って。あたし怖くて歩けなかったんだけど、そいつらあたしを持ち上げて、三階まで上がって……」

三階……。

「部屋の中にあたしを下ろしたの」

なぜだか毛布のあったあの部屋が、俺の脳裏をよぎった。

「そしたら運転してた奴が」

――まさか、嘘《うそ》だろ？

「持ってた毛布を床に敷いたの」

……間違いない。こんな偶然が、あるわけがない。

「あたしその上に押し倒されて、それで……」

マフユは言葉を詰まらせ、下唇を嚙み締める。俺はたまらず遮った。

「言わなくていいよ……わかるから」

三人で見回りをしていたときのことが思い出された。三階の半分を調べ終え、俺が反対側へ、つまりあの部屋のほうへ行こうとしたとき、マフユは階段の前で震えていた。怖かったのだ。自分が強姦《ごうかん》された部屋に近づくのが。だからそれらしい理由をつけて、ケイタと屋上へ出ていったというわけか。

マフユの膝の上で握り締められている両拳《こぶし》に、さらに力が籠《こも》る。

「終わったあと、そいつら笑いながら、『そんな格好して、男を誘ってるからこんなことになるんだ』って言ってた」

震えた声から、憎しみと悔しさがありありと窺えた。

「――ねえ、短いスカート履いちゃいけないの？　そういう格好してる娘《こ》は、襲われなきゃいけないの？」

固く閉じた瞼の裏には、三人の男の顔が映っているのだろう。

白い手の甲に水滴が落ちて、微かにはじけた。

——自意識過剰なんじゃないですかね——

バス停でフジシロがそう言ったとき、マフユは物凄《ものすご》い勢いで嚙みついていた。いま考えると、フジシロのあのひと言は禁句でしかない。そしていまなら、俺やフジシロがマフユに接近したとき、あるいは触れたとき、彼女が狂ったように絶叫していたのも、男として未成熟なケイタに心を許しているのも肯《うなず》ける。

だが、まだ殺人計画の説明がついていない。

「それから？」

俺は先を促す。

洟《はな》をすすってから長々と息を吐くと、マフユはつづきを聞かせた。中身はこのようなものだった。廃墟《はいきょ》から帰宅するなり、マフユは風呂場《ふろば》で手首を切った。しかし、タイルの上を流れゆく血液を眺めているとき、彼女の胸にある思いが生じた。何の非もない自分が死んで、あの獣《けだもの》どもがこの先ものうのうと生きていくというのは、あまりに理不尽なのではないか。もう生きていく気はないが、どのみち死ぬのなら、自分の死を犯人たちに知らしめてやりたい。一生もののトラウマを背負わせてやりたい。マフユは風呂から上がり、自力で止血した。それからは、犯人たちへの復讐の手立てを考案する日々がつづいた。被害届は出さず、誰にも相談はしなかった。少なくとも生きているあいだは、友人にも、家族にも、マフユをよく知る人間に事実を知られるのは、受けた恥辱が塗り重ねられるようで厭だったのだそうだ。だからといって、たった一人でその苦境と向き合える精神状態でもなかった。そこでマフユが救いを求めたのは、自分の素性を知らない相手がいる場所、つまりインターネットの掲示板だった。その中で、彼女と同じくどん底にいたケイタと知り合い、すぐにメールで直接やりとりをするようになった。そうこうしているうちに、マフユは自分の死を犯人たちに知らしめる方法を思いついた。それは、この廃墟の屋上で首を吊《つ》る、というものだった。

「――屋上から死体がぶら下がってたら、きっと大騒ぎになるでしょ？　それをあいつらが直接見なかったとしても、自分たちが……ひどいことした場所でそんなことになってるんだから、死んだのがあたしだってすぐにわかると思った」

自嘲《じちょう》するように、マフユはくすりと笑う。

「でもあたし、一人であの場所に行く勇気がなかったの。だから、ケイタ君に頼んだんだ」

俺に見られていることを感じ取ってか、ケイタは目をぱちくりさせている。

「自分が非常識なことしてるのはわかってた。でも、あたしが自殺を考えてることを知ってる人なんて、そんなこと頼める人なんて、ほかにいなかったから。それで――

十日前かな、ロープを持って、ケイタ君と二人で屋上に行って……」

まさかフェンスに結《ゆ》われていたあのロープまでも、マフユに関係する物だったとは。

「――でも、死ねなかった」

ぼ、と言ったあと、ケイタは控えめに咳払《せきばら》いをした。

「僕が、泣いちゃったんです。……怖くなって」

――車が停まってる――

偽装したブルーバードを見て、マフユが不審に思うのは当然のことだったのだ。彼女はつい最近、ここに来ていたのだから。暴行を受けたときを「つい最近」に含めるなら二度も。

もう一つわかった。また見回りでのことだが、屋上から戻った二人と合流し、三人で階段を下りているとき、彼らはしきりに洟をすすっていた。あれは、寒さのせいだけではなかったのだ。きっと、泣いていたのだ。俺が毛布のある部屋にいるあいだに、屋上で二人がどんな会話をしていたのか、いまなら容易に想像がつく。

「そのあと、ケイタ君があたしを誘ってくれたの。いっしょに死なないか、って」

「僕はそのとき、宮内さんたちと死ぬことになってたから」

「たち」とはフジシロのことだろう。

「あたし、最初は断ったんだ。ネット自殺ならいまでもきっと報道されるだろうけど、でも、ここで死なないと意味がないから。そしたらケイタ君がお願いしてくれたの。この場所にしてもらえませんか、って」

宮内にこの場所を推薦したのはケイタだったのか。マフユのために。

「ここに決まったってケイタ君から聞いたとき、なんだかほっとした。これでやっとあいつらに、あたしが死んだことを伝えられると思って。もう苦しまなくていいんだって思って。――でも怖かった。知らない男の人たちとこんなところに来るのは、やっぱり怖かった。だって、これからすぐ死のうと思ってる男なんて、どんなこと考えるかわからないでしょ?」

そのとおりだ。

「だから、あたしが刺そうと思ってたのは、べつに誰って決まってたわけじゃなかったの。もしあたしに何か変なことしようとしてくる人がいたら、その人を刺すつもりだったの」

そうか……。

「あの包丁は、お守りみたいなものだったの」

だから、ずっと握って……。

――おめえはそれしか言えねえのか。おら、吐けや――

俺は、とんでもないことをしてしまった。

――話しますから……こっちに、来ないでください。乱暴……しないでください。お願い――

取り返しのつかないことをしてしまった。

――べつに話す意味なんてないでしょ。もう全員終わってるんだから――

こんな過去を、今日会ったばかりの男どもになど話したくなくて当然だったのだ。それを俺は、彼女が最も怖《おそ》れ、そして忌《い》み嫌う「暴力」を振りかざし、無理矢理に白状させたのだ。

何て言えばいいのだろう。どんな言葉を口にすれば、この罪は軽くなるのだろう。しかし、そんな言葉は見つからなかった。あるいは、存在すらしないのかもしれない。やがて口から出てきたのは、そのへんに転がっている石ころよりも、無価値で、ありふれた言葉だった。

「さっきは……すいませんでした」

マフユはくたびれたような微笑を浮かべる。

「もういいよ。どうせ死ぬんだし」

きっとあのときも、

——まあいっか、ど□□□□□し——

こう言ったのだろう。

——まあいっか、どうせ死ぬんだし——

マフユはハンドバッグから黒い箱に入ったタバコを取り出し、火をつけた。それがマルボロ・ブラックメンソールだということがわかったので、俺は自分のタバコを取り出して、「俺もマルボロなんだ」と声をかけてみたのだが、彼女はこちらを見ないまま、僅《わず》かに目を細めただけだった。

少ししてから、俺はケイタに、リュックサックの中に入っているロープは何なのか、と訊いてみた。彼の話によると、あのロープはそもそも、以前マフユと二人で来たときの物で、見回りで屋上に出た際それを放置したままだったことに気づき、二人で相談して、リュックサックにしまったのだという。ではなぜ慌てて隠したのか、と質問を重ねたところ、最後にココアを飲もうと水筒を取り出そうとしたら、それに引っかかってロープもいっしょに出てきてしまい、咄嗟《とっさ》にそうしたのだと彼は答えた。ロープの存在がきっかけとなり、マフユが俺たちにその過去を詮索《せんさく》されてしまうのを危惧《きぐ》したのだそうだ。

マフユは「白」だった。マフユもケイタも、「真っ白」だった。

12 疾走

「つぎはそっちの番よ」

すでにマフユの瞳《ひとみ》を濡《ぬ》らしていた涙は乾き、声音からは弱々しさが消えていた。

「ああ、そうだね」

キャリーケースに被《かぶ》さったビニールシートを引っぺがしながら、俺は生返事をする。一刻も早くシナリオを書き換えなくてはならず、事情説明などに割いている時間はなかった。

メインスペースに入っていたのは、練炭と七輪、それから市販の睡眠薬と未開封のVolvic三本だった。どうやら宮内は、俺が練炭と七輪を持って来なくても、フジシロが睡眠薬を持って来なくても、誰も飲み水を持って来なくても、「睡眠薬を服用した上での練炭自殺」に持ち込むことができたようだ。

垂直に持ち上がっている蓋《ふた》の内側にはネットがついていて、そこには新品のろうそく、そして鞘《さや》に納まったサバイバルナイフが挟まっていた。

「ちょっと、聞いてんの？　あなたはここに何しに来たの？　どうして一人いなくなってるの？――」

マフユの言葉は、ことごとく俺の耳を通り過ぎていく。俺はサバイバルナイフを取り出し、鞘から抜いてみた。

息が詰まった。刃に、血液を拭《ふ》き取った痕跡《こんせき》が見られたからだ。

いらぬ混乱を招かぬよう、俺は素早くそれを鞘に戻し、メインスペースにそっと置いた。蓋が障害となり、二人からは見えなかったはずだ。

キャリーケースにはこれだけの品々が入っているというのに、それでもまだかなりのスペースがある。

俺はポーカーフェイスを維持しつつ、カメラバッグの脇《わき》まで戻り、腰を下ろした。

宮内の武器は、あのナイフだけなのだろうか。だとすると、いま奴《やつ》は丸腰なのだから、捕縛することは造作もない。だが、キャリーケースの空いたスペースが引っかかる。まだ宮内が何か別の武器を所持している可能性を考えると、迂闊《うかつ》に出ていくのは危険だ。ならばそれを想定した上での戦法を見出《みいだ》さなくてはなるまい。マフユを黙らせて鍵《かぎ》を開けておき、宮内が部屋に入ってきたところに電撃をお見舞いするのなら見込みはあるが、それを成功させるには、最低限、俺たちに意識があることに宮内が感づいていないという確証が——。

『そろそろ私も、話に混ぜてくれないか』

突然聞こえた宮内の声に、ぷつりと思考を断ち切られた。マフユの声もやんだ。頭から、急速に血の気が引いていく。——いつからいた。どこから聞いていた。

「ねえちょっと——」

「聞いてりゃわかるよ」

俺は苦笑しながらマフユの声を制し、立ち上がった。そして手振りだけで、その場から立ち退くよう二人に指示を出す。小首をかしげながらも、二人は従った。彼らと入れ代わるようにドア付近に移動して、壁に背を預けた。

ブラックコブラ・デルタを抜く。

「宮内さん、これは、どういうことですか」

先ほどの戦法は、もう使い物にならない。いまやれるのは、策を練り直すために相手の情報を聞き出すことだけだ。

『やあ、川村君。睡眠薬を飲んだにしては元気そうじゃないか』

宮内の語り口は、彼がこの部屋を出ていく前と少しも変わらない。それが余計に不気味だった。

「ええ、宮内さんも」

厭《いや》な汗が、こめかみを伝う。

『まさか意識があったとはね。君は寝たふりをする名人だ』

ドアと壁のわずかなすき間が、宮内の声と外の冷気を室内に招き入れていた。

「そりゃどうも。お互い様ですけど」

『その口ぶりからすると、やはり土壇場《どたんば》になって怖気《おじけ》づいて、死に損ねたわけではなさそうだね。ということは、私が出ていったあと、君が二人を起こしたってことか』

「まずかったですかね」

ロビーに甲高い笑い声が響く。

『まったく、君のおかげで予定が狂ってしまったよ』

「よかったら、その『予定』ってやつを教えてもらえませんか」

『いいだろう。君に頼みがあるんだけど、それを聞いてもらうには、話してしまったほうが早そうだ。だいいちこうなってしまった以上、もう隠すことに意味なんてないからね』

「じゃあ、お願いします」

『ああ、早く済ませよう。こっちは寒くて敵《かな》わない。――いいかい？　川村君。私は、君たちを殺すために集めたんだ』

マフユとケイタが、揃《そろ》って目を丸くする。

俺はごくりと唾《つば》を飲み込んでから、声を絞り出した。

「……どういうことですか？」

『人にはそれぞれ、悦《よろこ》びを感じる瞬間があるだろう？　楽しみというか、趣味というか。それがギャンブルかもしれないし、ゴルフかもしれないし、読書かもしれないし、釣りかもしれない。私にとっては、「殺人」がそれなんだ』

異常者だ。宮内は、異常者だったのだ。

たちまち総毛立った。全身を、心の中までも、怖気《おぞけ》が這《は》い回る。柏木のような人間に対しておぼえるストレートな恐怖とは種類が違う。何か別の、得体の知れない、歪《ゆが》んだ恐怖だ。

マフユはしかめた目でドアを見つめ、ケイタは目を見ひらいたまま、ともに立ち尽くしている。

『かといって、欲望のままに人を殺《あや》めてしまっては、すぐに逮捕されてしまうだろう？　私はそんな馬鹿《ばか》な真似《まね》はしない。電車の中で女子高生の尻《しり》を触って捕まるような、理性の「り」の字も持ち合わせていない動物以下の連中とは違うからね。だから私は、インターネットで自殺志願者を呼び出して、欲求を満たしているんだ。これなら、もともと死にたがっている人間を殺すんだから、相手の人生を奪うことにはならないし、私が捕まることもない。人目につかない場所を選んで、死体の処理さえきっちりしていればね』

恐怖で満たされた胸の中に、ふっと嫌悪《けんお》感《かん》が湧《わ》いた。それは、この異常者が自らの悪行を正当化していることへの、そしてその正当化のしかたがそっくりな己への嫌悪だった。

『はじめのうちは一人ずつ殺してたんだけど――慣れとは怖ろしいものだね、だんだん物足りなくなってきてしまったんだ。それから人数を増やしていって、今回が過去最多の四人だったわけだけど、これ以上増やすことはないと思うよ。後片づけの労力を考えると、四人が限界だからね』

俺は、この集団自殺のきっかけになどなってはいなかったのだ。俺が加わったことで、単に宮内の思う定員に達しただけのことだったのだ。

それに気づくや、こんどはある一文が脳裏を掠《かす》めた。

――それから、くれぐれもパソコンの履歴はすべて削除しておいてください――

あのメールを宮内から受け取ったときには読み流していたが、本当に死を考えている人間なら、あんな勧告をする必要はなかったのだ。

「――じゃあ、死にたいと言っていたことも、その理由も、ぜんぶ嘘《うそ》だったんですね」

自分のことを棚に上げているのは重々承知だったが、むろん、それに対する後ろめたさは毛ほどもなかった。

『いや、あれは本当さ。死を考えたこともね。そこにある遺書を見ればわかると思うよ』

俺は壁から離れ、ビニールシートの上に置いてある封筒を拾い上げると、そこから四つ折りにされている便箋《びんせん》を抜き出した。ばっ、と片手でそれを広げる。

ざっと目を通しただけだが、先ほど宮内が語っていた内容と一致していた。

『そもそもあんな酷《ひど》い目に遭《あ》わなければ、私の殺人欲が目醒《めざ》めることもなかったんだ。その遺書を書き終えて、自宅で首を吊ろうとしたとき、なんだか釈然としなくてね。あいつらに、私の苦しみを理解させてから死のうと思ったんだ――』

その後、宮内はこう語った。自宅を出た宮内は、妻を奪った元同僚のマンションに押しかけ、インターフォンを押した。深夜だったが、ドアはひらいた。元同僚は顔を強張《こわば》らせながらも、宮内を室内に招じ入れた。宮内いわく、騒がれることを懸念《けねん》したのだろうとのことだ。彼が予想したとおり、そこには元妻の姿もあった。三人でダイニングテーブルに腰かけ、宮内は冷静に話した。何もこんなに回りくどいことをしなくても、自分から職を奪わなくても、正直に事情を説明してくれれば、それでよかったのではないか、と。しかし最後まで、向かい側に座る二人の口から、謝罪の言葉は出てこなかった。それどころか、宮内を罠《わな》にかけたことすらも、頑《かたく》なに認めなかった。

宮内は席を立ち、キッチンへと向かった。そして包丁を手に取り――。

『――気づいたら、死体が二つ転がっていたよ。どっちがどっちだったかもわからないほどにズタズタになった、血まみれの肉塊が二つ』

頭の中に浮かんでいる映像も、目を閉じたら見えなくなってくれると助かるのだが……。

自身の言葉に酔いしれるように、宮内はつづける。

『不思議と心の中には、恐怖も、哀《かな》しみも、後悔も、戸惑いさえもなかった。えも言われぬ幸福感――それだけが、私の心を満たしていたんだ。しばらく経《た》ってから椅子《いす》に腰かけたんだけど、驚いたよ』

宮内はくすくすと笑う。

『私はいつのまにか、射精していたんだ』

俺はろうそくを交換することにした。ライトがあるので消えてしまっても困るわけではないのだが、何でもいいから動いておかなくては、硬直した身体《からだ》がこのまま石化してしまうように思えた。

あまりの恐怖に足腰が利《き》かなくなってしまったのだろう、マフユはゆっくりとその場にへたり込む。あとを追うように、まもなくケイタも座り込んだ。

『それから何日もかけて、死体の処理と部屋の掃除をしたんだ。死体は、肉を細かく切り刻んで骨を粉々に砕いてしまえば、トイレに流すことができたよ。まあ、ずいぶん根気の要る作業だったけどね。――自殺なんていう発想は、もう頭にはなかった。何せ私にはすでに、新たな生き甲斐《がい》ができていたわけだからね。しかし警察なんていい加減なものだ。目撃者の通報、もしくは死体の発見。この二つのうちのどちらかがなければ、まるで動かないんだから』

こう宮内が話しているあいだに、俺は遺書をキャリーケースに戻し、そこから新品のろうそくを取り出して、部屋の中央にしゃがみ込んでいた。――耳を塞《ふさ》いでしまいたい。これ以上、何も聞きたくない。こんな男と、闘えるわけがない。

すぐ目の前では、どろどろになった皿の上で、静かな火が、いまにも消えようとしていた。

——修平が待っている。俺は、新品のろうそくをそこに近づけて火を点《とも》し、皿の上に突き立てた。

しっかりしなくては。諦《あきら》めなければきっと、宮内を仕留める術《すべ》が見つかるはずだ。

『少し話がそれてしまったね』

「いえ、本題と違う質問をしたのは僕——」

もう無意味か。

「俺ですから」

『言われてみればそうだったね。まあとにかく、いま私は、御馳走《ごちそう》を前にお預けをくっている。そんな状態なんだ。——じゃあ、つぎは君の「予定」を聞かせてもらおうか、なんてことは言わないでおくよ。私にとっては、どうでもいいことだからね』

一人も絶命しないうちに、宮内が練炭の火を消した理由はわかった。そのあと愉《たの》しんで殺す「予定」だったからだ。しかし、まだ足りない。相手の情報が。

「それは助かりますね」

俺は立ち上がり、ふたたびドア横の壁に背をもたせかけた。

「——ところで最近、珍しい髪の色をした男を見ませんでしたか?」

数秒の沈黙のあと、宮内は噴き出した。それは、絶笑と呼ぶに相応《ふさわ》しい笑い方だった。やがて笑い声は収まり、そのかわりに言葉が聞こえてきた。

『いまの発言でようやく気づいたよ。昨日の昼間、私はここに来ていたんだ。どこで殺してどうやって死体を隠すかを決めるために、下調べをしておく必要があったからね。そのとき私は、ある人物と遭遇したんだけど、あれは——君だったんだね』

「ええ、そうです」

『そうか、そうだったのか。君はとんでもない役者だ。感心するよ』

宮内の声音には苛立《いらだ》ちや怒りの響きはなく、愉快でたまらないといった気持ちが表れている。

『これは面白くなってきた。——どうだい？　ここでひとつ、互いの「苦労」を語り合うというのは。君の「予定」にも、興味が湧いてきてしまったよ』

まんまと餌《えさ》に喰らいついてくれたな。

「ええ、ぜひ」

あとはなるべく会話をつづけ、そこで吸い上げた情報をもとに、攻略法を弾《はじ》き出せるかどうかだ。

『じゃあ早速はじめよう。——私はここへ来る前に、インターネットで「N病院」、と検索してみたんだ。世の中には廃墟《はいきょ》マニアという奴らがいるらしく、ここの情報が載っているサイトはすぐに見つかったよ。何枚かの写真とともに心霊体験なんかがレポートしてある、じつに馬鹿馬鹿しいものだったけどね。それを見て来たせいか、私ははじめ君のことを、そういった連中の一人なのではないかと思ったんだ。そして二階に上がってきた君を見て、やっぱりそうだ、とさらに強く思い込んでしまった。だってあのとき君は、カメラを持っていただろう？』

どうやら宮内は、スタンガンをデジタルカメラだと誤解しているようだ。とはいっても、電極が目に映らない背後から俺を見ていた彼にしてみれば、ただの黒くて四角いタバコサイズの箱なのだから、あの時点ではそう思うほうが自然かもしれないが。

「はい、そのとおりです」

『君も精が出るね。わざわざ髪の色まで変えて』

「そう言われると、若干恥ずかしいですね。——包帯には気づきませんでしたか」

『ああ、まったく。車のエンジン音が聞こえて、私が二階から様子を窺《うかが》っていたとき、たしか君は、ポケットに手を入れていたんじゃないかな。それから二階で遭遇したときも、よく見えなかったしね。まあ、そうでなくても気づかなかったと思うよ。一つ目立った部分——君で言うと銀色の髪だったけど、そういう箇所があると、人間そこばかり見て、そして記憶してしまうらしいからね。あの状況でカメラに気づいただけでも、私は冷静な部類の人間といえるんじゃないかな』

「そうでしたか」

『――でも、昨日から巻いているってことは、その包帯は変装の一部じゃないってわけだ』

なかなか鋭いな。だがそんな情報ならくれてやる。読みが当たれば気分が乗る。気分が乗れば、それだけ口も軽くなるだろう。

「そうなりますね」

『しかし怪我《けが》は本物でも、心ない親戚にやられたなんていうのは――』

だよね、と宮内は満足そうに言った。――いい傾向だ。

「ええ、嘘っぱちです。宮内さんと自殺サイトで知り合った日、つまらない奴と喧嘩《けんか》をしてしまいましてね。メールに添付したほかの傷も、ぜんぶそのとき負ったものです」

『へえ、ちょうどいいときに怪我をしたものだね』

「まあそういう捉《とら》え方もできるでしょうけど、痛みと比較すると割に合いませんよ」

『たしかに本人からすれば、そんなものかもしれないね。――それにしても、まさか見られていたとはね。君に気づかれることなく、うまく逃げ切れたと思ったんだけどなあ』

「姿をばっちり見たわけじゃありませんよ。ついさっきまで、本気で幽霊だと思ってたくらいです」

『幽霊か。それはいいね』

「――でも、たかが廃墟マニアと出くわしただけで、何も靴を脱いでまで移動して、雨樋《あまどい》を滑り降りるなんていう、スタントマンみたいなことをしなくてもよかったんじゃないですか？」

　どこに有力な情報が埋まっているかわからない。直接確認したいこと以外の疑問でも、焦《あせ》らず丁寧に投じていくことが重要だ。

『すごいね、君は。そこまでわかってるとは、感服だよ』

「どうも」

『私だって、できればあんなことはしたくなかったよ。だけど最悪の事態を想定すると、やらざるをえなかったんだ。もしも写真付きで私と会ったことをホームページなんかに載せられたら、たまったものじゃないからね』

　過去に多くの人々を殺し、そしてそれを、これからもつづけていこうという人間ならではの心理だ。

『ほんとうは君を殺してしまいたかったんだけど、あのときはまだ、死体をすぐに処理できる状況になかったし、何よりナイフの一本も持っていなかったから、そうすることもできなかったんだ』

悪寒が首筋を撫《な》でる。だがそれだけだった。心は無事だ。

『——で、君の「予定」は何だったんだい？　もし君がただの廃墟マニアなら、昨日の時点で用事は済んだはずだし、そもそも髪を染めてまで自殺志願者になりすます必要はないだろう？』

真の目的を告げれば、間違いなくマフユとケイタの反感を買うことになる。それも、俺に憎しみをいだくほど激しい反感を。宮内打倒に専念したいいま、二人が俺までもを敵視し、こちら側の統制がとれなくなるといった事態は避けたい。とすると、ここは煙に巻くか。「集団自殺」と「カメラ」……。

「集団自殺の模様を撮りに来たんです。個人的に観賞するのか、ネットで流すのかは知りませんけど、そういう写真や映像を買い取ってくれる物好きがいるんで」

『へえ、すごいバイトがあるもんだね』

「ええ、俺みたいな貧乏人にはありがたい限りですけどね」

『しかし振り返ってみても、今日君が写真を撮っているようには見えなかったけどなあ』

宮内の口調からは、彼が俺の話を強く訝《いぶか》っていることが窺える。

「ええ、じっさい集まってからの写真は撮ってませんよ。まさかフラッシュを焚《た》くわけにはいきませんからね。もともと、全員が意識を失ってからじゃないとまともに撮影できないことはわかってたんで、ムービーに切り換えて音だけ録《と》らせてもらってました」

『そういうことか』

もしも「聞かせてみろ」と言われたら、マフユとケイタに見えないよう、黒の携帯電話に入っている適当な動画を小さめの音量にして再生するつもりだったが、その必要はなさそうだ。

『――でもそんな大事な撮影にデジタルカメラ一台なんて、少し機材が乏し過ぎやしないかい？』

痛いところを衝《つ》いてきたな。だがあつらえ向きなことに、俺の持ってきたのは「カメラバッグ」だ。そして酸素スプレーの所持が発覚しないよう、中は誰にも見せていない。

「俺のバッグのかたちを憶《おぼ》えてますか？　じつはあれ、撮影機材を入れるためのバッグなんです」

『ああ、たしかに言われてみれば、そんなふうだったね』

「中には三脚やハンディーカムが入っています。全員気絶したらそいつらの出番だったんですけど、けっきょくもう、使うことはなさそうですね」

『そうだったのか、それは残念だったね。――けどそうなると、こんどは昨日君がここで何をしていたのかがわからなくなってくるね』

まったく、つぎからつぎへと……。

「もちろん撮影ですよ。集団自殺がおこなわれる場所の写真を撮ることも、契約に含まれてますから。ほんとは今日でもよかったんですけど、やれることは早めに済ませておきたいタイプなもんで」

『なるほどね。――しかし、死体や遺留品はどうするつもりだったんだい？』

まだくるか――。

「基本的にはほったらかしです。ただそれぞれの携帯だけ、ちょっといじらせてもらうつもりでした。全員の携帯に俺の存在を示すようなものがなければ、捜査員も『もう一人いた』なんていう考えにはまず至らないと思ってましたし、もし俺が撮ったものがネットに流出した場合でも、俺が捕まることはなかったはずです。依頼主は俺の素性を知りませんから。だいたい――警察なんていい加減なものですからね」

たしかにそうだ、と宮内は軽快に笑う。

『近頃じゃ、インターネット上で首吊り自殺が中継されるぐらいだ。そんなバイトがあってもおかしくないね。社会勉強になったよ』

宮内の声には、もう疑いの音色はない。どうにかうまく丸め込めたようだ。だんだん調子が出てきた。底なしの恐怖もある程度持続すれば、自然と慣れてくるものらしい。

視線を感じてそちらを見ると、マフユが軽蔑《けいべつ》の眼差《まなざ》しを俺に向けていた。無理もないが、本当の目的を話していたらこんなものでは済まなかっただろう。

「邪魔しておいてこんなことを訊《き》くのも失礼でしょうけど、雨樋を使って廃墟を出たあと、どうしたんです?」

『ああ、ひとまず近くのホームセンターに行ったんだ。下調べは中断するほかなかったからね』

「それはどうもすいませんでした」

ホームセンター……。

――そういえば、ついさっきも一酸化炭素用の吸収缶を買っていった人がいたけど、ひょっとしたらその人も、釣りが趣味なのかもしれないわね――

「そのホームセンターに行ったのは、防毒マスクの吸収缶を買うためですか？」

『君は怖《おそ》ろしい男だね。そう、そのとおりだよ』

あれは宮内のことだったようだ。

『まあ、買ったのはそれだけじゃないけどね。――どうしてわかったんだい？』

事実を吐露したところで、店やあの女性店員に迷惑がかかることもないだろう。宮内が恨みを持つようなことでもないし、だいいち明朝には、この男の身柄は柏木の手中にあるのだから。……そうでなくてはならないのだ。

「じつは俺も、この近くのホームセンターで同じ物を買ったんですが、そのとき店員が、『今日はよく売れる』というようなことを言っていたので、もしかしたらと思っただけです」

『なんだ、そんなことがあったのか。――やっぱり君も、防毒マスクを着けていたんだね』

「ええ、死ぬのは御免ですから」

『――すると、練炭と七輪も、そのとき買ったのかい？ 新品だったようだけど』

「はい、そうです。それから防毒マスク本体も」

　車体カバーや酸素スプレー、並びに脚立《きゃたつ》などの、死体の隠し場所をつくるために購入した品々については黙っておいた。

『ずいぶん買い込んだね。店にとってはいいお客さんだ』

「ええ。もう少しでさらのカードに、スタンプが貯《た》まり切るとこでしたよ。——宮内さんは、そのへんの物は持って来てたみたいですね」

　吸収缶だけを買ったということはすでにマスクを所持していたからだろうし、先ほど見た彼の七輪には焦《こ》げ跡がついていた。

『ああ、確実に使う物に関しては、ひととおり揃っていたからね。吸収缶にしても用意があったんだけど、目当ての物を探しているときにたまたま見つけて、ついでに買っておいたんだ。次回のぶんってことでね。——しかしホームセンターというところは便利でいいよね。事をする場所の近くにあると助かるよ』

「そうですね。俺も助かりました」

　いちおう訊いておくけど、と言ったあと、宮内はホームセンターの名前を出して、ゆうべ俺たちが訪れたのが同一の店かどうかを確認してきた。記憶にある店名と合致していたので、俺は肯定した。

『——ちなみに、君はいつあそこに行ったんだい？』

「昨日の——日没からちょっと経ってからだったんで——五時半か六時ですかね」

惜しい、と宮内は指を鳴らす。

『私は五時過ぎには出てしまったよ。もう少し粘っていたら、早くも銀髪の青年と再会できたわけか。もしそうなっていれば、私は当然君の顔やそれ以外の特徴を記憶していただろうから、さっきあのコンビニで立ち読みしている君を見た時点で、君が自殺志願者なんかじゃないってことを見破れたね……私も運がない』

きわどいところだったな。

「逆に俺には運があったってことですね。——そういえば、買い出しを終えてから俺はあのコンビニに行ったんですよ。腹が減ってたもんで。みや——」

この先に訊きたいことがあったのだが、宮内が言葉を被せてきた。

『奇遇だね。私もホームセンターを出たあと、あそこに行ったんだ。——君がホームセンターを出たのは、何時頃だったんだい？』

「八時前ってとこですかね。欲しかった物を買い揃えるまでに、けっこうな時間をくってしまったんで」

ぴったりだ、と宮内は感嘆するように言う。

『私は静かな場所に停めた車の中で、映画を一本観《み》てから向かったからね』

「なんとも優雅ですね」

これまたかなりのニアミスだったようだ。それにしても、宮内の移動手段は車だったのか。てっきりタクシーとばかり思っていた。

『――なんだ、じゃああのときも、君と再会するチャンスだったのか。私はまたそれを逃がしたんだね』

「それでも、あそこで別のチャンスはものにできたんじゃないですか?」

『どういうことだい?』

ついさっき訊きたかったことが自然と訊けるように、話が戻ってきていた。

「あのコンビニか、もしくはその近くで、野良《のら》猫を殺しませんでしたか?」

少しも間をおかず、宮内はさらりとこう言ってのけた。

『ああ、そんなこともしたね』

……やはり、この男だったか。

『それにしてもおかしなものだ。もう君に少々のことを言い当てられても、驚かなくなってきたよ』

「いつですか?」

『さっき話したときだよ。車で映画を観たあとさ』

じゃあ、俺が猫と別れてすぐじゃないか。

『私が車を降りたとき、店と塀の隙間《すきま》で、猫が何かを食べていたんだ。私に背を向けて、殺してくれと言わんばかりに無防備な格好でね』

きっとちくわを食べていたのだ。俺があげたちくわを。

『もちろん店内からは見えない場所だったし、ちょうど人影もなかったものだから、捕まえて、車の中で殺したんだ』

凶器は、あのサバイバルナイフに違いない。

『しかし生き物が命を失う瞬間ていうのは魅力的だよ。まあもっとも、人間のそれとは比較にならないけどね』

この野郎……。

『――でも、どうやって知ったんだい？　細心の注意を払ったから、見られたなんてことはないと思うんだけど』

いまこの場では、怒りなど枷《かせ》にしかならない――冷静さが逃げてしまわぬよう、俺は悪化した精神状態を立て直す。

「今朝、ゴミ箱の蓋を開けたときに……」

『なんだ、そうか。君も、あそこの店員は怠けすぎだと思っただろう？　少なくとも私はそう思った。だから、ゴミを片づけない彼らを戒めてやる意味で、猫の死骸《しがい》をゴミ箱に捨てたんだ。一度そんなことがあったら、厭《いや》でも小まめに片づけるようになるだろうからね』

　まるで共感できないな。

「あんなことをして、もし警察に通報されたらどうするつもりだったんです？」

『べつに構わないさ。警官が駆けつけたところで、やることは店員と近隣住民への聞き込み捜査くらいのものだ。それだってすぐにはじめられるかは疑問だし、もし私がこの街にいるあいだにおこなわれていたとしても、誰もいないことがわかっている廃墟になんて、警官が来ることはないからね』

「そうですか、度胸が据わってますね。――で、そのあと穴を掘ったわけですか。吸収缶といっしょに買ったシャベルで」

『ああ、そうだ。しかしよくわかったね、私がシャベルをあのホームセンターで買ったことまで』

「穴の横に刺さっていたシャベルに、店のシールが貼《は》られてたんで」

『そうかそうか。それじゃあ、私があのホームセンターに行ったことを知った時点で、どうしたってわかってしまうね』

「ええ。──それにしてもあんな立派な穴、よく一人で掘りましたね」

『すごい出来だろ？　明け方までかかってしまったよ。でもじつは、見た目ほどの労力は使っていないんだ。土が柔らかかったからね』

「明け方までかかった」ということは、昨夜はまったくと言っていいほど同じ時間帯に、俺は建物内で、宮内は裏の林で、それぞれせっせと死体の隠し場所をつくっていたわけか。あらためて考えると身の毛がよだつ。殺人鬼が穴掘りをしているすぐそばで、俺は何も知らずに夜を明かしたのだ。そしてもし裏の林に向かうのがもう少し早かったら……。

『──穴自体はいつ見つけたんだい？』

これを訊いてくるところを見ると、やはり宮内のほうも、昨夜俺がここにいたことには気づかなかったようだ。つまりは、そのとき彼は正面に停まっているブルーバードを見なかったということになる。しかし、そんなことがあるだろうか。

「今朝です」

心に残る疑問はさておき、俺は真実を告げた。宮内の今日の行動が明確でない以上、俺が実際に訪れた時刻を偽ってしまうと、矛盾が生じる危険性があるからだ。

『へえ、いったいあそこに何をしに？』

俺がつくった死体の隠し場所の存在をこのまま秘しておきたいいま、立ち小便をしに、と事実を述べるのはまずい。だが、事実はもう一つある。

「猫を埋めに行ったんです」

『そうか、それは迷惑をかけたね。しかし君もわからない男だ。善人なのか悪人なのか』

「そのへんのことには、あまりこだわってませんね」

この台詞《せりふ》がたいそう気に入ったようで、宮内は楽しげに笑い出した。やがてその笑い声は、一つの溜息《ためいき》に変わった。

『私がもっと時間をかけて穴を掘っていたら、絶好の場所で君と会えたんだね。その状況なら、すぐに死体を処理できるし、シャベルという武器があるから――』

「心置きなく殺せましたね。――話を戻してもいいですか？」

『ああ、もちろんさ』

こんな話に付き合ったところで害しかない。

「穴を掘り終わったのが朝ってことは、集合時間まではまだだいぶありますよね？」

『まあそうだけど、持て余すほどでもなかったかな』

「車の中でだらだらしていただけの俺とは違って、時間の使い方がうまいんですね。――どうやって過ごしていたんですか？」

『うまくなんてないさ。まずいちどここを離れて、ファミリーレストランで休憩がてら朝食をとったんだ。身体がどうしようもなく冷えていたから、ホットコーヒーも飲みたかったしね。それから昼前に戻ってきて、また下調べさ』

俺がパチンコ屋の駐車場にいた頃か。

『死体を捨てる場所はできていたけど、肝心の殺す場所が決まってなかったものでね。少し焦っていたぶん、この物置を見つけたときは嬉《うれ》しかったよ』

宮内がこの部屋を発見したのは今日。ということは、やはり宮内は、いや、あのことには気づいていない。

『――そういえば、君はこんな部屋があることを知っていたのかい？』

ここは伏せておいたほうがよさそうだ。

「いいえ、全然。さっき宮内さんが『いい場所を見つけた』と言ってたとき、はじめて知りました」

『そうか、昨日は二人とも気づかなかったんだね――このドア、わかりづらいもんなあ――でもそうすると、君はどこで練炭を焚くつもりだったんだい？』

しまった。たしかにそうだ。

「いや、そこまでは考えてませんでした。いちおう手土産として練炭は持っては来ましたけど、撮影さえできれば、俺にとっては場所なんてどこでもよかったんで。まあ最悪、車がありますし」

それもそうか、とさも納得といった口調で宮内は返事をした。この男と会話していると、突然厭な角度から質問が飛んでくる。つくづく神経を遣わされる相手だ。

「でも宮内さんこそ、殺す場所なんて探さなくてもよかったんじゃないですか？　自分の車があるんですから」

『冗談じゃない』

宮内は鼻息混じりに言った。

『あんなに狭い空間では、充分に殺しを愉しめないよ。一人ならまだしも、今回は四人だからね。猫一匹とはわけが違う。だから車は誰も持っていないとメールでも伝えたんだ』

よく理解できなかったが、俺は「そうでしたね」とだけ返し、この部屋を発見したあとの行動について、宮内に訊《たず》ねた。彼の返答によると、佐野藤岡インターチェンジ付近のビジネスホテルに仮眠を取りに行ったとのことだった。

『——ようやく準備が整って安心していたせいか、ぐっすり眠ってしまってね。危うく遅刻するところだったよ』

「さすが金持ちは違いますね」

そんなことはないさ、と宮内は笑いながら否定した。

「——しかし不思議なもんですね。昨日ここで鉢合わせたっていうのに、俺は別の車が停まっているのを見かけませんでしたよ」

昨夜にしても、俺のあとから来たはずの宮内がブルーバードに気づかなかったのも変だ。

「宮内さんは、車でここに来ていたわけですよね？」

『ああ、それは不思議でも何でもないよ。君の車は正面につけられるけど、私の車のサイズでは、表の細い道は通れないし、かといってバス通りに停めておくこともできない』

初めて小路《こみち》に入ろうとしたとき、後ろからクラクションを鳴らされたことを思い出した。たしかにあんな場所に停めておいたら、違う理由で警察が来てしまう。

『建物裏の林の中に、林道があるのは知ってるだろ？』

「ええ」

『その先には、一、二台なら駐車できるんだ。まあ、かなり歩くことにはなるけどね。私はそこに停めているから、君の目に触れなかったんだろう』

なるほど、俺と宮内は常に別方向から出入りしていたのか。だから、昨夜ひと晩中正面玄関前に駐車していたにもかかわらず、俺はまだ無事でいるのだ。宮内は昨日の日中、二階からブルーバードを目撃しているのだから、もし彼が穴を掘りに来たとき正面側を通っていたら、つまり同じ車を目にしていたら、その時点で持ち主を探し出し、どうにかしていたはずだ。

『しかし大型車というのは、かえって不便だね。さっきホテルから集合場所に向かうときも、わざわざいちど林道の入り口に車を停めて、そこからタクシーに乗り換えなくてはならなかった』

「なんでそっち側を集合場所にしなかったんです？」

『君らしくない質問だね。そんなことをしたら、車と穴を見られてしまうじゃないか。まあどちらに関しても知らない顔をしていれば済んだのかもしれないけど、自分が移動してしまったほうが気が楽だったからさ』

そりゃそうだ。

「いまのは愚問てやつでしたね、失礼しました。——そのあと、あのコンビニに練炭の火を消すための水を買いに行って、俺と会ったってわけですか」

『そうなんだよ。うっかり忘れてしまっていてね。バス停に向かっている最中に気がついたんだ』

宮内を乗せたタクシーがコンビニの駐車場に右手から入ってきたのは、運転手が道を間違えたからではなかったのだ。彼が実際に廃墟から来たためだったのだ。そしてもう一つ見えてきた。おそらく、宮内の所有している車は赤い4WDだ。野良猫と別れた直後、コンビニの駐車場で入れ違った――そして集合時間間際《まぎわ》、コンビニの硝子《ガラス》越しに外を見張っていたとき、この廃墟のほうへ向かって走っていった、あの赤い4WD。

「――高そうな車ですよね、宮内さんの赤い四駆」

『どこまでもお見通しだね。――いったい、どうやって知ったんだい？』

俺はまずゆうべ見かけたときのことを話した。

『――コンビニの前ですれ違ったなんて、まったく気づかなかったよ』

「無理もありませんよ。宮内さんの車と違って、旧型のセダンなんて腐るほど走ってますからね。それからもう一度――」

『さっきコンビニの窓から見たんだね？』

「そのとおりです」

『それに加えていままでの話があれば、わかって当然だね。君みたいな切れ者には』

そんなんじゃありませんよ、と俺は謙遜《けんそん》しておいた。

『——しかしいま考えると、君はあそこで時間調整をしていただけだったんだね。心配して損したよ』

「『心配』というと？」

『君が集合場所に行くことを、つまり死ぬことを躊躇《ちゅうちょ》しているんじゃないか、ってことさ。それで私は、立ち読みしている君の隣に行って様子を見ていたんだ。私にとっては大事な獲物だ。それをみすみす逃がすわけにはいかないからね』

「たしかに俺に対して、そんな心配は不要でしたね」

『——そうそう、憶えているかい？　君はコンビニの前を走るバスを見て目を丸くしたあと、すぐに漫画本をラックに戻したんだ。あれにはひやひやさせられたよ。私には、怖気《おじけ》づいて帰ろうとしているようにしか見えなかったからね。だから私は慌《あわ》てて君を誘って、バス停まで連れて来たんだ』

「それは気苦労をおかけしましたね。——でもその前に、立ち読みしてる男を見ただけで、なぜそいつが参加者だってことがわかったんですか？」

『それは簡単なことさ。私が自動ドアを出ようとしたとき、漫画本を持っている君の手に包帯が見えてね。きっと「親戚《しんせき》に暴行を受けている川村君」だろうと思ったんだ』

俺が心中頷《うなず》いていると、宮内は、『あのときは髪が落ち着いた色になってたから、包帯を見落とすこともなかったよ』と冗談っぽく言い足して、さらにこうつづけた。

『それに、集合時間の直前に集合場所の最寄りのコンビニで参加者と会うなんてことは、集団自殺ではよくあることなんだ』

この先、百パーセント役立つことのない豆知識だ。

「さすがベテランですね」

『その言葉には棘《とげ》がついているのかもしれないけど、素直に喜ぶとするよ。――ところで、いま君の車はどこに……』

ここでいったん言葉を切ると、宮内はしばしのあいだ黙し、それから独り言のように、まさか、と呟《つぶや》いた。

『いま表に停まっているあれは……』

昨日見られていたにしてはもったほうか。それにいまさら知られたところで、これといったデメリットもなさそうだ。

「ええ、俺のです。すぐに逃げられるようにしておきたかったんで」

言ったとたん、トーンの高い笑い声と手を打つ音が、ロビーにこだました。やがて宮内は、乱れた呼吸のままましゃべりはじめた。

『そうか、あれは君の車だったのか。これはやられたね。——いつ停めに来たんだい？』

俺が夕方だと伝えると、ここまでタイミングが合わないものかと、宮内はどこか嬉しそうに嘆いていた。

『——それにしても、見事な工作だね』

「暇人にはちょうどいい時間潰《つぶ》しでしたよ」

宮内は笑みの混じった溜息を洩《も》らす。

『私には、どう見ても捨てられているようにしか見えなかったよ』

「そのわりには、あのときずいぶん真剣に観察してませんでしたか？　カバーをめくられてしまうんじゃないかと思って、ハラハラしましたよ」

『ああ、あれはポーズさ。あの状況で、まさか素通りするわけにもいかないだろ？「いい人」ならああするだろうと考えて、それを実践したまでさ』

「だとしても、宮内さんが何度かここに来ていたことを知ったいまでは、怪しまれなかったのが意外でならないですけど」

『知ってのとおり、私は正面側の状況には疎《うと》いからね。いつも正面玄関を使わずに裏側の窓から出入りしていたし、昨日も今日もこの建物の窓から眺めた程度だったから、曖昧《あいまい》な記憶しかなかったんだ。だから草むらの中に停まっている君の車を見ても、「なかった」という確信を持つどころか、「あったのだろう」と思ってしまったんだよ』

たしかに建物からは見えにくい位置だ。計算したわけではないが、背の高い草むらが障壁となっている。

『まあ何より、停める場所を変えたのが正解だったね。もし昨日の昼間私が見たときと同じ位置に停まっていたら、どんなにうまく偽装させたとしても、さすがにすぐに気づいただろうからね』

危ないところだった。カモフラージュしたあとブルーバードを動かさなかったら、建物に入る前にバレていたのか。もっともそうなっていたほうが、いまよりはましだったとも思えるが。

「こんなことなら、自分でカバーを引っぺがすべきでしたよ」

『たしかにそうしてくれていたら、君一人を追い返すだけで済んだかもしれないね』

「――じゃあ、見回りなんて面倒なことをしたのも、ポーズだったってわけですか？ 中に誰もいないであろうことはだいたいわかっていたと思うんですが」

『君の言うとおり、誰もいないだろうと思ってはいたけど、あれはポーズなんかじゃないよ。「見回り」は、私にとって必要なことだったんだ。まあもちろん、万が一ということもあったにはあったけどね』

「必要なこと……？」

『ああ。別行動を取っているあいだに、殺しを愉しむための道具と、それから死体を処理するための道具を、キャリーケースから出しておきたかったのさ。さすがに手錠やチェーンソーが入っていたのでは、言い訳がつかないだろう？』

チェーンソーだと⁉

そんな物を持っている男と、俺はこれから闘わなくてはならないのか。――駄目だ、心を折られたら負ける。そして敗北は「死」だ。だから思考を絶やすな。敵の武装状況を把握できたのだから、勝利の可能性は上がったはずなのだ。

『かといって、昼間のうちからどこかの部屋に置きっ放しにする度胸もなかったからね。――それからもう一つ、この部屋を見つけておくためでもあったんだ』

そうか。それで宮内は、自身の担当エリアをこの一階を含む範囲にしたのか。そしてフジシロと手分けして巡回していたのは、彼に見られることなく、手錠やチェーンソーをどこかの部屋に降ろすためだったようだ。

「そういえば、ナイフは出しておかなかったんですね」

見たのか、のひと言もなく、宮内は答えた。

『ああ、それなら自殺の道具と言ってもおかしくないと思ってね。鞘《さや》から抜きさえしなければ』

「たしかにそうですね。——そのあとここに入って、宮内さんは自然にドア付近に陣取りましたが、あれは偶然でも、ましてや下座《しもざ》にこだわったわけでもありませんよね？」

『ああそうだ。私ははじめから、あそこに座るつもりだったんだ。出入りしやすいドアの近くなら、予期せぬ事態に対応できるし、あの位置なら、ケイタ君がいた「ドア付近」とは違って、全員の顔が視界に収まるからね』

「へえ、そこまで考えていたとは知りませんでしたよ。——そうだ、俺たちに死の理由を話すよう促したのには、どういう意味合いがあったんです？　早く殺したいと思っている人間なら、あんなことはしないんじゃないかと思うんですが」

宮内にとって、わざわざ遠回りしてまで組み込んだことなのだから、きっと何かがあるはずだ。

『あれには、それほど深い意味はないよ。その人間の背景を知っていたほうが、いざ殺すときに興奮するってだけさ』

くそ、そんなことか。なんて歪《ゆが》んだ性癖なんだ。

「そういうものなんですね。俺にはまだ早いみたいで、よくわかりませんけど」

『まったく、君の皮肉は気持ちがいいね。――でもいずれにしても、私自身の話はしておきたかったんだ。全員の携帯を取り上げるのに、自然な状況をつくるためにね。どうして私があんなことをしたのか、君ならもうわかっているだろう?』

「ええ。万が一途中で正体がバレてしまっても、警察に通報させないようにするためですよね」

『そのとおりだ。なかなか見ごたえのある、迫真の演技だっただろ?』

「そりゃもう芸術的でしたよ。それにしても、いいタイミングで鳴ったものですね。宮内さんの携帯」

『ああ、あれは、だいたいの時間にアラームをセットしておいただけさ。しかし横着せずに、携帯を没収しておいてよかったよ。あの作業を怠《おこた》っていたら、いまこうして君とゆっくり語り合うこともできなかったわけだからね』

睨《にら》んだとおりだ。宮内がこうも落ち着き払って俺としゃべっていられるのは、「助けを呼ばれることはない」という安心感からだったのだ。これではっきりした。宮内は、もう一台の携帯電話の存在を知らない。だが、通報できないこともまた事実。貴重な修平の身代わりを、警察に渡すわけにはいかない。

「それもそうですね。――床にビニールシートを敷く口実もほんとそれらしくて、まんまと信用しちゃいましたよ」

『あれは嘘《うそ》にはならないはずだよ。私は、「いろいろな物で汚れてしまうから、後片づけをする人のことを考えて」と言っただけなんだから』

「たしかに、『いろいろな物』というのが糞尿《ふんにょう》だけじゃなく主に血で、『後片づけをする人』というのが宮内さんだっただけですもんね」

『ああ、どこも欺瞞《ぎまん》にはなっていないだろ？』

「ええ、そうですね。――ところで、練炭の火を消すタイミングが早かったようですけど、あれは単なるミスだったんですか？」

『そうなんだ。消しどきを見極めるのは、非常に難しくてね。いくら自殺志願者といえども、まさか無抵抗で殺されてくれるものでもないのはわかるだろ？　だからある程度まで弱らせておかなくちゃいけないんだけど、かといって死なれたら元も子もない。残念ながら、私は死体そのものには興味がないからね。——君の言うとおり、少し早すぎたみたいだ。マフユさんもケイタ君も、ぴんぴんしているみたいだし』

マフユとケイタは顔を伏せて、競うように身を震わせている。むろん、それは恐怖からくるものだろうが、もしかしたら寒さもその一因を担《にな》っているのかもしれない。一時にくらべ、室温はすっかり下がっていた。

『とはいっても、このミスについては仕方がなかったと割り切れているよ。練炭の火を消す前に、やるべきことはやったからね。あのとき君以外の三人は明らかに眠っていたけど、君の顔は見えなかった。だから私は君の肩をつついて、意識があるかどうかの確認までしたんだ。あの状況で微動だにしない人間を、まだ疑えっていうほうが無理さ』

「あのときは生きた心地がしませんでしたよ。ようやく堂々と撮影ができると思って、気を抜いていたとこでしたし。——そして部屋を出て、道具を取りに行ったわけですね？」

『ああ、いちおう発見されにくいように道具は一番奥の部屋に置いてあったから、時間がかかってしまったけどね。で、ロビーまで戻ってくると、なんだか楽しそうな話し声が聞こえたから、ここでしばらく耳を傾けていたんだ』

「まるで忍者ですね。足音がまったく聞こえませんでしたよ」

『足音を消すのなんて簡単だよ。靴を脱げばいいんだから。昨日と同じようにね』

「……そうでしたね」

どうりでうまくいったわけだ、と俺はあらためて思った。中止になってしまわないよう、誰一人欠けてしまわないよう、マフユとフジシロの仲を取り持ってくれたり、部外者が入って来づらいよう、小路の入り口に看板を立ててくれたり、この部屋を見つけておいてくれたり、理想的な自殺の手段に導いてくれたりと、これまで宮内が取ってきた行動には、俺に都合のいいものが目立った。だが、それらはすべて必然だったのだ。単に俺と宮内が、途中まで同じ目標に向かっていただけのことだったのだ。

『――さて、このへんで答え合わせはお終《しま》いにしよう。もう話すこともないしね』

まずいな。まだ策が出来上がっていない。だが焦《あせ》るな。このドアノブのボタンを押し込みさえしなければ、殺し合いがはじまることはないのだ。――いや、「殺し合い」ではなかった。俺のほうは、柏木に買い取ってもらう「商品」である宮内を、殺すどころか深手を負わせることすらも許されないのだから。

「ええ、そうですね」

宮内を捕縛する上で、最大のネックとなるのがチェーンソーだ。実際にそんな物を持っている相手と対峙《たいじ》した経験はないが、僅《わず》かに刃が掠《かす》っただけでも重傷を負わされるような代物《しろもの》であることは確かだ。重傷を負えば殺される。そして俺の死は、修平の死でもあるのだ。ギャンブルはできない。となると、安全に間合いに入る必要がある。

つまり、

背後をとるしかない。

しかし、そんな状況をつくれるだろうか。

『それで、さっき私が言った「頼み」っていうのは——』

「このドアを開けて、宮内さんを入れろってことですよね？　だとすると、その『頼み』は聞けませんが」

こんな状況でチェーンソーを振り回されたら、背後をとるどころではない。

『いや、そうじゃない。いまはまだ、そっちに入っていく気はないよ。一人は眠っているようだけど——それでも相手は三人いるし、中にはいくつか武器がある。それらを使って、抵抗されるかもしれないからね』

俺は手負いだし、そのほかには怯《おび》えきった女と子供、それからいまだにぐうすか寝ている役立たずだけだが、たしかにこちらには、サバイバルナイフ、包丁、そしてスタンガンがある。

「要は総戦力では敵《かな》わないと?」

『違う、違う』

宮内は鼻で笑う。

『少し説明が足りなかったかな。——私はチェーンソーを使いたくないんだ。でも、攻撃を受けるかもしれないといういまの状態で入っていったら、使わざるをえなくなる。これはもともと死体を運びやすくするために使うつもりだったんだけど、私だって、怪我《けが》をしたくはないからね。だけどそんなことをすれば、みんなあっという間に死んでしまうだろ?』

皆殺しにすることなど造作もないが、それでは殺戮《さつりく》を愉《たの》しめないというわけか。しかし「チェーンソーを使いたくない」とはいいことを聞いた。うまくすれば、「チェーンソーを持った相手との戦闘」を回避できるかもしれない。

「じゃあ、いったい『頼み』っていうのは?」

『私のサバイバルナイフとマフユさんの包丁を持って、そこから出てきてほしいんだ』

なるほど、獲物から武器を取り上げ自身の安全を確保し、その上で、あくまでもおい、気に入りの凶器でなぶり殺しにする気か。だが、いまの発言でわかったのはそれだけではない。すべての武器を取り上げておきたいはずの宮内が挙げたのは、ナイフと包丁の二つだけだった。これはつまり、俺の手にスタンガンがあることには気づいていない証拠。スタンガンをデジカメだと勘違いしていることが判明したときから期待してはいたが、先ほどの放電音は聞かれていなかったのだ。おそらく宮内が部屋の外に張りつきはじめたのは、物音がしたあのときだったのだろう。

『心配はいらないよ。言うとおりにしてくれたら、君には手を出さない。約束するよ』

断言できる。素直に用件を聞き容《い》れた時点で、宮内は俺を殺すつもりだ。彼の犯罪を知ってしまった人間を、ここまで邪魔立てした人間を、生かしておくメリットが一つもない。武器の奪取と回収、そして宮内にとって最も厄介である人間の始末。それらを合理的に済ませてから、戦う術《すべ》を失い赤子同然となった残りの三人を、ゆっくりと殺す腹づもりに違いない。

だとすると、宮内がナイフに持ち替える瞬間、あるいは持ち替えてから攻撃するという選択肢は絶たれる。奴《やつ》がナイフに持ち替えるのは、チェーンソーで確実に俺を殺したあとだからだ。やはりチェーンソーとの対面は、免れないようだ。

マフユとケイタは俺の顔を見上げ、凝視している。俺がどのような返答をするのか、気が気でないのだろう。

――いっそ口車に乗ってみるか。スタンガンの所持が知られていないのなら、騙《だま》し討ちが狙《ねら》える。きっと宮内は、俺がナイフと包丁を放したのを見届けしだい、丸腰になったと思い込み、不用意にチェーンソーで斬《き》りかかってくる――俺は宮内を刺せない、という事情を向こうは知らないのだから、おそらくそれまでは手出しはしてこないだろう――奴が斬りかかってきたら、正確にはその直前に走り出し、ロビーの中を逃げ惑うふりをする。当然宮内は追ってくる。俺が第三の武器を持っているとも知らずに。いずれ奴の心には「油断」が生まれる。そうなったら奴を引きつけて……も駄目か。これではけっきょく、宮内の背中を拝むことはできそうにない。それに、「刃物を放すまでは安全」というのも、あくまでおそらくであって、この部屋を一歩出た瞬間にぶった斬られる可能性もないわけではない。仮に、「俺がここを離れるまでエンジンをかけない」という条件を呑《の》ませたとしても、その可能性を潰せはしないだろう。エンジンの始動など、一瞬でできるに違いない。――御破算だ。

俺は溜息をついた。ただし前向きな溜息だ。

このまま宮内の出方を窺《うかが》いながら、また別の方法を探せばいい。鍵《かぎ》さえ開けなければ、奴は何もできないのだ。

「もし、いやだと言ったら？」

『そう言われたら仕方がないから、そっちに突入して、全員殺すしかないだろうね。もちろん君も含めて』

突入だと⁉

「でも、鍵が……」

『ああ、そんなのは、あってないようなものさ。これで――』

ギイイ、と切れ良く何かが鳴った。そしてその音がもう一度繰り返されたかと思うと、ト、ト、ト、ト、ト、ト、と小型バイクのアイドリング音にそっくりな音がしはじめた。――チェーンソーのエンジンを始動させたようだ。

『ドアノブごとくり抜いてしまえばいいんだ』

ヴウーン、と籠《こも》ったような機械音が鳴り響く。そしてまもなく、ギャギャギャ、と硬い物が硬い物に削られる音が重なった。

俺は反射的にドアから顔を背ける。マフユの上げた短い悲鳴が、微《かす》かに耳に入った。アルミのドアを突き破り、ドアノブの上のあたりから、チェーンソーの刃が顔を出す。その周りには、無数の火花が爆《は》ぜている。

――臆《おく》することはない。これは、ただの牽制《けんせい》だ。ついさっき「突入」を避けたいと言ったばかりの宮内が、俺の返答を聞いてもいないこのタイミングでそれを実行するはずなどないのだ。

読みどおり、すぐに暴力的な金属音はやんだ。高速回転していたチェーンも止まり、向こう側に引っ込んだ。ところが――。

俺の脚はすくんでいた。

急激に上昇した脈拍のテンポが、残されたアイドリング音のそれと奇妙なほどシンクロしている。

現実味を失った視界の中で、ケイタが力いっぱい押さえつけていた耳あてから、おっかなびっくりその両手を離していく。

『前にチェーンソーで死体を解体しているとき、死体が着けていたアクセサリーで刃こぼれを起こしたことがあってね、それ以来、金属切断用のチェーンを使ってるんだ』

――俺は、大きな思い違いをしていた。宮内は、

い、つ、で、も、こ、の、部屋に入れたのだ。

ただそうしなかったのは、「じっくりと殺したい」という願望を成就《じょうじゅ》させるためだけだったのだ。では、もし奴がその想《おも》いを捨ててしまったら、痺《しび》れを切らせてしまっ

たら……。

事実上のタイムオーバーだ。いますぐに、決断を下す必要がある。が——。

どうできるというのだ。

もう籠城《ろうじょう》してはいられない。だからといって宮内の要求を呑んだとしても、行き着くところは同じ——死だ。

俺はその場に座り込み、両手で頭を抱えた。

「ねえ、包丁返して」

マフユの声だった。きっと彼女は、俺の様子を見て手詰まりになっていることを察し、このままでは歪んだ性癖の餌食《えじき》となる以外の結末はない——そう悟ったのだろう。

俺は目線だけを上げ、正面に座るマフユの顔を見る。

「あんな奴に殺されるぐらいなら、そうなる前に死んでやるわ」

目つきも口調も、気丈そのものだった。しかし俺には、彼女がそう振る舞っているだけだということがわかった。こちらに差し伸べられた片手が、小刻みに震えていたからだ。

『川村君、止めるんだ』

珍しく余裕の感じられない声で、宮内が口を挟む。この慌て方からすると、奴が刃物を取り上げようとしているのは、自害を防ぐためでもあったようだ。

「……それは、やめといたほうがいい」

マフユを諭すように、俺は言った。

「なによ、言いなりになるの？」

「そうじゃない」

ましてや、命は尊いからだ、などという戯言《たわごと》を言うつもりもない。

「じゃあどうして!?」

「いまそんなことをしたら」

宮内にすべての痕跡《こんせき》を消され――。

「君の目的は果たせなくなる」

君の、不器用でささやかな復讐《ふくしゅう》は……。

「だからって……」

マフユは二の句を継げぬまま、怒りの色を宿した眼で俺を見つめる。そしてその色は、悔しさ、諦《あきら》め、と変化していき、やがて彼女の視線は差し出していた片手とともに、ゆっくりと下がっていった。

『よくやった、川村君。説得はうまくいったようだね。――さあ、そろそろ答えを聞かせてくれ』

俺はふたたび頭を抱え込んだ。とうとう泣き出したケイタの嗚咽《おえつ》とチェーンソーのアイドリング音が、俺の集中力を殺《そ》ぎ取り、焦りを加速させる。――背後をとる。密室。チェーンソー。うるせえぞ、ガキ。携帯電話――。

宮内は大きく息を吐く。

『君が迷う理由がさっぱりわからないよ。本来死んでしまうところを、私の頼みを聞くだけで生きられるんだ。それも、じつにささいな頼みでね』

無意識に、髪を摑《つか》む両手に力が入る。――逃げられない。ロビー。出た瞬間斬られる。殺人鬼。通報できない。油断。皆殺し――。

『早くしてくれ。もう寒さも限界だ』

宮内は俺を煽《あお》るように、ヴウン、ヴウン、とスロットルをふかす。

ぶちぶちと、何本かの髪の毛が抜けた。――スタンガン。頼む、静かにしてくれ。あのこと。死にたくない。足手まとい。刃物は使えない――。

『もういい、時間の無駄だ。君はその中で唯一《ゆいいつ》生きる意思を持っている人間だし、とても賢い男だと思っていたから頼んだんだけど――残念だよ』

ヴウーン――チェーンソーが荒々しい唸《うな》り声を上げる。

ギャギャギャ――ふたたびチェーンソーの刃が、さっきと同じ場所から顔を出す。

考えろ！　絞り出せ！　思いつけ！――。

刃は海面から覗《のぞ》く鮫《さめ》の背びれのように、ドアノブの上から横へと、斜めに移動する。

見るな！　目を閉じろ！　集中しろ！　頼む、浮かんでくれ！――。

もう一辺、同様に下側を斬られれば、ドアノブは周りのアルミとともに切除されてしまうだろう。

俺はばっと顔を上げた。

もう、こ、こ、こうするしかない。

「待ってください！」

そう叫ぶと、暴力的な金属音がぴたりとやんだ。つぎに機械音が静まっていき、それはすぐにアイドリング音と入れ代わった。

こちら側に突き出たチェーンソーの刃は、ドアノブの斜め下あたりで止まっている。

『――なんだい？』

「わかりました。宮内さんの言うとおりにさせてもらいます」

言ったとたん、俺を見ていたマフユが、これでもかというほど目を剝《む》いた。ケイタは両膝《ひざ》を抱えたまま、嗚咽をつづけている。

俺は構わず立ち上がり、二人に背を向けると、携帯電話を取り出した。——午前零時二十分。期限までは、約六時間。

『やっとわかったようだね。君が生き延びるにはそうするしかないってことが』

宮内の声には笑みが混ざっていた。ふたたび理想の殺し方ができる見込みが出てきたことが、嬉しくてたまらないのだろう。

『——じゃあ、早く出てきてくれ』

ガリガリと音を立てて、チェーンソーの刃が向こう側に引っ込んだ。

「その前に、聞いてほしいことがあります」

宮内にこの申し出を却下させないよう、俺は間髪いれずにつづける。

「俺がここに撮影で来たという話、あれは、真っ赤な嘘なんです。俺の本当の目的は、撮影なんかじゃありません。俺はここに——眼球を集めに来たんです」

俺は携帯を持ったまま、目の前のドアに向かって語った。きわめて危険な人物に、親友を人質に取られていること。その親友を助け出すためには金を用意しなくてはならず、現在およそ二百四十万円が不足していること。眼球は、一個につき四十万円で買い取ってもらえる——つまり、マフユ、ケイタ、フジシロの三人の眼球が手に入れば、条件を満たせるということ。そして、その期限がさし迫っていることを。

「――だから、目玉だけは残しておいてもらえませんか？　どうか、お願いします」

『……すごい話だね』

　宮内の声は、興奮と戸惑いの響きを孕《はら》んでいた。幸いその声を聞く限り、騙されていたことに対する怒りはないようだった。

「この話が嘘じゃないってことは、俺のバッグの中身を見てもらえればわかると思います。あとで頼まれた物といっしょに持って行くので、そのときにでも見てください」

　宮内はしばし黙したあと、わかった、と言った。

『バッグは調べさせてもらうとして、君の要求は呑むよ。といっても、いままで人の眼をどうこうしたこともなければ、そんな願望もないんだけどね』

　おそらく宮内はいま、俺が話したことの真偽について、「どちらでもいい」と考えている。でなければ、こんなにもあっさりと受け容れるはずがない。

「ありがとうございます。――もう一つだけいいですか？」

『ああいいよ、と言いたいところだけど、それは君が出てきてから聞こうじゃないか』

「それじゃあ遅いんです。宮内さんはまだ、俺がこの部屋を出たらチェーンソーで斬りつけるつもりですから」

宮内は鼻で笑う。

『何を言ってるんだ。そんなことはしないと、さっき言ったじゃないか』

「いいんです。すぐに警察に駆け込むであろう人間を、むざむざ帰す理由がありません。俺が宮内さんの立場でも、きっとそうすると思います」

短い溜息《ためいき》が聞こえた。

『仮に、私がいま君を殺そうと思っているとしよう。で、その「もう一つ」とやらを話したら、現状が何か変わるのかい？』

「ええ、そのはずです。つい『もう一つ』なんて言葉を使ってしまいましたが、どちらかと言うとさっき話したことは前置きで、本題はむしろこっちなんです」

宮内はしぶしぶといった口調で先を促した。まだこうして彼が耳を貸そうとするのは——このドアを破ろうとしないのは、歪んだ欲望への期待感が歯止めとなっているからだろう。

「宮内さんは、これからもこういうことをつづけていきますよね？　じつは俺もそうなんです。眼球を一個四十万で買い取ってもらえるのは、何も今回に限ったことじゃないんで、もし無事に親友を助けられたとしても、それで終わりにする気はありません。目玉をほじくり集めるだけで金が手に入るなんて、無職の俺にとっては願ってもない稼ぎ口ですからね。そこでです。――俺と、手を組みませんか？」

『何が言いたい？』

「集めた人間を宮内さんが殺し、そのあと俺が目玉をくり抜く――いまからやることを、この先は最初から二人でやるのはどうかという提案です。まあその友人も誘うつもりなんで、正確には三人ですけど。――協力すれば、準備にしても死体の処理にしても、これまでより捗《はかど》ることは間違いありません。ということは、必然的に宮内さんが欲求を晴らす機会が増え、俺が稼げる額も上がります。何なら金も――山分けとまでは言えませんが――きっちりと取り分を決めて支払うつもりです。――どうですか？　お互いにとって、悪い話じゃないと思うんですが」

宮内の気持ちが揺れ動いているのが、ドア越しに伝わってくる。

『……答えを出す前に、二、三訊《き》いてもいいかい？』

「もちろんです」

宮内はまず、立てつづけに二つの疑問を浴びせてきた。それに対する俺の回答に、彼は得心しているようだった。

『――これで最後だ。もし本当に眼球が目当てだったとしたら、なぜそれを隠していたんだ？　君はついさっきまで、どうやってその友達を助けるつもりだったんだ？』

宮内らしい、核心を突く質問だ。

「それは――」

あなたを捕らえて親友の身代わりにするつもりだった、だから隠していたのだと、俺は正直に答えた。

『なるほどね。私にとってはいささかショッキングな発言だけど、これ以上納得できる答えはないというほど、その言葉には信憑性《しんぴょうせい》がある。――ひとまず信じるよ。君が眼球を集めに来たという話』

「感謝します」

『そしていまの発言から、もう君には私をどうこうする気がないと推測できる。もしまだ諦めていないのなら、素直にその目論見《もくろみ》を口に出すはずがないからね』

「ええ。いくら頭を使おうが、無理なものは無理ですから」

宮内は快活に笑った。

『――だったら、私も認めよう。君の言ったとおり、私は君を殺すつもりだった。いまのいままで。でもそれはやめにするよ。そうしないと、君の持ちかけてくれた話に乗れなくなるからね』

「じゃあ、承諾してくれるってことですね？」

『ああ。ただこれだけは言っておくよ。私はまだ君のことを、完全に信用したわけじゃない。今回うまくいったら、そのとき初めて信頼関係が築けるものと思ってくれ』

「ええ、わかってます」

これで俺が部屋を出たとき、斬られることはまずない。たったいま、宮内には俺を生かすメリットができたからだ。殺してしまえば絶対に得られないメリットが。

『晴れてこうなった以上、私がそっちに入っていってもいいんだけど、やっぱりさっき頼んだとおり、いちど君に出てきてもらうことにするよ。君は油断できない男だ。罠《わな》じゃないとも限らないからね。まあ、気を悪くしないでくれ』

俺が気分を害する理由などない。当然そうくるだろうと思っていた。

「いえ、滅相もないです。――じゃあ、すぐに出ます」

『ああ。君のバッグも忘れずにね』

「はい」

俺は片一方の口角をねじ上げた。そもそも、まともに闘う、という発想自体が誤りだったのだ。その先には、正解などなかったのだ。それにしても、まさかこんなことを思いつくとは――。

俺は、人間ではなくなってしまったのかもしれない。

振り返ると、顔を伏せてしゃくり上げているケイタの横で、マフユが俺を睨みつけていた。その表情は、彼女が俺に対して激しい憎悪《ぞうお》をいだいていることを、言葉よりも雄弁に語っていた。

俺はそのまま二人のほうへ近づいていく。自分はいつのまにか、こいつらを「足手まとい」だと思っていた。――ちゃんちゃらおかしい。こいつらはもともと、修平を助け出すための「道具」だったはずだ。「足手まとい」などではない。利用すべき存在なのだ。

俺は座っている二人の前にしゃがみ込んだ。そして、顔を伏せているケイタの髪を摑み上げ、無理矢理に彼の目線を上げさせた。

「鬼とでも悪魔とでも思ってくれて構わない。俺にとって一番大切なのは、自分と親友の命だ。――ツイてなかったな」

ケイタの頭から右手を放した。しかし彼はもう、顔を伏せなかった。

俺はマフユのハンドバッグを拾い上げた。そして、そこに手を突っ込んで彼女のタバコを取り出し火をつけると、ハンドバッグをその膝元に戻した。タバコをくわえたまま立ち上がり、宮内のキャリーケースのもとへ向かう。そこからサバイバルナイフを手に取って、ケースの蓋《ふた》を閉じた。つづいてカメラバッグのほうへ戻り、すでにマフユの包丁が入っているそれにナイフを投げ入れると、タバコを吐き捨て、踏みにじった。最後に、七輪の脇《わき》に立っている二リットルのペットボトルを摑み取り、まだ半分以上残っている中の水をがぶ飲みした。

俺がそうしているあいだ、二人は何も言わなかった。ただ人形のように押し黙ったまま、じっと同じ一点を見つめていた。

俺はカメラバッグを担《かつ》ぎ、ドアに向かって歩き出す。

「せいぜいあの世で呪《のろ》ってくれよ」

物置部屋を出た。とたん、背後で荒っぽくドアが閉められ、その直後、カチャ、と音を立てて鍵が掛けられた。

ロビーの状況は、よく把握できない。いま俺はきつい光を当てられ、目を開けられる状態ではないからだ。それでも手をかざすのはやめておいた。そうしたところでたいして見えやしないだろうし、何より照らしている側の宮内にとって、それは望ましくない行為であるはずだ。

視覚を封じられた俺にわかるのは、かなり近い距離でチェーンソーがアイドリングしていること、俺の周りには排気ガスの匂《にお》いが立ち籠《こ》めていること、それから、このロビーが室内とはくらべようもない寒さであること——それくらいだ。

「鍵なんか掛けても無駄だということが、まだわかっていないようだ」

宮内の声。発信源は、斜め右、二メートルといったところか。チェーンソーのアイドリング音がしているのとほぼ同じ位置だ。しかし光は別の方向——正面から当てられている。そのことから推察するに、どうやら宮内が持っているのはチェーンソーだけで、ライトは床かどこかに置いてあるようだ。おそらく照らす角度は、何かを嚙《か》ますなどして調整してあるのだろう。

「すまない。できれば私も、将来の仕事仲間にこんな仕打ちはしたくないんだけど、君の人を欺《あざむ》く能力を考えると、どうしても慎重にならざるをえなくてね」

「いえ、平気です。何なら両手も挙げますけど」

宮内はくすりと笑う。

「そこまではいいよ。——で、頼んだ物は？」

「この中です」

俺は瞼《まぶた》を固く閉じたまま、右肩から提げているカメラバッグを顎《あご》で指した。

「じゃあそれを、ゆっくりその場に置くんだ。ただし気をつけてくれよ。少しでも変な動きをしたら――」

ヴウン、とチェーンソーが唸る。

「これで君の身体《からだ》を斬らなくてはならなくなる」

「もちろんそんな気はありませんが、注意させてもらいます。見間違いで殺されるのは御免ですから」

宮内の笑い声が響く中、俺は彼の指示に忠実に従った。

シャー、とバッグの底が床に擦《こす》れる音――ストラップを片手で摑むか片足で引っかけるかして、宮内がバッグを自身のほうへと引き寄せたようだ。

「じゃあ、見させてもらうよ」

ファスナーが走る音。手でがさごそと探る音。物を床に置く音――。

俺は動かずじっとしていた。抜け目ない宮内のことだ。バッグの中を調べながらも、こちらの様子を窺っていることだろう。

やがて宮内は手を休め、口を動かした。

「やっぱりこれがあると落ち着くよ」

「これ」とはサバイバルナイフのことに違いない。ベルトにでも挿すのだろうか。

それから一分と経《た》たないときだった。

「約束は守ってくれたようだね」

と宮内は言った。バッグ漁《あさ》りは終了したようだ。

「当然です」

「それに、眼球を取り出すためのものらしき道具も入っていた。――ただ、少々の疑わしさも感じてしまったよ」

「ひょっとして、足りない物があるからですか?」

「ああそうだ。君は死体から採った眼球を、どうやって持ち帰るつもりなんだい?」

「専用の保存液とクーラーボックスがあります。それに入れて運ぶ手筈《てはず》です」

「なぜその二つが入っていないんだ?」

「宮内さんが、あらかじめキャリーケースからチェーンソーや手錠を出しておいたのと同じ理由です。いま保存液の入ったクーラーボックスは、車のトランクに積んであります。見せてみろと仰《おっしゃ》るなら、すぐに取って来ますけど」

「そうしてもらいたいところだけど、そんなことを許すわけにはいかないよ。もし私がそれを許可したら、君はそのまま逃げてしまうかもしれないし、かといって君について行けば、その間に中の連中が出てきてしまうかもしれないからね」

「まあ、そういったことを心配するのはわかりますけど、どっちにしろ、あれはいずれ取りに行かなくちゃならない物です」

「わかってるよ。だからこうしようじゃないか。中の三人を殺したあと、二人でいっしょに取りに行く」

「俺は構いませんが。それで宮内さんの信用が得られるなら」

「その点は問題ないよ。さっきの話とバッグから出てきた物、そしていまのやりとりでの反応で充分だ」

「そうですか」

「――よし。じゃあつぎは、服を脱ぐんだ。パンツから靴下から、一枚残らずね」

「え……?」

「なに、単なるボディーチェックさ。君が何かを隠し持っていた場合、いわゆる通常のそれでは危険性が高すぎるから、こういう方法を取るというだけで」

「だったら無駄です。俺は武器なんて持ってませんから」

「きっとそうだろうね。しかし『きっと』だ。それが私の中で『絶対』に変わるまでは、君をこの状況から解放することはできない」

俺は苦笑する。

「ずいぶん用心深いんですね」

「仕方ないさ。相手が君だからね」

「もし俺が拒否したら？」

宮内の代わりに、チェーンソーが答えた。――ヴウン。

「――でしょうね」


修平どうこうの前に、俺が凍死する――。

素っ裸になった俺は、腰を折り、両腕を抱え込み、つま先で小刻みに足踏みをしている。しかもそんな姿を見世物のようにライトアップされているのだから、自殺ものの屈辱と感じてもおかしくない。ところがいま俺の胸には、そういった感情はいっさいなかった。どうやら自尊心とは、本人がある程度以上の危機に迫られると、自動的に麻痺《まひ》するものらしい。

先ほどと同じように、宮内はすぐ近くで俺の所持品を漁っている。

「――これは何だい？」

不意に宮内が声をかけてきた。

「ど……れの……こ……とで……す？」

勝手に顎が震え、ガチガチと歯が鳴る。そのせいで、うまくしゃべることができなかった。

「上着に入っていた、この――」

上着ということは――。

「封筒だよ」

「そ……れは――」

親友を助けるための金だ、と俺はなんとか説明した。

「そうか、じゃあきちんと戻しておくよ。君との関係を悪化させたくはないし、こう見えても、経済的にはそれほど困ってはいないからね」

俺は切れ切れの言葉で礼を言った。

それからほどなくして、

「なるほど、これだったのか」

と宮内は独り言のように呟《つぶや》いた。きっとあれを手に取ったに違いない。が、そんなことはどうでもいい。とにかく、早くしてくれ――。

気が遠くなるような時が流れた後、持ち物検査は終わった。実際には一分かそこらだったかもしれないが、俺にとっては数時間に匹敵する長さだった。

「よし、ボディーチェックはパスだ。服を着てくれ」

どさ、と足下に衣類が投げ置かれた。そのことを、耳だけでなくつま先で感じられたのがとても嬉《うれ》しかった。少なくとも、足の指が壊死《えし》していないことがわかったからだ。

服を着たからといって、身体の震えは止まらない。いちど脱いだ服は、冷凍庫から出してきたみたいに冷たかった。

「君の身の潔白が証明されたことだし、もう横にずれていいよ。眩《まぶ》しかっただろ」

「じゃ、おこ……お言葉に……甘えて」

俺は壁伝いに数歩移動した。ライトが強く照らしている範囲から外れ、ようやく目を開けることができた。

目の前に宮内が立っていた。しかし、声とチェーンソーのエンジン音により、だいたいの位置は察しがついていたので、別段驚きはしなかった。ライトは思っていたよりも奥のほうに置いてあったらしく、宮内は斜め後ろからぼんやりと照らされている。それでも彼がレインコートを着ていることが窺い知れた。むろん寒さ対策ではなく、返り血を防ぐためだろう。その後ろ三メートルほどのところには、カメラバッグらしきシルエットが認められた。チェーンソーから排出された煙が、光の円錐《えんすい》の中に閉じ込められているように見える。

「安心してくれ、君の所持品には手をつけてないから。ただし、ある物だけは拝借させてもらったけどね」

「何でしょう?」

「ほかの物の確認がてら、ポケットを調べてみるといいよ」

じゃあ遠慮なく、と言って、俺はまず内ポケットに入っている封筒の中身が無事であることを確かめた。それを済ませ、順々にほかのポケットに右手を突っ込んでいくと、宮内の言った「ある物」が何なのかがわかった。

「――ライトですか」

「ああ。これは目潰《つぶ》しに使える物だし、私のはあのままにしておきたいからね」

「傷つきますね。まだ信用されてないとは」

「まあ、そう言わないでくれよ。――しかし私のと違って小型なのがいいね。両手でチェーンソーを持ったままでも、こうして操作できる」

チェーンソーの一箇所がぴかりと発光した。どうやらいま宮内は、上側のグリップをシュアファイアごと握り込んでいるようだ。

「そんなに気に入ったんなら、こんど同じ物を買って来ますけど」

宮内は爽《さわ》やかに笑いながら、お願いするよ、と言った。

「——じゃあ、そろそろ中に入るとしようか」

「そうですね。具体的にどういう段取りでいきま……」

吐き気を催し、俺は言葉を切った。凄《すさ》まじい勢いで込み上げた胃の内容物が、塞《せ》き止めようとする唇を強引にこじ開け、その一部が、ぴちゃ、と床にこぼれた。

俺は両手で口を押さえ、残りの吐物を飲み下す。酸味と苦味が強烈だ。

「……すいません」

咽喉《のど》に焼けるような感覚がある。

「大丈夫かい？」

「体調が、あまり良くないみたいで……」

う、と洩《も》らし、俺はふたたび口元に手をやる。

「ちょっと、吐いてきてもいいですか？」

「さすがにいまの君を見て、駄目だとは言いづらいね。——よし、少し表に出よう。このまま無理をさせて中で吐かれても困るし、ここでしてもらっても、あとで死体を運び出すときによけるのが手間だ」

やはり血に慣れている宮内でも、他人のげろは嫌悪するようだ。

俺は顔を歪《ゆが》めながらも、丁寧に詫《わ》びた。

「まあ仕方ないよ。——ただし条件がある。これを両脚に着けることだ」

宮内は俺の足下に何かを放った。それは、手錠だった。

「え……」

「君に逃げられないようにするための保険みたいなものさ。ただでさえ年齢というハンデがあるのに、こんなに重たい物を持っていたんじゃ追いつけないだろうからね」

眼球を得ずして逃げれば、困るのは俺のほうだ——と抗議しようと思ったが、そんな理屈は宮内も知っているはずなのでやめておいた。

「……わかりました」

俺は手錠を拾い、それを自分の両足首に掛けた。

強風に煽られ、吐物が地面についた右手の上を流れていく。正面玄関を出てすぐ左にある草むらの前で、俺は跪《ひざまず》き、嘔吐《おうと》を繰り返していた。

「落ち着いてするといいよ。あの部屋から逃げるためには、少なくとも廊下まではこっちに向かって来なくてはならないし、この音を聞かせておけば、そもそも出てくる勇気すら湧《わ》かないだろうからね」

宮内はスロットルをふかして威嚇《いかく》する。彼はいま玄関の辺りに立っている。首さえ回せば、俺にも物置部屋のドアにも目が届く位置だ。俺にはチェーンソーの先端といっしょにシュアファイアを向けているようだし、ドアは依然彼のライトに照らされたままだから、どちらもよく見えることだろう。

「……はい……すいません」

息も絶え絶え、俺はなんとか返事をした。

それから、五、六分が経過したときだった。

「悪いけど、なるべく急いでくれ。いまいっぺんに出てこられたら、これで殺さなくてはならなくなる」

宮内は、先ほど自身が述べた内容と矛盾することを言い出した。彼は明らかに苛立《いらだ》っていた。

わかりました、と返した直後、俺はまたもや嘔吐する。といっても、もう胃の中はからっぽになってしまったようで、いま口から出てくるのは濁った声と唾液《だえき》だけだ。なんだか近頃の俺は、げろを吐いてばかりのような気がする……。

そんなことを思いながら、しばらく空撃ちをつづけていると、

ピリリリリ――。

草むらの中から、電子音が聞こえた。先刻宮内がみなの携帯電話を入れて投げ捨てた紙袋が、そこにあるようだ。

着信音は、すぐに鳴りやんだ。ところがそれはしばしの間を置いて、ふたたび鳴った。そしてまた切れたかと思うと、さらにもう一度鳴った。

ピリリリリ——。

それが最後だった。

「宮内さん……携帯……この中にあるみたいです」

俺は目の前の草むらを、げろのついた人差し指で示す。

「そうみたいだね」

先ほどの着信音は、宮内にも聞こえていたようだ。

「捜しますか？」

「いや、それも三人を殺したあとにしよう。——それより、まだかい？」

「ああ、もう……大丈夫です」

俺は口元を左手の包帯で拭《ぬぐ》い、立ち上がった。

「お待たせしました」

「中に入ったら、私はチェーンソーで脅しをかけるから、君は三人に手錠を掛けてくれ。もちろん、意識のある人間から優先的にね」

宮内は俺の背後から、抑えた声で指示を出す。すでに彼の機嫌は直っていた。いま俺たちは、ロビーの中を物置部屋に向かって歩いている。両の足首をつなぐ手錠のせいで、歩幅が制限されて歩きづらいったらない。

「わかりました。でも、まさかこのままってわけじゃ……」

歩を踏み出すたびに冷たい金属音を鳴らす鎖に目を落として、俺は言った。

「ああ、脚の手錠なら外すよ」

光の当たるドアの前で、俺たちは歩を止めた。

「ただその前に、これだけ済ませてしまうね」

確認のためだろうか、宮内はドアノブを摑んで回そうとしたあと、「やっぱり開いてるなんてことはないか」と笑った。

「仕方ない」

チェーンソーのスロットルをふかしながら、彼はドアノブ付近に、高速回転するその刃を近づける。無意識に、俺は二、三歩退《さ》がっていた。

ギャギャギャ——もはや聞き慣れた音がするとともに、火花が飛び散る。それがとても綺麗《きれい》だった。やがてドアノブ付近のアルミに、「〈」の字形の切り込みが完成した。宮内はドアノブを摑んで周りのアルミごと引き抜くと、それを床に投げ捨てた。これでもう、ドアを開けようとする力に抵抗するものはなくなった。

「じゃあ、そいつを外そうじゃないか」

宮内は片手でポケットを探り、小さな鍵《かぎ》を取り出すと、こちらにそっと投げてきた。俺はそれをキャッチして、手こずりながらも手錠を外した。すると宮内は、さらに二つの手錠を俺に投げ渡した。

「それで三人ぶんだ」

「なるほど。——じゃ、行きましょうか」

宮内は頷《うなず》くと、先に入るよう指図してきた。俺は素直に了承し、ドアの真ん前まで移動する。

「気をつけてくれよ。ワインボトルや七輪だって、立派な武器になるからね」

「あんな奴《やつ》らに、抵抗なんてできやしませんよ」

頼もしいね、と笑いながら言ったあと、宮内は短く息をついた。

「正直言って、君に予定を狂わされたときには憎みもしたけど、いまではこうなってよかったと、心から思っているよ。君を殺してしまうと車の処分が煩《わずら》わしいし、何より——君にはどこかしら惹《ひ》かれるところがあったからね」

「嬉しい言葉ですね。まあでもそういう話は、これが終わってからにしましょう」

「そうだね」

俺は空間となったドアの「∧」の部分から右手を差し入れ、断面の向こう側に指をかけると、そのまま引いた。

——修平、もうすぐだ。

ドアはひらかれた。

「おとなしくしろ！」

声を張り上げながら、俺は部屋の中に飛び込んだ。しかし、つぎに俺が取った行動は、

「——え？」

間抜けな声を洩らす、というものだった。

右手から離れた三つの手錠が、ビニールシートの上に落ちた。

俺はその場に突っ立って室内を見回す。

——誰もいない。置いてある物は俺が出ていったときのままなのだが、マフユもケ

イタも、フジシロまでもが、その姿を消しているのだった。

「どういうことだ……」

あとから入ってきた宮内が、背後で呟いた。

「……わかりません」

「こんなことはありえない！」
ト、ト、ト、ト、ト──チェーンソーのエンジンだけが、マイペースに唄《うた》っている。
宮内は、ざ、ざ、とビニールシートを鳴らして、自身のマフラーが落ちている辺り──ドアを入ってすぐ右側の壁際《かべぎわ》まで行った。

「この部屋のドアは、一度も開かなかった！　だいいち、鍵は掛かったままだったじゃないか！」

怒鳴りながら、宮内は天井が低くなっているほうに、チェーンソーごとシュアファイアを向ける。床と天井が接触している端っこにはろうそくの灯りが行き届いておらず、少しだが、まだ闇《やみ》が巣食っていた。

その闇が払われた。──が、誰の姿もない。

「なぜいないんだ」

この物置部屋で唯一長方形をした壁を背にし、宮内は歯噛みする。

「まさか……」

俺は不意に目を見ひらいた。そして、宮内の足下にある閉じられたままのキャリーケースに、勢いよく首を回す。

固定された俺の視線を追い、ケースに目を落とすなり、宮内は屈《かが》み込み、片手で荒々しくそれを開けた。

「どうです⁉」

宮内は苛立たしげに溜息をつく。

「……いないよ」

くそ、と吐き捨てると、俺は腰を折り、足下にあるケイタのリュックサックを漁る
――いない。いるはずがない。

リュックサックを乱暴に放すや、俺は七輪とろうそくを飛び越え、フジシロのボストンバッグの前で屈んだ。ファスナーをひらく――案の定いない。

舌を打ちながら立ち上がった。そのまま天井の低いほうに数歩移動し、マフユのハンドバッグを拾い上げた。その中を覗《のぞ》く――当然いない。

「あいつら、どこに消えたんだ！」

ハンドバッグに右手を突っ込んだまま、俺は思い切り喚《わめ》いた。

そのときだった。

『ああああああああああああああ――！』

男の絶叫が響き渡った。それは宮内のものでも、むろん俺のものでもなかった。

俺は弾《はじ》かれたように振り返り、天井が高くなっているほうに目を向ける。叫び声が聞こえたのは、確かにそちらの壁――いま宮内が背にしている壁の向こう側からだった。

宮内は、ジャリ、と床の硝子《ガラス》片を鳴らして身体の向きを百八十度変えたものの、その壁の真ん前で立ち尽くしている。叫び声に反応して振り向いたはいいが、そこからどうしていいのかはわからないのだろう。

そんな宮内に近づきながら、俺はマフユのハンドバッグから右手を抜く。その中で、ブラックコブラ・デルタを握っていた右手を。

ろうそくを跨《また》ぎ、射程距離に入った。目の前には宮内の、、、、、、、、から空きの背中がある。

電極を、そっとそこに押し当てた。宮内はびくりと背筋を伸ばす。

「――俺の、勝ちだ」

トリガーボタンを押した。

振り返りかけていた宮内は、その動作を完了させられぬまま、静かに崩れ落ちる。持ち主とは対照的に、床に激突したチェーンソーが、ガシャン、と激しい音を立てた。打ち所が悪かったのか、その拍子にエンジンが止まった。

俺は手錠を取ってきて、宮内の背中にもう一発電撃を与えてから、彼の両手を取り、後ろ手にそれを掛けた。

「よし、出てきていいぞ」

俺はしゃがんだまま、目の前にある長方形の壁に声を投げた。

まもなくして、その壁の右側が、ズズズ、とこちらに向かって動きはじめた。

「面倒くさかったら破っちゃっていいよ」

『でも、もったいないんじゃない？』

俺の言葉に応じたのはマフユの声だ。

「そんな気もしないでもないけど、どうせもう使わないから」

『……じゃあ、遠慮なく』

壁を突き破り、マフユのものと思われる片腕が姿を見せた。そしてそれは、びりびりと壁を切り裂きながら下に向かったかと思うと、いちど引っ込んだ。するとこんどは、その切れ目から白い両手が現れ、それぞれが切れ目の両脇を摑《つか》むと、壁を左右に引き裂いた。

その穴から、空中に浮かぶフラフープを慎重にくぐり抜けるようにして、マフユが出てきた。

「大成功ね」

彼女は宮内を見下ろしながらそう言って、俺の背後に回り込む。

「ああ、助かったよ」

壁の穴から、ケイタがひょっこり顔を出す。

「お前もよくやったな」

「あ、いえ」

その顔に照れ笑いを浮かべながら、彼はマフユのあとを追った。

壁の向こうから、いたたたた、とフジシロの声が聞こえてくる。俺は背後に首を回した。

「さっきの叫び声は、あいつの？」

「そうだよ」

答えたのはマフユだ。

「なんか、本気で叫んでるみたいだったけど」

「『みたい』じゃなくて本気よ。あいつにはちょっとした恨みもあったから、ブーツのヒールで思いっきり踏みつけてやったの。——ひょっとして、大きすぎた？」

「いや、そういうわけじゃないんだけどさ……」

「どういうことか、説明してくれないか？」

怒りに震える宮内の声に、俺は首の向きを戻した。

目の前の殺人鬼は、こちらに尻《しり》を向けてうずくまり、さらに後ろ手に手錠を掛けられていて、とても無様な格好だ。

「いいけど——その前に、ナイフはどこだ？」

レインコートのポケットだと宮内が言うので、俺はそれを鞘《さや》ごと取り上げ、後ろに放り投げた。

「じゃあ、教えてやるよ。——さっきあんたが本気でドアを破って俺たちを皆殺しにしようとしたとき、俺はこのシナリオを思いついたんだ。まあ、ぎりぎりもいいところだったけどな。で、まず俺は自分がここに来た本当の目的と、心にもないビジネスの話をあんたにした。もちろんあれは、俺がここから出たとき、あんたにぶった斬《ぎ》られないようにするためだ。でもじつは、あの長話は俺にとって、違う理由でも必要なことだったんだ」

「違う理由？」

宮内は顔だけを、ゆっくりとこちらへ向ける。

「ああ。簡単に言うと時間稼ぎさ。ああやって身の上話をしながら、あんたと会話しながら、俺はあのとき隠し持っていた携帯に――」

俺は親指で、背後にいるマフユとケイタを示す。

「二人に出す指示を打ち込んでいたんだ」

「携帯だって？　じゃあ君は……」

「ああ。二台持ってたんだ」

く、と宮内は歯嚙みする。

「悔しいのはわかるけど、これはあんたのミスじゃないよ。たとえ二台持っている人間が混じっていたとしても、携帯を回収するってことに賛成しておいて、まさか一台残しておくなんて真似《まね》をする自殺志願者はいないだろうからな」

「しかし君がそうじゃないとわかった時点で、疑いを持つことはできた」

「せっかく慰めてやってるのに、かわいくないね。べつにこれ以上慰めてやる義理はない。好きなだけ凹《へこ》んでくれ」

宮内は苦し紛れに鼻で笑った。

「で、その指示は見せてくれないのかい?」

「ああ、見たいなら見せてやるよ。——俺の携帯は?」

俺は背後を振り返る。

「あ、ちょっと待って」

マフユは慌《あわ》ててコートのポケットから黒い携帯電話を取り出すと、「はい、これ」と言って、それを俺の右手にポンと載せた。携帯も、微《かす》かに触れた彼女の指先も、同じくらい冷たかった。

俺はマフユに軽く礼を言ってから、宮内に向き直った。

「そっちを向いてもいいかい?」

「ああ、好きにしてくれ」

殺人鬼のささやかな申し出を許可すると、その身体はもぞもぞと動き出し、やがてこちらを向いた。何を思ったか、宮内はその流れで上体を起こそうとしたので、俺はポケットから素早くブラックコブラ・デルタを取り出し、バチ、とスパークさせた。

「おっと、身体は起こすな。常に俺から手錠が見えるようにはしておけよ。ちょっとばかりやさしくしてやってるからってつけ上がるんじゃねえぞ、変態野郎」

不服そうな顔をしながらも、宮内は従った。

俺はふたたび携帯電話に持ち替え、それをひらいた。つづいて先ほど打ち込んだ文章を、発光する画面に表示させた。

内容を読み返してみる。

《頼む、協力してくれ。この部屋には隠しスペースがある。そこはもともと、死体を隠そうと思って俺がつくった空間だ。みんなでこの部屋に入ってから練炭に火をつける前まで、ずっと宮内が背にしていた壁は、俺が角材と模造紙でつくった偽物《にせもの》なんだ。本物の壁は、その奥にある。要は、壁にしか見えない「仕切り」があるってわけだ。俺が出ていったら、すぐに鍵をかけろ。そして音を立てないように注意しながら、壁をずらしてそこに隠れるんだ。もし余裕があったら、フジシロも入れてやってくれ。なんとか時間は稼ぐ。そのとき、くれぐれもハンドバッグは置いたままにしておいてくれ。その中にスタンガンを隠しておく。きっと用心深い宮内に持ち物検査を強いられるだろうから、外には持ち出せそうにない。準備が整ったらこの携帯を使って、没収された携帯を鳴らせ。誰のでも構わない。ただし、別の誰かからの着信と区別できるよう、三回に分けて鳴らしてくれ。そのときまでに、俺は紙袋が飛んでいったと思われる表の草むら付近にいるつもりだ。派手にぶん投げられたとはいえ、ぜんぶ壊れていることはまずないだろう。その合図を聞いたら、俺は宮内を連れてこの部屋に戻ってくる。そして俺が、「あいつらどこに消えたんだ」と叫んだら、何でもいいからわかりやすく物音を立てろ。それによって宮内は、必ず偽物の壁のほうを向く。あとはハンドバッグから抜いたスタンガンで、奴の背中に電気を流し込んで終わりだ。落ち着いてやれば、きっとうまくいく。どうか、力を貸してくれ》

あの絶望的ともいえる状況下で、こんな計略を企てるなど、とても人間業《わざ》ではない――俺は心底自分を誇らしく思った。

「ほら、見せてやるよ」

画面を宮内に向ける。

文字を追う黒目が、左右に忙《せわ》しなく動く。とともに、微弱な光に照らされた顔が、みるみる紅潮していく。宮内の読むスピードに合わせて、俺は画面をスクロールさせてやった。やがて宮内の額に、幾筋かの血管がくっきりと浮かび上がった。

「……やってくれたね」

彼は数秒間俺を睨《にら》みつけたあと、鼻息を洩らしながら目をそらした。そしてそのまま、自身の背後に首を回す。

「まさかこんなスペースがあったとはね。気づかなかった自分に腹が立つよ。こんな単純な、子供騙《だま》しみたいなトリックに……」

「どんなに見事な手品でも、タネを知ったらそんなものさ」

俺は携帯を閉じてポケットにしまった。

「それに、案外人間の眼なんて当てにならないんだ。一番手前にある物しか見えないんだからな。それが、透き通った物でない限りは」

そう、見えなければ気づかないのだ。たとえ己が歩いている地面の下が、空洞であったとしても。

樹海に行っておいてよかった、といまなら心から思える。樹海を去った時点では、まさに骨折り損のくたびれ儲《もう》けだったたと思っていたが、もし樹海でのあの経験がなければ、フェイクの壁をつくることで目には見えない空間を生み出す、などというアイデアは浮かばなかったはずだ。

「しかしこんな脆《もろ》い壁、誰かが寄りかかったらどうするつもりだったんだ？　もしそれが骨組みの部分だったとしても、とても耐え切れるとは思えないが」

宮内は、どうにかしてこちらの粗《あら》を探さないと気が済まないようだ。が——。

「その心配は皆無だったね。そうならないように、俺はビール瓶を割って、この壁のはなくないだろ」

前に破片を撒《ま》いておいたんだ。誰だって、尻から血を流してまで壁に寄りかかりたく
「……なるほど、これも君の仕業だったのか。じゃあこの壁は完璧《かんぺき》だったわけか」

「いや、そうでもない。壁に関して、俺は一つ重大なミスを犯していた。それも、なんとも間抜けなミスだ」

「半分隠れちゃってたんでしょ？　相合傘」

後ろから、マフユが口を挟む。

「ああ、そうなんだよ」

今朝この壁をつくり終えて眺めていたとき、俺は模造紙の張り具合や色味ばかりに気を取られ、壁を置く位置を誤った。あまりに部屋を狭くしてしまうのはまずいのではないか、という無意味な不安にかられ、削り取る空間の広さを——つまり本物の壁から離す距離を最小限にとどめてしまった。その結果、側面の壁に描かれていた相合傘を、半分だけ隠すかたちになってしまっていたのだ。

俺がその過《あやま》ちに気づいたのは、宮内の身の上話が終わって沈黙が訪れたとき、

——変な相合傘……——

そうマフユが口走ったからだった。

「——というわけだ」

俺は宮内に、この事情を説明した。

「だから君はあのとき、突然自分の話をしはじめたのか。私たちの注意を惹いて、半分消えた落書きを見せないようにするために」

「ああ、そうさ。あのとおり」

答えながら、俺は、いま正面にある偽物の壁と落書きのあった壁が接触している箇所に視線を移す。——相合傘がない。

「あれ？ 消えてる」

マフユがくすりと笑う。

「隠しスペースに入るとき、こっちから見て左側を引くことにしたの。お荷物から近かったから」

「お荷物」とはフジシロのことに違いない。

「で、中に入って壁を戻そうとしたんだけど、ずらしたぶん中から引いちゃったら、硝子の破片が不自然になることに気づいたの。まるで斜めに整列したみたいになっちゃうはずだ、って。だから向こう側から、動かしたのと反対側を押すことにしたんだ。そうすれば、壁と破片のあいだに変な間隔はできないし、半分だけの相合傘も丸ごと隠せるから」

この女、できる――俺は驚愕《きょうがく》した。マフユは、俺が見落としていた穴を見事にカバーしてくれていたのだ。冷静でいられる日常の中でならまだしも、あの状況でここまでの考えに至る人間は、そうはいまい。

「頭いいんだね」

俺が言うと、背後から得意げな声が答えた。

「まあね」

「意外だね。君ほどのペテン師でも、そんなふうに思うことがあるとは」

「ペテン師か。あんまりいい気はしないな」

「でも事実だ。咄嗟《とっさ》にあんな嘘《うそ》がつけるなんて、並の人間にできることじゃない」

宮内の言う「あんな嘘」とは、眼球を集めに来た、という話を彼に信じさせるためについた嘘のことだろう。

――……答えを出す前に、二、三訊《き》いてもいいかい？――

――もちろんです――

あのあと俺たちのあいだには、こんな会話があった。

――いまの話が本当だとすると、昨日の昼間、君が持っていたのはカメラじゃなかったってことになるよね。眼球が目当てなら、そんな物は必要ないはずだ。あのとき、君が片手に持っていたのは何だったんだい？　それから、撮影目的とは違って、それぞれの携帯電話をいじるだけでは警察の目を晦《くら》ますことはできない、つまり死体を放置するわけにはいかなかったはずだ。もしそんなことをすれば、第三者がいたのが丸わかりだからね。眼球のなくなった死体を、君はどうやって処理するつもりだったんだ？――

――昨日俺が持っていたのはタバコです。黒い箱の。あとでそれも持って行きます。死体に関しては、今朝ちょうどいい穴――って言ったら失礼ですね――宮内さんが掘った穴を見つけたので、そこに埋める気でいました――

眼球を集めに来たのが事実とはいえ、スタンガンの所持と隠しスペースの存在については伏せておく必要があったため、俺は宮内を騙したのだった。

――なるほど、これだったのか――

ボディーチェックの際、宮内がそう洩らしていたのは、きっとマフユのタバコを見つけたからに違いない。マフユのタバコは、スタンガンを入れるついでに拝借していた。

「しかしさすがのペテン師も、『体調不良』という偶然に救われたようだね」

「どういうことだ？」

「体調が悪くなければ吐けない。吐けなかったら、表に出て合図を待つことはできなかったはずだ」

宮内の的外れな指摘に、俺は声を上げて笑った。

「あれは必然だ。あんたの前で本物のげろを吐いてみせるために、俺はここを出る前、誰かさんが買ってきてくれたでかいペットボトルの水をがぶ飲みしたんだ。幸か不幸か一リットル以上残ってたから、かなりきつかったけどな」

ぐ、と宮内は奥歯を嚙《か》み締めると、その顔に引きつった笑みを浮かべる。

「でも、もしあのとき、私がトイレに行くように言ったらどうするつもりだったんだ？」

「それはない。あんたは常に、俺とこの部屋のドア、どっちからも目を離す気はなかったはずだ。だから便所についてくることも、一人で行かせるなんてことも、ありえないんだ」

無言の宮内を前に、俺はさらにつづける。

「ついでにもう一個教えてやるよ。さっき俺は、クーラーボックスは車のトランクにあると言ったが、じつはこの部屋の中にあるんだ」

宮内は、目線で背後の破れた壁を示す。

「この奥か」

「ああ」

「しかし、どうしてそんな嘘を？」

「あんたの信用を得るためには持ち出したかったんだが、あの時点では無理だったんだ。あんたに音を聞かれないよう、そっと動かしている時間はなかったからな」

「なるほどね。――でも君から『車にある』と聞いた私が、もし『取って来い』と言ったら――」

「それもありえない。理由は俺を便所に行かせなかったのと、まんま同じだ」

宮内は目を剝《む》いた。そしてゆっくりとうなだれた。

「そう凹むなよ。もし紙袋の中の携帯がぜんぶ壊れてたら、もし俺がげろを吐いた場所が着信音の届かない位置だったら、そしてもし表の草むらに行って吐くことをあんたが許可しなかったら――俺は合図を受けられなかった。そうなった場合、俺はあんたの限界がくるまで粘って、ここに入るしかなかっただろう。てことは、ひょっとしたら中の準備が間に合わなかったかもしれない。要するに、粗はいくらでもあったってことだ」

宮内は床に額をつけたまま動かない。

「さて、そろそろ答え合わせはお終《しま》いにしようじゃないか」

俺は、先ほど宮内が口にした台詞《せりふ》をそっくりそのまま返した。

「――それで、私をどうする気だ？」

俺の皮肉を聞き流し、宮内は顔を上げる。

「寝ぼけたことを訊くな。ヤクザに引き渡すに決まってんだろ」

「親友の身代わりにするのか？」

「ああそうだ」

「五百万払う」

「なんだ、いきなり」

「それだけの金があれば、君の友達を助けられるし、そればかりか二百万の利益まで出る」

「それは、本当か？」

「ああ。私にもそれくらいの金はある。だからこの手錠を――」

「くそ、残念だな。ほんとうならその金をもらってから売り飛ばしたいところだが、銀行が開くまで待ってらんねえからな」

宮内の口元にあった笑みが消え、代わりに頰がひくつき出した。

「……どうしても、私を売るというのか」

「当然だろ。俺にはそうするしかない。それに生かしておいたら、あんたはこれからも人を殺す」

「貴様を葬《ほうむ》ることにためらいなどあるものか。いままで殺された人々、そして、あの猫への手向《たむ》けだ。

「しかしそんなことをすれば、君は立派な殺人者だ。私が殺されるとわかっているのに売り飛ばすんだからね。――いいのか？ 殺人者になるんだぞ。私と同じ、極悪人になるんだ」

あまりの見苦しさに、思わず鼻から息が洩れる。

「説得のつもりか？ べつにあんたを売っ払ったところで、異常者と同じだなんて考えは俺にはない。それにさっき言っただろ？ 俺は、善悪にはこだわってないんだ」

「……そうだったね。しかし警察はどうかな？ たとえ私が殺人鬼だろうと、たとえ君の考え方がどうだろうと、私の死体をきっちり処理できなかったら、君は逮捕されるぞ」

「それをいままで散々やってきた奴がよく言うよ。だいたい、プロの売人がそんなへマをやらかすわけないだろ」

「そんな保証はないじゃないか。一歩間違えば、君は刑務所行きだ」

「まあ百歩譲って、あんたの身元が判《わか》るような処理をされれば、たしかにないとは言えない。でも残念ながら、今回に限ってその可能性はゼロパーセントだ。そんなことは起こりえない。万に一つもないんだ。なぜならここに——」

俺は口を開けたキャリーケースに手を伸ばし、封筒をつまみ上げた。

「ちょうど本人直筆の遺書があるからな」

鼻っ面《つら》に突きつけられた封筒を前に、宮内は絶句する。そしてゆっくりと首《こうべ》を垂れた。かと思うと、しだいにその呼吸が荒くなっていき、ついで身体《からだ》が、わなわなと震えはじめた。

「——してやる……」

がば、と宮内は顔を上げる。

「殺してやる！」

突然上がった叫声に驚いたのだろう、背後からケイタの、正面——破れた壁の向こう側からフジシロの情けない声が、この耳に届いた。特にフジシロはそれだけでは済まなかったようで、彼のいる隠しスペースの中からは、模造紙を塗装するのに使った数本のスプレー缶、並びに壁上部の作業に使った脚立《きゃたつ》が、賑《にぎ》やかな音を立てた。

「殺してやる！　必ず殺してやる！　お前の身体を切り刻んでやる！　手足も、指も、内臓も、すべて切り刻んでやる！　お前だけじゃない、全員だ！　一人残らず細切れにして――」

唾液を飛ばしながら、また垂らしながら、宮内はおよそ人間とは思えない形相でがなり立てる。

――気が触れたか。

いまにもひと暴れしそうな気配だったので、俺は素早くブラックコブラ・デルタを取り出して、
バチバチ――。

狂人の腹部に電撃を見舞った。

う、と洩らしてうずくまったきり、宮内は静かになった。

「切り刻まれるのはてめえのほうだ」

ねえ、とマフユの声がしたので振り返ってみると、彼女はすぐに俺の顔から、右手のスタンガンに目を移した。

「それ、面白そうね」

「もう、いいんじゃないかな……？」

宮内はぐったりしていた。マフユはすっかりスタンガンにハマってしまったらしく、先ほどから絶え間なく、彼の身体を痛めつけている。

「でもさっき、これじゃあ死なないって言ってたじゃない」

手を休めたマフユは、こちらに首を回して言った。

「そうだけど、いちおう売り物だからさ」

「そう、じゃあやめるわ」

てっきり俺に返してくれるものと思いきや、マフユはブラックコブラ・デルタを、俺の後ろに立っているケイタに差し出す。

「やってみる？」

「いや、僕は……」

困惑するケイタに、俺は声をかけた。

「やってみろ」

もう一発くらい、きっと平気だろう。

「え？」

「こいつはお前を殺そうとしてたんだぞ。憎らしいだろ、一発入れてやれよ」

「でも……」

「おい、迷うようなことか？　言っとくけどなあ、いまお前が躊躇《ちゅうちょ》してるのは優しいからじゃない——ただ弱いからだ」

ちょっと、と咎《とが》めるように口を挟んできたマフユを制し、俺はつづける。

「弱いんだから、そりゃいいカモにされるさ。周りの連中にな」

「……やります」

俺の挑発に乗り、ケイタはそう言った。俺は立ち上がり、彼に場所を譲る。ケイタが宮内の前にしゃがみ込むと、マフユがスタンガンを渡そうとした。ところが彼はそれを受け取らず、左手で宮内の髪を摑み上げると、右拳《こぶし》を握り締める。
ゴ、と鈍い音がした。
俺は敢《あ》えて武器を使わなかったことには触れず、ケイタに訊《たず》ねた。

「どうだ？　少しはスッキリしたか？」

「はい。——でも、ちょっと手が痛いです」

俺を振り返って答えるケイタの表情は、別人のように晴々としていた。それ以上に印象的だったのは、彼が俺の眼をしっかりと見ていたことだ。もしかしたら、ケイタは宮内の顔に、自分を虐《しいた》げてきた連中のそれを重ね合わせていたのかもしれない。

俺はケイタから、マフユが開けた穴に目を転じる。

「いい加減出てきたらどうだ」

フジシロはずいぶん前から、その穴より半分顔を覗かせていた。

「べ、べつに構いませんけど……」

露骨に動揺しながらも、フジシロはこちら側へ出てきた。

俺はそんなフジシロにつかつかと詰め寄り、彼を横の壁に追い詰めた。

「ちょっと、何ですか」

「なぜ飼い猫を殺した？」

「え？」

「え、じゃねえよ。俺は確かに聞いたぞ、お前の口から」

「殺すわけないじゃないですか！　猫に罪はありません」

俺はフジシロの胸ぐらを摑んだ。

「とぼけるな。わざわざ言で嘘を言う奴がいるか」

「ほ、本当です。母親を傷つけてやるために、つくったんです。飼っていた猫にそっくりな模型を、苦心してつくったんです。僕はただ、それをさらに死んでいるように加工して、リビングに置いてきただけです。本物は生きてます。知人の家にいるはずです」

──ずっと可愛《かわい》がっていた猫が、リビングで死んでるんだから──

たしかにあのとき、フジシロは「殺した」とは言わなかった。それに加えてこの態度……どうやら、嘘ではなさそうだ。

「……そうかよ」

俺はフジシロの胸ぐらから手を放した。謝りはしなかったが、そのかわり、先刻彼が俺を小馬鹿《こばか》にするような態度を取ったときに、「どこかのタイミングで一発殴る」と決めていたぶんを帳消しにしてやった。

「──あの、それより、何がなんだかさっぱりわからないんですけど……」

面倒だが警察にタレこまれては敵《かな》わないので、俺はフジシロに、彼が眠っているあいだにあったことをざっと説明した。

「どうりで胡散臭《うさんくさ》いと思っていたんですよね、この男」

フジシロは臆面《おくめん》もなく、見え透いた虚言を吐いた。予想どおり、その言葉は誰にも受け取られず、しばらく宙に浮かんだあと、自然と消えた。

「──さて、そろそろ行くかな」

俺は携帯電話をひらいた。午前二時二十六分——期限まで、およそ四時間。

「これ、どうするの？」

ひどく散らかった室内を見回しながら、マフユは不安げに訊いてきた。

「いいよ、そのままで。近いうちに片づけに来るから。力持ちといっしょに。ちょうど裏の林に、でかいゴミ箱もあるし」

「そっか」

俺はケイタのリュックサックを無断で漁《あさ》り、あるものを引っ張り出した。

「このロープ借りるぞ。こいつをトランクにぶち込んでから、脚を縛るのによさそうだ」

「あ、はい、どうぞ」

承諾してくれたケイタに礼を言うと、俺はうずくまっている宮内を蹴飛《けと》ばした。

「おら、立てよ」

ブルーバードのトランクを閉じた。中には丸めた車体カバーといっしょに、両脚を縛られた、ほぼ半死状態の生け贄《いにえ》が入っている。

建物に戻る途中、草むらの中に落ちている紙袋を見つけたので、俺はそれを拾い、さらにロビーでカメラバッグを回収した。

物置部屋に入ると、マフユが両手でクーラーボックスを持って立っていた。隠しスペースから持ってきてくれていたようだ。

「はい、プレゼント」

「おかしなことを言うね。これは俺のだろ」

厳密には柏木の物だが。

「まあまあ」

俺は小首をかしげながら紙袋を床に置くと、マフユからクーラーボックスを受け取り、それをカメラバッグにしまう。バッグの底に彼女の包丁が見えたが、気づかないふりをして、そのましまった。

「——あ、それからこれも」

マフユは思いついたように、コートのポケットからブラックコブラ・デルタを取り出した。

「ああ、そうだ。危ね、忘れるとこだった」

俺は返してもらったそれを、上着のポケットに入れる。ふと見ると、フジシロが部屋の隅——天井の低いほうで縮こまっていた。何かあったのだろうか。……まあ、いいか。

俺は紙袋を手に取り、バッグのストラップを肩にかけて、立ち上がった。

「じゃあ、行こうか」

「――え？」

三人の口から、同じ音が洩《も》れた。

「どのみち、今日はおひらきだ。朝までこんな場所にいたくはないだろ。どっか時間が潰《つぶ》せるような場所まで乗っけて行くよ」


廃墟《はいきょ》から十分ほど走ったファミリーレストランの駐車場で、俺はサイドブレーキを引いた。

「いろいろありがとう、助かったよ。じつはあの作戦、俺の携帯で警察に通報されたらおじゃんだった」

「そんなことしないよ。あの状況じゃあ通報したって手遅れだったし、あたしたちだって警察の厄介になんてなりたくないわ」

助手席に座るマフユが冷静に答えた。マフユの家は近いという話だったのでそこまで送ると言ったのだが、彼女は「ケイタを放って自分だけ帰るわけにはいかない」という理由から、それを断った。

後部座席には、ケイタとフジシロとカメラバッグが、仲良く座っている。

「それもそうか。――じゃあ、元気で」

自分の言った台詞に少々の違和感をおぼえながら、俺はドアロックを解除する。

――元気で？

違和感の原因に気づくと同時に、俺の胸に、ある疑問が湧《わ》いた。

ここで俺と別れたあと、彼らはまた、自殺を図るのだろうか。

「――また、死ぬのか？」

俺はハンドルを見つめたまま、誰にともなく訊ねた。

シートベルトを外しかけていたマフユの手が止まる。

「……きっとね」

「そうか。不屈の精神だな」

「茶化さないでよ。……誰だって、死にたくなんかないわ」

「じゃあなぜ死のうとする！」

俺は無意識に、語気を強めていた。

マフユは大きく息を吐き出し、たっぷりと間を空けてからこう言った。

「生きてるよりは、ましだからよ」

俺はあまりの痛みに、言葉を返せなかった。心臓を、貫かれるような感覚だった。

自分はいままで、自殺志願者は全員、「死にたい」ものとばかり思っていた。違った。彼らは——少なくともこのマフユは、「死にたい」わけではなかったのだ。死にたくはないが、生きることはそれ以上につらい——そう感じていたのだ。生も死も苦痛でしかないのなら、その苦痛が少ないほうを選ぼうとするのは当然のことだ。厭《いや》なこと同士を載せたとしても、天秤《てんびん》は傾く。そのとき上に上がった皿に載っているほうを、彼女は選択したまでのことだったのだ。

俺は後部座席を振り返った。いま下唇を噛み締めているケイタも、きっとそうなのだろう。

何が言える？　俺に、何が言えるというのだ。

彼らと同じ目に遭ったことのない自分が、彼らにとっての「幸せ」を何一つ用意してやれない自分が、この先さらなる地獄が待っていたところで何の責任も取ることのできない自分が、軽々しく「死ぬな」などと言えるものか。そうだ。誰にだって、どんな偉人にだって、人にそんなことをのたまう権利などないのだ。

だが——。

「延期しろよ、自殺すんの」

これくらいのことなら言える。

「は？」

マフユは訝《いぶか》しげに眉《まゆ》をひそめる。

「死んで相手を苦しめるなんて、そんなもの復讐《ふくしゅう》じゃない。自分を酷《ひど》い目に遭わせた人間が苦しむ姿を拝んでこそ、本物の復讐だろ」

「何言ってんの？ どこにいるかもわからないのに、捕まえられるわけないじゃない」

「そうとは限らない。聞いたところ、君を襲った連中が悪さをしたのはその一回きりじゃない。そいつらが俺の読みどおり常習者なら、またあの廃墟を使う公算は充分にある。探偵でも雇って毎日あそこを張ってもらえば、いつか見つかるはずだ。彼らは警察とは違ってあれこれ訊かずに動いてくれるらしいから、きっと言いたくないことは伏せておけるだろう」

「でも、そんなお金あるわけ――」

「おいおい、どうせ死ぬんだから、借金ぐらい屁《へ》でもないだろ」

マフユは一瞬絶句するも、すぐに反対意見を投げてきた。

「でも、もし見つけたとして、そのあと、どうすればいいのよ」

「殺せばいいだろ、一人ずつ」

まだ何か反論したいのだろう、マフユは口を尖《とが》らせたまま、言葉を探すような素振りを見せる。しかしとうとうそれは見つからなかったようで、彼女はやがて諦《あきら》めたように、その口を閉じた。

俺はケイタに目を向ける。

「お前はもっと簡単だ。何せ相手の居場所がわかってるんだからな。そしてお前の場合は、暴力を使う必要はない、つまり法に則《のっと》って復讐することができる。融通の利《き》く病院で左腕の刺青を見せて、オーバーな診断書を書いてもらえばいいんだ。きっとたんまりと金が取れるぞ」

俺はフジシロを目線で示す。

「ちょうどそこに、医者の息子もいる。もしそれでも物足りなければ、殺せばいいんだ」

ケイタは難しい顔をして、膝《ひざ》に置いたリュックサックを見つめている。

「二人とも、死ぬのはそれからでも遅くないだろ」

いま俺が話したことで、仮に二人に「生き甲斐《がい》」なるものを与えられたのだとしても、それは、とても「夢を追うこと」などと胸を張って言えるような代物《しろもの》ではない。構わなかった。たとえそれが、何でも知ったような顔で生きている連中から愚かだとされる、「報復」だとしても。

ケイタの横から強い視線を感じ、俺はさらに身をよじった。

するとフジシロが、つぎは僕の番ですね、と俺の発言を催促するような眼でこちらを見つめていた。

何だ、その眼は。悪いが、お前に言うことは何もないぞ。どうする——。

「……あんたは、大丈夫だろう」

追い詰められた俺の口から出てきたのは、ひどく漠然とした言葉だった。

フジシロは鼻から溜息《ためいき》を吐きながら、うつむいた。適当に吹いたのがバレたのだろうと非難を浴びる覚悟をしていると、彼はぼそりとこう言った。

「やっとだ」

そして急に顔を上げたかと思うと、俺のほうへ身を乗り出してきた。その瞳《ひとみ》は、なぜか爛々《らんらん》と光っている。

「やっと、自分をわかってくれる人に出会えました。そう、僕はまだやれるんだ。そうですよね？」

うだ。

「ああ」

俺の台詞をどういうふうに捉《とら》えたのかは謎《なぞ》だが、どうにか茶を濁すことができたよ
「――じゃあ、これでさよならだ」

みな歯切れの悪い返事をすると、各々《おのおの》の荷物を持つ。

「おっとその前に――ケイタ」

「はい」

ケイタはびくりとして顔を上げた。

「ココアを一杯、もらえるかな」

え、と彼は戸惑いを見せる。

「でも、さっき甘い物は苦手だって――」

「ああ言ったよ。でもほんとは、あのときも飲みたかったんだ」

不思議そうな表情はみるみるほぐれていき、やがてケイタはにっこりと笑った。

「ちょっと待ってください」

えらくはりきった様子で、小さな少年はリュックサックのファスナーを滑らせた。

俺はマルボロをくわえながら、寂れた街にブルーバードを走らせる。

あのあと三人それぞれが礼を言って、車を降りていった。

——ありがとう——

それは間違いなく、宮内を倒したことか、あのファミレスまで乗せてやったことか、そのどちらか、あるいは両方に対してだったはずだ。だが俺は、生き甲斐を与えたことに対してだと曲解した。彼らはこれからも生きていく——本当の行く末がどうであれ、俺にとってはそれが真実だ。なぜなら、俺が彼らの消息を知ることなど永久にないからだ。

13　リセット

氷結していないことが奇跡に思えるほど冷たい水で顔を洗い、俺は屈《かが》めていた腰を伸ばした。目の前にある水滴の飛び散った鏡に、自分の姿が映し出される。

いつのまにか、汗で髪染めスプレーの染料が落ちてしまっていたようで、俺の頭髪は漫画のブラック・ジャックみたいに半白だった。

「……しかしひどい頭だな」

広大だが誰もいないトイレには、その独り言がよく響いた。

疲労に加え、極度の緊張状態から解放されたためか、東北道に入ってまもなく急激な睡魔に襲われ、ここまできて事故でも起こしてしまったら元も子もない、という判断から、俺はここ、羽生《はにゅう》パーキングエリアに寄ったのだった。

鏡の中の俺が、にやりと笑う。修平の身代わりとして宮内、そしてクーラーボックスのレンタル料である五十万は現金で払える。当初の予定とはだいぶ違ったかたちにはなったが、とにかく――。

「クリアだ」

俺はペーパータオルで顔を拭《ふ》き、トイレを出た。

ここは大型のパーキングエリアなのだが、さすがにこの時間ともなるとほとんどの店が閉まっていて、駐車場も閑散としている。

自動販売機でホットのカフェオレを買い、それで両手を温めながら、少し離れたところに停めたブルーバードに向かう。トイレの真ん前に停めておけばこうして寒風の中を歩く時間を短縮できるのは承知だったのだが、そこには一台の乗用車が停まっていたため、やむなくそうした。トランク内で宮内が暴れ、その声や音に気づいたドライバーに騒がれる――といった事態になるのを危惧《きぐ》したのだ。

あまりの寒さに、俺は小走りしはじめた。横を向いたブルーバードが、徐々に迫ってくる。こちらから見えるのは助手席側だ。

ボンネットの前を通過し、運転席側に回り込んだ。とそのとき、俺は右手に持ったカフェオレの缶を放してしまった。それは、ある異変に気づいたからだった。

後部座席のドアが、開いているのだ。

――なぜ開いている？　車を離れるとき、ドアロックは掛けたはずだ。では、これは何だ？　どういうことだ？　何が起きている？

いま確かに目の前にある、理解不能の光景――それを呑《の》み込むことができず、俺はただ立ち尽くす。

だん、と足を踏み切った。一歩で問題のドアを越え、後部座席の様子を眼で捉《とら》える。

……一見して、何も変わったところはない。手前にはカメラバッグがあり、そしてバッグの奥――助手席側には何もない。……これでいい。俺が出ていったときのままだ。

――いや。

い、い、い、い、い、い、
背もたれが、倒れている。

助手席側の背もたれが、ぱたんと前に倒れている。

息が詰まり、心臓の鼓動がたちまち加速していく。俺は意識して呼吸しながらトランクの前まで行くと、力の入らない手でキーを差し込む。

きっといる。いるはずだ。トランクと室内空間をつなぐことのできる車が、どれほどあるというのだ。おそらくそうはない。ならばそれを知っている人間などごく少数。

大丈夫だ、必ずいる――。

俺は一気にトランクを開けた。

宮内は、消えていた。彼の両脚を縛っていたロープを残して。

逃げられたのだ――倒れた背もたれを見た瞬間からわかっていた事実を、ここで俺はようやく認めた。たとえ背もたれが倒れるという知識など持たなくとも、闇雲《やみくも》に暴れていたら偶然開いた、などということは充分にありうる。きっと俺が車を離れているあいだに、それに似たことが宮内の身に起きたのだろう。その事象にくらべれば、縄が解けていたことなど不思議でも何でもない。奴《やつ》とて必死なのだ。

くそ、くそ、くそ、くそ、くそ――。目を離すんじゃなかった。車を停めるんじゃなかった。俺は、どうしようもない愚図だ。

しかし、だからといって、このまま逃がしてたまるか。ここまできて、リセットなどされてたまるか。そうさせないためには、まずこの沸き立った頭を冷やすんだ。

俺は瞼《まぶた》を下ろし、深呼吸をした。すると少しずつ頭が回り出し、やがていま直面している事態を冷静に捉えることができた。――まだだ。まだ利は俺にある。ここは、高速道路だ。逃げようにもタクシーを拾うことはできないし、徒歩で行ける範囲は限られる。そして殺人鬼である宮内が、警察沙汰《ざた》になるとわかっていて、誰かに助けを求めるとは考えにくい。となれば、このパーキングエリア内のどこかに潜むしかないはずだ。さらに鍵《かぎ》は取り上げておいたから、奴に手錠を外す術《すべ》はない。この条件で宮内を捕らえることが困難か？　いや、容易だ。捜せる。捜し出したら、またこのトランクにぶち込めばいい。そう、リセットなどされてはいないのだ。こんなものは、ちょっとしたハプニングだ。

俺は辺りを見回す。隠れるのに適した場所というと、レストランや売店の入った建物の裏か、その周りの茂みの中、あるいは女子トイレの個室といったところか。

とりあえず建物に向かって歩きはじめた。とにかく片っ端から見て回るほかない。いまの自分に、かくれんぼを愉《たの》しんでいる時間などないのだ。

まずはこの周りを一周するとしよう——俺は水銀灯に照らされる歩道の上を、建物に沿って歩く。ほんとうは走りたい気分だが、そんなことをすれば目立ってしまうので堪《こら》えた。

建物は硝子《ガラス》張りで、店内は暗い。そのため店を囲う硝子は、俺や駐車場側の景色をよく反射していた。なんとなくそちらに目をやりながら歩を進めていくと、こちら側へ突き出た白いカウンターが見えてきた。軽食を出す売店が入っているらしい。旗や看板は下げられているため、何を売っている店なのかはわから——。

俺は不意に立ち止まった。カウンターの上にある窓硝子。その内鍵のついている辺りが、割れていることに気づいたからだ。

屋内に逃げ込むとは予想外だったが、バレバレだ。

宮内は、肘《ひじ》かどこかでこの窓硝子を割り、向こう側の鍵を開けて窓を滑らせ、店内に侵入したようだ。奴は俺に時間がないことを知っている。つまりこのかくれんぼに、タイムアップが存在することを知っている。だから奴はそれが訪れるまで、ここでやり過ごすつもりなのだろう。だがそうなる前に、あえなく終了だ。

俺は周囲に目を配り、誰にも見られていないことを確かめる。つづいてさりげなく窓を開け、カウンターに右手をつくと、素早くそれを飛び越えた。

着地はうまくいった。前方、左右——俺はすかさず視線を飛ばす。が、宮内の姿はない。この眼に映るのは、冷蔵庫やレジ台といった、いかにもな物だけだ。

俺は身を屈めたまま、油でぬるついた床の上を奥へと進む。そちらにもカウンターらしきものが見受けられ、その端には背の低いスイングドアが取り付けられていた。外から見て目星をつけていたとおり、この軽食屋は孤立しているわけではなく、建物のメインスペースとつながっているようだ。おそらくはこの建物全体が売店で、その店先では軽食も売られている、という仕組みなのだろう。

軋《きし》ませないように時間をかけてスイングドアを通り抜けると、ブーツのソールからぬめった感触がしなくなった。ここからは足音が立ちそうだ——俺はブーツをそっと脱いだ。手軽に足音を消す方法だ。

シュアファイアを取り出し、スイッチに指をかける。——いや、まだやめておくか。外の人間に不審がられるリスクを考えると、極力使用を避けたほうがよさそうだ。幸い硝子張りのこの店は水銀灯の光を取り込んでいるため、真っ暗闇というわけではない。現にいま、みやげ物が並べられた商品棚が規則正しく配置されているのがわかる。

俺はさらに腰を落とし、忍び足で前進する。物音を聞き逃さないよう、耳を澄ませながら。

最も手前の、棚と棚のあいだを通り過ぎた。左右に首を回す。しかし、宮内らしき人影はない。さらに進む。二列目——いない。三列目——ともなると闇が深く、眼だけでは奥のほうの状況が把握できなかった。なので俺は左右に一度ずつ、シュアファイアの光を飛ばした。宮内はいなかった。

中央付近にあるレジカウンターに行き着いた。カウンターは四つあり、それらは隙《すき》間《ま》の空いた四角形をかたちづくっている。隠れるには、なかなか適した場所といえる。

俺は息を殺し、カウンター同士の切れ間から、四角形の中を覗《のぞ》き込む。左手にスタンガンを持っておけないのが難といえなくもないが、相手は両手をつながれているのだから、格闘なら素手で充分だろう。問題はそんなことではなく、奴を捕らえたあと、どうやってここから車まで第三者に怪しまれないように連れて行くかだ。

四角形の中は案の定暗く、状況はほぼ窺《うかが》えない。俺はシュアファイアを一瞬光らせた。それによって、そこに宮内がいないことと、各カウンターの内側についている棚が案外散らかっていることがわかった。

レジカウンターの周囲を調べてから、先ほどまでと同じ要領で、一列ずつ宮内が潜伏している可能性のあるエリアを潰《つぶ》していく。

いよいよつぎが最後の列、この売店の最奥《さいおう》だ。きっと宮内はそこにいる。何かから逃げているとき、なるべく奥に行きたくなるのが人の心理というものだ。

俺は商品棚から顔を覗かせるようにして、右を照らす。いない。すぐさま左を照らす。いない。

俺は無意識に眉間《みけん》に力を入れ、曲げた人差し指を口にあてていた。宮内のあの状態ではレインコートを脱ぐことはできないだろうから、もし奴が少しでも動けば、わかりやすく衣擦《きぬず》れの音がするはずだ。だがそんな音は聞こえなかった。そのことから、宮内が俺の動きに合わせて移動していたとは考えにくい。とすると、奴がいま隠れているのは、これまで見てきた横の列からは死角になっていた場所、つまり縦の列ということか。ライトで照らせば表からでも見えてしまうような、そんな位置に隠れるとは思えないが、この現状がある以上、もうそれしかない。

突然、店内に強い光が射《さ》した。それを背後から感じた俺は転がるようにして、素早く商品棚の陰に身を隠す。足の裏が冷えから解放されたかわりに、こんどは床についた手と尻《しり》、棚に預けた背がひやりとした。

商品棚のつくる影が、ぴたりと安定した。どうやら店の前に車が停まったようだ。高級車なのだろうか、エンジン音はほとんどせず、青白いヘッドライトの威力は凄《すさ》まじい。もしあのままじっとしていようものなら、外から丸見えになっていたことだろう。

なんだよ、こんなときに。邪魔だ、さっさと失《う》せろ——俺は心の中で、背後三十メートルほどのところにいるであろうドライバーを罵倒《ばとう》する。しかしいくらも経《た》たないうちに、そんな苛立《いらだ》ちは消えた。現況を見て、こう思い直したからだ。これは自分にとって、幸運なことなのかもしれない。強烈な光によって、いまほとんどの縦の列が照射されている。宮内を炙《あぶ》り出すにはちょうどいい。さあ動け、音を聞かせろ——。

店内が闇に戻った。ドライバーが、エンジンを切ったのだろう。けっきょく、宮内の姿を見ることも、奴の出す音を聞くこともできなかった。が——。

あのヘッドライトのおかげで、ドアがあることがわかった。ついさっき、シュアファイアで一瞬照らしただけでは気づけなかったが、いま最奥の列にいる俺の右正面

——この売店の隅に、確かにドアがあるのだった。

俺は外からの目を警戒しつつ、忍者さながらの動きでそちらに近づいた。薄いラクダ色をした、鉄製のドアだった。この向こうは、従業員用の事務室か何かなのだろうか。ドアノブに顔を近づけ、目を凝らす。と、つまみが縦に上がっていることがわかった。どうやら鍵が開いているようだ。もしも事務室ならばつまみは向こう側にありそうなものだが、とにかく、この鍵を開けたのは宮内と断定していいだろう。

どうりで店内にはいなかったわけだ。それにしても、短い逃亡生活だったな。こんどは逃げられないよう、トランクに乗せしだい両脚の骨を砕いてやる。

俺はノブを握り、ドアをそっと押し開けた。そこにはただ暗闇が広がっていた。右足で閉まろうとするドアを押さえつつ、シュアファイアを点灯させる。

想像していたのとまったく違った光景が浮かび上がり、俺はやや狼狽《ろうばい》した。正面数十センチのところが、壁になっていたのだ。ここは、何だ？——ライトとともに、首を左に振る。

俺は自分の目を疑った。いや、この眼に映るものを信じたくなかった。眼前にはコンクリートの狭い通路が延びていて、その先に雑草の地面があり、その奥に同じような色をしたフェンスがあり、そしてそれらはあろうことか、夜空をバックに存在しているのだった。


——裏口、だったのか……。

俺は脚の動くに任せ、その通路を進んだ。コンクリートが途切れても歩みは止めず、素足で雑草を踏みつけながら、フェンスの前まで行った。フェンスの向こう側はがくんと低くなっていて、細い道が横に走っていた。

きっと別の誰かが、売店の窓を破ったのだ。そしてその誰かが、裏口の鍵を開けたのだ。だいいち後ろ手に手錠を掛けられたまま、こんなものを乗り越えられるはずがない。まさか後ろ向きに登ったとでもいうのか？　ありえない——俺はそんなふうに、自分自身を説き伏せようとした。しかし、フェンスのほつれに残されたレインコートの一片が、それを許してはくれなかった。錆《さ》びた針金に引きちぎられたその小さなビニールは、紛れもなく、そして非情に、宮内が逃げ遂《おお》せたことを証明していた。

俺は力いっぱいフェンスを摑《つか》み、天に向かって宮内の名を叫んだ。

だがこの身体《からだ》は、決してそれをよじ登ろうとはしなかった。……こうなってしまっては、仮に制限時間がなかったとしても、捜し出すのは困難をきわめるだろう。それを、カジノまでの移動時間を差し引いた僅《わず》か一時間足らずで成し遂げられるはずがない。不可能だ。

俺は脱力し、フェンスにしなだれかかった。網目を摑んでいた両手はずるずると滑り、やがて両膝《ひざ》が地面についた。

いまある手持ちの金で、なんとか期限を延ばしてもらえないものだろうか。一日だけでいい。もう闇金でも何でも構わないから、その店が開き、金を借りてくる時間さえ与えてくれれば……。

断じてない。そんなことを、あの柏木が許すわけがない。もし一円でも足りなければ、もし一秒でも遅れれば、平然と修平を売る。あいつは、そういう男だ。

身体からさらに力が抜けていき、そのうち額までもが地面に触れた。

たったいま確定した。修平は、処刑される。間抜けな自分のせいで。愚鈍な自分のせいで。余計なことに巻き込んだ自分のせいで。

耐えられるか？　そんな現実を、直視できるか？　受け止められるか？　そんな過去を背負いながら、この先、生きていけるか？

身も心もズタボロになった自分に、俺は声をかけてやった。

「お前、よくやったよ……」

東北道上り車線の路肩に、俺は座り込んでいた。ついさっきまで自殺志願者に説教じみたことをのたまっていた人間が、いまでは彼らと同じ行為をしようとしているのだから笑える。不思議なもので、風はあるのだが寒さはあまり感じない。空も、そこに浮かぶ三日月も星も、誰かが適当に描いた絵みたいに見えた。

遠くのほうから、二つのヘッドライトが近づいてくる。そのままぼんやり見ていると、接近してきているのが軽自動車だと見当がついた。――あれじゃあ楽に死ねそうにないな。俺はその車を見送った。

ふたたび右手に目をやる。と、こんどは先ほどよりも高い位置にあるヘッドライトが認められた。しだいに荒々しい排気音も聞こえてきた。大型トラックだろうか。ダンプカーならなおありがたいが、いずれにしても、あれなら一撃であの世に送ってくれることだろう。幸いなことに、一番手前の車線を走ってくれてもいる。

俺はアスファルトに右手をつき、片膝を立てて尻を浮かせた。確実に死ぬためには、タイミングよく飛び込まなくてはならない。もし早すぎればブレーキをかけられてしまうかもしれないし、最悪よけられてしまう可能性もある。

ヘッドライトが、俺の右眼を刺した。これでドライバーからも俺の存在を認識できるようになったはずだ。しかし、向こうからしたら路肩に人がいるなどとは思ってもみないだろうから、動きさえしなければまさか減速まではできないだろう。

あと五十メートル。トラックに、スピードを緩める様子はない。

まだだ。もう少し引きつけよう。

三十メートル。

なんだか、よくわからない人生だったな。

二十。

修平、ごめんな。

十——。

いまだ——俺はぎゅっと目をつぶり、アスファルトを蹴《け》った。

痛みはなかった。

ほんの少しも、痛みは感じなかった。

そのかわり、俺はいま風圧を感じている。鼻先数センチのところを、コンテナが猛スピードで通過するのを見ている。走っている車を、こんなに近くで見るのは初めてだ。

真横になびいていた前髪が、視界の中に戻ってきた。

プシュ、と排気ブレーキをかける音がした。俺はぼやけた視線を中央分離帯から離し、その乱暴な音が聞こえた方向――左側に移動させる。とそこには、著しく速度を落としたトラックの、小さな後ろ姿があった。赤いブレーキランプが光っている。ところが二秒もするとそれは消え、トラックは怒ったように走り去っていった。

俺はその場にへたり込んだ。そして、うつむいた。

俺に身投げを踏みとどまらせたのは、死への恐怖ではなかった。ある気づきが、そうさせたのだ。

――身代わりなら、ここに一人いるじゃないか。

右足を踏み切る直前、頭の中にそんな考えがよぎり、俺は右足の力を弱めたのだった。その解決策は単純すぎるあまり、死を考えるまで思いつかなかったのかもしれない。あるいは、自分の命が惜しかったから、その選択肢を自動的に削除していただけのことだったのかもしれない。

危うく犬死にするところだった。いや犬死にどころか、自分の手で修平までもを殺すところだった。だが間に合った。気づくことができた。俺がカジノに行きさえすれば――期限さえ守れば、修平が死ぬことはなかったのだ。

いまからでも、修平を救うことはできる。自分でケツを拭《ふ》くことができる――自分が死ぬという事実は揺るがないというのに、この黒い希望のおかげで気分が晴れてきた。目玉を抉《えぐ》られ、身体中を切り刻まれることへの恐怖がないわけではない。だが迷いはない。すべては、自分の蒔《ま》いた種なのだから。

重い身体を動かして、俺は立ち上がった。期限まで、残り二時間を切っていた。

車に戻った俺には、すべきことが三つあった。一つはカジノへ向かうこと。二つ目は修平に連絡すること。そして三つ目は、宮内をこのまま野放しにしないよう、何らかの措置を取ることだ。

一つ目は実行中だし、二つ目はたったいま済ませた。俺は修平に、条件は満たした、とだけ電話で伝えた。このどうしようもないていたらくを吐露し、自分が身代わりになるなどと告げてしまえば、俺が到着する前に彼が自身の命を売ってしまいかねないからだ。修平は、喜びと俺に対する感謝の意を示したあと、ちょうどマンションからカジノに連行されるところだと言っていた。どうやら、彼のダイエットの成果を拝見することまではできそうだ。

残るは三つ目。どうにかしてあの変態を刑務所送りにしてやりたいが、110番通報という手段は得策ではない。警察の信用を得て彼らを動かすには、事実を事細かに話さなければならないだろう。とてもじゃないが、カジノに着くまでにそれができるとは思えない。

もっとほかに、奴の悪事を警察に知らせる方法はないだろうか。何か宮内の身元がわかるような物があれば早いのだが、生憎《あいにく》そんなものはない。財布を奪うことなどよぎりもしなかったし、廃墟《はいきょ》の草むらで拾った紙袋に宮内の携帯電話は入っていなかった。きっと紙袋を投げる前に、自分のものだけ抜いていたのだろう。ちなみに俺の白いほうの携帯は、見事に大破していたのでパーキングエリアのゴミ箱に捨てた。

アスファルトに落ちたヘッドライトの中を、白い破線が猛スピードで流れていく。それをフロントガラス越しに睨《にら》みつけながら、俺は良案を探す。しばらくそうしていると、ふっと眉間から力が抜けた。

――これだ。

ハンドル操作を親指以外の左手に任せ、ドリンクホルダーに置いていた携帯を取った。つづいて発信履歴を表示させる。

やはりあった。登録されていない携帯番号が。これはマフユ、ケイタ、フジシロ、そのうちの誰かの番号であるはずだ。あの隠しスペースの中から草むらにいる俺に準備完了の合図を出した人物は、この黒い携帯を使って紙袋に入ったいずれかの携帯を鳴らしたわけだから、必然的にそういうことになる。俺の白い携帯は壊れていたし、宮内の携帯はもともと入っていなかった。

その未登録の番号に発信して、受話口を耳にあてた。

名前はぱっと出てこないが、聞き覚えのある女性歌手の唄《うた》が流れ出し、やがてその曲がぷつりと途切れた。

『——はい』

聞こえてきたのはマフユの声だった。まだ先ほどのファミレスにいるのだろう、雑音がひどい。

「あ、俺。さっきまでいっしょにいた」

『ああ、川村君……だったっけ？』

「いや……まあいいや。——まだ三人いっしょ？」

『まあ、いっしょといえばいっしょかな』

「え？　どういうこと？」

『あのフジシロとかいう人は、さっき一人で禁煙席に行ったのよ。煙いとか言うから、「じゃああっち行けば？」って言ったら、ほんとに行ったの』

なんだ、またもめたのか。

「じゃあ、ケイタに代わってくれるかな」

『どうして?』

「悪いけど、急ぎの用でね。説明してる時間はないんだ」

そんなのばっかりね、と俺を責めながらも、マフユはケイタに取り次いでくれた。

『——あ、もしもし』

「ああ、ケイタか」

『はい』

「頼みがある」

『頼み……?』

「ああ。いまからすぐ、廃墟に戻ってくれ」

え、とケイタは戸惑いの声を洩《も》らした。

「端的に言う。宮内に逃げられた」

さっきよりも大きな「え」が、受話口から飛び出した。

「ほんとはもう一度捕まえられたらいいんだけど、どうやらそれは無理そうだし、どっちにしても、俺はもう行かなきゃならないんだ」

『じゃ、じゃあ、友達の身代わりは——』

「そんな心配は必要ない。俺の問題は別の方法でなんとかする。——本題に戻すぞ?

廃墟の裏手に林道がある。その先に、赤い4WDが停まっているはずだ。それを携帯のカメラで撮ってほしいんだ。必ず、ナンバーのアップも撮ってくれ」

ちょっと、とケイタは俺の声を遮《さえぎ》ろうとしてきたが、俺は構わずつづける。

「急ぎでやってほしいのはそこまでだ。そのあとはこうしてくれ。撮った写真に、それが殺人鬼の車であることを説明づける文章を添えて、警察に送りつけるんだ。なるべくいろんな警察署に。これならきっと、面倒なことにはならないだろう。もし警察に送り主がお前だってことがバレたとしても、お前はただの自殺志願者だ。たいした罪には問われない」

『でも、もし会っちゃったら……』

「心配するな。仮に宮内が廃墟に直行してたとしても、俺が取り逃がした場所からとそこからじゃあ、到着までの早さは比較にならない。スタートのタイミングの違いを差し引いてもな。それに奴は、俺に課せられた期限の正確な時刻までは知らない。てことは、俺に先回りされている危険性を無視できないだろうから、いましばらくは廃墟に戻れはしないはずだ。それでももし、万が一、最悪の最悪、お前が宮内とかち合ったとしても、あいつは手錠をしたままだ。要は雑魚《ざこ》ってことだ」

『でも……』

「何も一人で行く必要はない。フジシロにも手伝ってもらうといい。ただ、そばにいるお姉さんには頼むんじゃないぞ。お前も知ってるとおり、あそこに行けば彼女は厭《いや》な過去を思い出すだろうからな」

『……』

「大丈夫だ。いいか？　お前はついさっき、あの殺人鬼に一発入れた男だ。何だってできる」

『……わかりました。やってみま――』

意を決したような力強い声が途切れると同時に、がさごそとノイズが届いた。だがそれも、まもなく収まった。

『――ぜんぶ聞こえてた』

ケイタが持っていた携帯電話を、マフユが引ったくったようだ。

『あたしなら平気だよ』

「いや、でも――」

『本人が言ってるんだから平気よ。それより、急がなくちゃね』

マフユの口調からするに、どうやら強がりで言っているわけではないらしい。

「なら、お願いするよ」

『うん。じゃあ「川村君」で登録しておくね。報告するときのために。あと――タバコも返してもらわなくちゃいけないから』

そういえば、彼女のタバコは借りたままだった。しかし――。

「そうだね」

悪いけど、それはできそうにない。おそらく、報告を受けることすらできないだろう。

『じゃあ切るね』

「あ、ちょっと待って」

『――何？』

「俺は、『川村』じゃない。二村だ。二村孝次郎だ」

いまさら本名を名乗ったところで無意味であることはわきまえていた。ではどうしてこんな余計なことをしたのか、それは自分でもわからなかった。

『へえ、嘘《うそ》ついてたんだ。まあ当たり前か。――了解、じゃあね』
プ、プー、プー――。
返事をする前に、通話は切られた。

俺は静かに笑いながら、携帯を閉じてドリンクホルダーに戻した。これで宮内を牢《ろう》屋《や》にぶち込めるとは言い切れないが、現状での最大限といえる手は打った。もう、果たすべき責任はない。
俺はさらにアクセルペダルを踏み込んだ。闇の中、死に場所へ向け、ブルーバードはひた走る。聞こえるのはエンジンの唸《うな》りと風音だけだ。ところが頭の中には、なぜだかあの曲が流れていた。

てんーごくじゃーなくてもー　らくーえんじゃーなくてもー
あなーたにあーえたしあーわーせ　かんじてー　かぜにーなりーたいー

14 ダイブ

カジノ裏手にあるコインパーキングには、五日前にも見たフルスモークのバンが停まっていた。俺はその隣――ビルに最も近い位置にブルーバードを停め、車を降りた。気づけば後輪でロック板を踏みつけて、キーを挿したままにしていた。いつでも発進させられるようにしておけば、自分の末路が変わるかもしれない――そんな、まじないや験担《げんかつ》ぎじみたものにすがろうとしている自分に、若干の憐《あわ》れみをおぼえた。

後部座席からカメラバッグを引きずり出し、ストラップを肩にかけた。ビルの壁には、大きな窓が縦に並んでいる。俺は一番下の窓を見た。……あそこから飛び降りたのが、遠い過去の出来事みたいだ。

コインパーキングを出て、坂道を登りながら、ビルを回り込む。かっ飛ばした甲斐《かい》あって、まだ六時前だ。

電柱の足下で、一羽の鴉《からす》がゴミ袋をつついている。五日前みたいに糾弾の言葉を浴びせられたくなかったので、俺はその鴉のほうを見ないようにした。

ビル正面に着いた。目の前には階段がある。自分が下りるべき階段が。しかし——。

脚が前に出ない。進もうとしてくれない。

これを下りなければ、修平を救うことはできない。が、下りさえしなければ……。

俺は確かに、「死」を恐怖していた。「生」に対する執着心を、ふたたびいだいてしまっていた。よくあんな真似《まね》ができたものだな——高速道路を走るトラックに身を投げるなどという行動に出た自分が、いまでは臆病者《おくびょうもの》にも勇者にも思える。いずれにしても、もう理解ができなくなっていた。

ひとまずタバコを吸うことにした。そうしながら、俺は己に言い聞かせる。

死ぬのは厭《いや》だ。しかし、友を見殺しにするよりはましだ。死ぬのは怖い。しかし、罪悪感と恥を背負って生きていくことのほうが、よほど怖い。まだ生きていたい。しかし、いまの一番の望みは生きることではない。そんなものは二番目以下だ。では一番の望みとは何か。それは修平を助けることだ。——そうだろ?

脚を、前に出してみた。動いた。俺はその勢いで、一段一段階段を下りていく。

——そもそも敵前逃亡など許されるものか。女やオカマならともかく、俺は男だ。けじめもつけられないような男に、生きる資格はない。

ノブも指掛けもない、あの不気味なドアに辿《たど》り着いた。人差し指でタバコを弾《はじ》き、その指で、ドア脇《わき》にあるボタンを押す。

少しして、ドアがひらいた。向こう側に、三分の一ほど。五日前と同じだ。

ケチケチするなよ。あのときとは違って、こっちには大荷物があるんだ——俺は足で、さらにぐいとドアを押し開け、中に入った。

そこには若い男が立っていた。あの日も俺たちを迎え入れたボーイだ。

「ついて来い」

ボーイは冷めた眼で、無愛想に言った。俺がもう一度客として来たとき彼がどんな態度で応じるのか、ぜひ見てみたいものだ。

なるべく客の目に触れないようにしたいのだろう、俺はいまフロアの壁際《かべぎわ》を歩かされている。とはいえ、時間が時間だけあって客は少ない。ついでに、それぞれの生気も少ない。

例の部屋の前で、ボーイが立ち止まった。つづいて彼は重そうに木製のドアを開けると、俺の顔を見る。いまにもまた失敬な言葉づかいで命令してきそうだったので、俺は自ら入室した。

左手にある洋風の机には、柏木がいた。彼は机の上に両脚を投げ出して座っている。

正面にある窓の横、机寄りのところには、大男が粛然と立っている――クマザワだ。修平は、俺の右手――机の向かいに置かれたソファーの前に立たされていた。とくに拘束などはされていないようだが、修平の両脇には、監視役とみられる男が一人ずつついている。片方は派手なジャンパーを着た、いかにも下っ端《ぱ》という出《い》で立《た》ちの男で、もう一方はクマザワ同様、黒服をまとっている。ソファーは新品のものに取り換えたらしく、傷もなく色も変わっていた。

修平は能天気に、俺に向かってピースサインを送ってきた。俺は苦笑いを返した。ダイエットの成果はというと、正直言ってよくわからない。顎《あご》周りの肉は落ちたような気もするが、腹は以前よりも出ているように見受けられる。

背後で、分厚いドアが閉められた。

す、と柏木の目がこちらに向く。相変わらず、見る者を畏怖《いふ》させる力を持った眼だ。

「ずいぶんたっぷり時間を使ったな」

「ええ。思ったより難航してしまいまして」

「そうか。――で、用意できたのか？」

「ええ、きっちり」

じっとりと脇に汗をかきながらも、俺は平然と答えた。

「だろうな。そうじゃなきゃ、のこのこ面出《つら》すわけがない」

そうじゃないのに面を出しているわけだが……。

柏木は机から両脚を下ろすと、「よし、見せろ」と言って、人差し指でくいくいと俺を招いた。

「はい。ですがその前に――」

俺は目線で修平を示す。

「彼を解放してもらえませんか？」

何より修平を逃がすのが先決だ。もし条件を満たせていないことが知れたら、間違いなく修平は、「自分が残る」と言い出すだろう。

おいおい、と柏木は呆《あき》れたように笑った。

「お前はいつから俺に条件を出せる立場になったんだ？」

柏木の顔には、まだ笑みが残っている。ただし笑っているのは口元だけだ。

――怖《おそ》れるな。バッグの中身を見せる前でも、レンタル料の五十万を見せさえすれば問題はないはずだ。身代《みが》わりの俺がここにいるのだから。

「そういうつもりはありませんが、五十万なら――」

「黙れ」

鋭い視線の矢に射抜かれ、俺は思わず口ごもってしまった。

「クズはクズらしく、言われたとおりにしてればいい」

思い出した。この男は、交渉などできる相手ではないのだった。

「……わかりました」

俺は机に近づいて、柏木の真正面に立った。

こうなってしまっては、俺がしくじったことが、いま背後にいる修平にバレるのは必至だ。そのときもし彼が駄々をこねたら、もう柏木の手下の手を借りてでも窓から放り出すしかない。

机の上にカメラバッグを置き、ファスナーを滑らせる。向こう側に向けて置いてしまったため少々開けづらいが、いったんこちらへ向け直すほどのことでもないのでそのままつづけた。

バッグの蓋《ふた》をめくり、クーラーボックスのバックルに手を伸ばす。と、柏木は俺を制し、自らの手でクーラーボックスの蓋を上げた。

持ち上がった蓋のせいで、中身は見えない。とはいっても、もちろん何が入っているかは重々承知だ。保存液の入った瓶。それしかない。柏木は、憤慨するだろうか。それとも、嘲笑《あざわら》うだろうか。だが彼がどんな反応を示そうとも、俺は身代わりになる旨《むね》を伝えるだけだ。

「そうきたか」

柏木の口から、予想だにしなかった言葉が飛び出した。――どういうことだ?

「お前、なかなか面白い奴《やつ》だな」

言いながら、彼は一本の瓶を取り上げた。――いったい、何が面白いというのだ? 眼球などただの一つも入っていない、借りたときのままである瓶を見て、なぜそんなことを言うのだ?

「こんなもん、どこで手に入れたんだ?」

柏木はそう訊《たず》ねると、くるりと瓶を半回転させた。

とたん、俺はそれが、保存液の入った瓶ではないことに気がついた。瓶に、ラベルが貼《は》ってあるのがわかったからだ。そのまま目を凝らして見てみると、そこには「ROMANÉE－CONTI」と記されていた。――これは、何の瓶だ? 見覚えはあるのだが……。

俺ははっとした。自分はこの「ROMAN」の部分を、「浪漫」と読んだことがある。これは、フジシロが持ってきていたワインボトルだ。しかし、それが何だというのだ。

おい、と柏木は、俺の背後に声を投げる。まもなく俺の横を通り過ぎて、柏木の隣にやってきたのは黒服の男だった。

「調べてこい」

柏木は黒服に、ワインボトルを手渡した。

かしこまりました、と言い残し、黒服は机の後ろのドアに消えた。

まるで状況が摑《つか》めない。そもそも、なぜだ。なぜフジシロのワインボトルが、クーラーボックスに入っていたのだ。俺は記憶を巻き戻す。……最後にワインボトルを見たのは、たしか宮内と二人で物置部屋に入り、フジシロのボストンバッグを覗《のぞ》いたときだ。ならばそのあと……。

まさか。ひょっとして、あのときか――。

――はい、プレゼント――

――おかしなことを言うね。これは俺のだろ――

マフユだ。俺が宮内をトランクに乗せに行っているあいだに、マフユがこのクーラーボックスにワインボトルを入れたのだ。思い返せば、あのときフジシロは怯《おび》えているようだった。マフユがスタンガンをチラつかせて、言うことを聞かせたのだとすれば得心がいく。しかし、いったい何のために……。

黒服が、ワインボトルを持って戻ってきた。彼は柏木のそばで腰を屈《かが》め、ぼそぼそと何かを伝える。

と、柏木は突然大笑いした。それから彼は、俺に目を向けた。

「惜しかったな。こいつには、二百四十万ほどの値打ちしかないらしい」

柏木の言ったことが理解できず、俺は彼の言葉を心の中で反芻《はんすう》する。何度も、何度も。やがて、俺は思い切り目を剝《む》いた。二百四十万だと⁉ たかがワインごときに、それほどの値段がつくものなのか。

「まあ意表を衝《つ》かれはしたが、足りねえな。お前が払わなくちゃならないのは、三百五十万だ」

……どうやら、嘘《うそ》ではなさそうだ。あのワインに二百四十万などという馬鹿《ばか》げた値がつくのは、事実のようだ。だとすれば――。

足りている。

「待ってください。残りは、ここにあります」

俺は、なぜか力の入らない右手で内ポケットから封筒を取り出し、それを机の上に置いた。

ほう、と柏木は唸《うな》ると、横目で黒服を見た。

「数えろ」

封筒の中には、およそ百十五万円が入っている。ワインと合わせれば条件を満たせる額だ。

急転直下。

覚悟して体当たりした壁が、じつは紙っぺらでできていた――そんなときに味わいそうな気分だが、とにかく、俺たちは助かったのだ。

振り返ると、修平が口を尖《とが》らせて口笛を吹く真似をした。俺は、あたかも計算どおりだったという顔をしながら、親指を立てた。

15 捕食

「百十五万ちょっとあります」

金を勘定し終えた黒服は、机の上に立っているワインボトルの横に、丁重に封筒を置いた。

「そうか。——余りはもらっておくぞ。このワインを換金する手数料としてな」

無茶苦茶な理屈だが、いいだろう。俺はいま機嫌がいい。

「どうぞ、そうしてください。——じゃあ、俺たちはこれで」

俺は柏木に背を向け、修平に声をかける。

「行こう」

そうだね、と修平は愉快そうに答えた。

俺たちはそれぞれ、窓に向かって歩き出す。

「まあ待て」

柏木の声が聞こえ、俺は彼を振り返った。

「何ですか？」

「そう急がなくてもいいだろ」

「かもしれませんけど、長居する理由もないんで、失礼します」

柏木の返答を待たずに、俺は窓に向き直った。すると、
窓の前にクマザワが立ち塞《ふさ》がっていた。その口元には、不敵な笑みが浮かんでいる。

室内を見回すと、修平を除く全員が、同じように笑っていた。

明らかに、おかしい。

「これは、どういうことですか？　もう俺たちに用はないはずです」

薄ら笑いを湛《たた》える柏木に、俺は恐る恐る問いかけた。

「それが、そうでもないんだ。何せブローカーを呼んじまったからな」

「なぜ、そんなことを……？」

「そりゃもちろん、お前らを売り飛ばすためさ」

わからない。この男は、いったい何を言っているのだ。

「でも、約束は守ったじゃないですか」

「守ろうと破ろうと、俺は端《はな》からお前らを売る気だったのさ。俺の店でサマしやがっ

た奴《やつ》を、許す気なんてさらさらねえからな」

「だったら、なんでこんなことを……？」

おべんちゃらを言うように、俺は訊《き》く。――大丈夫。これはきっと、悪い冗談だ。

「もしあのままお前らを売ったとしても、二人合わせて六百万てとこだ。どうせ殺すなら、もうひと搾《しぼ》りしてからのほうが得だろ？」

「そんな……」

いい表情だ、と柏木は笑った。

「ちょっと待ってください。だとしたら三百万なんかじゃなく、もっと大きい額を提示したほうが得だったはずじゃないですか」

「そんなことはないさ。たとえばだ。俺が出した条件が、『一時間で一億』だったら、お前はどうした？　逃げるか、諦《あきら》めて首でもくくるか。せいぜいそんなとこだろ。実現不可能な要求を突きつけられたとき、人はそこから目を背けるもんだ。言い換えれば、穴に叩《たた》き落とされたクズどもは、そこが真《ま》っ暗闇《くらやみ》では這《は》い上がろうとはしない。じゃあどうするか？　適度な光を見せてやるんだ。出口の存在を示す光をな。するとクズどもは必死にそこを目指すようになる。だから、『五日で三百万』だったってわけだ。これは俺の経験上、なかなかいい線なのさ。五日くらいなら、俺の気持ちが醒《さ》めることもないしな」

それで期限を決めるとき、俺にカードを見せなかったのか。すでに決まっていたから……。

「現にいまこうして――」

柏木の目が、隣同士に置かれたワインと封筒に向く。

「プラスアルファが手に入った」

俺はゆっくりと瞼《まぶた》を下ろした。……何だったのだ。俺の五日間の戦いは。命を賭《と》して走ってきた、長く孤独な道のりは。俺が必死になって目指していたゴールテープは、幻影だったというのか。呑《の》めるか。そんな理屈。呑んでたまるか――。

腹の底が灼熱《しゃくねつ》する。その憤怒は、恐怖ばかりか、冷静さをも焼き尽くした。

「ふざけんな、てめえ！」

俺は短い助走をつけて床を蹴《け》り、机を飛び越える。

とそのとき、咽喉《のど》元に激しい圧迫感をおぼえるとともに、空中で身体《からだ》が停止した。かと思うと、俺の身体は凄《すさ》まじい勢いで後方へと引き寄せられる。

背中と腰に、強烈な衝撃が走った。むせ返りながら目を開けると、クマザワが俺を見下ろしていた。どうやら俺は、この怪力に後ろから襟を摑《つか》まれ、そのまま床に叩きつけられたらしい。

「いまの失言は見逃してやる。さすがに憐《あわ》れだからな。――おい、そいつにも遺書を書かせろ」

足下のほうから、柏木の声が聞こえる。

「大丈夫か⁉――放せ、コラ！」

頭のほうから、修平の声が聞こえる。

クソ野郎。クソ野郎が――。

怒り。悔しさ。そして修平に対する申し訳なさ――それらを感じつつも、俺は心のどこかで納得してしまってもいた。

たしかに、柏木のやり口は最低だ。道理もくそもない。しかしながら、これは当然の結末ともいえる。いちど蟻地獄《ありじごく》に落ちた蟻は、まず生きてそこから抜け出すことなどできないのだから。

そうすべてを諦めようとしたとき、俺はあることを再認識した。

――そうだ。俺は、蟻だった。

咳《せ》き込みながら、右に寝返りを打つ。

蟻は、決して諦めたりはしない。自ら進んで食われたりはしない。己に与えられた

「生」を、擲《なげう》ったりはしない。どんなに絶望的な状況に陥ろうとも、足搔く。

足搔《あが》きつづける。絶命する、その瞬間まで――。

「おい、ブタザワ……」

修平と下っ端の揉《も》み合いを鑑賞していたクマザワが、俺を見下ろす。

「さっさと……ペンと便箋《びんせん》を持ってこいや。ごほっ……お前の愛してやまない……柏木様の命令だろうが」

あ？　とクマザワは野太い声で凄《すご》む。

「おっと、その前に……俺を起こせ。げほっ……お前だって、丁寧な字で書いてほしいだろ？」

クマザワは柏木に顔を向けた。俺を叩きのめす許可を求めているのだろう。

「ほどほどにな。内臓破裂なんてしたら値が下がっちまう」

「承知しました。――よかったな、チビ。これで俺と遊べるぞ」

二つの巨大な手が迫ってくる。

「そんな……待て」

「止《と》めてくれると思ってたみたいだな」

両肩に鈍い痛みが生じた。俺は悲鳴を洩《も》らしながら、右手で力一杯クマザワの片腕を摑む。

「そんな力で放すか、ひ弱め」

身体が宙に浮いた。またこの男の得意技、「高い高い」からの膝蹴《ひざげ》りがくるようだ。

「やめろ。俺は……売りもんだぞ」

互いの目の高さが合った。この景色を見るのも、夢を合わせたら三度目だ。

クマザワはにやりと笑う。

「前ぐらいの強さなら、内臓破裂はしないはずだ」

「やめてくれ。あれは……運が良かった……だけかもしれない」

俺はクマザワの片腕から右手を離し、ぶらりと下げた。

右腕を、ブラックコブラ・デルタが伝う。

「見苦しいぞ。いまさら——」

小刻みに明滅する青白い放電光が、ストロボを焚《た》いたようにクマザワの間抜け面《づら》を照らす。

「いまのてめえには負けるよ」

右腕を上げ、電極を首筋に押し当てた。

クマザワの口から、濁声《だくせい》が発せられる。と同時に、俺の両肩を摑む握力が増した。

――そうだ、まだ放すな。

痛みに耐えながら、俺はそのまま電流を流しつづける。まもなく、クマザワの身体は痙攣《けいれん》しはじめた。

頭部に近い場所を攻撃してはならないと、スタンガンの説明書に記されていた。裏を返せば、そうすることによって対象者に絶大なダメージを与えられるということ。ちなみに、スタンガンの電気は二本の電極のあいだにのみ流れるため、電流を浴びている相手に触れていても感電はしないということも、説明書から学んでいた。

クマザワは白目を剝《む》き、泡を吹いた。と、その両手から、ふっと力が抜ける。

すた、と俺は着地した。

「生憎《あいにく》、袖《そで》から物を出すのは得意でね」

この両肩の痛みと引き換えにしてでも、やる価値はあった。いきなり打撃でこられたらまずかったが、敵の中で最も厄介であろうクマザワを確実に気絶させるためには必要な賭《か》けだった。

ずん、とクマザワは膝から崩れ落ち、

「死んでろ、でくの坊」

顔面から前に倒れた。

右手に視線を投げる。修平は、まだ下っ端と揉み合っていた。どこか調子でも悪いのだろうか。とにかく――。

「そいつは任したぞ」

「おお！」

威勢のいい修平の声を聞きながら、俺は机のほうに身体を向けた。

「ずいぶん物騒なもん持ってんじゃねえか」

最強の手下がやられたというのに、柏木は余裕の表情だ。おまけに黒服とボーイの態度にも、動揺は見られない。

「へっ、入り口に金属探知機でも設置しておくんだったな」

彼らの反応は意外だが、クマザワを倒せたことは大きい。これで修平が下っ端を仕留めるまで時間を稼げれば、捕まることなく窓から逃げられそうだ。ちょうど窓の外には、すぐに発進できる状態のブルーバードがスタンバっている。が――。

それは本当の意味での「脱出」ではない。柏木はあの日、警察を頼れば家族を殺すと言っていた。おそらくあれはハッタリではないだろう。となれば、ただ逃げるだけでは駄目だ。もう、この男を殺すしかない。そうしない限り、この蟻地獄から脱出したことにはならない。

「おい、お前は入り口に行っておけ。そろそろブローカーが来る頃だ」

俺のほうを向いたまま柏木がそう言うと、ボーイは返事をして賭場につづくドアを出ていった。

完全にナメてるな——俺は苦笑した。はじめからボーイは戦闘要員ではなかったのだろうが、この状況で部下の一人を外に出すとはたいした自信だ。

だがこちらにとってはありがたい。教えてやる。その慢心が仇《あだ》となることを。蟻でも、アリジゴクを嚙《か》み殺しうるということを。

「つぎは俺が相手をしてやろう」

首や肩を回して身をほぐしながら、黒服が机の向こうから近づいてくる。

「わざわざ言ってくれなくて結構だよ」

黒服は、俺から少し距離を置いたところで身構えた。その立ち姿を見る限り、格闘技の心得があることが窺《うかが》える。

俺は固唾《かたず》を飲み、ブラックコブラ・デルタを握り直す。すでにスタンガンの所持が露呈している以上、もう不意打ちは使えない。

俺は試しに、放電しながら右腕を突き出す素振りを見せた。

黒服は微塵《みじん》も怯《ひる》まない。どうやらこの男、それなりの場数も踏んでいるようだ。しかし相手がどんな手練《てだ》れであろうと、ぐずぐずしてはいられない。ブローカーが来る前に、なんとか決着《ケリ》をつけなくては……。

「死ね、コラ!」

俺は大きく一歩踏み込んで間合いに入ると、黒服の側頭部目がけ、フックの要領で右腕を振る。スパークするブラックコブラ・デルタが、そこに急接近していく。と、ターゲットである頭ががくんと沈み、俺の右腕は空を切った。

——構わない。それは囮《おとり》だ。

俺は空振りした勢いを利用して身体を回転させ、渾身《こんしん》の回し蹴りを放った。が、ブーツの底から、命中した感触は伝わってこなかった。敵は腰を落としたまま、半身になって蹴りをかわしていたようだ。

黒服は、宙に取り残された足首を摑むと、勢いよく立ち上がる。俺はバランスを崩し、派手に転ばされた。——こいつは、まともにやり合って勝てる相手ではない。

「来るな! こっちへ来るな!」

俺は床に尻《しり》をついたまま後退《あとずさ》る。そうしながら、放電させたブラックコブラ・デルタを振り回す。

黒服は声を上げて笑い出した。左側からも、柏木の笑い声が聞こえる。

やがて、暴れる右手が机の上に載っていたカメラバッグのストラップに引っかかり、どすん、とバッグがこちら側に落ちた。俺は構わず、見苦しいおこないをつづける。

「来るな！　来るなって言ってんだろ――」

しばらくそうしていると、
バチバチ、バチ……バチ……。

放電音の間隔が空いていき、ついには鳴りやんだ。トリガーボタンから指を放してはいない。ということは、バッテリーが切れたようだ。

「くそ！」

俺はスタンガンを投げつける。ところが黒服は、難なくそれをかわした。

「ちくしょう！」

俺は真横に落ちているカメラバッグからクーラーボックスを抜き取り、ゆっくりと近づいてくる黒服に、さらにそれを投げ放った。相手は落ち着いた様子で、クーラーボックスを両手で受け止めた。

「もう諦めろ。スタンガンがなけりゃ、お前は何もできない」

机の向こうから、柏木が呆《あき》れたように言う。

「うるせえ！」

焦《あせ》った声を張り上げながら、俺は腹の中で舌を出していた。――ボケが。俺の武器はそれだけじゃねえんだよ。

俺はカメラバッグのメインスペースから、別の武器を取り出した。マフユの包丁だ。――いままでのみっともない振る舞いは、自然にこうするための布石だったのだ。

床を蹴り、ふたたび机を飛び越える。

これはテレビゲームとは違う。子分が残っていても、先に親玉を殺すことは可能なのだ。

寝転ぶように腰かけている柏木を視界の真ん中に捉《とら》えながら、俺は空中で、力一杯握った包丁を頭上に掲げる。

「死ねや、柏木ー！」

標的である柏木の胴体が、猛スピードで接近している。柏木は微動だにしない。いや、できないのだろう。

――殺《や》れる。

このまま射程距離に入りしだい、包丁を振り下ろして終わりだ。柏木の息の根を止めれば、そのあとは二対二。なんとかなりそうだ。やはり、足掻いてよかった。俺たちは蟻地獄から、なんとか抜け出したのだ。といっても、こんどは刑務所行きか。いったい、何年くらいだろうか。中では何をして過ごそ——。

ガン、と横から、重く硬い何かが激突してきた。俺は机の上に倒れた。——クーラーボックスか。

間髪いれずに黒服が覆《おお》い被《かぶ》さってきて、俺は抵抗する余地もなく取り押さえられた。

「放せ、てめ——うっ」

脇腹《わきばら》を殴られ、その拍子に、包丁の柄が右手から離れた。音からして、包丁は床の上に落ちたようだった。——くそ、あと一歩のところで……。

「すいません、遊びすぎました」

「構わねえさ。俺も愉《たの》しんでたしな」

二人の会話を聞きながら、どうにか黒服を振り落とそうとしてみるのだが、うつ伏せの状態からまるで身動きが取れない。

「だがもう飽きてきた。ちょっとおとなしくしててもらおう」

目の前にある、自らの牙《きば》を誇示するように口を開けた虎《とら》の置物が、柏木の手によって持ち上げられる。銅だか鉛だか知らないが、それがかなりの重量であることが窺えた。

「手でも潰《つぶ》すか。それなら値は下がらない」

「それはいいですね」

「おいおい、いいのかよ。そんなことしたら遺書が書けなくなるぜ」

おちょくるような台詞《せりふ》を吐きながら、俺は自分の口元が引きつっているのを感じていた。

「そうでもねえよ」

柏木は空いているほうの手で、俺の左腕を押さえつけた。

「こっちなら問題ない。ちょうど怪我《けが》もしてるようだしな」

「そうかよ。じゃあさっさとやれよ、クソが」

俺は身体中からいっさいの力を抜いた。諦めたように見せかけることによって、俺を押さえつけている二人が気を抜くのを期待したのだ。そしてそうなったら、不意に身をよじってこのホールド状態から脱するつもりだった。

しかし、どちらの力も弱まることはなかった。

柏木が置物を振り上げる。

ここまでか――想像を超えるであろう苦痛に備え、俺は固く目を閉じ、歯を食いしばった。直後――。

「うわああああああああ！」

と絶叫した。ただし、叫んだのは俺ではない誰かだった。

位置からすると、修平か下っ端のどちらかだが、声が修平のものではなかった。ということは、下っ端だ。

目を開けて、声のしたほうを見ると、修平が立ったまま自分の腹を呆然《ぼうぜん》と見つめ、その横で、下っ端が両手で何かを握っていた。それは、ナイフだった。

「あ……あ……」

言葉にならない声を洩《も》らしながら、自身の腹を両手で押さえながら、修平はゆっくりと腰を下ろしていき、床にうずくまった。そしてまもなく、ごろりと横になった。

――あいつ……刺しやがった……。

「何してんだ、てめえ」

振り下ろした置物を宙で止めていた柏木が、低いトーンで言った。

「俺じゃないです。こいつが、自分で……」

弁解しながら、下っ端はその場にへたり込む。

「そんなわけねえだろうが！」

黒服が下っ端を怒鳴りつける。

力の緩んだ柏木の手と黒服の身体を振り払い、俺は修平のもとへ駆け寄った。

「代わりにてめえを売るぞ、この野郎！」

「勘弁してください！ほんとに、こいつが――」

この事態にどう対処するかで頭がいっぱいらしく、二人とも俺には構わなかった。

床に両膝をつき、友の上体を抱き起こす。

すでにグレーのトレーナーの一部分を、赤が侵食していた。この暗がりの中でもわかるほど、鮮やかな赤が。

「おい、大丈夫か！」

大丈夫なわけがない。腹を、ナイフで刺されたのだ。

修平は歪《ゆが》めた顔に、苦い笑みを浮かべた。

「ごめん、しくじった……。でも、売られるよりは……よかったかもしれないな」

どうすればいい。自分はいま、何をすればいいのだ。

「おい、頼む。死ぬな」

自分の口から出ていることを認めたくないほどの情けない声をかけた。すると修平はゆっくりと片手を伸ばし、そして俺の右手を強く握った。

「ありがとう。こんな俺と……友達になってくれて……」

「馬鹿野郎《ばかやろう》、礼なんて言うなよ。お前には、謝ることだらけだ」

「そんなことは……ないよ。謝ることなんて、一つも……ない」

修平は、うう、といちど大きく唸《うな》ると、俺の右手を引き寄せ、赤く染まっている箇所に触れさせた。

「本当に、楽しかった……」

「やめてくれ。俺のせいで、お前はこんな目に……。それに、昔教室でお前がげろ吐いたときだって――」

俺は思わず言葉を切った。掌《てのひら》から伝わってくる感触が、想像していたものとまったく違うことに気づいたからだ。人間の身体にしては、明らかに硬い。それに、赤く染まった範囲のほぼ中央に触れている指先、そこから伝わる感触も妙だ。僅《わず》かに力んだだけでベコリと凹《へこ》む。ちょうど、ビニール素材でできたチューブ状の容器を掴むときみたいに。何より、温度をまるで感じない。この赤い液体からも、修平の腹からも。

怪訝《けげん》に思い、俺は傷口から修平の顔に視線を移した。すると彼は、ウインクをした。

それを受けたとたん、廃墟《はいきょ》に赴く間際《まぎわ》に修平と交わした会話の中で、彼が口にした台詞がつぎつぎと脳裏に蘇《よみがえ》った。

――この部屋に最初から置いてあったジャンプもエロ本も、もう読み飽きちゃったしさ――じつは俺も、何度も挫《くじ》けそうになった。でもそんなときは、冷蔵庫に入ってたケチャップを舐《な》めるんだ――

――ここには、ベッドや布団《ふとん》がないからね。だから、薄っぺらいクッションだけで寝なきゃならない――

まさか修平は、薄いクッションの中にジャンプとエロ本、そしてケチャップの容器を入れ、そうしたものをトレーナーの下に仕込んでいたのではないか。容器は最も外側にくる部分に、雑誌類は内側に入れておけば、刃が容器を貫通しても皮膚を傷つけられることはない。先刻下っ端は、「こいつが自分で」と言っていた。おそらくあれは、言い逃れではないのだろう。きっと彼の握るナイフを、修平が自分で自分の腹に導いたのだ。この仮説が立ったいま、ここで修平と再会したとき、ダイエットしていたにしては腹がやけに膨らんで見えたのも肯《うなず》ける。

わからないことはまだまだあるが、とにかく、これだけは間違いない。刺されたというのは、修平の芝居だったのだ。

俺がそれに思い至ったことを察したのだろう、修平は一瞬だけべろを出した。安堵《あんど》したことを背中で語ってしまわないよう俺が息を止めていると、彼は目線を二度、窓のほうに送った。

——逃げようというのか。だが逃げてしまえば、柏木を殺すことはできなくなってしまう……とは限らないか。

スタンガンも包丁も失ったいま、いちど退却するというのは賢明な選択かもしれない。今夜にでも、店の前で待ち伏せして刺し殺すほうがよほど成功率は高い。しかもその方法なら、俺一人で済みそうだ。どこまで見越しているのかは知らないが、俺なんかよりこの修平のほうがよほど冷静だったことは確かだ。

よし、従おう。修平に——俺は泣き顔をつくり、背後を振り返る。

「くそ！　お前らのせいで！」

むろん、状況を確認するためだ。依然、柏木と黒服が机のところから、床にへたり込んでいる下っ端を責め立てているといった構図だ。三人とも、位置はほとんど変わっていない。これなら慌《あわ》てなくても、奥の二人に追いつかれることはまずないだろう。あるとすれば下っ端だが、瞬時に状況を理解して俺たちを追えるような精神状態ではあるまい。——いけそうだ。

俺はよじっていた上体の向きを戻し、修平の腹から右手を引き取った。そして、三人の死角になっているであろう自分の腹の前で、指を三本立てた。それを見て、修平は頷《うなず》いた。

ケチャップまみれの指を、一本ずつ折っていく。
三、二、一——。
「行くぞ！」

一気に立ち上がり、数歩の距離を駆ける。後ろから、どさ、と何かが落ちる音が聞こえた。たぶん腹の仕込みだろう。とにかく修平もついて来ているようだ。

窓枠に手をかけ、内鍵《うちかぎ》を下ろした。

「先に出ろ」

前を向いたまま背後の修平に言いながら、俺は勢いよく窓を滑らせる。と——。

甲高い爆発音が鳴り響いた。と同時に、目の前の窓硝子《ガラス》に直径一センチほどの穴が開き、そこから放射状に延びる罅《ひび》が入った。

いっさいの動きを止めていた俺は、怖々《おずおず》と音のしたほうに首を回す。すると、柏木がこちらに向けて自動拳銃《けんじゅう》を構えていた。その銃口は、ゆらりと一筋の煙を吐いている。

「あんまりふざけた真似《まね》するんじゃねえぞ。お前らを殺すことなんていつでもできるんだ。たとえまだ遺書を書いてないお前のほうだろうと問題ない。俺の代わりに

――」

柏木は下っ端を顎《あご》で指す。

「こいつがムショに行くだけの話だ。いまはただ、金のために我慢してやってるにすぎないってことを忘れるな。わかったら、おとなしくしとけ」

またしても、活路が閉ざされた。だが、誰がおとなしくなどするものか。誰が白旗など揚げるものか。これほどまでに馬鹿げた理屈はない。殺されるのが厭《いや》なら殺されろ、と言っているようなものだ。このまま言いなりになれば、俺たちの生存率はゼロパーセントではないか。

心拍数は跳ね上がっていたものの、不思議と恐怖を感じてはいなかった。こうなったら強行突破だ。修平を突き飛ばして、その勢いでいっしょに外に出よう。幸い窓は半分ほど開いている。運が味方すれば、被弾せずに済むかもしれない。もし銃弾を浴びたとしても、きっと修平だけなら逃がせるだろう。

「わかりました」

俺はソファーに座るのだと言うように、いちど窓を離れる。一歩、二歩、三歩、四歩、五歩。あの修平を突き飛ばすとはいえ、このくらいで充分だろう。あとは走っていって思い切りタックルするだけだ。

よし、やるぞ。命を張った大博打《ばくち》だ――俺は文字どおり踵《きびす》を返す。

とその瞬間、何者かに足首を摑まれ、俺は反射的に足下に目を落とした。俺の足首を握っていたのは、目を醒ましたクマザワだった。

早《はえ》えな、おい――厭な汗が眉間《みけん》を通過し、鼻の横を流れていく。

全力で蹴りつければ、この手は離れるだろうか。いや、無駄と判断したところでほかに為《な》す術《すべ》は――。

ガチャ、と音がして、俺は足下から賭場につづくドアに目を転じた。

するとそこから、ボーイに連れられ四人の男が入室してきた。見たところ、東南アジア系の外国人のようだ。どうであれ、臓器の闇ブローカーに違いない。

俺はごくりと唾《つば》を飲み込んだ。

これでもまだ、足掻きようはあるのだろうか？

〔お父さん、お母さん、先立つ不孝をお許しください。僕はもう、生きていくのが――〕

俺はいま、地べたで遺書を書いている。何の具体性もないつまらない内容だが、死を望んでいない人間が書いているのだから、そんなものだろう。

真横にはぴったりと黒服が張りつき、上着の中から俺の脇腹に銃口を向けている。もしも書き終えるまでにペンを止めれば、この身体に銃弾が撃ち込まれるという仕組みだ。背後からは、三人のブローカーが便箋を覗《のぞ》き込んでいる。もちろんいまの俺に、それを鬱陶《うっとう》しいと思う余裕はない。

修平はさらにその後ろ——ソファーに座らされ、クマザワと下っ端に両脇を固められている。

柏木は、俺の正面に位置する机の縁《へり》に腰かけ、彼の隣に立つブローカーのリーダーらしき男と、英語か何か……とにかく異国の言語で会話している。

あれから、俺たちが暴行を受けることはなかった。といっても、それは決して慈悲などではなく、単にブローカーの手前だからそうしないでおいただけだろうが。

書くことがなくなってきた。そろそろ、遺書が完成してしまう。そしてそうなったときが、俺たちの終わりのとき……。

しかし、さすがにもう喰われるしかなさそうだ。これ以上抵抗すれば、間違いなく柏木は逆上する。逆上すれば手に入るはずの金をふいにしてでも、柏木は俺たちを殺すだろう。やはり蟻地獄から抜け出すには、生命そのものを吸い尽くされるしかないらしい。

俺は観念し、遺書を締めくくろうとした。とその瞬間、幼い頃に見たある光景がフラッシュバックした。それは、一匹の蟻がアリジゴクの攻撃に乗じ、見事に天敵の罠《わな》から逃れたときの様だった。

――いや、死ななければ出られないとは限らない。いたじゃないか。そう、確かにいた。蟻地獄から生還した、奇跡の蟻が。

彼は諦めなかった。だからこそ、あんな奇跡を起こせたのだ。かといって、彼が特別だったというわけではない。ほかの喰われていった蟻たちだってそうだった。だがこれだけは言える。足掻くことをやめてしまえば、何も起こらない。起こりえないのだ。ならば自分も、最期《さいご》までできることをやるべきだ。たとえそれが、「終わり」を引き延ばすこと以外になかったとしても。まだこうして、この身体は呼吸をしているのだから――。

俺は思考力を働かせ、それらしい文章を記していく。これでこの便箋が埋まるまでは、俺たちは生きていられる。意味ならある。それまでに、何かが起こるかもしれないのだ。千に一つ、万に一つ、この最悪の状況を変えてくれる何かが。

残り三行となった。便箋の追加を要求できればいいのだが、俺はいま口を利《き》くことすらも禁じられている。「できました」。それ以外の言葉を発した時点で、「抵抗」とみなされるに違いない。

残り二行。――まだだ。まだ、ゼロじゃない。死が決まったわけじゃない。希望を捨てるな。

ついに、残すところ一行となってしまった。――頼む。俺たちをここから出してくれ。あの、強運を持った蟻のように――俺は信じてもいない神に祈った。

そのときだった。

ゴトン、と床に、何かが落ちる音がした。そこに目だけを向けると、コーヒーのショート缶ほどの円柱が転がっていた。どうやら開いた窓から飛んできたようだ。

いま室内にいる誰もが、その謎《なぞ》の円柱に目を奪われていることだろう。少なくとも、俺と横の黒服はそうしている。

突如、円柱から煙が噴き出した。

「何だ、これは！」

柏木が叫んだ。

煙はたちまち室内に広がり、視界を白く包んでいく。

と、不意に眼と咽喉に鋭い痛みが生じ、俺はぎゅっと目をつぶり、激しく咳き込みはじめた。俺だけではない。空咳《からぜき》の音があちこちから聞こえる。

ピシャ、と窓が閉まる音がした。かと思うと、そちらから明らかに急いでいるとわかる足音が向かってきた。

「息を止めてこれをつけろ。それまで目を開けるんじゃないぞ」

近づいてきた人物は籠《こも》った声でそう言いながら、俺の手に何かを握らせた。感触、並びに彼の口にした台詞の内容からすると、ガスマスクのようだ。あれこれと考える間もなく、俺はそれを装着する。

咳も涙も止まらず目も開けられない状態だが、俺は胸の中にある疑問をストレートに声にした。

「あんた……何者だ？」

「あとで話そう。何も見えなくなる前に、友達にも同じ物を渡さなくちゃならんからな」

冷静な口調でそう言い残し、声の主は去っていった。

小さな円柱は、とんでもない混乱をもたらしていた。

部屋中いたるところから、くしゃみ、咳、悲鳴、喚《わめ》き声が聞こえる。喚き声は、日本語と外国語の半々だ。

時間が経《た》つにつれ、それらは音量も回数も増していき、ついには嘔吐《おうと》する音まで耳に入ってきた。

ガスマスクのおかげだろう、しばらくすると眼の痛みと咳は治まり、俺はようやく瞼を上げることができた。

レンズ越しに見える部屋は、ただの白だった。

乱入してきた男が窓を開けると、充満していた煙が徐々に薄らいでいった。やがて室内の様子が把握できるようになったときには、俺は無意識に目を剝いていた。

床でぐったりと寝転がっている柏木やその手下たち、それからブローカーまでもが、後ろ手に手錠を掛けられているのだ。

背後を振り返った。修平は俺と同じように床に両手をついたまま、きょろきょろと室内を見回している。彼の近くで倒れている者たちも、やはり手錠を掛けられていた。

俺は立ち上がり、窓のほうへと顔を向ける。

「さっきの質問に答えてくれよ」

「いいだろう」

言うと男は、俺たちにソファーに座るよう促した。お互い様だろうが、ガスマスクを着けている彼の声は聞き取りにくい。

俺は、同じくマスクをした修平と顔を見合わせ頷いた。が、途中で柏木たちが起き上がってくるのではないかという考えがよぎり、座るのを躊躇《ちゅうちょ》した。

「大丈夫だ。こいつらにはさっきの催涙《さいるい》ガスのほかにクロロホルムを吸わせたから、しばらく意識は戻らない」

男にそう言われ、俺はいまいちど行動不能となった柏木を見た。しばらくそうしていると、そこに、たらふく餌《えさ》を喰って成虫になり、強さを失ったウスバカゲロウの姿がオーバーラップした。

「――どうした？　聞きたいんだろ」

いつのまにか、男は向かいの机に腰を預けていた。

「ああ、聞かせてもらうよ」

俺と修平は、ソファーに並んで腰かける。

男はそれを待ってから、じつはな、と切り出した。

「俺は刑事なんだ。数ヶ月前から、ある臓器密売組織を追っている。その組織の情報を集めているうちに、柏木の名が挙がった。そいつらと取り引きしてるらしい人間ってことでな。それが二ヶ月ほど前のことだ。裏が取れたんで、俺は柏木をマークしはじめた。この部屋に盗聴器を仕掛け、柏木が密売グループに接触するのを待った。ところが待てど暮らせど、柏木はこっちが期待する行動を起こさなかった。危険を察知したからじゃないかと一時は勘繰ったが、いまこうなっているんだから、それはたまたまだったってわけだ。だがもちろん、そのときの俺は焦っていた。やがて業《ごう》を煮やした俺は、自分から仕向けてみることにしたんだ。柏木をブローカーと取り引きさせるように」

「どうやって……?」

口が勝手に質問した。

「ある若者に入れ知恵してヘマをさせ、柏木の怒りを買ってもらったんだ。その役は誰でも構わなかったんだが、警戒心や経済力を考えると若者が適任だった。ところがそれは失敗に終わった。というのもその若者ってのが、大金持ちの息子でな。柏木が提示した金額を、あっさりと払っちまったんだ。それも僅か数十分後に。だが知ってのとおり、柏木はそれで手を打つような男じゃない。その後も彼に金を要求しつづけた。彼は払いつづけた。そうしているうちに、柏木も気づいたんだろう。殺すよりもおいしいってことが。けっきょく、ブローカーとの接触はなかった」

なぜだか胸がざわつく。

「その教訓を活かして、俺はつぎの餌《い》を金持ちのいない場所、つまりパチンコ屋で探すことにした。金持ちは、あんなチンケなギャンブルはしないからな。すぐになかなかよさそうな二人組を見つけたよ」

まさか……。

「彼らに近づいて話を聞いてみると、案の定裕福じゃあなかった。そのうえ好奇心も旺盛《おうせい》らしかったから、まさに理想的だったよ。それから、念のためその二人の素性を調べさせてもらった上で、俺はそいつらにこの裏カジノの存在を教えたんだ。ここで、イカサマをさせるためにな」

間違いない。こいつは——。

「もうわかっただろ？」

男はガスマスクを外した。

杉田だった。俺たちを、この蟻地獄に突き落とした張本人——杉田だった。

「な……」

横で修平が驚愕《きょうがく》の声を洩らす。

俺は自分の息が荒くなっていることを、レンズの曇りに知らされた。

杉田は一つ咳をしてマスクを戻すと、まだガスがきついな、と呟《つぶや》いた。

「当初の計画だと、その日のうちに片がつくはずだった。君らのイカサマが発覚する。柏木が金を要求する。君らは払えないと言う。柏木は君らを売ろうとする。やがてブローカーと接触する。そうなったところを俺が捕まえる——といった具合にな。ところが柏木の出した要求は、じつに複雑なものだった。一人を人質にして、もう一人に金を用意させるってんだからな。おかげで俺の計画は大幅に狂っちまった。まず最低限、俺は修平君についていなくちゃならなくなった。柏木の気まぐれで取り引きが早まるなんてことが、ないとは言い切れんからな」

なぜ修平の名前を……いや、事前に俺たちの身辺調査をしたのだから当然か。

「そんな中、俺は最短で事態に収拾をつける方法を考え、手を打った。二村君、四日前君に電話をしたのがそれだ。あの会話を受けて、君には早急に別の餌《えさ》を連れて来てもらいたかったんだ」

四日前の電話……。俺は眉間にしわを寄せる。あのとき聞いた杉田の台詞の中に、いま彼が言った「狙《ねら》い」を匂《にお》わせるような言葉はあっただろうか……。

一瞬の後、俺は目を見ひらいた。

——まあ世の中には、自殺する奴《やつ》もいるくらいだ。せいぜい汗をかいて、身代わりを探すがいい――

　まさか杉田があんなことを告げたのは、俺を誘導するためだったというのか。……

だが事実、あれによって俺は、現金を調達するという発想を捨てることになった。

「しかし君は、さらにそれを応用するかたちで条件を満たそうとしてしまった。眼球を集めるなんていうイカれたやり方でな。それがわかったときは、もう一度話して軌道修正させることも考えたんだが、けっきょくはやめておいた。そんな明らかに不自然なことをすれば、君に勘づかれてしまいかねないからな。それによくよく考えてみたら、焦る必要も、何の問題もないと気づいたんだ。こっちからしたら、君が目玉を集めて来たとしても、ひどい話目的を達成できずに逃げたとしても、期限さえ訪れれば柏木は修平君を売る――つまりブローカーと接触することになるんだからな。ただ俺が一つ怖《おそ》れていたのは、君が現金を用意して戻ってきて、それで柏木が納得してしまうことだった。万が一そんなことになったら、ブローカーとの接触はなくなっちまう。だから昨日の晩、電話をかけたんだ。あの時点での君の状況を探るために」

　昨夜、確かに俺は杉田と電話で話した。廃墟の見回りをさぼっていたときだ。

――おいおいなんだよ、二村君。ずっと聞いてたのか。そりゃ、ずいぶんと悪趣味じゃないか――

――ところでどうだ？　身代わりは見つかったか？――
――親切に答えてやる義理はねえな。これが済んだらゆっくり遊んでやるから待っとけや――
――なかなか楽しんでるようじゃないか。うらやましいねえ。よかったら、ぜひ「これ」とやらを教えてくれよ。もし教えてくれたら、お返しに俺の居場所をおし――

いま思えば、たしかに杉田の台詞には、こちらの状況を探ろうとしている感がある。だがそんなことより……。

俺はいまになって、自分の間抜けさを痛感した。あのとき杉田は、知るはずのない俺の本名を口にしていたではないか。きっと、焦りからボロが出たのだろう。

「――ところが君は、途中で電話を切っちまった。おまけにそれ以降、かけてもかけてもつながりゃしない。けっきょく、君の状況はわからず終《じま》いだった」

つながらなくて当然だ。俺はあのとき通話ばかりか、電源までもを切ってしまった。さらにそのあと、白い携帯は宮内の遠投によって破壊された。

「そしてついさっき、修平君がここへ連行されるのと同時に、俺もそこの駐車場に停めていた車に移った。しばらくその中で待機していると、君が現れ、ビルの正面に向かって歩いていった」

どうやら表のコインパーキングに停まっていたフルスモークのバンは、杉田の拠点だったようだ。

「もちろんその後も、俺は引きつづきこの部屋の音を聞いていたわけだが、君がワインと現金でいちど条件をクリアしたときはヒヤッとしたぞ。あのまま柏木が君らを解放しちまったら、すべて水の泡だったからな。だが今回ばかりは、あれで手打ちにしなかった柏木の強欲さに助けられたよ。まあブラックジャックで言うなら、柏木は、欲張りすぎてバーストしたってとこだな」

杉田は豪快に笑いながらタバコを取り出し、あ、まだ無理か、と言ってポケットにしまった。

すべては、柏木や臓器密売組織を捕まえるため、つまりこのような状況をつくるためだったのか——俺は杉田から柏木に視線を移し、そしてまた杉田に戻した。

柏木は、アリジゴクではなかった。アリジゴクは、杉田だったのだ。柏木やブローカーという蟻《あり》たちを、まとめて捕食するために巣《わな》を仕掛けた、狡猾《こうかつ》なアリジゴク……。

俺はといえば蟻どころか、杉田《アリジゴク》が撒《ま》き散らす砂粒でしかなかったようだ。

認めざるをえない。自分より、この杉田のほうが何枚も上手《うわて》だったのだ。だが——。

腑《ふ》に落ちない。断じて解《げ》せない。杉田がどんな目的で動いていたにせよ、俺たちを嵌《は》め、苦しめたことには変わりないのだ——あまりの驚きに忘れていた怒りが、ふつふつと沸いてきた。

修平が立ち上がって何かを言いかけたが、俺のほうが早かった。

「ふざけんな！　要は俺たちをだしに使って、うまい汁すすっただけじゃねえか」

「まあ、そういうことになるな」

杉田は平然と、そう言ってのけた。

「よくもそうあっさり言えたもんだな。俺はこの五日間で、何度も死にかけたんだぞ！」

「それについては、すまなかったと言うほかない。君がどんな目に遭ったかは知らんが、まさか命の危険に晒《さら》されるようなことまでするとは思わなかったもんでな」

「何だそりゃ！　無責任にもほどがあんだろ！　俺がもしほんとうに目玉をくり抜いてきてたら、そうでなくとももし別の犯罪を犯してたら、いったいあんたどうするつもりだったんだよ」

「仕方がないと割り切る——ただそれだけだっただろうな。仮に君が死んだとしても、君の行動によって死人が出たとしても」

「なんだと……？」

「腹を立てて当然だ。この組織を潰すことによって、どれほどの人命が救えるかがわかってない君からすればな」

「わかってたら納得したとでも言うのかよ。馬鹿か、てめえは！　人を勝手に、『大いなる犠牲』にしてんじゃねえぞ」

杉田はまたもや豪快に笑った。

「どうやら君とは、考え方が合わないようだな。悪いが俺はな、一人の命で二人以上の命が助かるのなら、それを正しいと考える口なんだ」

「知るか、そんなこと。――だいたい、俺たちにまで、あんたの正体を黙っておく必要がどこにあったんだ。最初から教えてくれてもよかったんじゃないのか」

「もし話していたら、君はどうした？　警察に協力するのは市民の義務だからと、無償で引き受けてくれたか？　十中八九、暴行を受けることになるというのに」

ぐ、と俺は歯嚙《はが》みする。

「……だとしても、修平が捕まったあとなら言えたはずだろ」

「それも無理だ。あのあとなら君は、なるほどそうだったんですね、と納得して、秘密を保持してくれたのか？」

杉田は鼻で笑う。

「ありえんな。話したところで、間違いなく君の怒りは治まらなかったはずだ。とすると、君は俺の計画をぶち壊してでも修平君を助けようとしただろう。つまり柏木に密告していたってことだ。それで柏木が許すかどうかは別としてな。——修平君、君にしたってそうだろ？」

修平は答えなかった。その沈黙が、杉田の問いかけを肯定していた。

「柏木とブローカーの接触が目的だったんだよな」

なんだかこちらが不利になっている気がして、俺は話題を変えた。

「ああ、そうだ」

「だったら、もっと早く助けに入れただろ。この外人たちが到着してからあんたが缶を投げ込むまで、ずいぶん時間があったぞ」

「ああ、それはな……」

杉田は後頭部をぽりぽりと掻《か》く。

「ちと欲が出ちまったんだ。柏木とブローカーが、いまにも証拠となりそうな会話をしてくれそうな雰囲気だったもんで、催涙弾を投げ込むのを躊躇してたんだ。それを録音しておくと、あとがだいぶ楽になるからな」

あんなタイミングで救いの手が入ったのは、諦《あきら》めなかったからでも、神に祈りが通じたわけでも何でもない。単に杉田が、彼の欲する会話を傍受できたからにすぎなかったのだ。

「呆れるな。俺たちの命は、まるで道具じゃねえかよ」

「その議論はやめよう。考え方の違いだ」

「この野郎……」

「まだ訊《き》きたいことはあるか？」

俺は苛立《いらだ》ちとともに、大きく息を吐き出した。

「ああ、あるね。根本的なことだ。捜査ってのはもっと大掛かりにやるもんじゃないのか。警官なんていくらでもいるだろ。最初からそいつらを餌に使えばよかったじゃねえか」

「申し訳ないが、それについてもまた謝ることしかできん。一口に警察と言ったって、何も全員が一致団結して捜査に臨んでいるわけじゃないんだ」

杉田は溜息《ためいき》をつく。

「警察も、そのへんの会社と似たようなもんでな。みな自分が出世するために周りの人間を蹴落《けお》とし、出し抜こうとしている。要は手柄の奪い合い、足の引っ張り合いをしてるってことだ。直属の部下に手柄を横取りされるなんてこともザラにある。俺のいる組織犯罪対策部の中も同《おんな》じだ。だから俺は――」

「一人でやったっていうのか」

「いや、一人だけ使った。信頼の置ける部下をな」

ガチャ、とドアがひらいた。賭場《とば》側ではなく、杉田が腰かけている机の後ろにあるドアだ。

「いちおう中にいた従業員も拘束――」

ドアから出てきた人物は何やら杉田へ報告していたが、途中で俺たちの存在に気づいたようで、それを中断し、こちらに顔を向けた。

「あら、銀髪君。まだいたんだ」

ガスマスクを着けていても、服装と髪型、そして声でわかる。こいつは――女ディーラーだ。

「ああ、ちょうどよかった。いま話していた部下ってのはこいつだ。こいつはな、ディーラーとしてこの店に潜り込んで盗聴器を仕掛け、柏木を監視してたんだ」

「ごめんね、騙《だま》しちゃって」

女ディーラー、いや女刑事はえらく軽い口調で言いながら、胸の前で両手を合わせた。

「でもあの技すごかったよ。君がイカサマするってわかってても、まったく見破れなかったもの。――あれ、ひょっとして怒ってる？　……まあ、当たり前か」

俺は、自分が長いあいだマスクの中で口を開けていたのを、涎《よだれ》が垂れかけたことによって気づいた。慌てて口を閉じる。と、
どすん、と真横で音がした。見ると修平がソファーに腰を下ろしていた。驚きのあまり、立っていられなくなったのだろう。

俺は溜息をついた。

「つくづく厭になるな。こんなことなら、何も知らずにここを出たほうがよかった」

「まあ、そう言うな。こっちは君らに聞いてもらわなくちゃならなかったんだ」

意味のわからないことを言い出した杉田に、俺は訊く。

「どういうことだ？」

「なぜ俺がここまで馬鹿正直に事の真相を話したかというとだな、口外してほしくないからだ。この件のいっさいについて。言うまでもなく、これは完全なる違法捜査だ。よってこの事件の報告書は、ほぼ捏造《ねつぞう》しなくちゃならん。つまり報告書には、君らの存在自体を載せたくないんだ。もしあのまま君らを帰してたら、きっと周りの人間に

言いふらしてただろ。自分たちはとんでもない目に遭ったんだと」

「いまからだって充分できるけどな」

俺はささやかな腹いせとして、嫌味を言った。

「そのとおりだ。だがこうして話しておけば、釘《くぎ》を刺すことはできる。もしこの件について口外すれば、君らだけじゃなく周りの人々にもよからぬ――」

「あー、あー、わかったよ。黙っときゃいいんだろ。へっ、警官もヤクザも、言うことは変わんねえな」

目的のためにここまでした男だ。ほんとうにやりかねない。

「――でも、そんなんで辻褄《つじつま》は合うのかよ」

合わん、と杉田は明言した。

「だから合わせるんだ。こいつらの証言なんて、痛めつけるなり、薬を飲ませるなりすればどうにでもなるからな。決め手になる会話は録音できてるし」

「はあ、警官だって言うからさぞ立派な人間かと思ったら、あんたら正義の味方どころか、とんだ悪党だな」

「そんなことはどうだっていい。目的を遂行できればな。問題なのは、これを足がかりに組織の元締めに辿《たど》り着けるかどうかだ」

杉田は頭を悩ませているというより、わくわくしているようだった。

「ちょっと待ってくれ。そういや、いつか柏木が出所したら、俺たちは……」

「ああ、報復の心配はいらん。柏木はおそらく極刑、良くて一生ブタ箱暮らしだ。それからほかの連中にしても、君らを恨むことはないだろう。恨まれるとしたら俺だ」

「ならよかった。とっとと殺されちまえよ」

きついジョークだな、と杉田は笑った。

「あ、そうだ、俺にも頼みがあるんだ」

俺は廃墟での一件を話し、その上で宮内という殺人鬼が野放しになっているであろうことを伝えた。途中、そんなことがあったのか、と修平は何度も驚いていた。

「――どうにかなんないのか？　あんたの力で」

杉田は腕組みをして、ううん、と唸る。

「できるかぎりのことはしてみるつもりだが、あまり期待せんでくれ。管轄《かんかつ》も部署も、まるで別だ。……すまんな」

「そうかよ。頼んでもねえときはそっちから厄介事に巻き込んどいて、こっちが頼ると知らん顔か。まったく、警察ってのはろくなもんじゃねえな」

「……まあ、反論はできんな」

俺は大きくひと呼吸した。

「じゃあ、俺たちは退散するぜ」

正面の机に近づいていき、杉田の横から手を伸ばして郵便局の封筒を取った。

「これは返してもらうぞ。大事な金が入ってるんだ」

おいおい、と杉田が言うので、てっきり没収するつもりなのかと思ったが違った。

「これもだろ」

杉田はワインボトルを手に取って、俺に差し出してきた。

「――え?」

「言ったじゃないか。こっちは君らの存在自体を抹消したいんだ。ここに持ち込んだ物は、ぜんぶ持って帰ってくれると助かる」

俺は振り返り、修平と顔を見合わせた。彼の表情を見ることはできないが、きっと俺と同じで笑っていることだろう。

「そういえばそうだったな」

杉田からワインボトルを受け取り、床で口を開けているカメラバッグに入れる。とそのとき、俺は不意に手を止めた。

このワインは、フジシロに返すべきだろうか……。いや、その必要はないだろう。

フジシロの家は裕福だし、廃墟を出る前、彼は確かにこれをマフユに譲ったのだから。だいいち、返す術がないではないか。そうだ、返したくても返せないのだ。ならばどこかで換金して、いつかフジシロの父親の手に戻るのを祈るしかない。それが、俺たちに果たせる最大限の責務だ。

ふと心に生じた迷いをうまく処理し、俺はカメラバッグのメインスペースに、すこぶる丁寧にワインボトルを寝かせた。

つづいて、現金の入った封筒をその横に置き、すぐ近くに落ちていたマフユの包丁をバッグのサイドポケットに、修平が拾ってきてくれたスタンガンを上着のポケットにしまった。

「よし、これでぜんぶだな。——じゃあ、今度こそ帰るぜ」

「ああ。マスクは俺の車の屋根にでも置いといてくれ」

わかった、とそれぞれ杉田に返事をしながら、俺たちは窓に向かって歩き出す。

「あ、ちょっと待って」

女刑事に呼び止められ、俺たちは振り返った。彼女は奥の部屋に入っていったかと思うと、まもなく二つの茶封筒を手に戻ってきた。

「はい、これも」

女刑事は両手でそれらを差し出す。

「何すか、それ」

「こっちにはあの日君たちが使ったお金、こっちには二枚のカードが入ってるわ」

「なるほど」

カードというのは、トランプのカードに違いない。俺は厚みのあるほうだけをつまみ取った。

「あれ、こっちは？」

「いらねえよ、そんなもん。勝手に捨てといてくれ」

俺は窓のほうへと歩きはじめた。

「あら、そう。じゃあ捨てと――」

「ああ、待って。いちおうもらっときます」

女刑事の言葉を遮ったのは修平だ。

「あら、そう。じゃあどうぞ」

「すいません」

二人のやりとりを背中で聞きながら、俺は窓枠に足をかけた。

見上げると、青の濃い、快晴の空が広がっていた。

16　帰還

「知ってたのか？　俺が金を用意できてなかったこと」

目いっぱい背もたれを倒したブルーバードの助手席から、俺は運転席の修平に訊《たず》ねた。

「まあね。夜明け前に電話で話したときの声でわかったよ」

右側から車内に射《さ》し込む朝日がまるで後光のようで、修平の横顔はやけに神々《こうごう》しい。

「そうか」

俺は恥ずかしさから、フロントガラスに視線を転じた。明治通りは混みはじめていて、景色の変わっていくスピードはずいぶんとゆっくりだ。

「ほんとうは、孝次が逃げたとでも柏木に言ってさっさと売られちゃおうと思ったんだけど、それはできなかった」

「足りなかったからか」

「そう。クーラーボックスのレンタル代、五十万はどうにもならないからね。だからいったん孝次に来てもらってから逃げる方法を考えたんだ」

「で、腹にあんな仕掛けを？」

「うん。ああいう連中だから、きっと刃物くらいは持ってるだろうと思ってね。まあ、うまく逃げるチャンスがつくれるかどうかはわからなかったけど」

「よく思いついたな」

「思いついたって、あれじゃあ意味ないよ。腹の仕込みが落ちないようにしなくちゃならなかったとはいえ、相手のナイフを探すのに時間がかかっちゃったし、けっきょくは逃げられなかったんだから」

「そんなことないだろ。あのおかげで、少なくとも俺は左手を潰《つぶ》されずに済んだんだ」

「どうかな。あんなことしようとしなければ、あそこまで追い詰められる前にぺ、ぺ、ぺえをぶっ飛ばして、二対二に持ち込めたかもしれない」

「なるほど、そういう考え方もあるか。――でもまあ、結果的にはよかったじゃないか。もしあの場で逃げてたら、まだ決着がついてなかったはずだし、何より金もワインも戻ってこなかったかもしれないんだからさ」

「そりゃそうだね」

「しかし儲《もう》かったな。家から借りた金は返すとしても、ワインは二百四十万だ。てことは、五日で一人百二十万。お互いとんでもない目には遭ったけど、そう考えればなかなかいいバイトだったよな」

「いや、二で割る必要はないよ。儲けは孝次の総取りにするべきだ。今回、俺は何もできなかった」

「おい、それは言いっこなしだ。もし柏木が俺を監禁してたら、立場はそっくり逆になってたんだから。だいいち、何もしてないなんてことはない」

「そうは言っても、苦労の割合が違いすぎる。孝次は指の骨まで折られたわけだしさ」

「いいから半分受け取れよ」

「いいよ」

「受け取れよ」

「いいよ」

「わかった。なら半分捨てるよ」

「ならもらうよ」

はじめからそう言えばいいんだ、と俺は笑いながら言った。

「――あ、でも分け前は減ることになるかもしれない。あのワインを手に入れるのに、貢献してくれた人物がいるんだ」

マフユには、礼を言わなければならない。彼女がどんな意図でワインを入れておいてくれたのであれ、謝礼を払う必要があるだろう。ちなみに先ほど携帯電話をチェックしてみたところ、マフユから、赤い４ＷＤの写真はばっちり撮った、といった内容の留守電が入っていた。

「それはもちろん構わないよ」

「悪いな」

「全然」

車内にやわらかな沈黙が訪れた。街の喧騒《けんそう》を聞きながら、俺はマルボロを取り出し火をつけた。少しだけサイドウインドウを開け、煙を吐き出す。とそのとき、ふと心の中にある疑問が浮かんだ。それは決して難しいものではない。修平に訊《き》けば、答えはすぐにわかるだろう。がしかし、訊くのがなんだか怖い。

俺はタバコをもうひと吸いしてから、思い切ってその疑問を口にしてみた。

「なあ、修平。俺が金を用意できなかったのを知ってたんなら、『カジノに来ないんじゃないか』とは思わなかったのか？」

それは考えなかったね、と修平は即答した。

「まともな人間なら、友達を見殺しにすることのほうが難しいでしょ」

思わず笑みがこぼれた。安堵《あんど》と、修平の考え方にそうさせられたのだった。

たしかに、そんなものなのかもしれない。俺が捨て身で敵地に飛び込んだのは、「勇気」や「強い意志」を持っていたからではなく、あの場で逃げるより飛び込むほうが楽だったから――ただそれだけのことだったのかもしれない。

「……そうかもな」

赤信号に捕まり、ブルーバードは停車した。

「あのさ……」

そう切り出したのは俺だ。いまなら謝罪できそうな気がする。遠い日に犯した、友への裏切り行為を。

「――何？」

修平はこちらに顔を向ける。

――昔、教室でお前がげろ吐いたとき、俺は見て見ぬふりをしたんだ。ごめん。

すでに頭の中では出来上がっている台詞《せりふ》が、なぜだか口からは出てきてくれない。

そうしてしばし口籠《くちごも》っていると、修平はさらにつづきの言葉を催促してきた。

「何だよ」

「ああ、あのさ――」

けっきょく、俺はこう言った。

「俺にウインクするのは、さっきのあれを最後にしてもらいたいんだ」

一拍置いて、俺たちは笑い合った。

「たしかに、あれは気持ち悪かっただろうね」

修平はフロントガラスに目を戻し、アクセルを踏む。信号が青に変わったようだ。

俺は顔に笑みを残したまま、短く息を吐いた。また謝れなかった。だがいいだろう。謝るチャンスなど、この先いくらでもあるのだから。


自宅のガレージに停めたブルーバードを、俺は見つめていた。つい数日前までは単なる移動手段と思っていた車が、いまでは戦友のように思える。修平は、いちおう顔だけ見せてくると言って、彼の家の前で降りた。

「いろいろ助かったよ。今晩にでも洗車して、ガソリンも満タンにさせてもらうよ」

俺は戦友に声をかけると、彼に背を向け、戸口へ向かう。と、

（また冒険しよう）

ブルーバードの声が聞こえた。俺は苦笑いしながら振り返った。

「悪いけど、しばらくは遠慮しとくよ」

玄関のドアを開け、上がり框《かまち》にカメラバッグを降ろした。

両親は、共に出かけているようだった。現在の時刻からして当然なのだが、オヤジが不在なことが無性に嬉《うれ》しかった。もしもいま彼がいたら、いったい何をされるかわかったものではない。俺の携帯電話に残っているオヤジからの着信の回数ぶん殴られる——そんな程度で済んだら万々歳だ。

下駄《げた》箱の助けを借りつつ、ブーツを脱ぎ捨てる。つづいて気合いの声を上げながら、三和土《たたき》から上がった。バッグは放っておくことにした。こんな物を担《かつ》いで、とても二階の自室に辿《たど》り着ける気がしないからだ。

這《は》うように階段を上り、壁に手をつきながら廊下を進んだ。ようやく自室の前に着き、ドアを開けた。そのままよろよろとベッドの前まで行くと、俺はそこに倒れ込んだ。

まるで身体《からだ》が液状になって、ベッドに滲《し》み込んでいくようだ。

五日前と同じ感覚を、俺は味わっていた。ただあのときと違うのは、この眠気に逆らわなくていいということ。素直に従えばいい……という……こと……。

目を醒《さ》ますと、室内は暗くなっていた。学習机の蛍光灯だけがついていて、その椅《い》子《す》に、こちらに背を向けて一人の男が座っていた。修平だった。おそらくパチスロ必勝ガイドでも読んでいるのだろう。

ローテーブルの上にある、デジタル時計に視線を移した。寝ぼけ眼《まなこ》に映った文字は、「9：12」だった。どうやら俺は、およそ時計一周ぶん眠りをむさぼっていたようだ。そのあいだ、なんだかとても良い夢を見たような気がするのだが、残念ながらその内容は思い出せない。

小さく唸《うな》りながら身を起こし、両足を床に下ろした。それによって俺が起きたことに気づいたのだろう、修平は振り返る。

「お、お目覚めだね」

「よう」

俺はゴシゴシと頭を掻《か》くと、ローテーブルからタバコを取り、火をつける。

「起きたばかりのとこ申し訳ないんだけどさ」

言いながら、修平は椅子をこちら側へ向け、そこに座り直した。

「聞いてほしいこと――ていうか、見てほしい物があるんだ」

「何だよ」

「見ちゃったんだ」

修平は、やけに深刻そうな顔をしている。

「何を？」

これだよ、と言って、修平はズボンのポケットから二枚のカードを取り出した。

「ああ、今朝カジノを出る間際《まぎわ》、お前が女刑事から受け取ってたやつか」

俺に背を向けている二枚のトランプカードの向こう側で、修平はゆっくりと頷《うなず》いた。

「やめといたほうがいいような気はしてたんだけど、どうしても我慢できなくなって、家で見ちゃったんだ」

「それで？」

「こっちが♠のAなのは知ってるよね」

二枚のうちの一枚が、ローテーブルに載せられる。確かにそれは、♠のAだった。

「問題はこっちなんだ。ほんとうは黙っておこうと思ったんだけど、この先ずっと隠しとおせる気がしなくて」

修平の鼻先にあるカードに向いていた彼の両眼が、す、と俺に向く。その眼は普段のように半分閉じておらず、力強く俺を見つめている。

「見せる前に言っておきたいんだけど……このカードが何だったとしても、取り乱さないでほしいんだ。そしてどうか、落ち込まないでほしい」

「べつにどっちの心配もないよ」

俺は煙とともにその言葉を吐いた。

「言ったね。じゃあいくよ。じつはこのカード——」

修平はカードを天に掲げ、そして振り下ろす。

「なんと——」

「♠のJなんだろ?」

え、と修平は目を丸くして、ぴたりと手を止めた。カードは修平の手を離れてひらひらとローテーブルの上に舞い落ちると、俺にその腹を見せた。俺が言ったとおり、♠のJだった。

「ちょっと、なんでわかったんだよ。ていうか、なんでそんな冷静に言えるんだよ。純正のブラックジャックじゃないか。これは、あの大勝負のとき、イカサマなしで勝ってたってことなんだぞ」

修平は珍しく語気を強める。

「そんなことにはならないさ。杉田と女刑事は、俺たちが存在した痕跡《こんせき》を消したいから、いろんなものを返してきたんだ。てことは、どう考えてもあの店にもともとあった物をよこしたりはしない」

修平は腕組みをして、二枚のカードを睨《にら》む。俺は話をつづけた。

「――つまりそれは、あの日俺が引いたカードじゃない。俺たちがあの店に持ち込んだカードだ」

修平は、ぱっと顔を上げる。

「……なるほど。そうだね」

そして彼は、二枚のカードをふたたび手に取りそれらを眺めながら、うん、そうだ、と確認するように呟《つぶや》いた。

「――でもこうなってくると、あのとき孝次の引いたカードが何だったのか気になるね」

「まあ気にはなるけど、知りたくはないな。あのカードが何だったとしても、俺たちが嬉しがることはないからな」

「たしかにそうだね」

修平はゴミ箱に、純正のブラックジャックを投げ入れた。

「——さて、一階《した》に下りるかな」

俺はタバコを揉《も》み消す。

「修平、メシは？」

「ああ、家で食べてきたから大丈夫だよ」

「そうか」

「遠慮なく食べてきなよ」

「ああ……でもたぶん、そんな余裕はないと思う」

間違いなく、オヤジはすでにこの家にいる。

「俺が戻ってきたとき、人相が変わってても驚くなよ」

小首をひねりながらも、修平は返事をした。

部屋を出て、階段を下りた。両親の寝室から人の気配はしない。ということは、いま最も恐るべき男はダイニングにいるはずだ。

とりあえずそのドアの前まで行き、足を止めた。逃げられるものなら逃げてしまいたい。だが同じ家に住む家族である以上、それは不可能だ。

俺は深呼吸をした。——よし、行こう。これが、最後の試練だ。

ドアを開け、ダイニングに一歩入った。オヤジはこちらに背を向け、炬燵《こたつ》に入ってテレビを見ていた。母さんの姿はない。おそらく台所にいるのだろう。

「あのう……」

か細い声をかけると、オヤジは振り返った。

「おう、起きたか」

意外にも、オヤジは上機嫌だった。

「――しかし、お前も立派な男になったな」

いったい、何のことだ……？

「……どういうこと？」

「どういうことってお前、自分の言ったことを言葉だけじゃなくこうして実行する――」

オヤジは赤い液体の入ったグラスを顔の横に掲げる。

「それができれば、立派な男だろ」

言ったことを、実行する……。記憶を辿ってみるが、さっぱりわからない。

「俺、何か言ったっけ？」

「とぼけるなよ。こりゃ俺への献上物だろ？」

献上物――その言葉を聞いた瞬間、以前オヤジと交わした会話が自動的に思い出された。

——いつかまた金ができたら、上等な酒でも奢《おご》らせてもらうよ——

——ああ。いまの言葉忘れんなよ——

おそらく「言ったことを実行する」の「言ったこと」とは、俺があのとき吐いた台詞だ。だとしたら——。

「それって、まさか……」

俺は力の入らない手で、オヤジの持っているグラスを指さす。

——頼む。否定してくれ。否定してくれるなら、どんな拷問《ごうもん》にかけてくれても構わないから。

「まだそんな小芝居をするとは憎いな」

オヤジはにこにこと笑っている。

「仕事から帰ってくると、玄関に邪魔くせえバッグがあった。こりゃ何だと思って中を見てみたら、家《うち》から持ち出した金とこのワインが入ってるじゃねえか。俺は息子の成長に感激したぞ。なんて粋《いき》なことをしやがるんだってな。——まあそんなわけで、車の件はチャラにしてやるよ」

ぐい、とオヤジはワインを呷《あお》った。

「あ、起きたのね」

台所から現れた母さんが、俺に気づいてそう言った。彼女の片手にはひと袋のスライスチーズ、もう一方にはオヤジと同じグラスが握られている。

「これ、お母さんもいただいてるわ。せっかくだから飲んどけってお父さんが言うから。正直言って、ワインの味なんてちっともわからないんだけどね」

母さんは照れたように笑った。

「もしかして、商店街の酒屋さんで買ってきてくれたの？」

俺への質問に、オヤジが答えた。

「馬鹿《ばか》言うな。これはそんなとこで手に入るような安物じゃない。たぶん三越とかまで行ったんだろ」

「あらそうなの。なんか失礼なこと言っちゃったかしら」

「そんなことより、早くチーズを開けよう――」

思考が、完全停止した。

俺は何も言わず、静かに回れ右をして、そのままダイニングをあとにした。それからどうしたのかは、まったく憶《おぼ》えていない。自分がどんな感情だったのかも。

後に修平から聞いたところによると、俺は自室に戻るなり、ベランダに出て、長いこと夜空を眺めていたのだという。修平はそのとき、こんなに表情のない人間の顔を見たのは初めてだ、と驚愕《きょうがく》したそうだ。

17 蟻地獄《ありじごく》

「まずまずだな」

大型パチンコ店の自動ドアから外へ出ると、俺は歩きながら、あとにつづく修平に声を投げた。

昼食をとりにいちどマクドナルドに行ったのを別にすれば、朝十時の開店から閉店時間のいままで、じつに十三時間店内にいたことになる。耳の中ではキーンという異音が鳴り、そのせいで渋谷の街の喧騒《けんそう》は、どこか現実味がない。

「昔ならもっと勝てたけどね」

背後から聞こえる修平の声も聞き取りづらい。のんびりとした彼独特のしゃべり方が余計にそう感じさせるのかもしれないが、まるで紙コップで両耳を塞《ふさ》がれているみたいだ。

「ほんとだよな。四年前なら倍以上だっただろうな」

俺は、一日中リールストップボタンを押しまくったせいでほとんどの握力を失った右腕を、黒いジャケットの袖《そで》に通す。もうつぎの冬までは必要なさそうなので、襟のボアは外してある。

「そうだね」

返事のあとに、修平はごくりと何かを飲んだ。きっと余り玉で交換したヤクルトだろう。

俺たちはそのまま、建物脇《わき》にある景品交換所に向かって歩いていく。夜の十一時を回っているというのに、渋谷の人通りは激しい。

交換所の前には行列ができていた。ぱっと見て、十人弱といったところか。サラリーマンやカップル、主婦らしき女――様々だ。しかし、景品の束を大事そうに握り締めていることだけは、共通している。

「けっこうかかりそうだね」

横に立つ修平が、たるんだ顎《あご》を突き出すようにして、前方を眺めながら言った。ニット帽から覗《のぞ》く福耳が、少し赤くなっている。ただしそうなっているのは、寒さからではないと言い切れる。彼の着ているぴちぴちのトレーナーに、汗が滲《にじ》んでいるからだ。

「そうだな。——じゃ、頼むわ」

俺は修平を残して列から抜けた。

「うん」

いっさい不満を感じさせない修平の声を背中に受けながら、俺はセンター街を横切った。閉店してシャッターが下ろされた、携帯ショップか何かの前に腰を下ろす。コンクリートは冷たかったが、飛び上がるほどではなかった。

列に並ぶ修平を眺めながら、俺は上着のポケットからマルボロを取り出した。そして、余り玉で交換したライターで火をつけた。

あのあとすぐ、俺は修平を連れてN病院に後片づけをしに行った。マフユとケイタも手伝ってくれたので半日で済んだ。ケイタがフジシロも誘ったようだが、マフユとは会いたくないという理由で断られたらしい。

そのときマフユに、なぜ俺にワインを持たせたのかと訊《き》いてみたところ、死ぬ人間が持っていても仕方がないと思い礼も兼ねてそうしたが、まさかそこまでの値がつくものだとは思わなかった、と彼女は語った。

ちなみに、あのワインのことについては、両親にはいっさい話していない。あれは高価な品だったのだとオヤジを糾弾したところで、なぜそれを言わなかったんだと、逆に彼の理不尽な怒りを買うことになるのが目に見えているからだ。

とにかくいまのところ、まだみんな生きている。マフユとケイタはそれぞれ学校に通い出し、フジシロは医者になるため寝る間も惜しんで勉学に勤《いそ》しんでいるらしい。

中でも一番自殺から遠のいたのはケイタだろう。彼は、あの日俺が半分出任《でまか》せで吹いた入れ知恵を実践してしまった——つまりフジシロに頼んで大げさな診断書を入手して、いじめの主犯格の家から大金をせしめたのだ。本人からその報告を受けた際、俺はぎくりとして、すごいことを思いついたな、と責任逃れの言葉をかけた。

あの殺人鬼宮内はというと、羽生パーキングエリアで取り逃がしてから約二週間後に逮捕された。マフユたちが俺の指示どおりに動いてくれたおかげか、杉田が手を回したからか、あるいはまったく別の原因でそうなったのかはわからない。俺自身、その事実をニュースで知ったのだ。だがいずれにしても、宮内がN病院での一件について供述していないことは確かだ。俺だけでなく、あの日あの場にいた誰の元にも警察は来ていない。その理由を推考すると、よくわからなくなる。殺人鬼であることが露呈する前とあと、どちらが本当の宮内だったのかが。

俺は煙を吐き出しながら、目の前を行き交っている人々を眺めた。

世の中には、「普通の人」がいる。「自殺志願者」がいる。「殺人者」がいる。そして「普通の人」はたいてい、「自殺志願者」や「殺人者」を変人扱いする。

だが俺はあの五日間で、人を何人も殺しかけたし、本気で死ぬことも考えた。元はと言えば、カジノで儲《もう》けようとちょっとばかり欲を出しただけだった。マフユは夜遅い時間に帰宅しようとしただけで、ケイタはいじめられていた同級生と仲良くしただけで、自殺を考えるまでに追い詰められた。フジシロは……措《お》いておくとして、あの宮内にしても、妻の裏切りさえなければ善良な市民として一生を終えていたに違いない。

そう考えると、「普通の人」が「自殺志願者」や「殺人者」にならない理由は一つしかないように思える。それは——。

たまたまだ。

きっと蟻地獄は、そこら中に口を開けているのだろう。「普通の人」は、ただ運良くその穴に足を踏み入れずにいられているだけだ。そして極端な話、寿命を削るとわかっているのにこうしてタバコを吸うのだって、少しずつ自殺しているようなものだ。

何も変わらない。みな五十歩百歩だ。いや、そっくり同じなのだ。

俺は溝《どぶ》にタバコを弾《はじ》くと、ふたたび顔を上げた。列はだいぶ進んでいて、修平は先頭から三番目のところにいた。今日はこれから焼肉を食べにいくことになっているというのに、彼は余り玉で交換したチョコを頬張り、さらにその口にヤクルトを流し込んでいる。

俺はその様を見て、やっぱり「みな同じ」なんてことはないな、と思った。

怖がること

道尾秀介

「好きな小説は何か」と訊《き》かれたとき、たくさんの愛すべきタイトルたちの中に、本書『蟻地獄』も浮かんでくる。でもじつは、「好きな小説家は誰か」と訊かれたとき、板倉さんの名前は浮かばない。本業が小説家ではないから、というのではなく、まだ板倉さんの作品を三つ――本書『蟻地獄』、処女作『トリガー』、短編「サイキック・ダイバー」――しか読ませてもらっていないからだ。小説家のファンになるのに、べつに読んだ作品の数なんて関係ないのだろうけど、もう一作くらい読んでから公言したいという期待まじりの気持ちがあり――。

なんて思っていたところにニュースがやってきた。

近々、新潮社から新作長編『月の炎』が出版されるらしい。その発売日が二〇一八年二月下旬、この『蟻地獄』文庫版の発売日が一月末なので、いま僕が書いているこの文章が人の目に触れる頃には、もう書店に並んでいるはずだ。担当編集者によると、今回もまた抜群に面白い作品に仕上がっているそうなので、きっとその一冊で、板倉さんは僕にとって「好きな小説家」の一人になってくれることだろう。小説を愛する人間として、好きな小説家が増えることほど嬉《うれ》しい出来事はない。

兼業作家は軽く見られるという風潮が、どうも出版業界にはあるらしい。執筆だけに集中している作家のほうが、ほかのことをやりながら書いている作家よりも、素晴らしい作品を完成させそうに思えるからだろう。気持ちはわかる。もしも「ゴッホの本業はパン屋さんで、仕事終わりに時間を見つけて絵を描いていました」という情報が頭にインプットされていたら、あの向日葵《ひまわり》も少々違って見えるかもしれない。プロの鑑賞眼や審美眼を持つ人は別として、我々素人《しろうと》の場合、作品を味わうとき、どうしても作者のイメージというものがそこに反映されてしまう。でも本来は、絵も小説も、プロに向けてかかれることなんてレアケースだし、エンターテインメント小説に関して言えば一〇〇パーセント素人に向けて書かれている。それを味わうときにネガティブなバイアスがかかってしまうのは残念なことだ。

小説はスポーツなどと違い、それに取り組んでいる時間が長ければ長いほど上達するというものでもない。もしそうであれば、「素晴らしいデビュー作」だけを残してどこかへ消えていく小説家がこんなにたくさんいるはずがない。

書き手の立場からすると、小説は、何かを使って組み立てるものというよりも、自己表現に近い。自分自身の人生、そこで経験したパーソナルな悩みや苦労や喜び、手に入れた知識や知恵が、作品の屋台骨をつくる。小説世界の外側でいろんな経験をすればするほど屋台骨は強固になり、その上に何でも載せられるようになる。僕自身も音楽活動をしたりクイズ番組の問題をつくったり、執筆以外にいろいろとやっているけれど、そこで得た経験が小説にプラスの影響を与えているという確たる実感がある。しかも板倉さんはお笑い芸人。僕たちが見たことのない風景や人間関係をたくさん見てきただろうし、人の感情をコントロールする術《すべ》も、起承転結のつけ方も、その崩し方も熟知している。小説の屋台骨をつくるのに、こんなに頼もしい経験はない。

などと書いたのには理由があって、じつは本書が単行本として刊行されたとき、いわゆる「タレント本」のような扱いをされ、小説好きの人たちからあまり注目されなかったという話を聞いたからだ。

もしいまこの解説を、本文の前にお読みになっている人がいたら、ぜひ余計なバイアスを捨てて物語を楽しんでいただきたい。もちろん、それがポジティブなバイアスであればいいのだけれど、「お笑い芸人が片手間に……」的なあれだとしたら、非常にもったいない。

さて、『蟻地獄』。

この小説を最初に読んだきっかけは、いわゆる献本だった。単行本の刊行時、版元であるリトルモアが自宅に送ってくれたのだ。僕が好きそうな本だったからなのか、板倉さんが送ってくれと言ったのか、添えられていた手紙に何か理由が書いてあったけれど、どこかへ行ってしまったのでわからない。

インパルスのネタはテレビで何度も見たことがあり、かなり好みだったので、「へえ」と思って表紙をひらいた。最初の数行だけ、ちょっと読んでみた。つもりだったのに、気づいたらプロローグを読み終え、長期戦に備えてデスクの前で座り直していた。こりゃすげえぞと読み進め、仕事の都合をつけながら数日かけてさらに読み進め、出かけるときもバッグに入れ、ちょっと時間が空くたびまた読み進めた。いまでも憶《おぼ》えているのは、日本推理作家協会の大事な集まりがあった日、開始時間まで少しだけ手が空いたので、近くの喫茶店で物語の終盤を読んでいたのだけど、やめられなくなってしまい、けっきょく読み終えるまで本を閉じることができず、その集まりに大遅刻したことだ。

いったい何がそうさせたのだろう。

それぞれのシーンの臨場感。展開の小気味よさ。主人公の行く末に対する不安。カードを伏せる上手《うま》さ。それを引っ繰り返すタイミングの絶妙さ。具体的な要素はいろいろとあるのだろうが、その根本にあるのは、人前で芸を見せつづけてきた板倉さんの骨身に染《し》みついた、「飽きさせない責任」なのではないかと思う。

これは見習わなければいけない。作家を本業にしていると、しばしばこの責任を忘れてしまう。小説好きの人が読むのだから、という無根拠の甘えがそうさせる。もうちょっと読み進めれば面白くなってきますので、という言い訳が通用すると思い込んでしまう。そして読者に退屈な時間を過ごさせることになる。でもその読者——お笑いでいうところのお客さんの顔を、僕たちは見ることができないから、自分がスベったことになかなか気づかない。

新潮社の「波」という雑誌において、「小説に限界はない」というタイトルで板倉さんと対談させてもらったのは、『蟻地獄』を読んでそんな反省をしている真っ最中だったので、とても刺激的だった。

その対談の中で、板倉さんはこんなことを言っていた。

「現実にこの小説の設定が有り得るのかどうかはわからないんですけど……」

それに対して僕は、こう答えた。

「読者に『それは有り得る』と思わせることができたら、それでいいんですよ。あまり取材しすぎると、かえってつまらない小説になってしまいますから」

どんな小説作品も、斜めになって読んでしまえば、どこかで「こんなこと有り得ないよ」という描写や設定に出くわすものだ。本書についても、もちろん同じで、日本の法律や警察組織、ヤクザ屋さんだと、ちょっと考えづらいような展開も語られている。こういう突飛で非現実な設定を、英語で outlandish という。out（外）の land（国）が語源なのだけど、そもそも読書というものは、現実という自国から空想という外国に旅をする行為にほかならない。そして、上手く書かれた小説は、読者の意識をすっかりその外国に引っ張り込み、はじめは読者にとって out だった場所を、いつのまにか in に変えてしまう。読者はそこで目にする景色や事物にためらいなく身を任せ、物語という国を隅々まで楽しみ尽くすことができる。僕にとって『蟻地獄』はそんな力を持った一冊だったので、じつのところ読書中は最後まで in も out も気にかかりさえしなかった。

もっとも僕は、読書という旅をするときに国境ですべての武器や防具を手放すという、かなり無防備な旅行者であることを自覚している。だから、自国で身につけている武器や防具を、かたくなに手放さない読者の場合、気になる点はままあるかもしれない。実際の旅の仕方が人によって違うのと同様、小説の読み方も人それぞれだ。

今回、この文章を書く前に『蟻地獄』を読み直し、あらためて賞賛の思いを抱いた。お笑いでいうところの「つかみ」にあたる部分だろうか、まず冒頭がひどく魅力的で、やはりついついページを捲《めく》ってしまう。

対談の際、コントを書くことと小説を書くことの違いについて、板倉さんはこんなふうに言っていた。

「（小説だと）手の仕草で『これくらい小さい人』って表現することはできないじゃないですか。だから、尨大《ぼうだい》なボキャブラリーが必要だと痛感させられました」

が、冒頭の文章を読み直してみるだけで、たとえば「五百円玉ほどの大きさをした、すり鉢状の穴」など、言葉で視覚的なイメージを喚起させる工夫をあちこちに入れ込んであるし、虫籠《むしかご》に放り込む蟻にしても、「五匹の蟻」と書いている。じつはここで、うっかり「数匹の蟻」と書いてしまう人も多いのだ。でも「五匹の蟻」と「数匹の蟻」ではイメージの鮮明さがまったく違う。ほかにも、十三時間のパチンコによって耳が妙な感覚になったことを「紙コップで両耳を塞《ふさ》がれているみたい」と書くなど、的確な文章表現は随所にちりばめられている。「蟻地獄」というテーマも物語が進むに従って複層的になってくるし、「足掻《あが》く」という小学生でも知っているような言葉を終盤でとても効果的に出してくる。主人公の名前は二村孝次郎だが、一人称の小説が大抵そうであるように、この小説においても主人公の名前は物語の中でほとんど文字化されない。それを利用して、ラスト近くで彼に自分の口からフルネームを言わせるというのも、上手い演出だ。

小説ならではのこうした手法を意識的に使えるのは、主戦場であるコントとの違いをよく知っているからこそなのだろう。たとえるなら、和食の修業を積んだ料理人がフレンチの勉強をはじめ、うんうん頭を悩ませたあとで完成させたような、美味《おい》しくて本格的な一品に仕上がっている。

「書きたい話はあるんですけど、それが自分だけ思いついた設定であるという確証がないと、怖くて書けないですよね」

対談の終盤に板倉さんはそう言っていた。

その言葉どおり、『蟻地獄』も『トリガー』も「サイキック・ダイバー」も、みんな相当に突飛で面白い設定になっている。きっと最新作『月の炎』も同様なのだろう。世の中にあるすべての本をチェックすることはできないから、思いついた設定が自分だけのものであるという確証を得るのは、実際のところ不可能だ。でも大事なのは、そこに「怖さ」を感じることであり、これは僕たち専業作家も忘れてはならない。これからも板倉さんには、怖がりながら筆を執ってほしいし、そういう作家がいるかぎり、僕たちも「怖さ」を忘れずにいられる。

（平成二十九年十二月、小説家）

この作品は平成二十四年四月リトルモアより刊行され、
文庫化にあたり、一部改稿された。

道尾秀介著

向日葵の咲かない夏

終業式の日に自殺したはずのS君の声が聞こえる。「僕は殺されたんだ」。夏の冒険の結末は。最注目の新鋭作家が描く、新たな神話。

道尾秀介著

片眼の猿
—One-eyed monkeys—

盗聴専門の私立探偵。俺の職業だ。今回の仕事は産業スパイを突き止めること、だったはずだが……。道尾マジックから目が離せない！

道尾秀介著

龍神の雨

血のつながらない父を憎む蓮。実母を殺したのは自分だと秘かに苦しむ圭介。降りやまぬ雨、ひとつの死が幾重にも波紋を広げてゆく。

伊坂幸太郎著

重力ピエロ

ルールは越えられるか、世界は変えられるか。未知の感動をたたえて、発表時より読書界を圧倒した記念碑的名作、待望の文庫化！

伊坂幸太郎著

ゴールデンスランバー
山本周五郎賞受賞
本屋大賞受賞

俺は犯人じゃない！首相暗殺の濡れ衣をきせられ、巨大な陰謀に包囲された男。必死の逃走。スリル炸裂超弩級エンタテインメント。

伊坂幸太郎著

首折り男のための協奏曲

被害者は一瞬で首を捻られ、殺された。殺し屋の名は、首折り男。彼を巡り、合コン、いじめ、濡れ衣……様々な物語が絡み合う！

早見和真著
イノセント・デイズ
日本推理作家協会賞受賞

放火殺人で死刑を宣告された田中幸乃。彼女が抱え続けた、あまりにも哀しい真実――極限の孤独を描き抜いた慟哭の長篇ミステリー。

小野不由美著
屍鬼（一〜五）

「村は死によって包囲されている」。一人、また一人、相次ぐ葬送。殺人か、疫病か、それとも……。超弩級の恐怖が音もなく忍び寄る。

小野不由美著
残穢
山本周五郎賞受賞

何かが畳を擦る音、いるはずのない赤ん坊の泣き声……。転居先で起きる怪異に潜む因縁とは。戦慄のドキュメンタリー・ホラー長編。

有栖川有栖著
乱鴉の島

無数の鴉が舞い飛ぶ絶海の孤島で、火村英生と有栖川有栖は「魔」に出遭う――。精緻な推理、瞠目の真実。著者会心の本格ミステリ。

長江俊和著
出版禁止

女はなぜ〝心中〟から生還したのか。封印された謎の「ルポ」とは。おぞましい展開と、息を呑むどんでん返し。戦慄のミステリー。

宮部みゆき著
火車
山本周五郎賞受賞

休職中の刑事、本間は遠縁の男性に頼まれ、失踪した婚約者の行方を捜すことに。だが女性の意外な正体が次第に明らかとなり……。

JASRAC 出 1714963-701

蟻《あり》地《じ》獄《ごく》

新潮文庫 い-131-1

平成三十年二月一日発行

著者 板《いた》倉《くら》俊《とし》之《ゆき》

発行者 佐藤隆信

発行所 株式会社 新潮社

郵便番号 一六二—八七一一
東京都新宿区矢来町七一
電話 編集部(〇三)三二六六—五四四〇
読者係(〇三)三二六六—五一一一
http://www.shinchosha.co.jp

価格はカバーに表示してあります。

乱丁・落丁本は、ご面倒ですが小社読者係宛ご送付ください。送料小社負担にてお取替えいたします。

印刷・株式会社光邦 製本・憲専堂製本株式会社

ISBN978-4-10-121241-8 C0193